星なき王冠《クラウン》

ムーンフォール・サ

ジェームズ・ロリンズ
桑田 健［訳］

THE STARLESS CROWN
JAMES ROLLINS

竹書房文庫

THE STARLESS CROWN

Map provided and drawn by Soraya Corcoran.
Creature drawings provided and drawn by Danea Fidler.

A Tor Book
Published by Tom Doherty Associates
through Tuttle-Mori Agency, Inc., Tokyo

日本語版版権代理店
(株) タトル・モリ・エージェンシー

日本語版出版権独占
竹書房

CONTENTS

主な登場人物

《ブレイクの町》

ニックス……………ブレイク修道院学校で学ぶ盲目の少女
ジェイス……………ブレイク修道院学校の用務員。ニックスの世話係
ガイル………………ブレイク修道院学校の校長
ポルダー……………ニックスの父
バスタン……………ニックスの兄
アブレン……………ニックスの兄

《ガルドガル領》

レイフ………………アンヴィルの泥棒
プラティーク………南クラッシュ帝国の錬金術師
ライラ………………盗賊組織のリーダー
ラーク………………アンヴィルの治安隊長

《王都アザンティア》

カンセ………………ハレンディ王国の王子
フレル………………ケペンヒルの錬金術師。カンセの指導教官
マイキエン…………ハレンディ王国の王子。カンセの双子の兄
トランス……………ハレンディ王国の国王。カンセとマイキエンの父
ハッダン……………王国軍の忠臣将軍

アンスカル……………王国軍のヴァイルリアン衛兵の隊長
ライス……………シュライブの一人
ヴァイサース……………シュライブの一人
スケーレン……………シュライブの一人

《アグレロラーポック領》

グレイリン……………誓いを破った騎士
サイモン……………グレイリンの商売仲間の元錬金術師
ダラント……………海賊
グレイス……………ダラントの娘
ブレイル……………ダラントの娘

《クラウドリーチの森》

ザン……………ケスラカイ族の長老
バシャリア……………ミーアコウモリ
エイモン……………ワーグ
カルダー……………ワーグ
シーヤ……………ブロンズ像

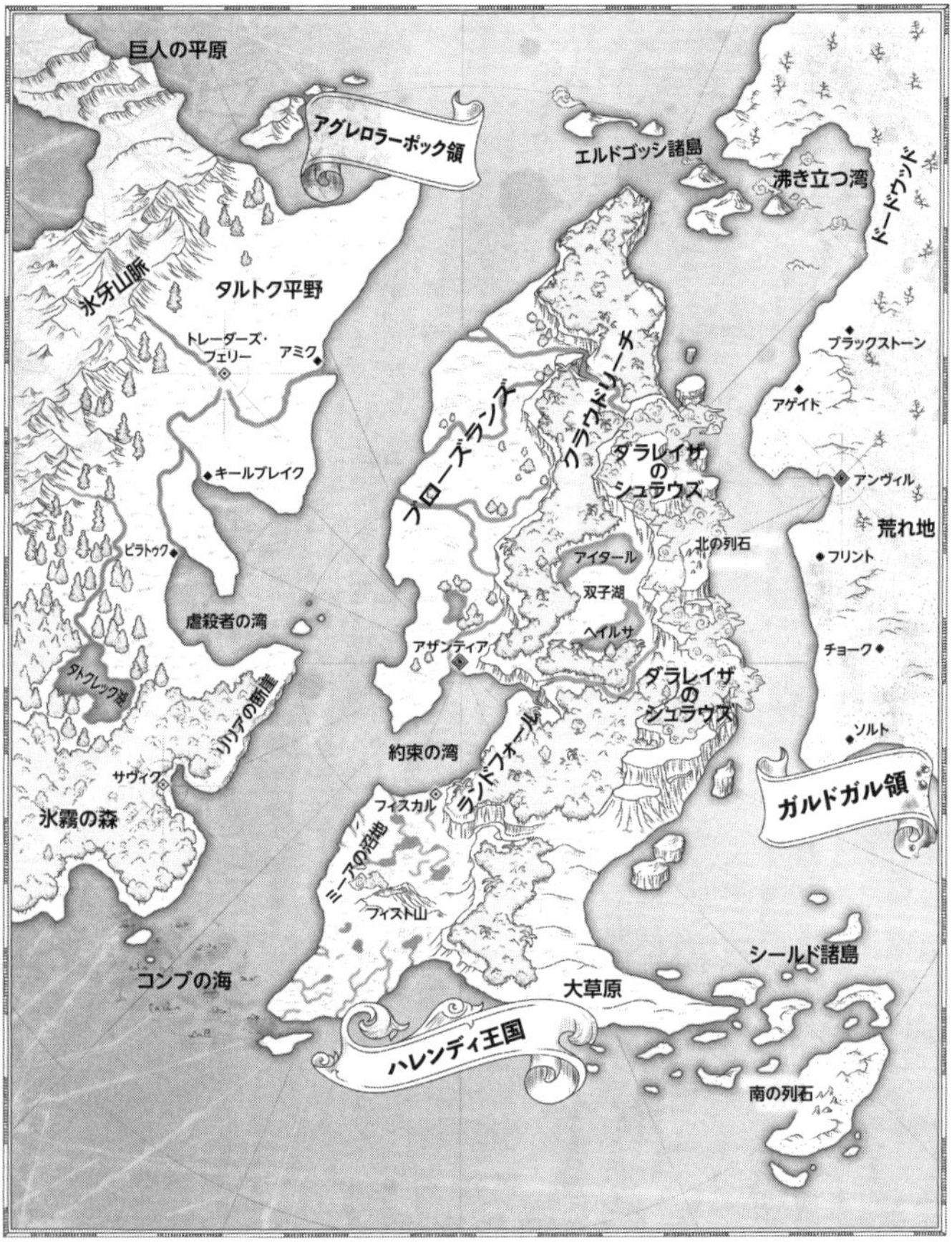

巨人の平原
アグレロラーポック領
エルドゴッシ諸島
沸き立つ湾
ドードウッド
タルトク平野
氷牙山脈
トレーダーズ・フェリー
アミク
ブロースランズ
クラウドリーチ
ダラレイザのシュラウズ
ブラックストーン
アゲイト
キールブレイク
アンヴィル
荒れ地
ピラトック
北の列石
アイタール
フリント
双子湖
虐殺者の湾
ヘイルサ
アザンティア
チョーク
タトクレック湖
リリアの断崖
ダラレイザのシュラウズ
ソルト
約束の湾
ランドフォール
サヴィク
ガルドガル領
フィスカル
氷霧の森
ミーアの沼地
フィスト山
シールド諸島
コンブの海
大草原
ハレンディ王国
南の列石

星なき王冠《クラウン》　下

〈ムーンフォール・サーガ1〉

第九部
落ちゆく者たちの道

ランドフォールの見上げるような高さの断崖はハレンディ王国の領土を鋭いナイフで切ったかのごとく二分し、片側の土地を押し下げ、もう片側の土地を神々に向かって押し上げる。その理由は高地の森を汚れなき美しさに保つため、人間の腐敗から守るためにほかならない。そのような恵まれた手つかずの地に向かうためには、連なる滝と危険な段が邪魔をする三つの道しかない。北側と、中央と、南側。南側には用心すること。なぜなら、そこは呪《のろ》われている。

――プラー・ライ・フェイ女王が暗殺される一年前に記した『銀色の夢』より

29

冬用の小屋を後にしてから二日後、ニックスは自分が知る世界の外れに立っていた。湯気の上がる沼地を見つめ、カエルの鳴き声、虫の羽音、鳥のさえずりに耳を傾ける。苔《こけ》と自然のにおいに満ちた空気を吸い込む。舌にかすかな塩水の味がする。それらはすべて、彼女が生まれてからずっと馴染《なじ》んできたものだった。ニックスはここを離れるために必要な気力が逃げてしまわないよう、両腕を胸の前に回した。

振り返って急峻《きゅうしゅん》な白い断崖を見上げると、はるか頭上は灰色の霧に隠れてしまっている。ランドフォールの断崖は沼地の東の端に位置する。すぐ後ろの断崖面にある亀裂はクラウドリーチの高地から流れる川によって削られたものだ。轟音《ごうおん》とともに銀色に泡立つ小さな滝や青い水が落下する大きな滝を経て、川はあたかも力尽きたかのようにゆったりとした流れとなり、塩分を含んだミーアの沼地に注ぐ。

フレルとカンセは川の左岸のぬかるみにいて、落ちゆく者たちの道を登るにはどうするのがいちばんいいのか小声で話し合っている。ジェイスは少し離れたところに立ち、彼女が別れを告げるための一人きりの時間を作ってくれていた。

けれども、ニックスが別れなければならないのはこの半ば水没した土地だけではなかった。

ニックスは砂に覆われた岸を横切り、丈夫に育ったアシの茂みを抜けてグランブルバックのもとに近づいた。老いたヌマウシは蹄《ひづめ》まで黒い水に浸かっていた。濡れたアツケシソウをくわえてむしり取り、振り回して塩水を取り除いてから、ゆっくりと嚙んで葉をすりつぶしている。ニックスが近づいてきたことに気づくと、グランブルバックはフウーッと大きく息を吐き、水の中を歩きながら向かってきた。彼女は少し前にヌマウシからそりを外し、自由に草を食べさせてやっていた。

近づいたグランブルバックが大きな頭を下げたので、ニックスは両腕を持ち上げて受け入れてやった。頰《ほお》を相手の額に押し当てると、牛の体内の音が耳からも振動としても伝わってくる。ニックスにとって彼の存在は何よりも家そのものだった。沼地での大きな泣き声を最初に聞きつけ、彼女が寝かされていた水草の上まで父を引っ張っていったのがグランブルバックだった。何度となく慰めてくれたのも、一緒に沼地を歩きながら彼女の愚痴をじっと聞いてくれたのもグランブルバックだった。彼女の人生において、彼はいつもそばにいてくれた。

〈でも、もうお別れしないと〉

ニックスはつま先立ちになってグランブルバックの耳にささやきかけた。「あなたのことが大好き。でも、あなたはもう家に帰る時間なの」グランブルバックなら誰かの指示がなくても飼育場まで戻れるだろう。「バスタンを見つけて」ニックスは伝えた。「アブレンでもいいから」

兄たちの名前を口にしただけで胸が痛み、肩が震えそうになったし、再び嗚咽《おえつ》が漏れそうになった。この二日間、悲しみは思いがけない瞬間に何度も襲ってきた。もう涙も枯れ果て、何も残っていないと思った時でも、父が好きだったヌマラベンダーの花を見かけたり、水鳥の物悲しい鳴き声が聞こえたりすると、涙があふれ出して止まらなくなった。

ニックスはグランブルバックをぎゅっと抱き締めた。手のひらで太い首をたどっていくと、そりのくびきでこすれて太く環状に残った傷がある。ニックスはその跡をかき消そうとするかのようにさすってやった。

「飼育場に戻らなくてもいいから」ニックスは提案した。「自由に生きて。自分の心の思うままに。あなたはもう十分に働いてくれた」

ニックスは顔を離し、グランブルバックの老いて白く濁った目を見つめた。グランブルバックがニックスの体を鼻先で押す。〈私の心はここにあるのだよ〉と言っているかのようだ。ニックスも胸の内の思いを返した。〈そして私の心はあなたの心の中にあるから〉

ニックスは最後にもう一度、額と額を合わせてから、グランブルバックに心からの約束をした。「あなたがどこに行こうとも、私は見つけるから。絶対に」

遠くからラッパの音が聞こえ、沼地に鳴り響いた。背後の高い断崖に跳ね返ってこだまするその音は、もうこれ以上はここにとどまっていられないことを教えている。けたたましい音にグランブルバックが首を持ち上げた。それに続いて狩りをするザイラサウルスの雄叫《おたけ》びも聞こえてきた。王国軍による追跡を手助けするためフィスカルから連れてこられたのだろう。血のにおいを嗅ぎつけるけだものをまくことはできないが、今のところは水があるおかげで追い詰められずにすんでいる。ありがたいことに、ガルドガルの砂漠に生息するあの野獣は泳ぎがあまり得意ではない。

ただし、その優位も間もなく終わりを迎える。

ニックスは裂け目の方を振り返った。苔に覆われた古くからの段が川に沿って上に通じている。追っ手をできるだけ引き離しておく必要があった。すでに穏やかな水面を伝って王国軍の叫び声がかすかに聞こえるようになっていた。

ジェイスが声をかけた。「これ以上は待てないよ」

ニックスは理解した。どうやらグランブルバックにもわかったらしい。彼女の方に尻を向け、遠吠《とおぼ》えが聞こえる方角を見て鼻を鳴らしている。グランブルバックはその重たそうな頭を回してニックスの方を振り返った。

ニックスは彼に向かって手を振った。「もう行きなさい。さあ、早く」

それでもグランブルバックはじっと見つめるだけで、たとえザイラサウルスの群れに食われようとも、あるいは弓や槍《やり》の餌食《えじき》になろうとも、この砂浜を守り抜く構えでいる。自分が頼めばきっとそうするに違いない、ニックスは思った。

「早く行って」もっと強い口調で促す。

彼女の指示を後押しするかのように二枚の翼が頭上で音を立て、それに続いて甲高い鳴き声がグランブルバックに浴びせられた。ニックスの弟に追い立てられた巨大なヌマウシはようやく不満そうな鳴き声をあげ、前に向き直ると沼地の薄暗い木陰に向かって体を揺すりながら歩き始めた。

ニックスはその姿が見えなくなるまで目で追った。グランブルバックがいなくなると、まるで錨《いかり》を切られてしまったかのような気分になった。ニックスは沼地に背を向け、ジェイスに歩み寄った。友人と一緒にフレルとカンセが立っているところに向かう。

二人と合流すると、ジェイスが裂け目の片側に果てしなく続く段を不安そうに見上げた。「断崖の上の森までたどり着くのにどのくらいかかるんだろう?」

「丸一日かな」フレルが答えた。「少なくとも」

「順調に歩き続けることができれば、だけれどな」カンセが言い添え、ジェイスの腹部に向かって片方の眉を吊り上げた。

ニックスは王子をにらんだ。ジェイスは手でおなかをさすり、傷ついたような表情を見せたが、ニックスは肘にそっと触れて友人を力づけた。

カンセは肩をすくめ、横柄な態度で背を向けた。

ニックスはその背中を見つめながら、この王子が自分の腹違いの兄なんてことがありうるのだろうかと考えた。そんなことは信じたくないし、信じられない理由はいくらでもある。フレルが彼女の視線に気づいた。申し訳なさそうな表情を浮かべているのは、彼女の過去を打ち砕いた罪悪感からだろうか。長い年月を経るうちに、ニックスは正体のわからない父親と、自分を沼地に捨てた実の母親に対して、苦い思いを抱きつつもどうにか心の平穏を得られるようになっていた。

この二日間、ニックスは自分についてのこれまでの認識に新たな歴史をすんなりとはめ込むことができずにいた。フレル錬金術師からは、沼地に置き去りにされたというニックスの過去が、同じ沼地で結末を迎えた物語――破られた誓いと禁じられた恋の教訓的な寓話でもある、誓いを破った騎士の話と関係があるのではないかという説を聞かされた。ガイル修道院長も同じ考えだということだった。

それが真実かどうかは別として、ニックスは錬金術師がまだ何かを隠しているような気がした。ここまでの移動中にフレルと王子が自分の方をちらちらと見ながら小声で会話していることが何度かあり、そりの後部で寝たふりをしていたニックスはそのことに気づいていた。聞こえてきたのは邪悪なシュライブによる予言についてで、どうやらそれが騎士の物語とも関係しているらしかった。

〈たぶん私にも関係がある〉

ニックスはほかの人たちの後について段の下に置かれたささやかな荷物のところに向かった。革製の水筒にはすでにジェイスが川の真水をくんでくれている。王子は夏の餌で太ったカモ一羽と、ヌマウサギ三匹を矢で仕留めた。ニックスは王子に獲物を塩漬けにする方法を教えた。肉の詰まった麻の袋を沼地の塩水に浸し、それを日光で乾かす。その作業を何度か繰り返すことで、狩人《かりゅうど》は塩分を袋の中身にしみわたらせることができるのだ。

四人は各自の荷物と水筒を手に取り、この先の登りに備えた。ニックスは目の端で王子を観察し、その顔に自分との共通点がないか探した。色黒の肌と灰色の瞳は似ても似つかない。どちらも髪の毛の色は濃いが、王子の方がはるかに黒い色をしている。二人とも鼻筋は細く、先端のとがった感じも同じだ。けれども、それくらいならばほかにも大勢の人が当てはまる。

ニックスは首を左右に振り、ほかのことに注意を向けた。

小さな弟が頭上近くを通過し、ついてこいと促すかのように裂け目の中に入っていった。けれども、コウモリの目当てが別にあったのは明らかで、旋回したり急降下したりを繰り返しては、沼地を飛び交う虫の群れという最後のごちそうにありついている。川から立ち昇る細かいしぶきのせいで、虫たちはここからさらに奥には入っていかない。

再び鳴り響いたラッパの音に押されて、一行はようやく裂け目の方に向かった。

フレルが先頭に立ち、苔に覆われた一段目に足を掛ける。「注意するように」錬金術師が警告した。「足を滑らせたら一巻の終わりだ」

「だからここは『落ちゆく者たちの道』と呼ばれているのかもしれないな」カンセがその後ろを追いながら不機嫌そうにつぶやいた。

ジェイスは先に行くようにニックスを促してから、その後に続いた。「プレビアンの『失われた時代の年代記』によると」厳かな口調で切り出す。「道は僕たちの歴史が書かれるよりもはるか昔に命名された。その手でこの段を削った人たちが名づけたのかもしれない。でも、悠久の時を通じて語り継がれているのは、この道がいかに危険で油断ならない相手なのかということ。呪われていると信じる人もいれば、悪霊や悪魔が取りついているという人もいる」

「ずいぶんと長い間、誰もここに足を踏み入れていないのは確かだな」カンセが認めた。

「苔の花を踏んだ跡がまったくない」

段を上るうちに、ニックスは明るい緑色の中に小さな白い花が咲いていることに気づいた。水滴が真珠のような輝きを放っている。苔を踏んだところからはハッカ油のにおいがかすかに漂っていた。

「人々が寄りつかないのは悪霊や呪いの噂のせいばかりではないように思う」フレルが言った。「クラウドリーチに通じるほかの二つの道――アザンティアの近くと北のブローズランズにある道の方がはるかに行きやすいし、旅人用に手入れが行き届いている。この道の入口までたどり着くには沼地を半分ほど横断しなければならないし、通路そのものも長い月日の間に草木が生い茂って今にも崩れそうな状態だ。ほとんど忘れられた存在だからこそ、私はヘイヴンズフェアまで行くのにこの道を選んだのだ」

目的地の名前を聞き、ニックスはずっと引っかかっていたことを質問した。「本当にその騎士、グレイリン・サイ・ムーアがそこで私たちを待ってくれていると思う?」

〈私の父かもしれない人……〉

「そう期待するしかない」錬金術師が答えた。「君をハレンディから安全な場所に連れ出すためには、強い味方――絶対的な信頼を置ける人物が必要だ。たとえグレイリンが姿を見せなかったとしても、クラウドリーチの霧に包まれた森がある程度の隠れ場所を提供してくれる」

ニックスはその高地の森のことをほとんど知らなかった。手つかずの自然が残るところで、はるか昔の原生林が見られる数少ない場所の一つだという。そこに住んでいる人は数少なく、移動生活を送る少人数の部族だけで、白い肌を持つその人たちは森と同じく野生のままの暮らしを送っている。ヘイヴンズフェアも町というほどの規模はなく、交易の拠点として切り開かれた森の一部にすぎない。

亀裂の奥へと段を上るにつれて傾斜が急になり、四つん這《ば》いになって進まなければならないところもあった。体力と集中力を要するために誰も口を開かなくなり、裂け目の高い壁に両側を挟まれた滝の轟音だけしか聞こえなくなる。だが、その大きな音も後方で時折鳴り響く狩りのラッパの音をかき消すことはできなかった。

前を進むフレルが段の途中で動きを止めた。

先を急ぎたいと思いつつも、一休みしたかったニックスはほっとして息をついた。後ろを振り返るとジェイスも息を切らしていて、真っ赤な顔からは汗としぶきで湯気が出ている。服は体にべったりと貼《は》り付いていて、まるで川に落っこちたかのようだ。

前を歩くカンセの悪態が聞こえ、ニックスはそちらに注意を向けた。

フレルが体を横に動かすと、止まったのは疲れへの配慮からではなく警告のためだとわかった。錬金術師の先では段の一部がかなり前に壊れ、いくつも連なる滝の中に落ちてしまったようだった。苔に覆われた小さな出っ張りが断崖の壁から突き出ているだけだ。フレルは途方に暮れた表情で後ろを振り返った。

「僕なら行けるよ」そう宣言すると、カンセが横からフレルを追い抜こうとした。

錬金術師は腕を伸ばして制止した。「危険すぎます」

カンセがかすかに聞こえるラッパの音の方を指し示した。「僕たちを追跡するヴァイルリアン衛兵の暗殺者たちよりも危険だっていうの？」王子はフレルの腕を押し下げ、その前に進んだ。「僕が渡ってロープを張る」

王子は背中から荷物を下ろし、そりから外した一巻きのロープを取り出した。一方の端をフレルに向かって投げてから、段が崩落した箇所に近づく。王子がその手前で立ち止まった。顎《あご》をさすりながら、段が欠けているところを渡るにはどうするのがいちばんいいのか、作戦を練っているのだろう。きっとすべての手順を先読みしているに違いない。

〈どうやったらここを通り抜けることができるんだ？　僕はいったい何を考えていたんだろう？〉

目の前の任務に向き合ったカンセは、ついさっきの大口がどれほど馬鹿げた発言だったのかを痛感していた。喉元《のど》までせり上がってきた心臓が立てる大きな鼓動は、愚かな自分を叱っているかのようだ。もともと狭い段のかなりの幅が崩れ落ちているばかりか、途中の二段は完全になくなってしまっていた。歯の欠けた悪者がカンセの虚勢を嘲笑《あざわら》っているかのようだった。

「ほかの道を探せばいいじゃないですか」フレルが小声で伝えた。

カンセはロープを握る手に力を込めた。全員の視線を、なかでも自分の妹かもしれないという少女の視線を意識する。カンセは頬が熱くなるのを感じた。これまでの戸棚の中の王子は恥ずかしいという感情とは無縁だった。酒場で胃の中身をすべて吐き出したり、自分の小便や汚物にまみれたベッドで目覚めたりしたことは何度もある。それでも口をぬぐったり尻をふいたりすれば、平然としていられた。他人が自分のことをどう思おうと、まったく気にかけていなかった。ところが、今回の遠征の間に、その途中のどこかで、新しい何かが彼の中で芽生えた。兄の影から逃れることができたからなのか、それとも国王の冷笑から離れることができたからなのか、あるいはほかの人たちの毅然《きぜん》とした振る舞いのせいなのかはわからないが、これまでずっと自分の中にあったものが目覚めた。

いずれにしても、カンセはこの難関から引き下がろうとは思わなかった。新たに見出した自尊心に、あるいは自分を殺そうとした父への怒りに押されて、カンセは段の切れ目に向かって一歩足を踏み出した。断崖に背中を向けた姿勢になると破損した通路の一段目に足を伸ばし、岩の短い突起部分に体重をかける。大丈夫だと判断すると、次の出っ張り、その次の出っ張りへと移動する。ゆっくりと横向きで進むうちに、階段が完全に欠けた地点に到達した。カンセは目を閉じ、深呼吸をした。その向こう側の出っ張りに移るためには隙間を飛び越える必要がある。

〈僕ならできる〉

カンセは目を開き、ほかの人たちの方を見た。三人ともまばたき一つせずに彼のことを見つめていて、きっと固唾《かたず》をのんでいるに違いない。少女の青い瞳にはカンセの心にはない自信が輝いていた。少女がかすかにうなずく。

カンセは彼女からありったけの勇気をもらうと、唾《つば》を飲み込みながら顔をそむけた。片方の脚を持ち上げ、もう片方の脚を曲げ、隙間の向こうの出っ張りに横向きのまま飛び移る。片足で着地しながら突起が崩れるのではないかと覚悟したが、奇跡的に持ちこたえた
――ただし、体のバランスは持ちこたえられなかった。

体が前のめりになり、断崖から離れていく。

〈僕はこうやって死ぬのか……〉

その時、黒い影が霧の中から飛び出し、カンセの胸にぶつかった。跳ね飛ばされたコウモリが必死に翼をはばたかせて戻ってくると、もう一度ぶつかった。その衝撃のおかげなのか、それとも恐怖におののいたせいなのかはわからないが、傾きかけた体が断崖面の方に戻り、もう片方の足も下ろすと姿勢が安定した。

カンセは出っ張りの上ではあはあと三回、呼吸を繰り返してから、その先の崩れかけた箇所を渡り切り、段が完全に残っているところまでたどり着いた。そこで両膝を突いて座り込むと、体中が震え始めた。

〈もう平気を装っているのは無理だ〉

けれども、誰も彼のことを笑わなかった。どうにか段の上で座った体勢になると、カンセは周囲を見回し、断崖の裂け目に根を張った短い木があることに気づいた。強度を確か

めてからロープの先端を節のある幹に巻き付ける。続いて向こう側にいるフレルもたるんだロープを引っ張り、輪っかを作ると上向きに突き出た岩に引っかけた。

ロープで隙間が結ばれると、続いてニックスが急ぎ足で横断した。ロープをつかまなくても問題なく渡れそうなほどしっかりとした足取りだ。カンセは渡り切ったニックスの体を受け止め、しっかりと抱えながら安全な段まで引き寄せた。ニックスは体をこわばらせたものの、振りほどこうとはしなかった。

「ありがとう」カンセは言った。

ニックスはその言葉の意図を勘違いした。「私がコウモリに助けさせたと思っているのかもしれないけれど、そうじゃないから。彼は自分の意思で行動したの」

カンセは胸をさすりながら、本当にそうなのだろうかと考えた。この二日間、カンセはノミだらけでたくさんの病気を持っているに違いないあのコウモリが、夜には眠る彼女に寄り添っていることに気づいていた。コウモリが甘えるような鳴き声を出すと、彼女も眠りながらその音を真似ているらしく、両者の絆がさらに強まっているように思われた。彼女が助けるように念を送ったわけではなかったとしても、彼女の願いを察知してコウモリが行動を起こしたのかもしれなかった。

とはいえ、カンセが感謝した理由はそのことではなかった。自信に満ちあふれた目で小さくうなずいてくれた時のことを思い返す。

なった。

それは彼が他人の目に見た記憶がなかったもの、少なくとも自分に向けられたことがなかったものだった。その表情が何よりも大きな力となって、あの厄介な隙間を渡る助けになった。

ニックスがカンセの横をすり抜け、友人に向かって手を振った。学校の用務員だという若者だ。

〈僕に対する信頼〉

「あなたならできる、ジェイス！　絶対に大丈夫！」

またしてもほかの人への強い信頼があふれている。カンセはふといらだちを覚えた。〈彼女は誰に対してもそれを振りまいているのかもしれないな〉そんな考え方は意地悪で優しさに欠けていると気づき、カンセは頬が熱くなった。

その埋め合わせをしなければと思い、ジェイスに声をかける。「そんなの難しくないぞ。僕の妹だって楽々と渡れたんだから」

ニックスが怖い顔でにらんだ。自分と友人の両方が馬鹿にされたと思ったに違いない。

カンセは説明しようと思ったものの、あきらめた。

〈僕の言い方が悪かったに違いない。これからは気をつけないと〉

それでも、ジェイスの顔に浮かぶ恐怖の表情が強い決意に代わった。勇気よりも怒りが役に立つ時もある。用務員の若者はロープをしっかりと握り、難関に挑んだ。ニックスほど手際よくなく、特に隙間を渡る時にはバランスを保つためにロープが必要だったが、無事に二人のもとまでたどり着いた。

ニックスが友人をハグした。

再びカンセはいらだちを覚えた。

〈何なんだよ、この二人は〉

すぐにフレルもこちら側にやってきて、カンセの背中をポンと叩いた。「やるじゃないですか」

カンセはむっとしたまま誉め言葉を受け止めた。フレルが再び先頭に立って歩き始めた。カンセは少しの間その場にとどまり、ロープを振って向かい側の突き出た岩に引っかけた輪っかを外した。そしてロープを回収してからほかの人たちの後を追った。

しばらくの間、コウモリが霧の中を彼と並んで飛行した。

カンセはコウモリをにらんだ。「おまえも感謝してもらいたいのか？　いいからさっさと行けよ」

段を上るにつれて霧が濃くなり、道のりがいっそう危険になった。問題は足もとが濡れていることだけではなかった。霧と水しぶきのおかげで植物が鬱蒼《うっそう》と茂っている。とげのあるつる植物が断崖から垂れ下がったり足もとを這《は》っていたりする。花を咲かせた低木が段からも崖からも突き出ている。裂け目の低い地点では育ち具合のあまりよくなかった木々も、このあたりまで来ると巨木にまで成長し、あちこちに飛び出ている根っこは一行を段から突き落とそうとしているかのようだった。

人間たちの侵入は断崖面の巣穴に多く生息するミヤマガラスや、頭上の枝に止まる数羽のタカをざわつかせた。イタチなどの小さな生き物が四人の前からあわてて逃げていく。数匹のヘビが威嚇《いかく》音を発しながら何かを吐きかける。コビトジカが飛び跳ねたかと思うと、急流の中の岩を伝って向かい側の木立の中に消えた。

段の先は霧にかすんで見えないが、そのあたりは森がさらに深くなっているようだ。高い地点から聞こえるネコ科の野獣のものと思われる遠吠えが、近づくなと警告する。はるか遠くのクラウドリーチの森の一部が、段のすぐ脇を轟音とともに流れ落ちる川のように裂け目にあふれ出ているのではないか、カンセはそんなことを想像した。

四人はようやく滝のすぐ隣にある広い踊り場のような地形にたどり着いた。フレルが片手を上げ、止まるように合図した。森に包まれた裂け目のさらに奥へと挑む前に、全員が休憩を必要としていた。誰からも反対意見は出なかった。

ジェイスはびしょ濡れの犬みたいになっていた。この先の登りに背を向けて立っていて、難関に向き合うことができずにいるかのようだ。けれども、それが理由ではなかった。ジェイスはもと来た方角を指差している。「ニックス、見てごらん」

全員がそちらに視線を向けた。

かすんだ景色の奥に目を凝らすと、裂け目の左右の断崖に挟まれた先にミーアの沼地が見えた。ニックスが寂しそうな表情を浮かべたことに気づき、カンセはジェイスを川に突き落としてやろうかと思った。向こうに置き去りにしてきたことを、何よりもそうせざるをえなかった人たちのことをわざわざ思い出させるなんて。自分とニックスの血がつながっているのかどうかはわからないが、彼女とは血のつながりのない二人の男性――バスタンとアブレン――こそが、彼女にとっては本物の兄たちだったのだ。

〈その二人のほかにもまだいる〉

ニックスの動揺を感じ取ったかのように、コウモリが彼女の頭上を旋回した。それとも、この生き物も同じように取り乱しているのかもしれない。沼地の光景の中央には淡い緑色の広がりの間から黒っぽい山がそびえていた。フィストの山頂は水蒸気でかすんでいて、山腹に沿って連なるいくつもの噴気孔はハディスの深紅の炎で輝いている。

かなりの距離があるところから見ているにもかかわらず、カンセは山頂周辺の高温の上昇気流内を飛び交う濃い色の影を確認できた。すぐ近くでは小さなコウモリがキーンという甲高い音を発していて、仲間たちに呼びかけているかのようなその声を聞き、カンセは首筋に寒気を覚えた。

フレルが手を顔の前にかざして翼のある生き物を見上げた。「ニックス、どうやら君の友人は群れのもとに帰るよりも君と一緒にいることに決めたようだね」

ニックスはじっと見つめたままで、返事をしない。

カンセは彼女の気を紛らしてやろうと思った。「あいつが僕たちに同行することになるなら、名前を付けてやったらどうかな。そうすれば、悪口を言いやすくなるし」

ジェイスもニックスを心配そうに見ながらうなずいた。「どんな名前を付けたらいいと思う？」

それでもニックスから反応が返ってこない。

カンセはコウモリに触れようとして危うく嚙みつかれそうになったことを思い出した。

「かなり行儀の悪いやつだから、獰猛《どうもう》な性格だということを警告する名前にするべきだな。くそコウモリ野郎とか」

ジェイスがカンセをにらんだ。「彼はただのけだものじゃない。品格も持っている。君にはちゃんと理解できないものだろうけれど」

カンセは目を丸くした。「だったら、あいつをなでてやれよ」

そう言い返しながらも、カンセはアンスカルが述べていたコウモリたちについての同じような意見を思い出した。〈彼らには獰猛な中にも気高い心があるらしい〉その一方で、ヴァイルリアン衛兵の隊長のことを思い出すと気が滅入った。カンセは自分で言い出したこの遊びをもはや続ける気がなくなっていた。

フレルが興味を示した。「どちらの考えも正しいと思いますね。獰猛さと品格は彼の性格と振る舞いにおける特徴的な側面です。太古の言語から命名するのもいいかもしれません。彼らは私たちの歴史が記されるよりもはるかに前から存在していましたから。今では死語となったその言葉では、『バシュ』が『獰猛な』に当たります」

ジェイスが表情を輝かせた。「僕の記憶が正しければ、『品格』は『アリア』」

「その通り」フレルが笑みを浮かべた。「ぴったりな名前じゃないかな」

ジェイスがその二つを並べて口にした。「バシュ・アリア」

ニックスがびくっとして友人から離れた。その顔は恐怖で歪《ゆが》んでいる。「だめ……」

30

ニックスは背後の小声での会話にほとんど注意を払っていなかった――その時、ある名前が落ち込んだ気持ちを切り裂き、心に突き刺さった。

〈バシュ・アリア〉

燃える山頂という悪夢の世界がよみがえる。頭の中に戦闘の響きがこだまし、大勢の悲鳴が音量を増していく。またしても彼女は暗い山頂を走っていて、祭壇に固定された翼を持つ黒い影に向かっていた。自分の喉から石すらも砕く力を秘めたある単語があふれ出す。それは石の祭壇で痛めつけられている生き物の名前。

〈バシャリア！〉

「だめ……」ニックスはほかの人たちに向かってうめいた。

その情景についてはガイル修道院長にもフレル錬金術師にも伝えていなかった。重要な意味はなさそうだったし、その山頂の様子は毒と恐怖が原因となったただの夢だと考えたからだ。

フレルがじっと見つめている。「ニックス、どうかしたのかい？」

ニックスはその問いかけを無視して、霧の中を飛ぶ小さな弟に顔を向けた。夢の中の弟の体は大人のヌマウシと同じくらいで、その翼は大きな生き物を持ち上げて飛べそうなほど巨大だった。その二匹が同じコウモリだなんて、ありえなかった。

〈でも、名前が……〉

ジェイスは彼女の動揺の原因を誤解したようだった。「ニックス、ごめん。もちろん、君が名前を選ぶべきだよね」

ニックスは翼を持つ弟の姿を見上げたまま、心の中では真実だとわかっていたことを声に出して認めた。「彼はバシャリア」ニックスは小声で伝えたが、同時に怖くてたまらなかった。

彼女の不安を察知したかのように、コウモリが霧の中を飛び回り、宙返りをしたり甲高い鳴き声をあげたりし始めた。ニックスの視界の端がちらつく。心の目には何も光景が現れないものの、弟の動揺と鳴き声に触発されて心臓の鼓動が大きくなる。

カンセもコウモリの動きに気づいた。「彼はどうしちゃったんだ？」

答えは四人の背後にある裂け目の下の方から聞こえてきた。鋭い咆哮《ほうこう》が岩壁にこだましたかと思うと、さらにいくつもの鳴き声が重なる。全員がその場に凍りついた。

「ザイラサウルスだ」フレルが言った。

カンセが沼地の方を振り返り、手をかざしながら裂け目の下の方を探って指差した。「あそこだ」

ニックスは王子の隣に移動した。何かが動いていることに気づく。段を上る騎士たちが長い列を作っていて、太陽の光が甲冑《かっちゅう》に反射していた。王国軍は素早い動きで進軍しているが、その前方を走る濃い影の速度にはかなわない。

ジェイスも近くにやってきた。「さっきの段が途切れた箇所はどうだろう？　あそこを通れるかな？」

フレルが答えた。「王国軍の騎士たちは手間取るかもしれない。しっかりとしたロープを渡さなければならないだろうから」

「でも、ザイラサウルスには必要ない」カンセが付け加えた。「あいつらの狩りを見たことがある。あれくらいの切れ目ならひとっ跳びで越えられるから、すぐに僕たちに追いつくだろうね」

咆哮はなおも続き、音量も数も増していく。

王子が鳴き声の方に耳を傾けた。「少なくとも十頭はいる。それよりも多いかも」

フレルが段の先を指差した。「それなら急ぎましょう。追いつかれる前にクラウドリーチまでたどり着かなければなりません」

「その後はどうするのですか？」ジェイスが訊ねた。

「そのことを考えるのは後回しだ」カンセがニックスとジェイスを錬金術師の後に続くよ

うせかした。「とにかく今はこの狭い段の途中で捕まらないようにすることだけを考えよう」

四人は木々に覆われた段に戻り、上に向かって急いだ。一段上るだけでも一苦労だった。とげが服を引き裂き、皮膚に切り傷を作る。根や枝が行く手を妨げる。この濡れた森が一団となって四人を閉じ込め、これより先には進ませまいとしているかのようだった。

しかも、相手は繁茂した木々だけではなかった。

苦戦しながらも二十段ほど上るうちに、一行の頭上に石灰岩でできたアーチ状の地形が見えてきた。裂け目の向かい側とつながっている。バシャリアが真っ直ぐアーチまで飛び、その下でくるくると回ったり宙返りを始めたりした。急降下や旋回を繰り返すその動きからはあわてている様子がはっきりとうかがえる。

「待って！」ニックスは声をあげた。

全員が彼女の方を見た。

ニックスはバシャリアを指差した。「彼は私たちに警告しようとしている」

周囲から鳴り響く咆哮が空気を震わせる。

「君の弟にわざわざ教えてもらう必要はないと思うけどな」カンセが段の下の方を指し示した。

「違う。ザイラサウルスのことじゃない」ニックスは前に進み、フレルの腕をつかんだ。

「さっきもザイラサウルスのことじゃなかった。バシャリアはあのアーチをくぐらせたくないと思っている。彼がずっと伝えようとしていたのはそのこと。山道のもっと高いところに何かがいると察知しているの」

ジェイスも近づいてきた。「それは何だい？」

ニックスは首を横に振った。答えはわからないが、確かなことが一つだけあった。「ザイラサウルスよりもはるかに厄介なもの」

思いがけないところから同意の声があがった。「どうやらあのちびが正しいのかもしれないな」王子が言った。

四人は少し広さのある段の上に立ち止まっていたが、カンセはそのいちばん端にいた。ほかの人たちの注意を下に見える川の濃い青色の深みに向ける。断崖の片側からは小さな滝がいくつも連なってその滝壺《つぼ》に流れ込み、もう片側からは大きな滝が轟音と大量の水しぶきとともに落下している。その間に位置する滝壺はガラスのように透き通った水面がゆらゆらと揺れていて、底まで見通すことができた。川底には表面の滑らかな石が並んでいた——だが、川の流れがきれいに磨き上げたのはそれだけではなかった。

澄み切った深みの底には無数の骨が不気味な小山を形成していた。あらゆる大きさの頭蓋骨が積み重なっていて、折れた角を持つ巨大なものもあれば、とがったくちばしの付いた小さなものもある。脚の骨も滝壺全体に散らばっていて、その先端に黄ばんだ鉤爪《かぎづめ》や白化した蹄が付いているものも見える。砕けた無数の肋骨《ろっこつ》が森に仕掛けた落とし穴の罠《わな》のように絡み合っていて、せわしなく動くカニや銀色の魚の住みかになっていた。

最悪なのは眼窩《がんか》が落ち窪《くぼ》んだ人間の頭蓋骨で、明るい色の兜《かぶと》をかぶったままのものもある。大量の骨の間からは百本近い剣が突き出ていて、そのうちの何本かは骨と化した手に握られたままだった。

カンセはほかの人たちの方を見た。「『落ちゆく者たち』が落ちていった結果があれなんじゃないかな」

全員が石のアーチと、四人を遠ざけようと必死に飛び回るコウモリを見た。

「この先にはいったい何が？」ジェイスが訊ねた。

周囲から聞こえるザイラサウルスの雄叫びが獰猛な響きを帯び始めた。狩りの叫びの中に込められた飢えが聞き取れるような近さだ。

「わからない」カンセは答えた。「でも、後ろに何がいるのかはわかる」

「先に進みましょう」フレルが決断した。「選択の余地はありません。もしかすると、あの骨は何百年も前のものかもしれませんし」

ザイラサウルスの怒りの鳴き声が大きくなる中、誰からも異論は出なかった。あの獰猛な群れが近づいているのにここにとどまることは死を意味する。

四人で石のアーチに向かう中、カンセは師の言葉を鵜呑《うの》みにしなかった。上空で飛び回るコウモリに目を向け、その警告を心に留める。弓を手に持ち、矢をつがえる。ただし、この備えが役に立つかは自信がなかった。白骨化した人間の手に握られていた銀色の剣が脳裏によみがえる。

〈武器が彼らの助けにならなかったことは確かだ〉

四人は息を殺したまま慎重に石のアーチの下をくぐった。けれども、アーチの先の段はその手前と比べて特に変わったようには思えない。森が前方の裂け目を埋め尽くしていた。四人は木々をかき分けるようにして一段ずつ上りながら、さらに高い地点へと向かった。それでも脅威は姿を現さない。

〈もしかするとフレルの言う通りだったのかも……〉

最初に変化に気づいたのはニックスだった。「鳥がいなくなった」彼女が小声で伝えた。

カンセは立ち止まった。森の木々に目を配り、聞き耳を立てる。四人に向かって鳴き声をあげるタカがいなくなった。ミヤマガラスの巣穴からもさえずりが聞こえない。少し前から小さな生き物の姿を見かけなくなったし、攻撃してくるヘビの牙をよけることもなくなった。

フレルが先に進むよう合図した。

カンセは歩き続けながら、緑色の木々やとげのあるつる植物以外の生き物の気配を探した。壁面に目を向けると、断崖のかなり上の方にまで巣穴があるものの、どれも使われておらず、遺棄されてしまったようだ。

〈いったいどこに――〉

そんな巣穴の一つの動きがカンセの目に留まった。何かが穴から飛び出し、崖を転がり落ちてくる。だが、その何かは茂みの中に消えてしまった。

カンセは立ち止まった。ほかの三人はそのまま先に進んでいく。カンセは別の巣穴に目を凝らしたが、同じような現象は見られなかった。石が落ちただけだろうと思って顔をそむけようとした時、新たな濃い灰色の球体が古いミヤマガラスの巣穴から飛び出し、飛び跳ねながら崖を転がり落ちた。

そしてもう一つ。

さらにもう一つ。

この謎に考えを巡らそうとした時、前方で叫び声があがった。カンセは葉をかき分けて三人のいる方に急いだ。その先の少し広い岩場の上で、ニックスが手で口を押さえて立っていた。ジェイスが彼女を後ろに引っ張る一方で、フレルが身を乗り出している。

前方の岩の上に何かが横たわっていた。

カンセはよく見ようと近づいた。

ニックスがつぶやいた。「かわいそうに……」

カンセはフレルの隣に並んだ。岩場の上にはコビトジカの死体が脇腹を下にして横たわっていた。四本の脚はぴんと伸びて固まったままだ。生気のない目がカンセたちを見つめている。腹部が大きくふくれていた。

「どうして死んだんだろう？」ジェイスが訊ねた。

カンセは狩人としての目で傷や血痕《けっこん》を探した。

フレルが発した言葉にカンセはぞっとした。「死んでいませんね」

「えっ？」ニックスがもう一歩、後ずさりした。その声はカンセと同じように怯《おび》えていた。

だが、フレルの言う通りだった。カンセが改めてよく見ると、錬金術師の言葉に反応してシカの目が声の方に動いた。鼻で苦しそうに呼吸しているものの、その力は弱く、胸はほとんど動いていない。

カンセはシカの状態を哀れに思った。

〈生きているのに動けずにいる〉

錬金術師ならではの変わったものへの興味から、フレルがシカに近づいて片膝を突いた。その口からつぶやきが漏れる。「首の黒いとげのようなものはもしや……？」

カンセはそんな謎に興味などなかった。大きく唾を飲み込み、シカの首から目をそらす

――だが、視線を移した先にあったのはそれよりもはるかに気味の悪いものだった。シカのふくれ上がった腹部がゆっくりと煮立つシチューのように波打っている。

「フレル……」カンセは指差しながら指摘した。

錬金術師は王子の肩をつかみ、全員をシカから引き離した。「下がって」

シカの腹部のうごめきが激しさを増した。その喉から哀れな鳴き声が漏れる。次の瞬間、シカの腹部が血しぶきとともに破裂し、もぞもぞと動く白い虫の塊を放出した。虫は一匹がカンセの小指くらいの大きさだ。虫たちは内臓や血が散らばった岩場の上を這ったり転がったりして移動している。

四人は驚きのうめき声や叫び声をあげながら後ずさりした。だが、虫たちは目が見えないらしく、カンセたちを無視すると岩場の上の明るい場所を避け、身をよじりながら茂みの葉の陰に入っていった。

「あれは何なの?」ニックスが訊ねた。

フレルが彼女の方を見た。その答えを知っているらしく、顔からは血の気が引いている。しかし、彼が答えるよりも早く、あちこちからカタカタという音が聞こえてきた。石板の屋根を雹《ひょう》が叩いているかのような音だ。

カンセはついさっきの不思議な光景を思い出した。背中を伸ばし、森の木々の隙間の方に顔を向ける。そこからは前方と後方の断崖を見ることができる。古いミヤマガラスの巣穴から握り拳くらいの大きさのごつごつした球体が次々と転がり落ちてきた。何百という数だ。前からも、後ろからも。川を挟んだ向かい側の断崖からも。

カタカタという音が激しい雹のような音量になった。

カンセが見ているうちに球体の一つが断崖を跳ねて四人の方に転がってきた。丸い形が鎧《よろい》のような複数の体節を持つ生き物に変わり、その背中には一列に並んだ黒いとげと半透明の羽がある。威嚇するような羽音とともにそいつが飛び立った。

〈あのとんでもない生き物はいったい何だ?〉

フレルがカンセの心の中の問いに答えた。

呪いの言葉を思わせる名前だった。

「スクリーチ……」


ニックスは恐怖に怯えて霧にかすんだ森の中を見回した。周囲から聞こえていた乾いた骨を思わせるカタカタという音に代わって、ブーンという羽音が音量を増す。耳障りな音は乾燥したカヤツリグサの茂みに引火した炎のように広がっていく。心臓の鼓動が大きくなる中、ニックスは逃げようと身構えたが、フレルが彼女の目を見て首を横に振った。

錬金術師はカンセをつかみ、姿勢を低くさせた。「動いてはいけない」小さな声で警告を発する。

ジェイスがニックスの手をつかみ、地面に引き寄せた。ささやき声で話しかけるその言葉はフレルに向けたものだ。「スクリーチは何百年も前に絶滅したはずでは？」

「本に記されている言葉は事実ではなく期待に基づいて書かれていることが少なくない」フレルがうずくまりながらニックスたちの方を向いた。早口で伝えるその内容は、四人が生き延びるために必要な知識だった。「スクリーチははるか昔の災厄だ。背中のとげで獲物を麻痺《まひ》させ、尻の針でその体内に卵を産みつける。卵からかえった幼虫は生きたままの獲物を餌にする。スクリーチは目が見えず、大きな物音と獲物が吐く息のにおいを頼りに狩りをする」

ニックスはコビトジカの無残な死体に目を向けた。食欲旺盛なウジの大群に食い荒らされているが、すでに死んでいるのがせめてもの救いだ。幼虫のほとんどは木々の下の暗がりに姿を消したが、何匹かはまだ死体の残骸《ざんがい》をあさったり血だまりの中でうごめいたりしていた。岩場に漂う悪臭は殺されて間もない獲物の肉や血のにおいではなく、腐敗から来る強烈な死臭だ。

フレルが死体の向こうを指差した。「上に向かおう。今もまだ、そこが私たちにとっての唯一の希望だ。ただし、慎重に進まなければならない。吐く息が広がらないようにしないと」フレルはローブのゆったりとした袖口で口と鼻を覆った。こもった声で指示を続ける。「あとは女王が眠っていることを祈るだけだ」

その謎めいた言葉とともに、錬金術師は先頭に立って歩き始めた。

ジェイスがシカの死体のところで動きを止めた。「待ってください」マントの端で口を押さえたまま声をあげる。「ハーシンによる『原始生物学』の朽ちかけた版を筆写したことがあります。四百年前に書かれたものです。その中にスクリーチについての記述がありました。その攻撃を防ぐために使えそうな方法についても。ハーシンによると、幼虫は獲物にある種の香りを注入して、その肉が自分たちの巣だということを表します。ほかのスクリーチがすでに幼虫のいる生き物に卵を産みつけないようにするためだとか」

フレルが感心するようにジェイスのことを見た。これまでとは違う目で友人のことを見ているのがはっきりとわかる。ニックスはジェイスとの会話を思い出した。昇天のためのローブを試着した日のことだ。何だかはるか昔のことのように思える。あの時、二人は写字室での教育にもほかでは得ることのできない大切な意味があるという話をした。

「その知識が僕たちにどう役立つんだい？」カンセがまわりを見回しながら訊ねた。

ジェイスはひざまずき、血と内臓が散らばった中にマントを浸した。「そうした合図代わりの香りを体に塗りたくれば、僕たちにはすでに卵が産みつけられていると勘違いして、あいつらの注意を集めにくくなるんじゃないかな」

カンセがその提案にうなずいた。「いいね。体がこれよりももっとくさかった経験は何度もあることだし」

全員が手早くマントやローブやズボンに血をなすりつけ、頬にも塗った。あまりの悪臭にニックスは胃がむかむかした。不意にカンセが血まみれの手を近づけた。ニックスはその手をよけようとしたが、カンセの目的は彼女の肩の上にいた幼虫を取り除くことだった。気づかなかったら髪の毛の中に入り込んでいたかもしれない。ニックスはあわてて体中を探したが、そのほかにはいなかった。

全員の準備が終わると、フレルが森の中を飛び交う群れに視線を送った。「私たちがまだ襲われていない理由があるとすれば、この死体のにおい以外には考えられない。やつらの縄張りを抜けるまでの間、この悪臭が私たちを守ってくれるように祈るしかない。さあ、行こう」

四人が再び森の中を歩き始めると、次第に霧が濃くなった。木々の梢《こずえ》はかすんで見えない。スクリーチの低い羽音が四人の後を追う。空を飛ぶ動きに合わせて木の葉が揺れる。霧も震える。四人は一歩ずつ、慎重に進み続けた。

スクリーチたちは依然として襲ってこない。腕で口と鼻を覆ったまま歩き続けるうちに、ニックスは数匹のスクリーチが低木で体を休めていて、その重みで小枝が上下に揺れていることに気づいた。節のある幹に止まっている個体もいて、樹皮と一体化しているかのように見える。どうやら群れは疲れてきている様子だ。

その時、何かが彼女の上腕部にぶつかった。

ニックスは顔をしかめ、肩をねじりながらそのあたりを見た。一匹のスクリーチが腕に着地している。ニックスは動きを止め、じっと見つめた。関節のある八対の脚が袖をつかんでいた。その体も鎧のような八つの体節に分かれていて、そのうちの真ん中の二つからはそれぞれ左右に一枚ずつ、合計四枚の羽が飛び出ている。羽には小さな翅脈《しみゃく》がある。袖の上でいちばん前の体節が持ち上がり、小さな毛の生えた触角を左右に振って様子を探り始めた。四つの大顎が現れ、ギチギチと音を立てる。スクリーチはニックスの腕に止まったまま激しく呼吸をしていて、それに合わせて体節が開いたり閉じたりしている。呼吸のたびに背中の黒いとげの連なりも上下している。

ニックスはそのとげがコビトジカの喉に突き刺さっていたのを思い返した。

スクリーチは頭を下げ、ニックスの腕をよじ登り始めた。そして肩に塗った血のりに入り込む。ニックスが固唾をのむ中、スクリーチがそこで動きを止める――そしてようやく腕を離れて飛び去った。

ニックスは恐怖と安堵《あんど》感の両方で体が震えた。ふと気づくと、ほかの三人が自分のことをじっと見つめている。ニックスは先に進むよう合図した。ほどなく全員の顔を汗が伝い始めた。頬に塗った血が汗で流れてしまうかもしれない。四人はその後も無言で歩き続けた。森の至るところで体を休める群れからはできるだけ距離を取ろうと務める。だが、霧の中や葉の間を飛び回りながら狩りを続ける個体も少なくない。

頭上に視線を向けていたジェイスが足もとの乾いた枝を踏んで折ってしまった。その音に反応して二匹のスクリーチが林冠から飛来し、ジェイスは首をすくめた。二匹は彼の頭上を通り過ぎ、旋回して戻ってきた。音源を探しているのは間違いない。ジェイスがマントで口をよりしっかりと押さえた。二匹は上空をさらに二回りした後、どこかに飛び去っていった。

フレルがジェイスに向かって片方の眉を吊り上げ、気をつけるよう無言で注意した。

四人はなおも歩き続けた。

スクリーチの縄張りの広さがどれくらいなのかは誰にもわからなかったが、ニックスは無限に続くわけではないはずだと思った。群れはこの数百年の間、裂け目の下からその外に広がって被害を及ぼしていない。何かが群れをこの高い地点に押しとどめているのだろう。濃い霧のせいかもしれないし、血を塗りたくった自分たちの服から漂う悪臭のような、空気中に存在する何らかのにおいのせいかもしれない。

先を行くフレルが立ち止まり、肩を落とした。

三人が彼に近づくと、停止した理由が見えた。

行く手を川が遮っていた。向こう岸にはさらなる上りの道が続いている。

「泳いで渡らなければならない」フレルが沈痛な面持ちで伝えた。

危険なのが川の流れではないことは全員が理解した。裂け目のこのあたりは比較的平坦《へいたん》な地形で、川の流れも緩やかなので泳いで渡るのに問題はなさそうだ。しかし、向こう岸の森でも多くのスクリーチが飛び交っている。断崖には何百もの巣穴があるし、はるかに大きな洞窟も確認できる。泳いで川を渡れば服や体から血のりが洗い流されてしまい、身を守る術《すべ》がなくなる。

「危険を覚悟して進まなければならない」フレルが言った。

誰も反論しなかった。

四人は一人ずつ、冷たい流れに入った。水音で相手の注意を引かないように心がける。ニックスはジェイスの隣を泳いだ。いちばん後ろはカンセで、片手に弓を持ち、水中で左右の脚を動かしながら前に進んでいる。四人の目は上空に、そして水面の上に向けられていた。スクリーチが頭の上を通り過ぎる。そのうちの数匹が川に落下し、必死にはばたきながらもがいたものの、そのまま水面を流されていった。

四人はようやく向こう岸にたどり着いた。フレルが水中から川岸に通じる段を見つけ、その上でうずくまった。「素早く移動しなければならない。彼らの縄張りの外れに近いことを祈ろう。刺されたとしても、力の続く限り走ること。遅れる人がいればみんなで助け合うんだ」

ニックスは息をのんでうなずいた。

フレルが川岸の方に向き直った——だが、カンセがその腕をつかんだ。

「待って」王子が警告した。

フレルは眉をひそめた。

「そうじゃない」カンセが反対側の川岸の方を見た。「危険なのはわかっていますが——」

心臓の大きな鼓動と空中の恐怖のせいで、ニックスは遠くからこだまするザイラサウルスの咆哮のことを忘れかけていた。追跡者の一団が甲高い鳴き声をあげている。獲物が近くにいることを察知したのだろう。

カンセが目を丸くして三人を見た。だが、「待って」と言うばかりだ。

けだものたちの勝利の雄叫びが大きくなり、興奮した様子の鳴き声が裂け目一帯に反響する。ただし、その音が聞こえたのはニックスたちだけではなかった。スクリーチの群れが頭上を通過し、すべての個体が咆哮する一団に向かって飛んでいった。侵入者たちの動きを麻痺させ、新たにやってきた温かい巣に一番乗りして卵を産みつけようと競い合っている。しばらくの間、裂け目を下る大群で川の上空が覆い尽くされた。

スクリーチが通過する間、ニックスはじっと水中に身を潜めた。ようやく川からブーンという羽音が消え、動きの鈍い数匹が霧の中を飛ぶだけになった。取り残された個体はよろよろと飛んでいて、流れに落ちてしまうものもいる。年を取っているのか、あるいは体が弱っているらしく脅威には当たらなそうだ。

「今だ」カンセが言った。

四人は段を上って川から出た。濡れた服は重く、足を踏み出すたびに水が滴り落ちる。

カンセが川の方を振り返った。「狩られる側になったのがありがたいなんて初めてだ」

「急がなければいけないことに変わりはありません」フレルが注意した。「あと、私がさっき言ったことを守るように」

四人は歩き始めたが、音を立てないよう気をつける必要はなくなった。ザイラサウルスの吠《ほ》える声が、枝の折れる音や石の転がり落ちる音をかき消してくれる。ニックスたちが上に向かって逃げるうちに、勝ち誇った雄叫びが苦痛と恐怖に満ちた哀れな鳴き声に変わった。ニックスは縞《しま》模様のしなやかな野獣がスクリーチにたかられている姿を想像した。噛みつかれて針を刺され、卵を産みつけられているのだ。そんな彼らを哀れむ思いが心をよぎる。コビトジカの無残な死体を見た後ではなおさらだ。

〈どんな生き物であろうとも、あんな悲惨な最期はむごすぎる〉

後ろに注意が向いていたため、ニックスは前方で急に立ち止まったフレルの背中にぶつかってしまった。後ろによろめいた彼女は、後ずさりを始めた錬金術師によってさらに押し戻された。

ニックスはフレルが後ろに下がった理由を目にした。前方の森が開け、裂け目の断崖面と大きな洞窟の入口が見える。森はその入口までトンネルを掘り抜いたかのようになっていて、木々の枝には銀色の網のようなものがべっとりとこびりついている。

洞窟の奥からその原因が関節のある長い脚を使って歩きながら現れた。牛と同じくらいの大きさだが、背中は鎧のような板状の甲殻で覆われている。その後ろにはふくらんだ腹部がつながっていた。四人に向かって二本の長い触角を振っている。その先端にはカットした黒いダイヤモンドを思わせる目が付いていた。

その生き物が最前部の甲殻を持ち上げると、鋭い大顎を持つ三角形の頭がギチギチと音を立てた。段のところまでやってくると、四人の行く手をふさぐように立ちはだかる。

フレルが全員を押し下げながらうめいた。「スクリーチの女王だ」

31

カンセはほかの三人を後ろに下がらせた。自分たちに開かれた道筋はたった一つ、それしかないとわかっている。

〈あの忌々しい化け物を突っ切っていくこと〉

カンセは片膝を突き、弓を構え、弦に矢をつがえた。目の前の存在に対する恐怖をこらえようとする。クモとハチが一つになったかのようなその姿は、イフレレンの地下室深くで継ぎ合わされて表に引っ張り出された生き物であるかのように、あるいは彼らのあがめる邪神スレイクが生み出した悪魔であるかのように見える。女王は四人を威嚇するような大きな音を発し、それとともにぬるぬるした腹部に連なる唇をすぼめたような穴から怪しい気体を吐き出した。それが有毒なのかどうかはわからないが、太陽の光を浴びて膨張した死体の腐った内臓のにおいがする。

女王が四人に向かってくる。岩に突き刺すようにして体を支える足の裏側には、鋭い鉤爪状のとげが並んでいる。

カンセはその場に踏みとどまった。弦を頬の位置まで引くと、矢羽根が耳をくすぐる。

頭部を覆う甲殻の先端に半ば隠れた黒っぽい三角形の頭に狙いを定め、手を離す。弦のしなる音とともに、矢が宙を飛んだ。攻撃を予期していたかのように女王が頭を前に傾けたため、鋼《はがね》でできた矢は甲殻をかすめただけに終わった。

だが、カンセは経験の浅い狩人ではなかった。最初に教えを受けたクラウドリーチの斥候からの言葉を思い出す。〈獲物を仕留めるのは一発目とは限りません。それに続けてすぐに放つ二の矢が大切なのです〉カンセは一本目の矢を当てにしてはいけないと、自分の腕前を過信して動きを止めたら絶対にだめだと教わった。ひとたび矢を放ったら、すぐに忘れることが大切なのだ。

矢が甲殻に当たって音を立てた時、カンセはすでに次の矢をしっかりと構えていた。そしてすぐさま放ったため、女王が甲殻を上げた時には次の矢はもう目の前にあり、頭の真ん中に命中した。

カンセは同じ位置からもう一本、さらにもう一本の矢を放った。

矢はすべて命中した。

それでも、女王はまだ向かってくる。

カンセは弦を頰の位置まで引き、狙いを定め、手を離した。

次の矢は女王の口に飛び込み、真っ黒な喉の奥を射抜いた。大顎が矢を真っ二つに砕くが、それに続く矢も喉に突き刺さった。

〈お代わりも食わしてやったぞ〉

女王の突進が鈍り、その脚が石畳の上を歩く大道芸人の竹馬のようにふらついた。

カンセはなおも怒りの矢を相手の頭に浴びせ続けた。そのうちの何本かはきっとあるはずの心臓を狙い、胸を目がけて放った。

けだものは段のところまで達してついに倒れ、カンセの方に滑り落ちてきた。

ようやくカンセは立ち上がり、後ずさりした。それでもなお、背中に手を伸ばして新しい矢をつかもうとする。だが、矢羽根の感触はなかった。すべての矢を射尽くしていたのだ。カンセは女王がまだ生きている場合に備えて短剣を引き抜いた。

段の途中で止まった小山のような体は幸いにも動かないままだった。死んでもなお、腹部の穴から湯気とともに不快な気体を噴き出していて、死体のまわりに広がりつつあった。

カンセはその煙からも距離を取った。

フレルがカンセに歩み寄った。ほかの二人も近づいてくる。カンセは誉め言葉や歓声を期待したが、指導教官からもらえたのは不安げな表情だけだった。ニックスとジェイスも川の向こう岸を見つめている。霧を通して聞こえるスクリーチの羽音が怒りの込められた甲高いものに変わっていた。獲物に全神経を集中させていたカンセは、群れの音の変化に気づかなかったのだ。

「あいつらが来るよ」ジェイスが言った。

女王のにおいに引き寄せられているのか、あるいはさっきの大きな威嚇の鳴き声が聞こえたのかはわからないが、スクリーチが倒された女王の復讐《ふくしゅう》をするつもりらしいのは明らかだった。

「走れ」フレルが言った。「止まったらだめだ」

四人は急いで川から離れ、湯気を放つ巨体を迂回《うかい》してはるか昔からある段を駆け上がった。カンセが先頭を走った――そのため、思い込みが間違っていたことに気づいたのは彼が最初だった。

前方では銀色の網に覆われた四、五本のトンネルが、霧にかすむ段から分岐していた。大きな黒い影がそれぞれの奥から姿を現した。

カンセはフレルをにらみつけ、ある真実を知らなかった友人を恨んだ。そのせいで全員が命を落とすことになるかもしれない。

スクリーチの女王は一匹だけではなかった。

女王は何匹もいたのだ。

ニックスは前方の段に這い出てきた濃い色の生き物たちを呆然《ぼうぜん》と見つめた。後方からは群れの怒りの羽音が恐怖の大音量を奏でていて、その接近に合わせて周囲の霧が震えている。ニックスはその羽音を皮膚や骨で感じた。頭蓋骨の中にハチの巣があるかのような騒音に耐えられず、頭を左右に振る。

その時ようやく、ニックスは自分を苦しめている音がスクリーチによるものではなく、もっと身近な存在によるものだということに気づいた。彼女の耳がとらえたのは興奮したスクリーチの羽音を切り裂くキーンという音。

ニックスが顔を上げると、翼を持つ姿が枝の間を急降下し、頭上を通過したかと思うと再び空に向かって高度を上げた。彼女を空高く引き上げようとするかのような動きだ――そしてその通りになった。

ニックスは両足の下にある岩の存在をまだ感じている一方で、空高くに向かって飛んでいた。周囲の森が見えながらも、上空に向かうとともに真下の裂け目の景色が開けていく。霧さえも彼女の視界を妨げることはできなかった。ニックスの感覚はキーンという音に運ばれて裂け目の全体に拡散し、あらゆる枝や葉の姿が研ぎ澄まされていく。川の上空を飛ぶスクリーチが見える。意識を集中させると、無数の群れの中から一匹ずつを識別できる。

ニックスは以前のこれと似たような瞬間を思い出した。修道院学校でバードとその仲間たちから必死に逃げていた時だ。短い時間だったが、学校の鐘が鳴る音とともになぜか周囲の様子が鮮明に見て取れた。その情景を利用したことで、よりしっかりとした足取りで七階から八階に逃げることができたのだった。

今のニックスには真相がわかりかけていた。

〈あれは鐘の音色のせいじゃなかったのかもしれない〉

あの時すでにバシャリアがあそこにいたのだろうか？　バードを殺した大きなコウモリを呼び寄せたのは彼だったのだろうか？

けれども、そのことをじっくりと考えている時間はなかった。

下にいる本当の自分の目には濃い色をした何体もの女王たちが映っていて、じりじりと近づきつつあった。焦りが心臓を高鳴らせ、彼女を上空の霧の中から体に引っ張り下ろそうとする。だが、戻り切れなかった。空気中のキーンという音が激しくなり、地上の段の光景をかき消し、彼女を空中に呼び戻す。ニックスはその力に逆らった。

〈みんなを助けないと〉

彼女の訴えは無視された。その代わりに、視線が無理やり沼地の方に向けられた。雷を伴う嵐の前触れのように、空気中にたまったエネルギーが感じられる。その力がフィスト火山のまわりに集まって一つになり、周囲の沼地を包み込む。次の瞬間、それが裂け目の方に押し寄せ、勢いよくさかのぼり、速度を上げながら彼女の方に向かってきた。

もう一方の目を通して、段を下りるように促すフレルが見えた。洞窟について話しているのが聞こえる。接近する群れからその中に逃げ込もうとしている。

ニックスにはそのやり方ではだめだとわかった。

上空からの目は自分の方に押し寄せる黒い波をとらえた。その暗がりの奥から二つの目が輝きを放ち、彼女の方を見つめている。ニックスはその視線に怯えた。その果てしない広がりを、深遠な気質を、悠久の存在を察知する。

ニックスはそれから逃れたいと思った。

けれども、何かが彼女の耳に甲高い音で呼びかける。その何かは無限の中のごく小さな光、実体のある身近な何か。〈バシャリア〉ニックスは温かい乳の味と、ぬくもりを分かち合うもう一つの存在のもとに戻っていく。それは彼女が理解できるもの、愛してすらいるかもしれないもの。

ニックスがそれにしがみつくと同時に、嵐が襲いかかった。ニックスは激流にのまれた小枝のように押し流された。奔流《ほんりゅう》が彼女を空から元の体に追いやる。それでもなお、力は空を飛ぶバシャリアを通して彼女の中に流れ続ける。

ニックスははっと息をのんだ。そのエネルギーで体が熱い。それがすべての骨を、すべての血管を、すべての臓器を満たす。ニックスは時を超越したあの二つの目が遠くからじっと見つめていて、彼女がこれからすることを冷静に見極めているのだと感じた。それでもなお、力は彼女の中に流入を続け、ついにはもはや抑え切れなくなる。

外に放出しなければならない。

段の上に立つニックスは両手で頭を押さえ、叫び声とともにその力を解き放った。それはあらゆる方向に放出され、世界の秘密を暴いていく。今や彼女の目から隠し通せるものは存在しない。ほんの一瞬、彼女は木の葉のすべての葉脈を、樹皮の下に潜るすべてのゾウムシを、土の中の菌類のすべての菌糸を見た。まわりの存在すべてが骨と鼓動する心臓と流れる血液になる。

だが、彼女の中から解き放たれたのは増幅された視界だけではなかった。彼女の悲鳴はバシャリアの仲間たちが持つすべての力と反響し、はるかに強力な何かが形成される。

ニックスは山頂の悪夢のことを、それと同じエネルギーが石の祭壇を破壊した時のことを思い出した。今はその時とは違って力を制御できない。

すさまじい波が体内からあふれ出し、ニックスはつま先立ちの姿勢になった。足が段から浮いていたかもしれない。その力が霧を吹き飛ばし、迫りくるスクリーチの大群を裂け目の下に押し戻す。三人の仲間も段から転がり落ち、茂みや森の中に飛ばされた。

いちばん近くまで来ていたスクリーチの女王が、石炭の燃えさしで焼かれたクモのように段の上でつぶれた。ほかの黒い影もむしられた木の葉と折れた枝に追われて逃げていく。彼女の新しい目には女王たちの心臓も見えた。その体内には小さな心臓がいくつも連なっているのだが、暗がりや岩の奥に逃げ場を求めて段から離れていく女王たちの心臓は恐怖でさらに収縮していた。

次の瞬間、それは終わった。

不思議なエネルギーがすべて残らず放出され、かかとが石の上に戻った。だが、ニックスにも体力が残っていなかった。両脚が体を支えられない。研ぎ澄まされた視界はぼやけ、かつての雲に包まれた自分に戻ったかのように、明るさと暗さの断片だけになってしまった。力が入らず、かたい石に向かって体が傾くが、二本の腕が抱き止めてくれた。

「しっかりして」ぼんやりとした中からジェイスの声が聞こえた。

するともう一本の腕が彼女を支え、体を持ち上げた。「ぐずぐずしていられない」カンセが注意を与えた。

フレルも同じ考えだった。「最初の恐怖が治まれば、女王たちは戻ってくる」

ニックスは自分が二人に抱えられているのだとわかった。片側にいるのはジェイスで、もう片方の側にいるのはカンセだ。ニックスは抵抗しなかったし、ありもしない力が残っているふりもしなかった。体を持ち上げられて段を上る間、つま先が石に当たっているだけだ。しばらく気を失っていたが、はっとして目を覚ますと混乱してわけがわからない状態だった。

けれども、ジェイスが声をかけて安心させてくれた。

徐々に視界が戻ってきたこともありがたかった。最初は緑色の森の奥行き、続いて葉や枝の形。体力が戻るのにはさらなる時間を要した。頭は二人の若い男性の間で左右に揺れるばかりだった。

ようやくフレルが止まるように指示した。「もう大丈夫だと思う。少し休んだ方がよさそうだ」

ニックスはジェイスの手を借りて倒木のところに向かった。脚が思うように動かないものの、最後の何歩かは自力で歩くことができた。ほっと一息ついて椅子代わりの倒木に腰を下ろす。ぼんやりと周囲を見回すと、巨木の先端は低い雲の中に隠れてしまっている。断崖や岩の壁は見当たらない。裂け目を通り抜けて森の奥深くに入ったところで、フレルはようやく一休みすることにしたに違いない。

〈ありがとう、大地の母よ……〉

カンセもまわりを見ていた。「クラウドリーチまでたどり着けた。これまでずっと、いつかはここに来たいと思っていたんだ」王子が肩をすくめた。「もちろん、こんな形でとは思っていなかったけれど」

「長く休んでもいられませんよ」フレルが警告した。「ヘイヴンズフェアまではあと二、三日は歩かないと着けません。それにこの森だってかなり危険ですから」

ジェイスがもと来た道の方を振り返った。「ほかの人たちはどうなったんだろうか？王国軍が裂け目のこちら側まで無事に渡れるとは思えないんだけれど」ニックスの方に向き直った友人の顔は不安で青ざめていた。「少なくとも、僕たちのようには」

カンセが疑問に答えた。「たぶんそうだろうな。でも、僕はヴァイルリアン衛兵の隊長を知っている。きっとアンスカルはハイマウントに伝書カラスを送ったはずだ。僕たちの選んだ道がわかるということは僕たちがどこに向かっているのかもわかっているわけで、そうなると目指している場所がヘイヴンズフェアだと推測するのはそんなに難しくないだろうね」

重苦しい沈黙が続いた。

ニックスは三人が自分の方を見ていることに気づいた。

フレルが何かを聞きたそうな顔で歩み寄ったが、カンセが怖い顔でにらんでやめさせた。

「後にするべきだと思う」王子が注意した。

フレルはうなずいた。

ニックスはさっき起きたことをみんなが知りたがっているのだとわかった。その一方で、彼女が疲れ切っていることに気をつかっているのだ。〈待ってもらったところで変わりはないけれど〉何らかの答えを提供できるのか、彼女自身もよくわからなかった。

ニックスは首を曲げて上を見ると、雲に隠れた林冠を探した。

ジェイスがその動きに気づいた。「君の弟ならしばらく見かけていないよ。さっきの……」声が途切れた。

「バシャリア」ニックスは小声でつぶやいた。

名前を呼ばれたのがわかったかのように、翼を持つ生き物が頭上の霧の中から現れ、彼女の方に降下してきた。キーンという音も甲高い鳴き声もなく、静かに高度を下げる。

〈私と同じように疲れ切っているのね〉

すると弟の体が傾き、弱々しくはばたいたかと思うと、真っ直ぐ地面に落下してきた。

ニックスはとっさに立ち上がり、よろめきながら前に進んだ。カンセも反対側からやってくる。二人は一緒にバシャリアを受け止め、翼に気をつけながらそっと地面に下ろした。

ニックスはひざまずいた。心臓が口から飛び出しそうだ。バシャリアは仰向《あおむ》けに寝たままで、胸はほとんど動いておらず、伸ばした首が片側にねじれている。

フレルとジェイスも急いでその場にやってきた。

「彼に何があったんだろう?」ジェイスが訊ねた。

カンセがバシャリアの頭を傾けた。「気の毒なことに、こいつは僕たちみたいにあのくさい汁という防御を持たなかった。それなのに、ずっと一緒にいた。その結果がこれだ」

王子が見せてくれたのは弟の首に刺さった何本もの黒いとげだった。フレルが血のにじんだ体毛を探ると、ぎざぎざの針が現れた。

カンセがニックスを見上げた。「つらいだろうけれど」

記録のためのスケッチ
スクリーチ
(落ちゆく者たちの道にて)

第十部
逆風をついて

間違っていることを恐れるな。ただし、正しくあろうとすることを恐れよ。

――『少年のための知恵読本』の中の警句

32

再びクラッシュ風のビオアガを身にまとって顔と体型を隠したレイフは、気球船の中央通路を大股で歩いていた。昼の食事を自分たちの船室に持ち帰るため、空っぽの籠《かご》を手に船内のキッチンに向かっているところだ。ほかの時間の食事と同じく、提供されるのはかたいチーズ、もっとかたいパン、それを流し込むためのワインの小瓶くらいしかない。

しかし、今のレイフがキッチンを目指す目的は、腹を満たすことよりも情報の収集にあった。

レイフと二人の連れ――チェーンのプラティークとブロンズの女性シーヤ――が「空飛ぶポニー」という名の気球船に乗り込んでから二日が経過していた。ところが今朝になると船室の扉に知らせが貼ってあり、船の行き先が変更になったと伝えられた。ポニーはアグレロラーポックの広大な平原の中心に広がる町トレーダーズ・フェリーに直行する予定だった。荒れ果てた無法地帯のその町ならばレイフが姿をくらます場所や手段をいくらでも提供してくれるし、新しい人生を送ることだってできるかもしれなかった。

それなのに、気球船は二鐘時《しょうじ》後にアザンティアに着陸する予定に変更されたのだ。

〈なぜだ？〉

そのため、レイフはプラティークとシーヤを残して船室を離れた。旅程の急な変更がどうにも不安で仕方がない。しかも、短い知らせにはアザンティアにどのくらいの時間とどまる予定なのか記されていなかった。アンヴィルを脱出するという彼の作戦は、滞りなく進むかどうかに成否のすべてがかかっていた。

レイフは墜落したクラッシュの気球船の残骸を捜索するシュライブのライスと、その中にブロンズ像がないことに気づいた時の彼の怒りを想像した。同じ日の夕べにアンヴィルを離陸したほかの二隻の気球船に注目し、あらゆる方角に何羽もの伝書カラスを送り込んでいるはずだ。

そのうちの一羽がポニーを追い越し、唯一無二のブロンズの宝物と一緒にこそ泥が乗船しているかもしれないという情報がすでに伝わっている可能性は排除できない。また、予定変更のタイミングも気がかりだった。たまたま運が悪かっただけなのか？――これまでの人生で嫌と言うほど経験してきたことだ。それとも、もっと悪い何らかの力が働いているのか？

レイフは船の中央に延びる通路を船尾に向かって足早に歩いた。ただし、船尾まで行く必要はない。食品貯蔵庫とキッチンのある共用室は船の真ん中に位置していて、この通路がそのまま横幅を広げたような造りになっている。レイフは両開きの扉を押し開け、大きな室内に入った。すぐに鼻を突いたのは汗ばんだ体とかびたチーズのにおいだ――ただし、どっちがどっちなのかはよくわからない。

共用室は半分に分かれていた。右側は船の食品貯蔵庫で、棚板や戸棚がある。その前面の長いカウンターのところには空色の制服姿の給仕がいる。もう一人、彼の横に立つ不機嫌そうな顔の書記の仕事は、各乗客に割り当てられた食事の量を確認しては記録をつけることだ。もちろん、エイリー銀貨を一枚か二枚ほど余計に渡せば、乾燥果物、牛乳を凝固させた冷菓、塩漬けの肉などの贅沢《ぜいたく》品を買うこともできる。石炭の熱を利用してパンやチーズを温めるドラフトアイアン製の小さな窯もあるが、それを使用するにはさらに半エイリーが必要だ。イムリの商人用の船室を予約するために有り金のほとんどをはたいてしまったレイフは、そんなささやかな贅沢に残り少ない硬貨を無駄にするわけにはいかなかった。

革製のかぶりものと亜麻布というビオアガの装いで頭は隠れているものの、レイフはうつむいたまま共用室に入った。食品貯蔵庫がある方に向かいながら、さりげなく室内を見回す。

左側に当たる共用室のもう半分の造りも右側とほぼ同じだ。ただし、そちら側のカウンターにはほこりまみれの瓶を固定した棚や、床に並んだ酒樽を守るという役割がある。カウンターの奥には年配の女性が立っていて、香辛料を利かせた酒、エールの大型ジョッキ、甘みの強いワインの瓶などを客に手渡す。また、様々なタバコの葉も販売しているが、パイプを吸えるのは火の使用が警備員によって見張られている共用室の中だけだ。そのような監視の目に対しては誰も文句を言わない。自分たちの頭上に浮かぶ危険の存在は乗客全員が承知している。

レイフは室内を横切りながらここにいるほかの乗客たちにも目を配った。十数人のほとんどががに股のガルドガル人だが、革製品のような艶《つや》のある肌をしたアグレロラーポック人の姿もある。アグレロラーポックの人たちは袖の二の腕のあたりを四角く切り取っていて、各自の牧場を示す焼き印が見えるようにしている。乗客の何人かがレイフに顔を向けた。西に向かうこの気球船の百人あまりの乗客のうち、レイフたちは数少ないクラッシュ人のうちの一組だった——レイフがこれまでに確かめることができた範囲内では、という意味だが。

室内を横切るレイフに向けられる険しい眼差《まなざ》しは、警戒感からあからさまな敵意まで様々だった。この二日間、レイフは食事の手配をプラティークに任せていた。正体を隠すためにはそうする必要があった。イムリのカーストの一員を装い、クラッシュ語を不自由なく話せるこのチェーンの男ならば、ほかのクラッシュ人に話しかけられたとしても自然に会話ができる。一方、レイフは独特の抑揚を持つ彼らの言葉は少々の単語だけしか知らなかった。だが、そんな用心は必要なかった。プラティークが乗船しているほかのクラッシュ人たちから声をかけられることはなかった。

　彼らが船室からほとんど出てこない理由は明らかだった。気球船の船内は緊張と敵意が高まった状態にある。エア・リグでのクラッシュの船の炎上は全員が目撃した。船内は不信感に満ちていた。ほとんどの乗客たちは、あのような攻撃を受けるからには相応の理由があるに違いないと考えるようになった。そうでなければ、犯人が南クラッシュの神帝の逆鱗《げきりん》に触れるような行動を起こすはずがない。それに加えて、報復があるのではないか、あるいは戦争が勃発《ぼっぱつ》するのではないかという恐怖も、ポニーが海を渡っている間に募っていった。そうした不安にははけ口が必要で、その対象になったのが異なる言語と人付き合いのよくない性格を持つクラッシュ人の乗客たちだったのだ。

　プラティークによるとある乗客から唾を吐きかけられたという。イムリにとっては耐えられない屈辱だが、無用な注目を集めたくなかったためプラティークは黙ってこらえた。乗り合わせた人たちの敵意ある態度をほかのクラッシュ人たちも察知したに違いない。不信感をさらに高めないようにと、彼らは船室に引きこもり、ほかの乗客たちをできるだけ避けるようになった。

　間の悪いことに、レイフは理由の説明がない突然のアザンティアへの立ち寄りによって、緊張がこれまでになく高まったことに気づいた。共用室内を移動するレイフに向けられる顔は、どれも嫌悪感に満ちあふれていた。その視線からは怒りがほとばしり、自分たちの不安も含めたあらゆる原因はこの男にあると責めているかのようだった。

レイフがここにやってきたのは、ポニーが急遽《きゅうきょ》アザンティアの発着場に着陸しなければならなくなった理由を知っている人がいるか、こっそり探るためだった。船の食品貯蔵庫の前に置かれた長椅子までのたった数歩の間に、室内の空気を察したレイフはそのような試みが無理だということだけでなく、余計な注目を集めたりすれば船尾の補助艇用の甲板から船外に放り出される可能性すらあると判断した。

アザンティアで船を降りるのが賢明なのではないだろうかと考慮する。アグレロラーポックまでの残りの旅程のリスクよりも、自分たちを追う者たちの目と鼻の先で身を隠す方がまだましかもしれない。

「何をご所望で？」レイフがキッチンの食品貯蔵庫の前に行くと、持ち場に就いていた給仕が訊ねた。

レイフは籠をカウンターの上に置き、伝票を差し出した。「通常の分でけっこうです」ハレンディ語が堪能《たんのう》ではないふりをしてぎこちない口調で伝え、「いつもありがとうございます」とさらに丁寧に付け加える。

給仕はそんな礼儀正しい態度にしかめっ面を返し、籠を手に取ると食べ物を入れるため棚の方を向いた。ゆっくりとした動作は明らかに意図的で、無言の軽蔑《けいべつ》が感じられる。給仕の手は切り分けたばかりの黄色いチーズではなく、すっかり固くなった塊に伸びた。その縁には濃い緑色のカビが生えている。給仕は古いチーズを籠に入れた。それに続いて用意されたパンも一部が黒く変色していた。

レイフは気づかないふりをした。〈今は文句を言っている場合じゃない〉カウンターの近くにあるテーブルからつぶやき声が聞こえる。レイフの耳に届くようにあえて大きな声でけなしている人もいる。

「……くそ忌々しいクラッシュ人……」

「……あいつら全員を焼き殺しちまえよ……」

「……船から突き落としてやればいい……」

長椅子の奥にいる年老いた書記――その表情はもううんざりだという嫌悪感で固まったままだ――がレイフの伝票を受け取り、籠に入れた食料に印をつけた。袖の二の腕のあたりが四角く切り取られているので、アグレロラーポック人だとわかる。ただし、その焼き印が別の傷で消してあるのは、かつて所属していた牧場から追放処分を受けた身だということを示している。おそらく彼にとっては空が唯一の居場所なのだろう。

「ほかには何か？」書記が淡々と訊ねた。これまで数え切れないほど客に質問してきた決まり文句に違いない。「チーズを温めましょうか？」

レイフは首を横に振った。たとえそのための硬貨を持ち合わせていたとしても、石のようにかたいチーズをやわらかくしてもらうことなく、さっさとこの場から立ち去る方がよさそうだ。

背後から特有の抑揚を持つこもった声が聞こえた。「温めてやってくださいな」その女性が言った。「私がお支払いしますから」

レイフが声の方を振り返ると、刺繡《ししゅう》入りのビオアガをまとった別の人物がすぐ後ろに立っていた。女性がすぐ隣に移動したが、やや距離が近すぎる。不穏な空気に支配された共用室内で仲間を欲しがっているに違いない。

レイフは心の中で悲鳴をあげた。「べ……ベン・ミディ」相手の抑揚を必死に真似て、クラッシュ語の挨拶をどうにか返す。

レイフとしてはその女性の親切を拒みたかったが、その意図を伝えられるほどクラッシュ語が流暢《りゅうちょう》ではなかった。それにここで正体が明かされることだけは避けたかった。共用室にはすでにいらだちを募らせた一団がいるところに、変装していることがばれたりすればどんな反応が返ってくるか、考えたくもない。レイフは後部甲板からはるか下のクラウドリーチの森までの長い落下を想像した。ポニーはあの緑に覆われた広大な一帯の上空をほぼ通過したところだ。突き落とされれば母の生まれ故郷への劇的な帰還が実現するが、こんな思いがけない形での訪問は勘弁してもらいたい。

隣に並ぶクラッシュの女性は一枚のエイリー銀貨をカウンターに置いた。手袋をはめた指で硬貨を書記の方に動かすと同時に、半エイリーのお釣りを返す必要はないと伝える。

「お手間を取らせて申し訳ないですから」歌うような調子の声だ。

書記はひったくるように銀貨をつかみ、思いがけない幸運を給仕に見せびらかした。カビの生えた塊をちょうどいい具合に熟成したチーズとすぐに取り換えてから、二人の男性はドラフトアイアンの窯のところに向かった。

チェーンの女性が顔を寄せた。「チーズが温まるのを待たないといけないので……」その小声から抑揚は消えていた。鋭い刃物の先端がレイフの脇腹に突きつけられる。ちょうど腎臓があるあたりだ。「話をしようじゃないか」

レイフは少しだけ顔を動かし、相手の顔を隠す布地の隙間から中をのぞき見た。見つめ返す銅褐色の目にははっきりと見覚えがあった。

ありえない状況に置かれ、レイフは負けを認めて目を閉じた。

その女はライラ・ハイ・マーチだった。

プラティークは船室の窓の前に立ち、またしても同じことを考えていた。〈私はここで何をしているのだろう?〉こそ泥と彼が盗んだ宝物に同行すると同意したのは、価値のある戦利品をイムリ・カーに提供できるという思いからだった。それを利用すれば自由を得られるかもしれないという期待もあった。

プラティークは鉄製の首輪を指でまさぐった。首輪が結合された時の喜びと恐怖は今でも覚えている。熱した金属による傷跡は今も残っていて、熱を遮断するために陶器の保護材を使用していてもなお、皮膚が焼けてしまったのだ。首輪は錬金術の高位水晶を得たという輝かしい成果を示す一方で、主人のレリス・イム・マルシュと永遠に結びつけることにもなった。プラティークはこの重荷から自由になるのはどんな気分だろうかと想像した。この錨が切り離されれば、本当に体が宙に浮かぶのではないかとも思った。

その夢でさえも期待と恐怖が入り混じっている。

プラティークは首から手を離した。

アンヴィルの発着所で、レイフは乗る気球船の変更を最後の最後までプラティークに伝えなかった。そのため、プラティークは彼の後を追うよりほかなかった。だが、この新たな道筋はどこに通じているのだろうか？　いずれはイムリ・カーの玉座の前にたどり着けるのか？　それとも、絆を破ったチェーンの男として、永遠のよそ者として、逃亡生活を送ることになるのか？

プラティークはその懸念をガルドガル人の泥棒に伝えようとしたものの、ちゃんとした答えが返ってくることはなかった。〈何もかもが宙ぶらりんの状態だからな〉レイフはそう言って気球船を指差し、明るい口調で曖昧《あいまい》な状況をごまかそうとした。

プラティークは船内にいるほかのクラッシュ人のグループに話しかけ、自分たちの企みを明かして許しを請うべきだろうかとすら考えた。しかし、その結果として死が待っているのは確実だし、クラッシュの紋章の入った気球船が炎上したばかりだからなおさらだった。あの悲劇は自分にも責任の一端があるのだから。

それにもう一つの問題があった。それこそが沈黙を守る本当の理由だ。

プラティークはブロンズ像に顔を向けた。

シーヤは別の窓の前に立っている。この二日間、彼女はその場所からほとんど動かず、明るい太陽の光を浴び続けていた。それればかりかビオアガを脱ぎ、裸の自分を堂々と天空の父の前にさらけ出している。父のまばゆい視線のもと、彼女のブロンズは滑らかになり、ありえないようなやわらかさと温かみを帯びていた。三つ編みの髪はほどけて細くしなやかな糸となり、頬にかかれば払うことも、耳の後ろにかき上げることもできそうなほどだった。

一目見ただけならばどこにでもいそうな色黒の女性だと勘違いすることだろう。ただし、まれに見るような美しい女性でもある。不自然さを感じさせるところは目だけだった。明らかにガラスでできているし、内なる熱で輝いている事実は無視できない。そのエネルギーが彼女の空色の瞳を雷が落ちた海のような濃い青色に変えた。恐れ多くも彼女が見つめてくれるたびに、プラティークはその視線に恐怖と不可解さを感じたが、同時に言いようもなく美しいとも思った。

プラティークは彼女の中で燃え、命と活力を与えている錬金術をまったく理解できなかった。心の中で二つの声が言い争っている。〈そもそもあれは錬金術なのか？〉〈あるいは、彼女には本当に神の手が関わっているのか？〉この不思議のせいで、プラティークは彼女とレイフから離れられなかった。その答えがどうであれ、プラティークは彼女が悠久の歴史のさらに昔までさかのぼる存在なのではないかという気がしていた。もしかすると、クラウンが炎と氷によって形成されるよりも前の、太古の言語で「パンサ・レ・ガース」、すなわち「見捨てられた時代」と呼ばれる頃の創造物なのかもしれない。

〈だからこそ、私には君を見捨てることなどできるはずがない〉

プラティークは彼女のことをもっとよく調べようと、そちら側の窓に移動した。朝から彼女に関して心に引っかかっていることがあるのだが、それが何なのかは突き止められずにいる。

太陽の光をたっぷり浴びている彼女の頰には薄いピンク色から濃い赤まで、様々な色合いの豊かな赤銅色が躍っていた。唇にはそれらの色が集まり、その赤みが口元の輪郭を際立たせている。窓の下で半ば影になった下腹部と両脚は深みのあるブロンズのままで、そこに渦巻いているのは茶色や鈍い黄色だ。光の当たっていない背中側も同じように濃い色で、それが腰回りと臀部《でんぶ》の曲線を強調している。視線を彼女の胸の方に動かすと、そのふくらみは熟したプラムほどの大きさだが、整った形をしていて、濃いブロンズ色の乳輪と乳首は上空の太陽の方を向いていた。

プラティークは彫刻作品さながらの美しさを備えた彼女の全身を眺め続けた。女神が自らをこの形で表現したと聞かされても、すぐに納得がいくというものだ。プラティークは彼女の曲線を手のひらでたどりたいと思った。男性がこのような女性に触れたいと望むような気持ちからではなく、目の前に存在する謎を調査して理解したいという学者としての思いからだった。

彼女の存在そのものと自らの感情に戸惑い、プラティークはブロンズ像から窓の外に視線を移した。

気球船はクラウドリーチの高地を通り過ぎて約束の湾の上空を航行しており、ランドフォールの断崖はすでに船尾の後方になっていた。進行方向の北の海岸線に沿ってアザンティアの町が大きく広がっている。この高さからだとハイマウントの城壁の星形を確認できる。町の港側からは青い海に向かって何千もの白い帆が連なっていた。その反対側に広がる広さ数千エーカーの発着場では多くの気球船が離着陸している。空飛ぶポニーと同じくらいの大きさな気球船もあるが、ほとんどはそれよりも小型だ。さらにはポニーですらも小さく見えるような戦闘艦が数隻、北東の係留台につながれていた。

プラティークは商売目的の、あるいは外交任務を帯びたレリスとともにあの町を何度か訪れたことがあるが、混沌《こんとん》としてまとまりのないところだという印象を受けた。帝国の首都キサリムリとは似ても似つかない場所だった。キサリムリは「神に口づけされた」を意味するその名前の通りの町だ。プラティークは川の流れる庭園、真っ白な宮殿、神聖なる神々の黄金像を頂く三十三本の尖塔《せんとう》を思い浮かべた。イムリ・カーの厳格な支配のもとで、規律は常に守られている。生まれの卑しいカーストにはすべてそれぞれの役割があり、大きな歯車の一部として、与えられた務めから逸脱するなどという大それたことは誰も考えない。

〈私を除いて〉

カーストや規則から解放されたこの新しい役割は、プラティークの心を躍らせると同時に恐怖で包み込んだ。これまでずっと、プラティークは自由を、鉄の首輪が外せる日を夢見てきた。だが、この道はどこに至るのだろうか？　危険は大きいが、プラティークは死を恐れていなかった。これまでの人生は常に短剣を喉に突きつけられていたようなもので、どんな過ちでも犯したら最後、命を奪われていたはずだ。彼の胸を苦しめ続けていたのは、自分で決断する人生への思いだった。クラッシュという大きな機械から解放されてもなお、結局はその願いがかなわなかったとしたら？

〈それはどんな死よりもはるかにつらい〉

窓の外を見つめるうちに、この高度では絶えず東向きに吹く風に対してタッキングを行ないながら、気球船はアザンティアの発着場へと降下を始めた。この二日間、ポニーはガルドガル領から海を越える間、クラウンの上空を逆方向に進む二本の流れに乗って飛行していた。まず船は高く上昇し、絶えず西に吹き続ける高温の風にぶつかると、その熱い流れで運ばれる。やがてその熱さに耐えられなくなると、逆向きの冷たい風が吹くあたりまで高度を下げて、風に逆らってタッキングで進む。船体が冷えると再び高度を上げる。そのように上昇と下降を繰り返しながら進む姿は、海上の大波を越える船舶と似ている。

しかし、どうやらこの先は上昇することがなさそうだ。

ポニーはアザンティアの北に位置する広大な場所に向かって旋回し、着陸の準備に入った。

気球船の方向転換に合わせて、シーヤも向きを変えた。さっきまでとは逆方向を見ている。しかも別の窓のところに移動しようとするので、プラティークはあわてて道を開けなければならなかった。彼女はランドフォールの断崖を見続けようとしていた。

〈いったい何をしているのか?〉

その時、プラティークは気づいた。午前中ずっと心に引っかかっていたことが何なのか、ようやく理解できた。気球船で移動している間、彼女はほとんど言葉を発することがなく、せいぜい一語か二語の断片で、自分だけが知っている目的地に急がなければならないことを伝えるくらいだった。この二日間、彼女はずっと西の方角を見つめていた。プラティークは彼女のこの奇妙な振る舞いに関してレイフから聞かされていて、彼の考えではシーヤの求めている何かがその方角にあるのではないかということだった。

ところが今日の午前中の間に、キサリムリの中心に位置する年時計の文字盤に太陽が作る針の影のように、シーヤはゆっくりと向きを変え始めた。真西を向いていた彼女の顔が少しずつ動き、今は東の方角を見ている。ポニーが着陸に備えて旋回を始めたことで、その変化がより顕著になった。

〈何が変わったというのだ?〉

プラティークは窓辺に立つシーヤに近づいた。彼女は断崖の奥にあるクラウドリーチの緑の原生林を見つめていた。そのさらに先にはこの陸地の中でも最も標高が高く、ほとんど雲に隠れたダラレイザのシュラウズをかろうじて確認できる。

着陸を控えた気球船が旋回を続ける中、彼女も東の方角に向きを変え続ける。

「何があったのだ?」プラティークはシーヤへの問いかけというよりも自分に対してつぶやいた。

だが、彼女はプラティークの方を見ずに答えた。「戻らなければ」

「どこへ?」

答えは返ってこない。

「シーヤ、君はどこに行きたいのだ?」プラティークは問い詰めた。

シーヤは無視を続けた。それでも、彼女の素肌の色合いが激しく変化を始めたことから、動揺しているのだとわかる。

とんでもなくまずい事態が起きているのではないかと不安を覚え、プラティークは船室の扉の方を見た。

〈レイフはまだなのか？〉

33

「教えてくれ」レイフは刃物を突きつけられ、ポニーの中央通路を自分の船室に向かって歩かされながら訊ねた。その一言にはいくつもの質問が含まれていた。〈どうしてライラがここにいるのか?〉〈彼女はどうやって俺たちを見つけたのか?〉〈彼女は俺たちをどうするつもりなのか?〉

後ろを歩くライラは短剣の先端をレイフの左の腎臓のあたりに当て続けた。温めたチーズとパンの入った籠を回収した後、彼女はレイフに共用室を出るよう命じた。籠は彼女が左手で抱えている。武器として使わせないようにするためだろう。

中央通路を歩くうちに、一筋の血が腰から流れ落ちて尻の割れ目に入った。

「どうやって俺たちを見つけた?」レイフは頭の中で渦巻く数多くの質問の中から一つを選んだ。ギルドマスターの姿を最後に見たのはボイルズの外れの検問所だった。

「危うく見つけられずに終わるところだったが、ぎりぎりのところで間に合った」その声は聞かされる側がいらだつほどに落ち着き払っていた。「この二年間のうちに、あんたがどれだけずる賢くて抜け目のないやつなのかを忘れていたよ」

「その失われた二年間は、おまえが俺を裏切ってラーク治安隊長に引き渡したからだ」

ライラは肩をすくめた。その動きに合わせて刃先が上に動き、さらに深く皮膚を切り裂いた。「その裏切りのおかげで私はラークのご機嫌を取ることができた。その関係がこの二年間はギルドに大きく貢献してくれた」

「そうかい、そんなに役に立ったのなら、俺は感謝されるべきだな」レイフは返した。そこまで無慈悲な打算が働くとは、むしろ感心するばかりだ。レイフはライラの方を少しだけ振り返った。「だが、どうやってこの船に乗り込んだんだ?」

「ボイルズにいた時、クラッシュ人の一団が売春宿から出ていったという情報が伝わった。私が火をつけた建物の裏手にある宿からだ。それを聞いてようやく、アンヴィルの刑務所であんたに遭遇した時、隣に隠れていた褐色の顔のことを思い出したのさ。あの時はあんたに出会った驚きがあまりに大きくて、そのことをあまり重視していなかった」

レイフはプラティークの容貌《ようぼう》と、ボイルズの通りを逃げる時に屋根の向こうで燃えていた炎を思い返した。

「あいにく、その情報が届いたのは遅すぎて、それに該当しそうな馬車が検問所を通過してしまった後だった。足の速い馬に乗ってあんたを追いかけるしかなかった。時間が時間だったので、気球船を目指しているに違いないと推測した。それを阻止するため、エア・リグまでジャグド・ロードを突っ走ったというわけだ」

レイフはつづら折りのあの道を馬車が上るのにだいぶ手間取ったことを思い出した。急ぎの使いや遅れた乗客などを一人だけ乗せた馬が何頭も、苦労しながら進む馬車を追い抜いていった。

〈そんな馬の中の一頭にライラが乗っていたに違いない〉

「あんたの目的地を勘違いして、クラッシュの紋章を掲げる気球船に乗ってしまった」短剣の先端が深く食い込む。「その船内から、ローブ姿の一団が馬車を降り、湾曲した角というアグレロラーポックの紋章が描かれた船を目指して走っていくのが見えた。思わず大きな声で悪態をついてしまったよ。あんたに聞こえなかったのが不思議なくらいの大声でね。どうにかその船を降り、係留索がほどかれる直前にこの船に飛び込んだというわけだ。あの船を降りられたのは運がよかったな」

レイフは炎上したクラッシュの気球船に対する罪悪感が湧き上がってくるのをこらえた。しかし、自分のせいで犠牲者はさらに増えたらしかった。

「この船の中を気づかれないように調べるために」ライラは続けた。「あんたのやり方を参考にさせてもらった。クラッシュ人の三人組の後をつけて、そいつらの船室に押し入り、三人とも始末した。そして正体を隠すためにそいつらのビオアガを失敬したのさ」

レイフは自分の手がどれほど血で汚れてしまったのかを思い、目を閉じた。「じゃあ、この予定になかったアザンティアへの着陸は？」

「昨夜、船の伝書カラスを王都に送り、誰が乗船しているのかを知らせた。今朝になって、船に対して着陸を命じるとともに、捜索に備えるよう指示する返事が届いた」ライラがさらに体を近づけた。「捜索が始まるまで、あんたをこの船内にとどめ、絶対に目を離さないつもりだ」

自分の船室まで戻ったレイフは敗北を認めた。けれども、一つの望みにかけていた。それはこの扉の向こう側にある。レイフが扉の鍵を開けると、後ろからライラに押された。レイフのローブの襟元をつかんで背中に刃先を突きつけたまま、ライラもその後に続いて船室に入った。

不安げな表情を浮かべたプラティークがレイフの方に足を一歩踏み出した——だが、同じローブ姿の人間が一緒にいることに気づき、後ずさりする。「これは何事だ?」プラティークは言うと、ライラを同胞だと勘違いして同じ質問をクラッシュ語で繰り返した。

「ビル・セ・クアーン?」

ライラはその問いかけを無視し、船室内のもう一人の乗客に気づいて息をのんだ。入口から中に数歩入ったところで動きが止まる。

レイフは全裸のブロンズ像に相手が驚いた隙を突いて声をあげた。「シーヤを紹介しよう」レイフは言った。「シーヤ、こちらはライラ・ハイ・マーチ、盗賊組織のリーダーだ」

レイフの背後に立つ脅威の正体を認識し、プラティークがさらに後ずさりした。

シーヤは二人に向かって小首をかしげ、一度だけまばたきをすると、何事もなかったかのように窓の方に向き直った。

〈ブロンズの女戦士が助けに駆けつけてくれるのではないかという期待は外れたな〉

窓の外を見ると、気球船が傾いたので近づきつつある発着場がはっきりと視界に入ってきた。

ライラはつかんだ襟元を離そうとしない。すぐに落ち着きを取り戻したようだ。「実に見事だな。これほどまでに素晴らしいとは思ってもいなかった」つぶやき声が漏れる。「あんたが盗んだ理由もわかるというものだ」

レイフは相手の声の裏にある欲望を察知し、それを利用しようと試みた。「大金を手に入れることができるぞ。二人で山分けしたとしても、かなりの金額になる」プラティークが眉をひそめたので、レイフは言い直した。「三人で山分けしたとしても」

ライラは黙ったままだ。選択肢を考慮に入れつつ、レイフの申し出を考えているのだろう。この場でレイフとプラティークを殺して宝物を独り占めしようと思えば、彼女なら可能だ。けれども、アザンティアに知らせるという手をすでに打ってしまっていた。この戦利品を盗みたいのならばレイフたちの助けが必要になる。始末するのは後でもできる。もちろん、いちばん簡単で安全な方法は計画通りに事を進め、戦利品をアザンティアで王国軍に手渡すことだ。彼女は協力の報酬としてわずかばかりの金を手にできる。

レイフは肩越しに振り返り、ライラがどのような決断を下すか推し量ろうとした。

ライラはブロンズの宝物をじっと観察していた。戦利品が目の前にないならば、適切な戦略を冷静に立てることができる。しかし、今のシーヤは太陽の光を浴びて輝き、無尽蔵の富を保証する松明《たいまつ》が赤々と燃えているかのように見える。

ライラが決意を固めたようだ。「それはだめだ……」

彼女が何を拒んだのか、レイフにははっきりとわからなかった。その一方で、短剣はまだ腎臓を貫いていない。ライラの視線が彼の方に動いた。さらなる説明を続けるかのようなーーその時、眼下の世界が爆発した。

全員が窓の方を向いた。ただし、刃先がレイフの脇腹を離れることはなかった。

広大な発着場のあちこちで何隻もの気球船が大きな炎を噴き上げている。炎と煙の中でちぎれた気球の破片がはためく。隣の船に、そしてその隣の船にと、次々に引火していく。地上に接近中だったポニーが針路を変え、惨劇から離れ始めた。

船が方向を転じている時、レイフは一隻の快速艇が操船のための小さな炎を噴きながら、燃える発着場の上空を飛んでいることに気づいた。燃える家から一匹のネズミが脱出しようとしているかのように見える。しかし、そのネズミは逃げようとしているわけではなかった。その船尾から濃い色の小さな樽状の物体がいくつも投下されて燃え上がった。そのうちの一つが係留された別の船に命中した直後、気球が破裂して炎の塊と化した。その後も快速艇は上空を飛び続け、破壊の爪痕《つめあと》を残していく。

レイフは二つのことに気づいた。

快速艇の船尾ではためく小さな黒い旗にはクラッシュの紋章の交差した剣が描かれている。レイフは理解した。

〈これはアンヴィルで起きたことに対する帝国の復讐だ〉

レイフはライラの方を見た。彼女が送り出したのと同じような伝書カラスがほかにも昨夜のうちに何羽も放たれ、アンヴィルでの破壊と死の知らせがアザンティアの町のあちこちに伝わったに違いない。そして王都に潜むクラッシュの工作員の耳にも情報が届いたというわけだ。

レイフは窓の外に向き直り、快速艇に関するもう一つの点に着目した。その針路は真っ直ぐではないものの北東方向を目指しており、行く手にある防御の厳重な一角には大型の戦闘艦が係留されていた。ハレンディ王国の太陽と王冠の紋章の入った巨大な気球がその上空に浮かんでいて、攻撃する船にとっては格好の標的になっている。

快速艇が速度を上げてそちらに向かうが、レイフは失敗に終わるだろうと予想した。

小型の船が係留された戦闘艦を目がけて疾走していると、発着場の端に沿って設置された弩砲《どほう》――巨大な石弓――から火槍《ひやり》がいっせいに放たれた。長い槍が炎と煙とともに宙を飛ぶ。そのうちの一本がクラッシュの快速艇に命中し、鋼の先端が船体を砕いた。別の一本が燃えながら気球を貫通し、一瞬で破壊する。快速艇の残骸はそのまま四分の一リーグほど飛行した後、炎の糸を引きながら地上に落下した。巨大な戦闘艦の係留台まではまだかなりの距離がある地点だった。

しかし、すでにもたらされた被害は甚大だった。

アザンティアの発着場のほぼ半分が燃え、煙に包まれていた。

しかも、損害はそれだけにとどまらなかった。

プラティークがあわてて窓から後ずさりしたかと思うと、弩砲から放たれた火槍のうちの一本がすぐ目の前を通過した。火槍はポニーの気球に命中し、その衝撃で船体が激しく揺れる。全員が頭上に目を向け、固唾をのんだ瞬間、こもった爆発音が響いた。

火の玉が空高く噴き上がり、大量の煙がその後を追う。

ポニーが片側に傾くと船体が回転し、窓の外には炎に包まれた地上に代わって約束の湾が見えた——そして船がさらに傾いた。

船首側に投げ出されて室内を転がりながら、レイフは運命を受け入れた。

〈アンヴィルで引き起こした破壊がこんな形で俺に返ってきたんだ〉

レイフは以前に母から聞かされた教訓を思い出した。「悪い行ないをしたらその報いが来る前に正しなさい」

〈その言いつけをちゃんと守るべきだった〉

それに続く教えはもっと簡潔だった。

ライラがレイフをつかみ、扉の方に突き飛ばした。「ぐずぐずするな！」


プラティークはその命令を直ちに理解した。これまで何度も気球船で空を飛んだ経験があるので、彼女の意図はわかる。続いて予想通りの指示があった。

「補助艇に向かえ」

彼女がせかしているのも当然だ。脱出までに残された時間は限られている。小型の補助艇は地上と空中の間で乗客や荷物を運ぶために使用するのが本来の目的だが、船が墜落しそうになった場合の脱出手段としての役割も兼ねている。また、たいていの場合、その数は乗客全員を乗せるには圧倒的に足りない。さらにまずいことに、補助艇はすべて船尾に固定されているので、この船室からそこまで行くには船内をほぼ縦断しなければならない。

レイフがギルドマスターの命令を無視して船室の奥に呼びかけた。「シーヤ、俺のところに来い！」

プラティークもそちらを見た。ブロンズの女性は窓辺から動かず、両脚を開いて踏ん張った姿勢で、片手は窓枠をしっかりとつかんでいる。シーヤがレイフの方に視線を向けた。彼女が言うことを聞くのはこの泥棒の指示だけだ。

そう思いながらも、プラティークは手を伸ばし、彼女のもう片方の手を握った。その手のひらは燃えるように熱い。不安の表れなのか、肌の色も落ち着きなく変化している。プラティークはシーヤを引っ張って動かそうとしたが、彼女は再びゆっくりと東の方角を向いた。どういうわけか、そちら側に引き寄せられているのだ。

ライラが大声で罰当たりな言葉を吐き捨て、踵《きびす》を返すと部屋を飛び出していった。どんな宝物よりも自分の命の方が大切だと判断して見捨てることにしたようだ。半開きの扉の向こうを大声でわめきながら乗客たちが逃げていく。半裸の人も少なくない。船首側への傾きが大きくなる中、全員が船尾の方向に急いでいた。

レイフがブロンズの女性に駆け寄った。「シーヤ、行かなければならないんだ。君は墜落しても平気かもしれないが、俺たちはそうはいかないんだよ」

彼女はその声を無視して、ランドフォールの断崖がある方角を見つめている。

プラティークはまだ彼女の手を握ったままだった。「私たちと一緒に来てくれ」プラティークは訴えた。「君の行きたいところに連れていってあげるから。誓ってもいい」

シーヤがプラティークの顔を見た。プラティークの指を握る手に力が入る。その誓いを必ず守らせるからと無言で伝えているかのようだ。

「できる限りのことをする」プラティークは約束した。

ようやく動き始めたシーヤは、プラティークと一緒に扉の方に向かった。レイフは彼女の反対側に付き添った。「最後の補助艇が出発してしまう前に乗り込まないと」一行が通路に出るとそこにはすでに人の姿はなく、置き去りにされた荷物が散らばっているだけだった。ふたが開いて中身が見える荷物の中には、宝石が詰まったものもある。レイフが船尾側を指差した。「シーヤ、俺たちを船尾まで連れていってくれ」

ブロンズの女性は小さくうなずき、先頭に立った。最初はゆっくりと歩き始め、すぐにその速度が上がる。プラティークとレイフもその後を追った。通路の床は船尾方向を上にして傾いたままだ。ケーブルが不気味にうめいては船が揺れるので、三人とも走りながら体が左右に振られる。それでも通路にほかの乗客がいないため、すぐに船体中央の共用室までたどり着いた。

ところが、部屋の向かい側には大勢の人々が集まっていて、パニックに陥った乗客たちがポニーの船尾側に通じる出口をふさいでいた。シーヤは速度を緩めることなくその中に突っ込んでいった。乗客の腕や首根っこをつかみ、ぬいぐるみの人形を相手にするかのごとく脇に放り投げる。襲いかかってきた何かの正体を群衆が理解できるまで一瞬の間があった。長身で全裸のブロンズの女性が天空の父からのエネルギーで動いていて、その目は溶鉱炉のような輝きを発しているのだ。瞬く間に恐怖の悲鳴が広がり、仰天した乗客たちが逃げたおかげで道ができた。

シーヤは残った人々を肘で押しのけて船尾側の通路に突き進んでいく。プラティークとレイフもその後に続いたが、通路の先は乗客と乗組員で身動きが取れない状態になっていた。だが、先ほどの悲鳴がすでに彼らの注意を引いていた。人々が自分たちの間にいる燃える女神からいっせいに離れていく。ほかの人の体によじ登って逃げる人もいる。ほとんどの乗客や乗組員は人のいなくなった左右の船室に飛び込んで逃れた。

シーヤは残った人たちを突き飛ばしながら進み続けた。彼女が通り抜けた後に残っているのは倒れたりうめいたりしている人たちばかりだ――それに気づいた前方の乗客たちもあわてて通路から姿を消す。

ようやくプラティークたちは船尾の船倉にたどり着いた。ロープで縛られた木箱や樽が天井まで山積みになっている広い空間内には、悲鳴と叫び声がこだましていた。結んでいたロープが切れてひっくり返っている山もあり、床に木箱が散乱している。混乱に拍車をかけているのが船倉内に充満する煙で、後方の開口部から流れ込んでいた。

一行はその明るさに向かって進んだ。船尾側の出入口は開け放ってあり、外の景色が見える。空には炎と気球のちぎれた断片が舞っていた。船首を下にして傾いているため、ポニーの船尾側は頭上の気球の残骸が見える角度になっている。新たな爆発音が船体を揺らし、船の落下が加速した。炎と気球の断片が空高く噴き上がり、ほんの一瞬だけ空を見通すことができた。

全員がバランスを崩した——シーヤを除いて。

「あそこだ！」レイフが叫び、船倉の開口部を指差した。

シーヤが指示を理解した。プラティークとレイフの腕をつかむと、二人を半ば引きずりながら傾いた船倉を進んでいく。プラティークたちはドラフトアイアン製の支柱があるところにたどり着いた。支柱は開口部の手前に並んでいて、普段はそこに船の補助艇がつながれている。

全部で六隻のうち、残っているのは二隻だけだった。

炎と断片が見えなくなった隙を突いて、そのうちの一隻が勢いよく外に飛び出していった。地上にある巨大な石弓と同じ仕組みだ。覆いのついた小船のような形状をした補助艇が空高く弧を描く——次の瞬間、丸みを帯びた上部から小さな気球が開き、船体が真っ逆さまに海に落下するのを防いだ。錬金物質の小さな炎をその船尾から噴き出すと、補助艇は炎上するポニーから遠ざかっていった。

シーヤは残る一隻の補助艇に向かった。その船尾の扉はまだ開いている。その手前の床に倒れている人のうちの数人が体を起こした。一人が這うようにして補助艇に乗り込もうとしたところ、すぐに首を押さえて後ろ向きに倒れる。脇腹を下にして倒れたその男性の喉には柄のないナイフが突き刺さっていた。

プラティークは小船のまわりの人たちがショックで呆然となって横たわっているわけで

はないことに気づいた。

死んでいるのだ。

中から叫び声が聞こえた。「やっと来たな！」

シーヤに抱えられて扉に近づくと、補助艇の中にはライラがしゃがんでいた。ほかに乗客はいない。ライラは片手に刃が血で赤く染まった短い剣を、もう片方の手には銀のナイフを握っていた。彼女はプラティークたちを見捨てたのではなく、先回りして補助艇を確保し、武器を使って席を空けておいたのだ。

「早く乗れ」ライラが命令した。

シーヤが二人を船内に放り込み、それに続いて船に乗り込んだ。ほかには青い制服姿の乗組員が一人、操縦席に座っているだけだ。最後に乗り込んできた乗客を見て、乗組員の顔が恐怖で歪んだ。

全員が船内に入るとすぐ、ライラが乗組員に剣を突きつけた。「死にたくなければすぐに船を出せ」

レイフが補助艇の手前で逃げようと必死な乗客たちを振り返った。その中には子供を肩に担いでいる人たちもいる。「待ってくれ。まだあと何人か――」

補助艇が急発進したため、全員が船尾の扉から外に放り出されそうになった。プラティークは天井からぶら下がる革製の輪をどうにかつかんだ。それでも体が浮き上がり、宙ぶらりんの体勢になる。レイフもシーヤが襟をしっかりとつかんでくれたおかげで船外に飛ばされずにすんだ。

空高く浮上した補助艇の船首が下向きになる。

プラティークはずっと息を殺していた——ようやく頭上でボンという大きな音が響く。気球がふくらんでロープがぴんと張り、船の落下を食い止めた。それと同時に体が床に叩きつけられる。プラティークは咳《せ》き込みながらも安堵した。

開いたままの扉から外を見ると、気球から煙の尾を引きながら落下していくポニーの姿があった。船体が海に墜落すると大量の水しぶきが上がる。炎上する気球の残骸もそれに続き、波をすっぽりと覆ってもなお燃え続けた。

生き延びたことを喜びつつ、プラティークはレイフの方を見た。泥棒の顔は怒りで紅潮していて、その矛先を向けられたライラは剣を鞘《さや》に納めたものの、ナイフはまだ手に握ったままだ。

「あと十人は救えたかもしれないんだぞ」レイフはポニーの惨状を指差して声を荒げた。

「そうかもな。だが、あんたのブロンズ製の宝物の重量を考慮しなければならなかった」ライラがその価値を推し量るかのようにシーヤを見つめた。「彼女だけで数人分の重さがある」

プラティークもその通りだと認めざるをえなかった。補助艇の操縦士は操舵輪《そうだりん》とペダルを懸命に操作していて、その額には汗が浮かんでいる。乗客は四人だけなのだが、シーヤの重量が問題なのは明らかだった。船首側の細い窓を通してみると、小型の補助艇はゆっくりと海に向かって高度を下げていた。操縦士が膝の近くのレバーを引くと、船の後部から炎が噴き出した。開いたままの扉のすぐ下のあたりだ。

プラティークは錬金物質の炎から距離を置いた。

「岸まで戻るのは無理だ」操縦士が徐々に高度を下げる船と格闘して顔をしかめながら告げた。

プラティークは外の海に目を向けた。墜落に向かって高度が下がっていくうちに、ポニーは約束の湾の上空に出てしまっていた。さらにまずいことに、気球船からの脱出の際に小型の補助艇は海側に飛び出していたのだ。

操縦士は炎を操りながら補助艇を方向転換させ、遠くの海岸線の方に向けた。その間も船は海に向かって高度を下げていく。

「これでは重すぎる」操縦士が警告した。

「ほら見ろ、言った通りだ」ライラの声でプラティークは女に注意を向けた。彼女は再び剣を抜いていた。その先端がプラティークとレイフの間で揺れ動く。「どうやら積荷を減らさなければいけないようだな」

34

レイフはライラを落ち着かせようと左右の手のひらを向けたが、かえって短剣の先端を自分の側に動かす結果になった。全員を乗せておくための説得方法を必死に探す。ギルドマスターを船外に放り出すようシーヤに命令しようかとも思ったが、そんな指示を声に出した途端、自分の身の安全は保障されなくなる。それにシーヤが素直に従うかどうかも怪しかった。彼女の意思や行動が当てにならないことは、これまでに何度もあった。

とはいえ、その考えからある論拠を思いついた。

レイフは胸に手を置き、早口でしゃべり始めた。自分の命はライラを納得させられるかどうかにかかっている。「聞いてくれ、ライラ。シーヤは俺の言うことだけしか従わない。彼女を持ち逃げしたいのなら彼女の協力が必要で、そのためには俺が必要になる」

ライラは肩をすくめ、剣先をプラティークに向けた。プラティークが後ずさりする。

レイフはチェーンの男と刃先の間に体を入れた。「それにおまえは俺がわけあってプラティークを自由にしたこともわかっているはずだ。彼がチェーンの絆の関係にあるレリス・イム・マルシュは、錬金術の秘密を取引している人物だということも知っているんだろう?」

それは嘘だったが、自分から聞かされた情報を知らないと認めることはライラの性格からしてないはずだ、そうレイフは踏んでいた。

彼はその点をさらに突くことにして、プラティークを指差した。「こいつは彼のお抱えの錬金術師のトップだ。古代の謎や奥義に関してはおそらく誰よりも詳しい。シーヤを動かし続けているのは彼なんだよ。彼だけが作れる錬金物質を使って、彼女に活力を与え続けているんだ」

レイフは同意を求めてプラティークの方を振り返った。片方の眉を吊り上げて見せ、嘘の話をうまくつなげてくれと念じる。

チェーンの男は意図を理解し、腕組みをした。「シーヤのような存在は南クラッシュのごく一部の人間に知られているだけだ。私の主人はキサリムリの屋敷に大いなる重要性を秘めた蔵書を保管している。そこには古い書物が山と積まれていて、その中にはパンサ・レ・ガースの直後に書かれたものもある。イムリ・カーのドレシュリまでもその蔵書を目当てに訪れるほどだ」

「ドレシュリ……禁じられた目」ライラが不快感もあらわな表情を浮かべて翻訳した。

レイフは相手の反応が理解できた。そのような秘密結社ははるか昔の歴史をあさり、危険な知識を探し求めているとの噂がある。また、残酷で血なまぐさい方法を用い、目的をかなえるためには幼い子供を生贄《いけにえ》として捧げることもあるとも言われる。

レイフはプラティークの様子をうかがい、話した内容のどこまでが本当なのだろうかと思った。チェーンの人々が嘘をつくのは難しいことは知っている。今のプラティークの話にはある程度の真実が含まれているに違いない。

ライラも同じ結論に達したらしく、剣を下げた。「それならばほかにいい案があるのか？」

レイフにはこの質問への準備ができていた。窓の外を指差す。「北のアザンティアの海岸線には到達できないかもしれないし、南の沼地でも難しいだろう。だが、ランドフォールの断崖までならばもっと距離が短い。追い風を利用すればクラウドリーチの上空まで行けるはずだ」

「東に向かうわけか」プラティークがシーヤを一瞥《いちべつ》してつぶやいた。

レイフはうなずいた。「ブロンズの宝物が海の底に沈んでいないと判明するまでには時間がかかる。その間に姿をくらましたいのならば、あの霧に包まれた緑の森は格好の隠れ場所を提供してくれるかもしれない」

ライラが補助艇の操縦士を見た。「そこなら行けるのか？」

操縦士はため息をつき、炎を噴射して補助艇の船首を断崖の方に向けた。「行けるかもしれない。ただし、ぎりぎりのところだ」

ライラが剣を鞘に納めたが、ナイフは依然として手に持ったままだ。「生き延びたいのならばそうしろ」

全員が操縦士の後ろに集まった。濃い色の髪の男性は痩《や》せた体で操舵輪に覆いかぶさるような姿勢を取っている。巧みにペダルを操作するのに合わせて、床下に隠れた針金や歯車のきしむ小さな音が聞こえる。上腕部の袖が四角く切り取られているので、アグレラーポック人だ。牧場の焼き印は食品貯蔵庫にいた書記と同じように、二本の交差した傷で消されている。一生を空の上で過ごすことになったはみ出し者だ。気の毒な身の上だが、その結果として磨かれた技術が今のレイフには頼りだった。

補助艇は海に向かって降下を続けている。行く手を遮るかのような絶壁が前方に迫る。だが、飛び続けるうちに操縦士はその優秀な腕前を証明した。高くそびえる障害物の手前に達すると、断崖面を吹き上がる上昇気流に乗って高度を上げ、ランドフォールの断崖を乗り越えた。その後も補助艇は眼下の緑を覆い隠す霧の上空を順調に飛行した。

レイフは前方に注意を向け、母の生まれ故郷を見つめた。はるか先の地平線近くにそびえるダラレイザのシュラウズの黒い断崖は無視する。代わりにその手前に視線を向けた。白いふわふわした霧の切れ目が二カ所ある。そこは森の中の二つの湖で、緑色のアイタールと青色のヘイルサは総称して「双子湖」の名で知られている。

レイフはその二つの間を指差した。「ヘイヴンズフェアまで行けるか？」

「ああ」操縦士が答えた。「風がそっちに船を押してくれるから、どうにか行けそうだ」

ライラがレイフに向かって片方の眉を吊り上げた。ギルドマスターが見せるその仕草は称賛の言葉に等しい。しかし、レイフは油断しなかった。今のところは不安定な協力関係にあるものの、森の中の町に到着したら状況が一変する可能性もある。

レイフが振り返ると、シーヤも進行方向を見つめていた。

〈変だな……〉

レイフはシーヤの様子がおかしいことに気づいた。彼女の肩越しに扉が開いたままの船尾を見て、眉をひそめる。西の方角は船の後方側に当たる。これまでずっと、彼女は西に視線を向けていた。プラティークの方を見ると、彼はレイフの困惑に気づいた様子だった。チェーンの男は何かを知っていると言うかのように、東の方角に小さく頭を傾けた。

〈彼は何を知っているんだ？〉

ただし、今はそのことを問いただす時ではない。

ライラからもっと重要な疑問が出た。「本当にそこまで行けるのか？」操縦士を威圧するような姿勢で詰問する。

レイフは改めて前方に注意を向けた。補助艇は不安を感じさせるまでに低い高度を飛行している。白波の立つ海を航行する船のように、竜骨が霧の中に隠れている。

「心配はいらない。木々の梢近くを流れるいちばん強い風を探しているところだ」操縦士が説明した。「かき集められる限りの後押しが必要なんだよ」

実際に補助艇は速度を上げているように思えた。

それでも、レイフは天井からぶら下がる革製の輪をつかみ、枝が竜骨に当たってこすれる音が聞こえたり、逃げる船を木々がつかもうとしたりするのではないかと覚悟した。

「しっかりつかまっていてくれ」操縦士が注意を促した。

〈もうつかまっているって〉

霧から吹き上がる風に乗って船体が急浮上した。ほんの数呼吸のうちに一面の白い霧の北側の切れ目に到達し、緑色をしたアイタール湖の上空を飛行していた。この湖水は有毒だと言われている。墜落は避けたいところだ。

ただし、レイフが心配していたのはそのことではなかった。

湖の南側で輝く光が目に留まる。あそこが霧に包まれたヘイヴンズフェアの町だ。だが、このままだと船は町を通り過ぎてしまいそうに思える。レイフが補助艇の針路に疑問を投げかけようとした時、操縦士が操舵輪を勢いよく回した。アイタール湖の上空を越えたところで、補助艇が急旋回する。竜骨が霧を攪拌《かくはん》していく。船は向きを百八十度変え、船首がもと来た方角を向いた。

レイフは操縦士の腕前に疑いを抱くべきではなかったことに気づいた。

操縦士は向かい風を利用して速度を落としながら、霧に隠れたヘイヴンズフェアの町を目指した。

「うまいもんだな」レイフは小声でつぶやき、操縦士の肩をぽんと叩いた。

相手の顔には自慢げな笑みが浮かんでいる。

その腕前に感心していない者もいた。

背後から低いうめき声が聞こえた。レイフが振り返ると、シーヤの顔は今では東側に当たる船尾の方を向いていた。かろうじてうかがえるその顔には苦痛の表情が浮かんでいる。西に向かう船内で、シーヤはその反対の方角に一歩、また一歩と足を踏み出した。

「だめだ……」レイフは彼女に呼びかけた。

シーヤはレイフの声を無視した。何らかの力に引き寄せられている。

レイフは革製の輪から手を離し、彼女に駆け寄った。

だが、間に合わなかった。

シーヤは下をまったく見ないまま、真っ直ぐに歩いて補助艇の後部から出ていった。船尾にたどり着いたレイフが目にしたのは回転しながら落下していくシーヤの姿で、それもすぐ霧に隠れて見えなくなった。

呆然として言葉を失ったまま、レイフはほかの人たちを振り返った。

きっと結んだライラの唇には激しい怒りが表れている。ライラが剣を抜いた。これが何らかの策略だと思っているのは明らかで、仕返しをしようという構えだ。

「彼女を見つけ出さないと……」レイフは力なくつぶやいた。

ライラがプラティークに近づき、チェーンの男の背中に刃先を突きつけた。剣がそれ以上は深く食い込まずにすんだのは、プラティークが次に発した言葉のおかげだった。

「シーヤがどこに向かったか、私にはわかる」

第十一部
墓の歌

いざ、涙を流そう。汚れが我々の悲しみで洗われるように。
いざ、嘆きの声を高らかに響かせよう。我々の心の痛みが天空の父まで届くように。
いざ、髪をかきむしろう。我々のつらさが霧に包まれしモドロンまで通じるように。
すべてを行なうのだ——
そうすれば、大地の母が汝の大切な存在を
その温かい懐に招き入れ、この先もずっと守ってくれる。

——『嘆きの書』第十四節より

35

雲に包まれた森の奥深くで一行が体を休める中、ニックスは動かなくなったバシャリアの体を薄い毛布にくるんで抱きかかえていた。

〈私の弟……〉

ニックスはもろい枯れ葉が積もったところに両膝を突いて毛布を開き、体毛に覆われた小さな顔、繊細な鼻孔《びこう》、折りたたまれたやわらかい耳をのぞいた。この一日半の間ずっと、彼を抱えていた。その体はあまりにも軽く、骨の内部が空洞になってしまったか、あるいは何らかの魔法で骨が空気になってしまったかのような気がした。

〈それとも、すでに命が尽きてしまい、この重さのない抜け殻だけが残っているのかもしれない〉

近くに引き寄せると、花びらのように薄い鼻のひだがかすかに動いていることに気づく。彼はまだ生きている。そのことがニックスの心を引き裂き、同時に希望の光をともした。姿勢を戻すと、フレルが心配そうに彼女の方を見ていた。錬金術師はできる限りの手を尽くしてくれた。バシャリアの細い喉から有毒なとげを引き抜き、翼の下からギザギザの針を取ってくれた。傷口には薬草から作った薬を塗ったが、奇跡が起こるとは約束しなかった。〈私たちとしては、ミーアコウモリにはスクリーチに対して何らかの生まれつきの防御手段が備わっていることを期待するだけだ〉

ジェイスが隣にあぐらをかいて座った。その顔に浮かぶ寂しそうな表情はニックスの気持ちと同じだった。「彼が回復する気配はあるのかい？」

ニックスは首を横に振り、うめくように答えた。「ない……」

カンセは数歩離れたところで弓を手にして立っていた。彼は小枝を削り、木の葉や落ちていた羽毛を矢羽根として使用することで、矢の代用品を数本、作り終えていた。そうした技術はこの緑の森の斥候だったかつての師から教わったらしい。

ジェイスも長くかたい枝から槍として使えそうなものをこしらえていて、すぐ隣に置いてあった。この霧にかすむ森にはヒョウやリーチタイガーが生息していると言われるが、これまでのところは大きな脅威と遭遇することはなかった。初めて迎えた夜には火を起こしたので、そのおかげで肉食獣が近づかなかったのかもしれない。それでも、遠吠えや鳴き声は聞こえたから、そうした生き物が存在していることは確かだ。そのほかの大型の野獣は湾曲した牙を持つイノシシが一頭、ニックスたちの行く手に姿を見せたくらいで、それもジェイスが大声で叫ぶと驚いて逃げていった。ただし、ジェイスの方も怯えて悲鳴をあげただけだったのだが。

カンセはあまり愉快ではない理由でここまでの安全な道のりを説明した。〈けだものたちがクラウドリーチのこの一角から距離を置いているのは、僕たちの背後に潜む存在のせいかもしれないな〉その時のカンセは何か言いたそうな視線をニックスの腕の中のバシャリアに向けた。

ニックスは悲しみを心の奥に押し込んだ。だが、あとに残ったのは絶望感だけだった。フレルが近づいてきた。彼が何を言おうとしているのか察し、ニックスは目を閉じた。そしてバシャリアを胸にしっかりと抱え込んだ。

「ニックス……」フレルがすぐ隣に片膝を突いた。「彼が攻撃を受けてからほぼ二日がたった。そろそろ体の中に産みつけられた卵が孵化《ふか》している頃だ。毒による眠りもこの先に必ず訪れる苦痛から彼を解放してくれるわけではない」

ニックスにもそのことはわかっていた。今朝、フレルがバシャリアの翼と体の間にある薄い膜を指でつまんだ。その時、弟の体は動かなかったものの、吐き出す息が少し荒くなり、つままれたのを感じていたことがわかった。

「これから訪れるのは想像を絶するような苦痛だ」フレルが予告した。「助けることができないのに生かしておくのは、かえって彼を苦しめることになるよ」

「わかっています」ニックスは答えた。

錬金術師の言葉をどれほど否定したいと思ったところで、長く待ちすぎたのではないかということは薄々感づいていた。誰にも伝えていなかったが、バシャリアの呼吸は今まで以上につらそうになっていて、すでに最悪の事態が始まっているかのように思われた。

ニックスは弟の頭を見下ろした。自分の拳くらいの大きさしかない。愛情にあふれた翼のぬくもりの中で自分のことを見つめていた弟の目を思い出す。今ではその目も生気がない。ニックスはすでに多くを失った。父を殺され、二人の兄は行方不明。グランブルバックとの別れで心にぽっかりと開いた穴もまだ癒えていない。

〈そして今度は……〉

ニックスは自分がそれを乗り越えられないのではないかと恐れた。

カンセがそばにやってきて、腰に留めた鞘から短剣を抜いた。「僕が君をその重荷から解放してやるよ」

絶望の中に怒りの炎が燃え上がった。「彼は重荷なんかじゃない」ニックスはカンセに言い返した。「絶対に違う」

嗚咽が体を震わせる。ニックスは自分の言葉を後悔した。王子が親切心から申し出てくれたことはわかっている。けれども、謝るような気力はもうなかった。残された力を振り絞り、片手を王子に差し出す。

「自分でやるから」

カンセがためらった。ニックスの手が震え始める。彼女は王子を見上げた。涙が視界を曇らせる。カンセはうなずき、短剣の柄をニックスの手のひらに置いた。彼女は柄にしっかりと指を巻き付け、自分の意志を鋼の重さに送り込んだ。

「一人に……一人にしてほしいの」ニックスは小声で伝えた。

ほかの人たちは何も言わずにどこかに消えた。ジェイスは気づかうようにニックスの肩に触れてから、そっとその場を離れた。

ニックスは深呼吸をすると、葉が積もった上に毛布をそっと下ろした。毛布の端をまくると、細い体を包むように折りたたんだ翼が見える。バシャリアの頭が後ろに傾き、喉がむき出しになった。まるでニックスに助けを求めているかのような動きだった。

涙が流れて毛布に、弟の胸の体毛に落ちる。

ニックスは短剣を強く握り締めた。本当にこんなことができるのか、自分でもよくわからない。その一方で、激しく体を震わせるコビトジカの姿が脳裏に浮かんだ。襲われるザイラサウルスの鳴き声を聞いた時の思いがよみがえる。〈どんな生き物であろうとも、あんな悲惨な最期はむごすぎる〉

ニックスは指を伸ばし、バシャリアの顎の下のやわらかい皮膚をさすった。

〈特にあなたは〉

そりの上で身を寄せ合っていた時、弟はそこを指でさするとうれしそうな鳴き声を漏らしていた。ニックスはその場所をさすり続けながら、短剣の刃先をバシャリアの喉に近づけた――そして、なおもためらった。フレルが弟の翼をつまんだ時のことを思い出す。

〈あなたはまだ痛みを感じる。だから、これから私がしなければならないことも感じる〉

ニックスの手が震えた。苦痛を長引かせるよりも、ひと思いに深く突き刺す方がいいことは理解している。けれども、それすらも手を下したくなかった。バシャリアにはこれまでに何度も救ってもらった。たぶん、そうとは気づかずに助けてもらったこともあったはずだ。

ニックスは肩を震わせながら頭を垂れた。またしても激しい嗚咽が漏れそうだ。喉の奥から低いうめき声として湧き上がってくる。唇まで達すると、それはキーンという音となって放出された。静かな悲しみの歌だ。ニックスはそれをこらえようとも思わなかったし、不思議だとも思わなかった。ニックスは弟に向かって歌った。二人で身を寄せて眠っている時、夢の中で同じことをしていた記憶がぼんやりと残っている。

ニックスは目を閉じ、その歌が視界に取って代わるに任せた。バシャリアにささやきかける。歌の一音一音が、彼女を弟の中にある真っ暗な井戸に送り込む。そのさらに奥深くから、弟が返事をした。かすかな声は波一つない水面を伝う水鳥の鳴き声を思わせる。

〈聞こえるよ……〉

ニックスは弟に呼びかけた。こちらに引き寄せるためではなく、その傷ついた体からさらに遠くへと優しく押してやるため。ニックスはこの短剣が触れることさえも、弟に感じてほしくなかった。ニックスの歌声に対して、弟はとどまろうとする。彼女から離れることを拒む。けれども、ニックスは歌声で弟を包み込む。自らの愛と心の痛みを、悲しみと喜びを、新しい毛布の代わりにする。

その途中で、時を超越した目が井戸の真っ暗な底に現れ、彼女を見つめた。

ニックスはそれを無視した。すべての愛を腕の中の輝きに注ぐ。

〈安らぎを見つけてね、私の可愛い弟〉

彼はもう体の中にはいないとわかったので、ニックスはその喉を切り裂いた。

カンセの耳にふらつきながら近づいてくる彼女の足音が聞こえた。カンセたちは少し離れたブライアーベリーの茂みのあたりにいた。ニックスを一人にしてやるためだが、必要とされた場合にはすぐに駆けつけられるような距離でもあった。カンセは待っている間にブライアーベリーの実を集めるつもりでいたが、そんな気分にはなれなかった。ほかの二人も同じだった。三人はうつむいて立ったまま、それぞれの物思いにふけっていた。

ニックスが小さな弟に向かってあたかも歌いかけるように甲高い声を発するのは聞こえていた。彼女がそりの上でコウモリと一緒にまどろんでいる時に、同じような音を聞いた覚えがある。けれども、さっきの歌の方がより心に訴えかけた。カンセはその一音一音から愛と苦痛を感じ取ることができた。

ようやく彼女が戻ってきた。

ジェイスが近づこうとしたが、途中で足が止まる。

カンセにもその理由が見えた。ニックスの左右の手のひらは血だらけだった。彼女のトゥニカも、マントの端も。彼女は自らの手で切り裂いてからも、弟をずっと抱き続けていたのだろう。

「あなたの……手伝いが必要なの」ニックスがうめくように言った。

ニックスが立ち止まると、体がぐらりと揺れた。ショックと悲しみに耐えられなくなったようだ。カンセはすぐに駆け寄り、倒れる前に彼女を抱き止めた。ニックスはカンセに体を預けながらも、後方を指差した。

「彼を土に埋めたいの。でも……でも……」

「僕たちがやる」そう伝えると、カンセはニックスの頭越しにジェイスとフレルを見た。

「僕たち三人がやるから」

カンセはニックスを支えたまま、葉の積もった上に毛布が置いてあるところまで向かった。彼女をその脇に座らせる。カンセはほかの二人と一緒に葉をかき分け、土を露出させた。三人で小さな墓を掘る。カンセは死体を毛布にくるんだまま墓に移そうとして手を伸ばしたが、ニックスが制止した。誰にも弟には触れてほしくないようだった。

掘った墓の中にバシャリアを入れるうちに、ニックスは気力を取り戻したのだろう。彼女がしっかりとうなずいたのを合図に、カンセたちはバシャリアの体を土と葉で覆った。その作業が終わると、誰かが指示を出したわけでもないのに全員で小石を集めてその上に積み上げ、彼が眠る場所の目印とするとともにその犠牲をたたえた。

「ありがとう」ニックスの感謝の言葉はその場にいる全員に向けたもののように思えた。

カンセは小さな墓に覆いかぶさるように生える大きな木を顎でしゃくった。幹は白く、紙の切れ端のように薄い樹皮はくるりと丸まっている。その葉は片面が緑色、裏は銀色だ。これは珍しい木で、カンセがここで一休みしようと提案したのはこの木が理由だった。周囲の森はトウヒや緑色のマツも交じっているものの、ほとんどは金色の葉を持つリーチハンノキという巨木で、それらの梢は雲に隠れて見えない。

カンセは丸まった白い樹皮に手のひらを当てた。「このあたりの緑の森で暮らす部族はこの木を『エライ・シャー』と呼ぶ。『精霊の吐息』の意味だ」幹から樹皮の断片を剝《は》ぎ取り、ニックスに差し出す。筒状の樹皮は伝書カラスが運ぶ書状に似てなくもない。「これを持っているといい。この世を去った相手に話しかけたくなったら、丸まった中に向かってささやいてから焚《た》き火で燃やす。そうすれば、煙が君の言葉を空高くまで運んでくれる」

ニックスが樹皮を受け取り、涙をにじませながら胸に押し当てた。小石が積まれた方を向き、感謝の言葉をつぶやいている。

三人は彼女がもうしばらく墓の近くにいられるよう、そっとしておいた。やがてフレルが声をあげた。「もう一日が半分終わろうとしている。ヘイヴンズフェアまではまだかなりの道のりだ。動けるうちに先を目指さなければならない」

ジェイスがニックスに歩み寄った。「それとも、君がそうしたいのであれば、もう少しここにとどまっていてもいいよ」

ニックスが三人に向き合った。その表情は悲しみをたたえている一方で、強い決意がうかがえる。「いいの。バシャリアは私たちのために命を捧げてくれた。彼が与えてくれた贈り物を無駄にするわけにはいかない。進み続けないと」

カンセはニックスをまじまじと見た。彼女が本当に自分の腹違いの妹なのかを見極めようと、似ているところがないか探したこともあったが、そんなのはとっくにあきらめていた。いったい何の意味があるというのか？　血まみれになりながらも気丈であり続ける今の彼女を見るだけでも、自分と同じ血を引いているとはとても思えない。

〈マイキエンでさえも、あのような内に秘めた鋼の強さを見せたことはない〉

自分でも意外だったが、カンセは彼女にとってその方がよかったのだと思った。それに正直なところ、彼はニックスが自分の妹でないことを願っていた。その理由は単に――

「さあ、行きましょう」フレルがカンセを引っ張った。「順調に進めば明日の昼にはヘイルサまで行けます。そうすれば夕べの最後の鐘までにはヘイヴンズフェアに到着できるでしょう」

四人は再び歩き始め、錬金術師が持つ方位鏡の磁鉄鉱に従って北を目指した。

カンセは弓を手に持ち、いつでも矢を射られるようにして最後尾を歩いた。二年前に教えを受けたクラウドリーチの斥候のブレブランからは、この原生林の美しさの中に潜む危険について、多くの話を聞いた。クラウドリーチは鳥の甘いさえずり、銀色に輝く小川のせせらぎ、木の葉の間を抜けるそよ風などで、不用心な人をさらに油断させるという。切れ目なく空を覆う雲は頭上をけだるそうに漂って地上の人間を魅了し、その下にたなびく霧も人々を夢見心地にさせる。

それ以上に、森そのものが美しさで目を奪う。森は無視されることを拒む。どの方角に目を向けても巨大なハンノキの幹が連なり、その太さは大人の雄牛に匹敵する。霧の中の悠久の巨木は森を支える白い柱とも言うべき存在だ。その柱が空を支えていて、木々の先端は雲に隠れて見えない。何層にも重なった枝ではそよ風が吹くたびに金色を帯びた緑の葉がきらめき、古代から連綿と続く森による未知の言語をささやきかける。

そんなこの世のものとは思えない林冠の下に点在する濃い緑色の部分は、トウヒやマツの雑木林だ。さらに下に視線を移すと、森の地面には木の葉や針葉が降り積もり、その間からピンク色のヤナギランが顔をのぞかせる。あらゆる石や岩にも苔が緋、深紅、緑、青の鮮やかな模様を刻む。低木としてはトショウ、アロニア、セアノサスのほか、クリスマスローズが見られることもある。

カンセは真っ赤な翼を持つ十数羽の鳥が高い枝の間を縫って飛んでいく姿を目で追った。長い尾の色が黒に、続いて銀に移り変わる様子は、この先の森にカンセたちの接近を知らせているかのようだ。すると今度はその群れに引き寄せられたかのごとく、赤銅色と金色の羽毛を持つ小型の鳥が甲高い鳴き声で侵入者を叱りながら、次々と矢のように飛び去っていった。

右手の方角でガサガサと音が聞こえ、カンセはそちらに注意を向けた。下に目を向けると、斑点のある羽毛を持つウズラの群れが積もった落ち葉の上を横切っているところで、小さなとさかを上下に動かしながら走っている。カンセはそのうちの一羽か二羽を仕留めようと弓を構えた。しかし、狙いを定める前に群れは茂みの中に姿を消してしまった。

カンセは弓を下ろしかけた――その時、あることに思い当たり、心臓の鼓動が大きくなる。

鳥たちはすべて、同じ方角に向かっていた。〈僕たちの前方に〉カンセは肩越しに振り返った。視界を占めるのは森ばかりで、これまでと何ら変わりはないように見える。だが、自分たちの足音ではなくほかの何かに怯え、鳥たちがあわてて逃げていったという可能性はないだろうか？

カンセは仲間たちの方に向き直った。

〈ニックス……〉

彼女の服には血がべっとりと付いたままだ。

息づかいが速くなる中、かすかな足音や威嚇のうなり声を聞き逃すまいとして耳を澄ます。何も聞こえなかったが、カンセはだまされなかった。これまで何らかの幸運が森の肉食獣たちを遠ざけてくれていたが、空気中に漂う新鮮な血のにおいに誘われてそれも終わりを迎えた。何かがにおいを嗅ぎつけ、自分たちの後を追っているのだ。

カンセは前を歩く三人に急いで駆け寄った。そのあわてた様子に気づき、全員が振り返った。

「僕たちは狙われている」カンセは注意を促した。

ジェイスが槍をしっかりと抱えてあたりを見回した。

フレルが自分たちのたどってきた道を見つめ、眉をひそめた。「確かですか？　いったい何に？」

カンセはどちらの質問にも答えられなかった。直感でわかるとしか言いようがなかった。長く狩人としての経験を積んできたので、それを無視することはできなかった。

じっと見つめ返すニックスは、カンセの言葉を素直に受け入れた様子だ。「どうすればいいの？」

カンセは顔をしかめ、彼女を指差した。「血で汚れた服を脱ぐ必要がある」

ニックスは顔を下に向け、自分の格好を見た。

「全部だ」カンセは急がせた。「一滴でも血が付いている服は全部」

ニックスはためらわなかった。血で汚れたマントを脱ぎ捨て、紐を緩めたトゥニカも頭の上に引っ張り上げて脱ぐ。身に着けているのはズボン、やわらかい革のブーツ、袖なしのシャツだけになった。シャツにもトゥニカをしみ通った血が点々と付いている。いらだちもあらわなため息とともに、ニックスがシャツも引っ張り上げて脱ごうとする。

ジェイスが槍を手放して素早くマントを脱ぎ、ニックスの裸体を隠した。その間、決して彼女の方に顔を向けようとしない。

カンセはニックスがすでに脱いだ服を指でつまみ、道の両側に走って一着ずつ投げ捨てた。そして戻ってくると彼女が放り投げたシャツを受け取る。

カンセはシャツを口元に持っていくと上下の歯の間にくわえた。彼女の汗と肌のにおいが鼻を満たす。

ジェイスが眉をひそめた。「何をするつもり――？」

カンセは手を振ってその質問を遮り、いちばん近くにあるハンノキの方を向くと、低い枝を利用して登り始めた。できるだけ高いところまで登ってから、シャツを矢で幹に突き刺す。あとは後方から狙っている何かが獲物は木の上に隠れていると信じてくれることを祈るだけだ。自分たちが逃げるための時間を稼ぐ間だけでもいいから。

カンセは木を下りるとトウヒの枝を一本折り、それをニックスに手渡した。彼女はジェイスのマントをまとっていた。「両手に樹液をなすりつけろ。まだ残っている血のにおいを隠すためだ」

ニックスが言われた通りにする間も、カンセは全員を前に進ませた。「ここからは急がないと。これでどれだけの余裕ができるのかわからないからね」

一行は足早に移動を始めた。カンセは最後尾を歩きながら警戒を続けたが、森は依然として静かなままだ。ずっと息を殺したまま、追っ手の気配がないか神経を研ぎ澄ます。森の奥深くで枝の折れるかすかな音が聞こえ、カンセは立ち止まって弓を構えた。

さらに耳を澄ますものの、ほかには何も聞こえない。

〈おまえはまだそこにいる、そうだろう?〉

カンセは顔をしかめ、ほかの人たちの後を追った。三人はかなり先まで逃げている。仲間たちとの距離が縮まると、当惑した小声が聞こえてきた。それとともに、水が流れる音も。三人は小さな川の手前に集まっていた。岩の間を流れる川の両岸に沿って黄色いヤナギが生えている。

追いついたカンセの目に映ったのは、ジェイスが川岸に片膝を突き、革製の水筒に水をくんでいる姿だった。

カンセが合流すると、フレルは目を大きく見開いた。「何かいましたか？」

「何も見つけられなかった。なかなか抜け目のないやつだということは認めてやらないといけないな」カンセは向こう岸を指差した。「川を渡ってしまえば、たぶんそれで――」

ジェイスがわめき声をあげ、後ろ向きにひっくり返って川岸に尻もちをついた。水をくんでいた水筒が流され、水面に浮かんだまま岸から離れていく。

ニックスがジェイスに近づいた。「何があったの？」

「近寄ったらいけない」ジェイスが警告した。「何かが僕に飛びかかり、手に嚙みつこうとしたんだけれど、水筒をくわえて持っていったんだ」

ジェイスは水面で上下に揺れる水筒を指差した。流されながら跳ねたり回転したりしていて、水中から攻撃されているように見える。

〈間違いなく何かが川の中にいる〉

カンセは穏やかな水面の下の深みをのぞき込もうとした。身を乗り出したちょうどその時、背後から茂みを押しつぶす大きな音が聞こえた。

カンセは体を反転させた。

〈やっと来たか〉

音から判断する限りではかなり大きく、真っ直ぐこちらに向かってきている。弓と小さな矢では歯が立たないかもしれない。カンセはジェイスが川岸に置いた槍をひったくった。「下がって」全員に注意を促す。

カンセは襲ってくる方角を判断しようと、森と三人の間に移動した。槍の柄の側を地面に置き、片足で押さえてとがった先端が森の方を向くように傾ける。

槍を固定したかしないかのうちに、巨大なイノシシが姿を現した。その体高はカンセの背丈を優に上回る。四人に向かって突進するイノシシは牙が地面に届きそうな低い姿勢で、口からは泡を吹いている。見る見るうちに距離が縮まる。

カンセは全体重をかけて槍を支えた。突き刺した瞬間に飛びのいてかわせることを期待するしかない。カンセは衝撃に備えて身構えた——ところが、イノシシはぎりぎりのところで方向転換した。カンセはすぐ横を勢いよく通り過ぎるけだものからあわてて離れた。

イノシシは垂れ下がったヤナギの枝を突っ切り、そのまま川に飛び込んだ。

カンセが体勢を立て直す頃には、イノシシは水面に浮上し、向こう岸を目指して必死に泳いでいた。カンセの心臓は今にも口から飛び出しそうだった。森の方を振り返る。何かがあのイノシシを怯えさせた。自分たちには目もくれずに逃げるほどの恐怖に追い込んだ。

その考えを裏付けるかのように、霧にかすんだ森の中から威嚇の低いうなり声が聞こえた。

カンセは股間が縮み上がった。

〈まさか……〉

カンセはその音を知っていた。以前にブレブランがその音を真似ていた。その鳴き声を聞くようなことがあれば、間もなく死が訪れるということをカンセに警告するために。

後ろの三人がはっと息をのんだ。カンセが振り返ると、三人とも川の方を見ている。川の中から苦しそうな鳴き声が聞こえた。中央の白波が渦巻くあたりでイノシシがもがいていた。目を凝らすと渦の中に銀色のひれの輝きがいくつも見える。川の水が瞬く間に赤く染まった。イノシシの巨体がひっくり返ると、四本の脚の骨がむき出しになっていて、無数の小さな生き物が飛び跳ねながら筋肉や腱に嚙みついている。イノシシは生きたまま泡立つ水面から深みに引きずり込まれていった。

カンセはごちそうにありついた川の生き物を知っていた。この危険についてもブレブランから注意を受けたことがある。奪われたジェイスの水筒が流れの中でくるくると回っている。すると何かがその上に飛び乗った。ぬるぬるした皮膚の黒いカエルのような生き物で、背中には紫色の縞模様が入っている。カンセの握り拳の二倍くらいの大きさで、体の後ろ半分には脚だけしか生えていないようだが、よく見るとひれの付いた尾が水中に垂れ下がっていた。丸い大きな目で四人をけしかけるように見ている。

「水から離れろ！」カンセは叫んだ。

カンセがニックスをつかんで川から引き離すと、ジェイスとフレルも後ずさりする。生き物が川岸に飛び移り、ベチャッという低い音とともに着地した。ぱっくりと開けた口の中には鋭いとがった歯が並んでいて、そこから緑色の毒液が滴っている。

「あれは何なの？」ニックスが訊ねた。

「ピラニアンだ」カンセは赤く染まった水が渦巻いているあたりを顎でしゃくった。「肉食で、噛まれると毒が回る」

ニックスたちはさらに後ずさりした――ただし、それで効果があるわけではなかった。川から離れてもピラニアンの危険はなくならない。ほかにも何匹もが川岸に押し寄せ、這い上がり、飛び跳ね、体をくねらせ、四人に近づいてくる。川沿いを埋め尽くした仲間の体に、さらに多くのピラニアンがよじ登る。

フレルがカンセを見た。

背後から再び威嚇のうなり声が聞こえた。

ふとある教えを思い出し、カンセははっとした。ブレブランから森の中に生息するこのけだものの習性について聞かされたことがあった。その狡猾《こうかつ》さを甘く見てはならないと、森そのものを自らの牙に変える賢さがあると。

カンセは霧にかすんだ森を振り返り、今がまさにそうなのだと悟った。

〈あいつは俺たちをこの場所に向かわせた。この死の川と挟み撃ちにするために〉

森の奥からついに二つの目が姿を現した。怒りと獰猛さがあふれ出ている。それを見たカンセはブレブランからの最後の警告を思い出した。

〈リーチタイガーの目を見るようなことがあれば、あなたはもう死んだも同然です〉

36

ニックスはゆっくりと近づく野獣をカンセの背中越しに見つめた。王子のエボンウッドを思わせる肌はより色が濃くなったように見え、唇をきっと結んでいる。王子が槍を握る手に力を込めた。その体から漂う怒りは森を出て大股で近づいてくるけだものに対してよりも、自分自身に向けられているのではないか、ニックスはそんな気がした。身動きが取れなくなった四人は、この場に踏みとどまるよりほかなかった。

その覚悟はすべてに共通のものではなかった。背後から水音が聞こえ、ピラニアンたちが次々と安全な水中に逃げ込むのに合わせて音量が増していく。

森の暗がりから近づくこの野獣についてはカンセから名前を教えてもらうまでもなかった。トラの危険については王子から一日目に注意があった。しかし、その警告も迫りくる野生の凶暴さを十分に伝えるものではなかった。

トラが森の陰からその姿を現した。低い姿勢で近づいてくるものの、それでもその大きさはニックスが今までに見た最大のヌマウシをはるかにしのぐ。濃い黄色の鉤爪を持つ白い足は、広げるとニックスの胸と同じくらいあるだろうか。先端に羽毛のような房が付いた耳を四人の方に傾けていて、その形は体毛に覆われた角を思わせる。瞳は濃い琥珀《こはく》色で、眼光は鋭い。体は雲のような白い体毛で覆われ、金色の縞模様は背中の方が濃く、腹部では薄い。足を一歩前に踏み出すたびにその模様がうごめいて真っ白な体毛をきらめかせるので、筋肉と獰猛さが蜃気楼《しんきろう》となって現れたかのように、あるいはこの原生林の魂が具現化したかのようにも見える。

四人は川の方に後ずさりした。トラが歩を緩め、体を右に左にとかすかに揺すりながらゆっくり進むと、その動きで力強い臀部と短く太い尾が見える。トラは頭を下げ、ニックスたちをにらみつけた。

カンセが矢を構えた。

その脅威に対してトラの眼差しが険しくなった。左右の耳を頭にぴたりと付け、口を歪めてニックスの前腕部と同じくらいの長さの牙を見せつける。力を込めた臀部の筋肉が小刻みに震えている。甲高い鳴き声の前触れとなるシューッという音とともに口が開く。

ニックスはたじろいだ――来たるべき攻撃に対してではなく、音量を増す不快な音の中に潜む戦慄《せんりつ》に対して、音の奥にある深紅の糸に対して。それが怒りと血を、飢えと渇望を歌う。それが彼女の中で反響し、ついにはこらえ切れなくなる。彼女は自分の中のどこかでそれに抗《あらが》う。すすり泣くような声を発し、その残酷な合唱を打ち消せる調べを見つけようとするが、それは耳の聞こえない人が弦楽器と管楽器と打楽器による傑作を作曲しようと試みるようなものだった。ニックスは出だしのリズムすらも見つけることができなかった。

それは彼女の力が及ばない作業だった。

しかし、その力を持つ者たちがいた。

ニックスの背後から一人の歌う声が響いた。その半分は耳で、もう半分は心で聞こえるような歌声だ。そこにまた一人、さらにもう一人が加わり、やがて二十人近い歌声が彼女の求めていた調べを奏でた。それが彼女の背中を押す力となり、ニックスがトラに向かって足を一歩踏み出す力にもなった。

カンセがニックスを制止し、川の方を振り返った。

トラも歌とその力の存在を感じ取っていた。逃れようと体をそらし、シューッという威嚇の音を発する。短い尾を左右に振る。たてがみの中に隠れてしまうほど、耳を頭にぴたりとつけている。その表情には怒りと憎悪しかない。

それでもなお、声がさらに大きくなるのに合わせて、歌がトラを押し戻す。

ようやくトラは頭を左右に振り、いらだち紛れの怒りの鳴き声を発すると、飛び跳ねて背を向けた。ほとんど音を立てずに森の中へと駆けていくけだものを、合唱の最後の調べが追いかける。

歌が終わり、ニックスは振り返った。

川の向こう岸でヤナギの陰に並んでいた十数人が、垂れ下がった枝をほとんど揺らすことなくこちらに近づいてきた。全員が半裸で、腰に布や毛皮を緩く巻いているだけだ。女性は乳房も細い帯状の布で覆っているが、それは慎み深さよりも実用性を考えてのことのようで、森の中を走り抜ける時の邪魔にならないようにするためと思われる。

全員が弓矢、もしくは先端にとがった骨の付いた槍を手にしていた。

「ケスラカイ族だ」フレルがささやいた。

この人々の正体は歴史が書かれるようになる以前からこの緑の森で暮らしていた部族に違いない。その肌は透き通るように白い。男性は三つ編みに、女性は後ろで束ねている長い髪は、燃えるような赤銅色から赤みを帯びたブロンドまで、様々な色合いの金色に輝いている。

トラと同じように彼らもこの森の一部で、そこに溶け込んで生活している。

ニックスは合唱を思い浮かべながら、トラが戻っていった森を振り返った。〈導きの歌〉ニックスは気づいた。そのような歌はこれまでに数えるほどしか聞いたことがない。頭の鈍い生き物を声によって歌い手の意のままに導くこの能力を、ミーアで披露した人はほとんどいなかった。リーチタイガーが頭の鈍い生き物でないのは言うまでもないが、大人数による合唱にはそんなトラをも追い返すだけの力があったのだ。

ニックスは自分の喉に触れ、トラがシューッという音を発した時にどんな感じがしたか、何が聞こえたかを思い返した。その時の感覚も、それに対抗しようとして無様な結果に終わった試みも、まだそこに残っている。ニックスはバシャリアと分かち合った親密な関係を思い出した。弟との再会が心の中の何かを、これまでずっと存在していた何かを呼び覚ましたのだろうか？

フレルがカンセに近づいた。「彼らと話をすることができますか？　あのトラが戻ってくるかもしれないのであれば、ここにとどまってはいられませんよ」

王子は肩をすくめた。「やってみるよ。ブレブランから少しは単語と言い回しを教えてもらったから」カンセが川岸に歩み寄り、片手を上げた。「ハ・ハッサン」そう大きな声で呼びかけてから、左右の手のひらを合わせ、額をその指先に近づけると、再び顔を上げた。「ターリン・ハイ」

ニックスは王子が彼らに感謝しているのだろうと推測した。けれども、数人のケスラカイが互いに顔を近づけ、小声で話をするだけだ。ほかの人たちは不機嫌そうに唇を固く結んでいる。

カンセも相手の反応に気づいたに違いない。「久し振りだからね」王子がフレルに言った。「きっと抑揚が正しくないんだ。彼らの言語は言葉よりもリズムに近いものだから」

「私たちは川を渡る必要があるのです」フレルが強い口調で言った。「彼らならば安全に渡れる地点を知っているかもしれません」

王子はうなずき、深呼吸をしてから再び大声で叫んだ。「ミア・ペイ……えぇっと……ピランタ・クレル・ネイ？」カンセは静かに流れる川と、森の姿が映るその水面の下に潜む危険を身振りで示した。「ニー・ワール・ネイ？」

一列に並ぶ男性と女性は表情を変えずにニックスたちの方を見ているだけだ。そのうちの数人がヤナギの陰に引っ込み、たちまち姿が見えなくなった。

カンセが申し訳なさそうな顔で振り返った。「どうやら彼らに『僕は自分のお尻のにおいを嗅ぐのが大好きです』と間違って伝えてしまったみたいだな」

「待って」ジェイスが指差した。「ほら」

ついさっき姿を消した数人が、すでに矢をつがえた弓とともに戻ってきた。ただし、その矢の先端に付いているのはとがった骨や鋼ではなく、ぱんぱんにふくらんだメロンくらいの大きさの袋だ。ケスラカイの人たちは背中をそらして弓を引き、いっせいに空高く矢を放った。矢が落ちた地点を結ぶと、川のこちら側から向こう岸にかけて真っ直ぐな一本の線ができた。着水すると袋が破裂し、その中から出てきた細かな黄色い粉末が川面《かわも》に漂った。

射手の一人が手を振り、川を渡るよう合図した。「クレル・ネイ」その男が命令する。

ジェイスが顔をしかめた。「僕たちに泳いで渡れって言っているのかい？　この川を？」

ニックスは水の中でもがくイノシシを思い浮かべた。

カンセが水面に漂う黄色い粉末に視線を送った。すでに水に沈み始めている。「彼らは川に調味料を加えたのかもしれないぞ。ピラニアンがちょうどいい味付けの食事になるように」

「クレル・ネイ！」さっきの射手がしかめっ面で繰り返した。

思い切って川を渡るべきかどうか、ニックスたちが判断を迷っていると、ケスラカイの人たちの間から別の人物が前に進み出た。白い色の長い杖《つえ》を突いた高齢の女性で、木を削って作った杖は光を発しているかのように見える。髪の毛は雪のように真っ白で、ほかの人たちのような金色ははるか昔に失われてしまったらしい。しわだらけの皮膚はこの森で百年は暮らしていることをうかがわせる。

部族の人たちはその女性に道を開けた。小さくお辞儀をする人たちの間を横切り、老女が川岸にやってきた。

こちら側に呼びかけるその声は、目の前の川と同じように澄み切って力強い響きだった。「川は安全だ。でも、時間は短い。今すぐに渡らなければならぬ」

その言葉を証明するかのように、一匹のピラニアンが水面に浮かび上がった。腹を上にしていて、まったく動かない。それに続いてもう一匹も。だが、それだけだった。川の中にはまだ何百匹もいるはずなのに。

「急げ」老女が促した。「アドルミフの魔法が消える前に」

フレルがほかの三人に視線を向けた。「彼女を信じるしかない」

「ほかに選択の余地はないしね」カンセが背後の森を振り返りながら返した。

四人は急いで川に入り、泳いで渡った。ニックスは息を止めたまま手足を動かし、水の中を進んだ。裸の上半身を包むジェイスのマントがふくらみ、彼女を引き戻そうとする。冷たい水が肌に触れると震えが走る。何かがニックスの脚にぶつかった。動けなくなった紫色の大群の間を進む自分を想像し、ニックスはぞっとした。恐怖に押されて泳ぐ速度が上がる。

向こう岸にたどり着くと、ニックスはほかの人たちと一緒に川から上がった。裸の体を隠しておくため、水を含んで重たくなったジェイスのマントが肩からずれないようにする。

「ついてこい」老女が指示した。

その時初めて、ニックスは相手の不思議な目に気づいた。片方は緑色で、エメラルドのように鮮やかだ。もう片方は薄暮の空を思わせる濃い青色をしている。その二つの突き刺すような鋭い眼差しでニックスのことを観察した後、老女は顔をそむけて歩き始めた。

ケスラカイ族が川から離れていく。ニックスたちも距離を空けずに後を追った。ヤナギの枝の間を通り抜けた時、川の向こう岸から怒りの咆哮がとどろいた。部族の人たちが手を貸してくれなかったらどうなっていただろうかと想像し、ニックスは身震いした。

前に向き直り、ようやく落ち着きを取り戻したニックスの頭に、ある疑問が浮かんだ。

前方の木々の間に見え隠れするケスラカイの人たちの真っ白な背中を見つめる。
〈あの人たちはなぜ私たちを助けてくれたの？〉

森の中のやや開けたところで、カンセはジェイスとフレルとともに全裸で立っていた。部族の男たちが数人、彼らを囲んでひざまずいたり立ったりしていて、裸の体をじろじろ見る者もいれば、髪の毛をかき分けて頭皮を探っている者もいる。

黄褐色の髪をしたジャリークという名前の男性が、カンセの尻のかさぶたをつまんだ。檻《おり》に閉じ込められたコウモリを奪おうとした時、石弓の矢がかすめたところだ。傷口が開いて再び出血したので、カンセはびくっとした。

「おいおい」カンセはたしなめた。「触らないでくれよ」

ケスラカイ語を話したわけではなかったが、部族の男性は理解したらしく、まだ痛む傷跡からほかの場所に注意を向けた。カンセは安堵したが、ほっとしたのもつかの間、相手の冷たい指が股間を握り、睾丸の下側を調べ始めた。怒りが半分、恥ずかしさが半分で頬が熱くなる。

カンセは逃れようとしたが、フレルに叱られた。「彼らに逆らってはいけません」

指導教官の方に視線を向けたカンセは、ローブ姿ではないフレルを見るのが初めてだということに気づいた。三人の服は荷物や装備と一緒にひとまとめにしてあった。錬金術師の体はしっかりとした骨と鋼のような筋肉から成っている。入念に調べられている立派ないちもつを見る限りでは、慰みの奴隷としても通用しそうで、しかも相手を大いに喜ばせそうだった。

〈よかったじゃないか、フレル〉

カンセが視線を動かすと、自分と同じような真っ赤な顔が見えた。ジェイスは股間を手のひらで覆っていて、ようやく検査の最終段階に入るところらしい。大柄なうえにかなり毛深いせいもあって、調べるのに時間がかかっている。また、カンセはこの用務員が思いのほか筋肉質の体をしていることにも気づいた。

〈ブローズランズのクマといったところかな〉

「彼らは何を探しているんだろう？」ジェイスがうめくように質問した。

一行の荷物や服を調べていたケスラカイ族の一人があわてた様子で仲間の方を向き、カンセの理解が追いつかないような早口で話し始めた。ただし、どちらの言語でも共通のある単語は聞き取れた。

〈スクリーチ……〉

部族の男性が開いているのはフレルがローブの中にしまっていた包みだ。布でくるんだ中にはバシャリアの首から抜いたスクリーチのとげ四本と、鉤爪状の針一本が入っていた。ほかの人たちも近寄り、不気味な戦利品を確認した。全員の目がカンセたちの方に向けられる。怪しむような視線が三人の裸の全身をじろじろと見回す。

「彼らが僕たちの体で探していたのはあれだと思う」カンセは言った。「僕たちが感染しているかどうか、体内への侵入を許した傷があるかどうか、調べていたんだ」

「その通りかもしれませんね」フレルが後方を振り返った。「あの厄介な生き物が自分たちの森まで広がることは望んでいないはずです。ピラニアンの生息する川が自然の防壁になっていたのでしょう。危険をもたらすとすれば鳥くらいのはず。スクリーチがこちら側に侵入しようとする気配がないか、川岸を常に偵察しているのでしょう」

とげと針を手にした男性の顔つきが厳しくなった。片手が腰に吊るした骨製の短剣に伸びる。

カンセは制止しようと手のひらを見せた。「ネイ」首を左右に振り、手にひらを裸の胸に置く。「ニー・シェル」

説明のための適切な単語がなかなか浮かんでこない。カンセは手のひらで二枚の翼を作り、ひらひらと飛ぶ仕草をした。とげを引き抜く動作に続いて、男性の手の中にあるものを指差す。そしてもう一度、しっかりと首を左右に振り、手のひらを胸の前に戻した。

「ニー・シェル」カンセは繰り返した。〈僕たちのものではない〉

部族の男が短剣から手のひらを離した。別のケスラカイがその男性のもとにやってきた。灰色の粉末がたっぷり入った木製の容器を手にしている。

「あれは何でしょうか？」フレルが訊ねた。

カンセの体を調べていた黄褐色の髪のジャリークという名前の男性は、その意味を理解したらしい。立ち上がるとまずとげを、続いて容器を指差してから、左右の腕を斜めに交差させた。

「クラール」ジャリークは大丈夫だというようにうなずきながら答えた。

カンセは目を閉じた。

〈何てこった……〉

ジェイスが話しかけてきた。「今のはどういう意味？」

カンセは顔をしかめ、答えるのを拒んだ。その答えを絶対に声に出すことはできない。

悲しみに暮れるある仲間の前では絶対にだめだ。カンセは丈の高い茂みの方を見つめた。

老女と数人のケスラカイの女性たちが、ほかの人から見えない場所で体を調べるため、ニックスをあの奥に連れていった。

〈彼女に知られてはならない〉

カンセは女性たちが今の単語の意味をニックスに教えないでくれと祈った。

〈あと半日だけ待っていたら……〉

ジャリークの方を見ると、スクリーチなど脅威に当たらないと請け合うかのような励ましの笑みを浮かべている。

「クラール」男性は粉末の入った容器を指差して繰り返した。

カンセは首を左右に振った。信じられなかったからではない。衝撃の大きさのせいだ。「クラール」が意味するのは「治療薬」だった。

37

両手を上げたニックスの裸の胸に、ダラという名前のケスラカイ族の女性がまだら模様の毛皮を巻いた。そして体に密着させ、背中側でしっかりと留める。作業が終わると、ダラはニックスの姿を眺め、それでいいと言うかのようにうなずいた。

体の検査が終わると、ニックスはズボンとブーツをはいた。ケスラカイの人たちは衣服と靴を小さな焚き火の近くで温めておいてくれた。そのぬくもりがニックスの気持ちを落ち着かせる。しかも、まわりに集まった人たちは、いくらか控えめながらも歓迎してくれているみたいだった。

ニックスはジェイスのマントを手に取ったが、厚い生地はまだ湿っていたので、もうしばらく焚き火のそばで乾かすことにした。自分の体を見下ろし、恥ずかしくない格好かどうかを確かめる。茂みの向こうからは男性たちの話し声が聞こえている。すでに服を着ているのかどうかはわからないが、数人の女性たちが枝の隙間からのぞいては目配せをしているので、たぶんまだ裸でいるのだろう。

ほかの誰よりも尊敬を集めている高齢のケスラカイ族の女性が腰掛けていた切り株から

立ち上がり、ニックスのもとにやってきた。老女はニックスが調べられている間、ずっとそこにいたものの、近づこうとはしなかった。その視線がニックスの顔から離れることもなかった。ニックスのもとまで来ると、老女は杖に寄りかかって体を支えた。白い杖には光沢のある貝殻を木に埋め込んだ装飾が一列に施されている。それぞれの貝殻は月の満ち欠けに合わせて削られていて、三日月から満月を経て再び三日月に戻っている。

ニックスはこの旅路のそもそものきっかけを思い出し、息苦しさを覚えた。杖の月は美しく描写されている一方で、その姿はあまりにも多くの流血と悲嘆を想起させる。ニックスにはバシャリアの発するキーンという音が聞こえた。父が地面に倒れ込む姿が見えた。森の中に積み上げた小石を思い浮かべる。そのすべては恐怖と不吉を表すある一つの単語を中心に回っている。

〈ムーンフォール〉

老女はニックスの突然の動揺を察知したようだ。片手を伸ばし、しわだらけだが杖と同じように力強い手のひらとそのぬくもりをニックスの頬に押し当てる。

「おまえが聞こえた」女性がささやいた。

ニックスにはその意味が理解できなかったが、当惑が彼女を絶望の淵から引き戻した。

ダラが長老に向かってお辞儀をしてから、ニックスに話しかけた。「ザン。ドブ・ヴァン・ザン」

ニックスはダラが長老の名前を教えてくれたのだと理解した。

「ザン」ニックスはその名前を発してみた。

長老がうなずきを返した。「おまえは導きの歌をとても美しく歌った」ザンが言った。

「どうしておまえの歌に引き寄せられずにいられようか?」

ニックスは息をのんだ。「どういう意味ですか?」

ニックスはトラのことを、その獰猛さに立ち向かおうとして無様な結果に終わった試みを思い出した。ケスラカイの人たちの合唱とは似ても似つかないものだった。森の部族が持つ導きの歌の能力は独特で、彼らの血にしみついている。そのことはハレンディ王国の全域のみならず、クラウンの大部分でも知られていた。同じような才能の持ち主はほかにも少ないながらいるが、その人たちもたいていはこの部族と遠いつながりがある。

ケスラカイ族がそのような能力を持つ理由は誰にもわからない。ニックスはまさにこの問題に関して錬金術師と聖修道士の間で戦わされた六年生の授業での議論を思い出した。聖修道士たちは「ハントレス」こと月の闇の娘による祝福のおかげだと信じていた。

ニックスは杖を彩る貝殻の彫刻の列に視線を戻した。娘による銀の息子との終わりのない追いかけっこを描いた模様は、月の満ち欠けを表している。だが、ニックスは錬金術師の見解も思い出した。導きの歌の才能は神の祝福ではなく、必要から生じたものだという。どこを歩いても危険が潜んでいるこの原生林で生き延びるためには、狩人としての腕前と森についての知識だけでは足りない。ここに暮らす生き物たちの心を思い通りに操る導きの歌は、部族の人たちが生き延びるのを助けているのではないか、錬金術師たちはそのように考えていた。

ニックスは飛び跳ねて去っていくトラを思い浮かべた。

〈錬金術師たちの言う通りだったのかも〉

けれども、六年生のニックスはそのような説明では納得できなかったし、それは今でも同じだった。それではそもそもの謎の答えになっていない。〈部族はどこで、どうやって、この生まれながらの才能を身に着けたのか?〉

「おまえの歌が聞こえた」ザンが繰り返した。「悲しみに満ちていた。だが、愛にも満ちていた。おまえの呼びかけは遠く私のところまで届き、私をおまえのもとに呼び寄せた」

〈いったいどうしてそんなことが?〉

両膝の下のもろい木の葉の感触がよみがえる。手に持ったカンセの短剣の感触も、やわらかな体毛をさする指先の感触も。小石を積んだ墓はここからかなり離れている。真昼にあの場所を出発し、この川にたどり着いたのは夕べが近くなってからだ。

「どうしてあなたに私の声が聞こえたのですか？」ニックスは疑問を声に出した。

「導きの歌の力は口から出るのではなく、心から出る」長老は自分の乳房の間に手のひらを当て、続いてニックスの胸にも手を当てた。「それは魂での聞き方を知る者のところに届く」

ニックスはそんな話を信じたくなかった。自分に導きの歌の才能が備わっているなんて考えたくなかった。

「だが、注意することだ」老女が続けた。「あのトラのように、おまえの存在に引き寄せられるけだものもいる。彼らは自分たちを導こうと試みる者たちを殺そうとする」

ニックスは血まみれになった自分の服を思い返した。この女性の言うことが正しければ、野獣を引きつけたのは血のにおいではなかったということになる。〈私が原因〉偽のにおいを残してトラを惑わせようとしたカンセの試みが失敗に終わったのも当然だ。

「それにおまえが恐れなければならないのはけだものだけではない」老女が重苦しい口調で言った。

ニックスは眉をひそめて説明を求めたが、ダラが待ち切れない様子で話に割って入った。「ニー・クリス・ワン・ジャーレン」

ザンが手のひらを向け、まだ若い女性を落ち着かせた。「ダラは私たち全員がおまえの歌を聞いたと言っている」

「ウィー・ジャーレン」ダラが語調を強めた。

「ヤ、ジャーレン」

ニックスは理解できず、二人の女性を交互に見た。「何かまずいことでも？」

長老が笑みを浮かべた。「違う。その逆だ。ダラはジャーレンが心を通わせた者と出会えて光栄に思っている。彼らの中にいる神々は決して私たちに耳を傾けないし、決して私たちに歌いかけない」

「ジャーレンとは何ですか？」

長老は考え込むような、どこか不安げな表情を浮かべながらも答えた。「ジャーレンとはハレンディの人々がミーアコウモリと呼ぶものだ。しかし、彼らはそれだけにとどまらない。彼らははるか昔に太古の神々によって――」

ザンの説明は近くからの叫び声で遮られた。それがフレルの声だと気づき、ニックスはそちらに顔を向けた。茂みのところで見張りに就いていた女性が一人、ザンに手を振ってから早口で何かを伝えた。

長老がニックスの腕をそっと叩いた。「今はこの件についての話をやめておく方がいい。

おまえはすっかり青ざめてしまっている」

ニックスは言い返したかった。聞きたいことはまだいくらでもあった。けれども、仲間たちのもとに連れていこうとするケスラカイの女性たちには逆らわなかった。歩きながらもニックスの頭の中にはザンの言葉が残っていた。自分の心には導きの歌の能力が宿っているかもしれないという。ニックスはそのことを自分の過去の空白の時期に当てはめようとした。沼地で泣きわめく裸の赤ん坊を想像する。自分を救ってくれた大きなコウモリはこの力のことをわかっていたのだろうか？　導きの歌は未熟な形ながらもすでに自分の泣き声の中に存在していて、それがコウモリを、もしかするとグランブルバックまでも引きつけたのだろうか？　ヌマウシたちがいつも自分を慕っているように思えたのは、グランブルバックがあんなにも愛してくれたのは――そして自分も彼を愛していたのは、それが理由なのだろうか？

〈私たちの心を結びつけたのは歌だったの？〉

ニックスはミーアコウモリたちと心が一つになる自分の力について、フレルが説明を試みた時の言葉を思い出した。〈君は生まれてから月が六回満ち欠けする間、彼らのもとで育てられた。その頃の君の心はまだ完全に固まるにはほど遠く、やわらかい粘土のように成形しやすい状態だった。君の脳は彼らの静かな叫び声を常に浴びながら成長した。そのような絶えずさらされた環境の中で、君の心は木が風によってねじれるように、彼らの声

によって変形してしまったということだ〉

あれは答えの一部にすぎなかったのかもしれない。あの時には脳が作り変えられただけではなく、能力も作り変えられたのだ。コウモリたちの静かな叫びが何らかの形で彼女を彼らとつなぎ、互いに結びつけたことで、新しい独特の何かが生まれたのだろうか？

ニックスは首を左右に振ってそんな憶測を振り払った。答えはわからない。本当の答えがわかるはずもない。もうバシャリアはいないのだから。

ニックスが茂みの隙間を通り抜けると、フレルがケスラカイ族の一人につかみかかっていた。

「それは私の持ち物だ」錬金術師が厳しい声で注意した。

部族の男性はフレルの言葉を無視して、手のひらの中の戦利品に見入っている。男性が手にしているのはフレルの方位鏡で、森の中の道案内のためにここまで使用していた道具だ。

「ヘイヴンズフェアに行くためにはその助けが必要なんだ」フレルが言い張った。

カンセが錬金術師を引き離した。「それが彼らのやり方なんだよ、フレル。ケスラカイはすべてを分かち合う。あなたのものはみんなのもの、ということさ」

「それなら、あれは今でも私のものだということに変わりはありません」フレルが反論した。

「あれを手放してくれたらね。彼が方位鏡をどこかに置いたら、取り戻すことができる。ただし、それまではだめなのさ」カンセが相手の反応を見ながらにやにやした。「まるで大きなダイヤモンドでも見つけたかのようにじろじろ見ているから、すぐにはそうならないと思うけれど」

ジェイスが譲歩案を出した。「明日まで待ったらいいのでは？　もう夕べのかなり遅い時間のはずだし。朝になればあの狩人も飽きているかもしれない」

ニックスは自分が疲れ切っていることに気づいた。しかも、焚き火の数が増えている。多くの明るい炎が野営地のまわりを取り囲んでいた。ケスラカイの人たちが眠りに就くための準備をしているのは明らかだった。

ニックスは仲間たちの背後から近づいた。

彼女が戻ってきたことに最初に気づいたのはジェイスだった。後ろを振り返ったジェイスは口を開いていて、何か言葉をかけようとしたのか、それとも手伝うことがないか申し出ようとしたのかもしれない。ところが、今度は大きく目を見開くと、あわてて前に向き直ってうつむいた。

それに続いて振り返ったカンセとフレルも同じ驚きの表情を浮かべた。

王子は目を真ん丸にした後、値踏みをするような視線を向けた。唇をねじ曲げ、どこか愉快そうにも見える。「ケスラカイ族は君の服を新調してくれた。面積を減らしたというべきかな。僕は賛成だな。ただ、兄かもしれないという立場から言わせてもらうと、それにマントを合わせる方がいいんじゃないかと思う」

ニックスはカンセをにらみつけ、両腕を組んで裸の腹部を隠そうとした――だが、その腕を下げた。何も恥ずかしがるようなことはない。

ニックスはまわりの焚き火を指し示した。「ジェイスの言う通り。明日になってからでいいじゃない」

ザンもそこにやってきて、フレルに語りかけた。「心配はいらない。私たちがおまえたちをヘイヴンズフェアに連れていく。私たちはその方角に行く途中だった。そこにこの子の歌が聞こえてきた。その声に引き寄せられて、おまえたちが歩む道に出向いたのだ。ここから先は同じ道を歩めばいい」

フレルが視線を向けて説明を求めたが、ニックスは首を左右に振った。錬金術師は少しの間、いぶかしげに見つめていたが、やがてザンに注意を戻した。「つまり、皆さんもヘイヴンズフェアが目的地なのですね？」

「そうではない」ザンが否定した。「私たちは北に向かうだけだ。そこでは別の声が私たちに呼びかけている。私たちはその途中でヘイヴンズフェアを通り、あなた方とはそこで別れる」

フレルがうなずいた。その計画に満足して怒りも収まったようだ。錬金術師はカンセとジョイスに手を振って、自分たちも野営の準備に取りかかるよう合図した。

ニックスはザンのそばに残った。老女は杖に寄りかかったまま前方をじっと見つめているが、その場を離れようとしない。ニックスが話し始めるのを待っているのか、それを期待しているのか、もしかすると彼女を試そうとしているのかもしれなかった。長老が何の話を望んでいるのか、ニックスにはわかった。

「ザン……あなたはさっき、北からほかの誰かも呼びかけていると言いました」

長老がうなずいた。

「誰のことですか？」ニックスは問いただした。

「わからない」ザンは杖を一突きして体の向きを変えると、立ち去りながら続けた。「だが、何者かが暗い歌声を聞かせている。太古の神々の声で、それが歌うのは危険と破滅」

ニックスは後を追おうとしたが、ほかのケスラカイの女性たちが無言のまま老女の後ろをふさいだ。

ニックスは立ち止まり、遠ざかる女性たちを見つめた。

茂みの隙間まで達したところで、ザンが振り返った。そして再び前に向き直りながら、その細い指で杖を上から下になぞる。月の形を模した貝殻に沿って、まるで飾りを磨くかのように指を動かしている。だが、杖をきれいにすることがその仕草の意図ではなかった。ニックスにはそれが自分にとっての最大の恐怖を裏付けるものなのだとわかった。

　ザンの姿が見えなくなっても、その最後の言葉はニックスの頭から消えなかった。

〈それが歌うのは危険と破滅〉

　ニックスは自分に導きの歌の才能があることはまだ疑っていたものの、ある一つのことについての確信は揺るがなかった。繰り返し聞かされたその二つの言葉の響きはすっかり耳にしみついてしまっている。特に最後の言葉は、別の単語を大きな音で奏でる。

〈ムーンフォール……〉

38

疲れ果てて体の節々が痛い状態ながらも、カンセは木々に覆われた小高い丘のてっぺんに立ち、目の前に広がるヘイルサ湖の青い水面を眺めた。森の中の湖は午後の遅い太陽の光を浴びて輝いている。長時間にわたってクラウドリーチの雲と霧に覆われた中にいたため、晴れた空のまぶしさが目にしみる。カンセは光を反射する鏡のように穏やかな湖面に目を細めた。水面を移動する数隻の帆船には、湖の向こう岸の霧の中にある町ヘイヴンズフェアの漁師たちが乗っているのだろう。

カンセは遊牧の民ケスラカイが彼らの唯一の町をなぜこの湖の近くに築いたのかを理解した。ヘイルサ湖の水面はただ青空を反射しているのではなく、空の色を取り込んで濃いコバルトブルーや藍色に濃縮しているかのように見える。ケスラカイの人たちはこの湖を「メイルル・トゥワイ」と呼ぶ。「神々の涙」という意味だ。ヘイルサ湖はその形までも空から落ちてきた一粒の涙のようだった。

けれども、この湖の名前の由来はそれだけではない。

ジェイスがうめき声をあげた。彼が座っている丸太は苔がびっしりと覆っていて、樹皮がまったく見えない状態だ。若者はブーツを脱ぎ、足首をさすっていた。

「あの水で足を冷やせればいいのになあ」ジェイスがそばに立つニックスに言った。

ケスラカイたちは自分たちが暮らす森の中をかなりの速さで通り抜けた。年老いた女性も含めて、誰一人として休むことなく移動を続けた。だが、カンセは彼らが低地に住む自分たちに合わせていつもよりもゆっくり歩いていたのではないかと思った。それでもなお、一行がこの大きな湖までたどり着くにはほぼ丸一日を要した。昼までには湖に着けるだろうという昨日のフレルの予想は、距離と道のりの厳しさという現実に打ち砕かれた。危険があるとわかっている箇所を避ける、珍しい薬草を収集する、新鮮な獲物を狩るため二手に分かれる、などの理由で遠回りを余儀なくされた。

ヘイヴンズフェアから湖面を伝ってかすかな鐘の音が届いた。遠くからの心にしみる寂しげな音色は、午後の最後の鐘か夕べの第一の鐘のどちらかだろう。

ジェイスがブーツをはこうとして手を伸ばした。この日の旅路はまだ終わっていない。まだ湖を回り込まなくてはならず、おそらく夕べの最後の鐘が鳴る頃までかかりそうだ。今は湖のほとりで敬意を示すためのケスラカイ族の儀式が終わるのを待っているところだ。フレルも彼らと一緒に湖まで下り、やたらとお辞儀の多い儀式を観察している。手のひらを湖水に浸しては頬に当てるという動作が繰り返される。小さな歌声も聞こえた。

ニックスは腕組みをしてその様子を見つめていた。夜の間に乾いたジェイスのマントを羽織っているが、しっかりと前を留めていないので、素肌や胸に巻いたまだら模様の布地がちらちらと見える。

　森の中を歩いている間、カンセはジェイスが何度か彼女の方を盗み見ていることに気づいた。別にこの用務員のことを責めているわけではない。カンセも同じことをしていたからだ。ただし、二人が気になったのは彼女の肌だけではなかった。それにフレルも視線を向けていた――もっとも、錬金術師は見とれているというよりも研究対象を見るような目つきだった。

　一リーグ進むごとに、ニックスのまわりの空気が変化し、あたかもマントのように彼女の体に集まっていった。その肌は汗をかいている以上の輝きを発した。髪の毛に交じる金色の筋が明るさを増す一方で、そのほかは濃さを増して影のような色になった。それは彼女が森から不思議な活力を取り入れているかのようだった。たぶん彼女自身は気づいていないのだろう。

　誰も声に出さなかったが、全員がそのことを感じていた。

　ケスラカイの人たちさえも、ニックスをこっそり見てはひそひそと話をしていた。

　ニックスはまわりのことをまったく意識していない様子だった。長時間の移動中は一言もしゃべらず、おそらくまだ言葉にする準備ができていない問題について深く考えを巡らせていたのだろう。彼女は何度もケスラカイ族の長老に視線を向けたが、近づこうとするたびに拒まれた。力ずくで阻止されたわけではなく、距離が近くなりすぎると必ず風が吹いて長老と付き添う女性たちを遠ざける、そのように思えた。

ジェイスもニックスを守ろうとしっかりと寄り添っていて、苦しそうに息を切らしながらも遅れることなく歩いてきた。カンセはこの用務員の持久力と友人に対する底なしの忠誠心を過小評価していたと痛感するようになった。その忠誠心が愛によるものなのは間違いなさそうだが、思いが言葉として表れることはまだなかった。これまでに一度か二度、そのような感情を抱いたことのあるカンセは、それが人の心をどれほど苦しめるものなのかを知っていた。それは希望と欲望、そして大いなる不安の入り混じった素敵な苦悩なのだ。

その一方で、カンセはニックスと同じようにジェイスにも、本人の意識にはない側面があることに気づいていた。初めて出会った時、この若者はただのうすのろで、ブレイク修道院学校の中で何年も過ごしていたから体力もなくて太っていて、まだ大人になり切れていないのだと決めつけた。しかし、何日も行動を共にするうち、自分の判断の誤りに気づいた。

〈そんな決めつけはよくないとわかっていたはずなのに〉

これまで自分のことをよく知りもしない人たちから浴びせられた多くの愚弄《ぐろう》は今も耳に残っている。キンタマ野郎。色黒の役立たず。もっと聞くにたえない悪口も。

だが、新たな目で見るようになった一方で、カンセはひげが伸びたジェイスの顔をひっぱたきたくなる時もあった。今もそうだった。

ブーツをはき終えたジェイスが湖を指差した。「ヘイルサの水は奇跡のような治癒力を秘めていると言われる。深刻な病に苦しむ大勢の人がここを訪れ、その水を飲んだり湖に浸かったりしたことで病気が治ったと主張しているんだ」

カンセはうめき声が出そうになるのをこらえながら目を閉じた。ジャリークの満面の笑みと、容器に入った粉末を指差しながら発した言葉が頭によみがえる。〈クラール〉ケスラカイの人たちがスクリーチの毒の治療薬を持っていたのは間違いなさそうだった。

小さなうめき声が聞こえ、カンセは目を開いた。丸太の近くに立っていたニックスがそこを離れ、湖に向かって足を踏み出した。不思議な力が彼女にもたらした効果はその体から消えていて、姿勢もうつむき加減になっている。カンセには彼女が何を恐れているのかわかった。そのことが高めている罪悪感も。治癒力のある水という希望がまだふさがり切っていなかった傷を開いてしまったのだ。

カンセはニックスのもとに歩み寄って咳《せき》払いをした。自分の心が感じていない明るさを無理に出そうとする。「ただの言い伝えさ」カンセは鼻で笑った。「僕が知っている斥候のブレブランは、その話を聞いて笑っていたよ」

それは嘘だったが、ニックスには必要な嘘だった。

「ほかの湖と何も違いやしない」カンセは続けた。「本当さ。ヘイヴンズフェアの住民はほかの町の人たちと同じように多くの病気で苦しんでいる。確かにきれいな湖だけど、奇跡だなんて」そして吐き捨てるように付け加えた。「馬鹿げた話だ」

ジェイスがむっとして身構えた。「でも、ライランドラの『薬学大全』によると、湖水に多く含まれているのは――」

「小便だろ」カンセは怖い顔でにらんで相手の言葉を遮ると、ニックスの背中に視線を向けて意図を伝えようとした。「ヘイヴンズフェアの下水から流れ込んでいるのさ。それに船を出す漁師たちも湖で何度となく用を足しているからな」

ジェイスはようやく理解したらしかった。はっとして息をのんだかと思うと、頬を紅潮させてうなずいた。「うん、そうかもしれないね」

「奇跡の水の話はこれで終わり」カンセは言った。「ヘイヴンズフェアまではまだ距離がある。それにケスラカイたちも戻ってきたし」

部族の人たちが斜面を登ってこちらに近づいてくる。フレルも一緒で、その顔は低地で暮らす人たちがめったに経験できない儀式を見た興奮で輝いていた。

カンセは近づく一行をにらみつけた。

〈フレルが治療薬という言葉を発したりしたら……〉

けれども、すでに起きたことは取り消せなかった。ニックスが背筋を伸ばしたが、不意に寒さを感じたかのように、マントを体にきつく巻き付けた。それとも、森による魔法の服がジェイスの間の悪い言葉で剝ぎ取られたことに感づいたのかもしれない。

フレルも丘の上の三人の様子がおかしいことを察したに違いない。眉をひそめてあたりを見回したが、何も異常がないとわかると湖の方を指差した。「あと二鐘時もあればヘイヴンズフェアに着くはずです」

カンセはうなずいた。「それならぐずぐずしていないで出発しよう」

ケスラカイの人たちの後を追いながら、カンセも自分が抱える漠然とした恐怖を引きずっていた。前に足を踏み出すたびに不安が大きくなっていく。石弓の矢がかすめた尻の傷が痛むが、あの時はたまたま当たっただけだと思った。だが、今となってはそれも怪しい。顔を深紅に塗ったマリクが剣で切りつけようとしたことを思い返す。そしてもう一人、ヴァイの騎士の隊長の顔も浮かぶ。カンセが暗殺から逃れるのを許してしまった後、アンスカルがただ手をこまねいているとは思えない。

そう思いつつも、カンセはニックスを気づかって彼女の方を見た。彼女もまた、はるか昔に同じ国王が命じた暗殺から生き延びた。もしかすると彼女も父トランスの娘で、王位を継承できないある息子と同じように嫌われていたのかもしれない。だが、彼女には予言という暗い影も付きまとっていた。彼女のせいで破滅が訪れるとされ、その警告を国王の耳にささやいたのは邪悪なイフレレンだった。これまでカンセはそんな予言など一笑に付していたが、このところ高まりつつある不安をもはや無視できなくなっていた。この数日間で見聞きしたことを考え合わせると、その不安とともに恐怖も満ちてくる。

カンセはニックスを見つめた。

〈あの忌々しいライスの言うことが本当だとしたら？〉

ニックスはケスラカイの人たちが霧の中に消えていくのを目で追った。

夕べの最後の鐘が右手にある霧に包まれた町の影から鳴り響く。部族の人たちは約束を守り、ニックスたちを森の中の町の外れまで送り届けてくれた。それぞれの一団は轍《わだち》の付いた道がヘイヴンズフェアに通じているところで別れた。

森の端ではザンとダラの姿だけが霧の中にまだ見えていて、こちらを見つめるその姿はこの緑の森の精霊であるかのようだ。〈本当にそうなのかもしれない〉ダラが手のひらに唇をつけ、それをニックスに向けると、もやの中に後ずさりして姿を消した。長老だけが残った。

ニックスにはザンが朝からずっと自分を避け続けた理由がわからなかった。〈彼女を怒らせるようなことをしたのだろうか？　それとも、あの年老いた女性には今はまだ明かし

たくない秘密があるのだろうか？〉

長老の目――濃い青色と明るい緑色の目が、霧にかすむ中で輝いている。雪のような白い髪をした女性の顔で今もなお見えるのはそれだけだ。その時初めて、ニックスはザンの目の色が霧の中の町の両側に位置する双子湖の水と同じだということに気づいた。ヘイルサの青色の水はニックスの背後に、そしてアイタールの緑色の水は霧に包まれたこの先の北の方角にある。

ニックスがそのことについてさらに考えを巡らせようとした時、ザンが彼女に歌いかけた。唇は隠れていて見えないため、長老の声が森全体から発しているかのように聞こえる。ニックスが理解できる単語は一つもなかったが、その抑揚と旋律、調べとリズムは、過ぎ去りし時代を、小さな種子が巨木に成長する様を、死が避けられないことを、花びらと木の葉と土壌の喜びを、そしてこの土地での短い命の輝きを楽しむすべての生き物のことを伝えていた。

枝の間を飛び回り、太陽の光に輝く塵《ちり》を追いかけるバシャリアのことを思い浮かべると、ニックスの目から涙があふれた。今までずっとそこにあったのに、もう必要とされていないという間違った思いで抑えつけていた涙。その涙がニックスの目を洗い流した。

ザンが歌い続けるうちに、その声の下から別の歌が流れ出し、黄金の音色を紡いだ。その調べに包み込まれるうちに、ニックスの心が開く。彼女は目を閉じ、この森で暮らすケスラカイ族の時代をさかのぼった。光景が目の前をよぎる。ニックスはついていこうとするが、まだ不慣れで、そのような旅路の訓練を受けていないためにつまずく。垣間見ることができたのは、濃い色の断崖、その中に取り込まれた古代の海、頭上の霧の中でうごめく何か。

次の瞬間、ニックスはリズムを外し、自分自身の中に転がり落ちた。

目を開くと歌が終わろうとしていた。前方に目を向けるが、すでにザンの姿はない。霧の奥を見つめながら、ニックスはまたしても捨てられたような、自分とは縁のあるはずのない関係から放り出されたような気がした。

ジェイスが心配そうな様子で近づいた。「ニックス……？」

ニックスは彼の方を見て、首を横に振ろうとした。ジェイスが隣にやってくると、彼の腕の中に飛び込む。ジェイスはニックスを抱き締め、彼女が体を震わせて泣いても何も言わなかった。言葉にできることは何もないとわかっているかのようだった。けれども、ニックスにとっては彼のぬくもりとにおいがあるだけでよかった。

〈私は捨てられていない〉ニックスは自分に言い聞かせた。

ニックスは歌の最後の調べが体の中から消え去り、本当の自分に戻ることができたとはっきりわかるまで、ジェイスの腕の中にいた。それからようやくしっかりとハグを返し、もう大丈夫だからと伝えた。

ニックスは体をそらし、ジェイスの顔を見上げた。「ありがとう」

ジェイスは顔を赤らめ、謝るかのような調子でもごもごと言葉を返した。

ニックスはジェイスの腕の外に出たが、彼の手をつかんでしっかりと握り直した。カンセとフレルを見ると、決まり悪そうな表情を浮かべている。

フレルが軽く咳払いをした。「そろそろ行かないと」


カンセはヘイヴンズフェアの町外れに向かう間、師と並んで歩いていた。「どこに向かっているのかわかっているの？」フレルに訊ねる。「以前にここに来たことはあるの？」

「いいえ」フレルが認めた。彼が顎でしゃくった先にある霧の中の町は、ぼんやりとかすんでいてかろうじて見える程度だ。「でも、ガイル修道院長が名前を教えてくれました。『黄金の大枝』という宿屋で、ヘイヴンズフェアのどこかにあるはずです」

轍の付いた道を進むにつれて両側の霧が徐々に薄れてきた。白いカーテンの間から森の中の町が姿を現し、ぼやけた幻からはっきりとした形を伴ったものに変わっていく。

平静を装っていたものの、カンセは無数の明かりに照らされた森の中の交易拠点に見とれていた。町はどれも人の手によるものではなく、自然に成長してできたかのようだ。多くの点でその通りでもあった。このあたりではリーチハンノキの古木が空に届くような高さにまで育っている。内部をくり貫かれた巨大な幹が住居として使用されていて、その中は何層にも分かれ、明かりが漏れる小さな窓や煙を吐くねじ曲がった石の煙突も備わっている。いちばん高いところにある家は霧の中に隠れてしまっていて、はるか上空に窓を示す光が見えるだけだ。

それでも木々はまだ生きていて、緑と金の葉が茂った枝を張っている。そうした枝の多くは削られて橋の役目を果たしていた。枝が届かないところには木製の吊り橋が架かっていて、何百もの通路が町の全域を縦横無尽に結んでいる。クラウドリーチのほかの木々の幹と同じくらいの太さがある巨大な根も、地面から突き出ている部分は削られて自然の階段になっていた。

四人がある橋の下をくぐった時、カンセは下に通じる石段があることに気づいた。地下に根を張っているのは木々だけではないようだ。階段の奥から笑い声と食器の音が聞こえたので、カンセはヘイヴンズフェアの町のかなりの部分がこの原生林の下にも広がっているのだろうと思った。

ただし、町のすべてが森を利用して造られているわけではなかった。

先に進むにつれて、石や木でできた家が現れた。屋根には板や藁《わら》を使用していて、幹と接するように建ち並んでいる。次第にその数は増え、二層構造になっているところもあるが、それでも壁の曲線や石をびっしりと覆う苔、光るフクロウの目を思わせる丸窓などには自然の趣が残っている。

　フレルが何度か立ち止まって道を訊ねたが、それに答える町の人たちは決して晴れることのない霧に包まれているにもかかわらず、誰もが陽気だった。カンセにはその理由がわかった。あちこちから音楽が聞こえてくる。どこを見てもランプが光っていて、しかも様々な色のガラスが使われている。空気は木を燃やした煙と栄養分の豊富な土のにおいがして、呼吸のたびに命を取り入れているかのように感じられる。

　その一方で、一日の遅い時間のため、大通りや曲がりくねった道の多くは人通りがまばらで、肌の色の濃い低地出身の人たちと白い肌のケスラカイ族をちらほらと見かけるくらいだった。ほとんどの店は鎧戸を下ろしているが、数軒の屋台から漂うジュージューと焼ける肉や煮立ったシチュー、冷たいエールのにおいが、通り過ぎるカンセたちの鼻をくすぐった。

「すぐそこだよ」熱い鉄板の後ろにいる赤ら顔の男性が通りの先を指差しながらフレルに言った。突き出た腹を今にも鉄板で焼いてしまいそうだ。「『いにしえの帆柱』を過ぎた先だ。『黄金の大枝』は見落としっこないさ」

　カンセはその男性の言う通りなのを願った。もはや自分がどこを歩いているのかさっぱりわからない。霧がかかっているうえに通りや路地が曲がりくねっているので、今ではへイルサ湖がある方角を指差すことすら難しい。湖ははるか彼方《かなた》にあるような感じもする。カンセは周囲を見回した。ランプの明かりはあらゆる方向に伸びていて、その先はかすんでしまっているから、この町のおおまかな広さをつかむこともできない。

フレルは行き先を教えてくれた屋台の主人に感謝してから、再び歩き始めた。

ジェイスが近づいてきた。「僕だけなのかな？　同じところをぐるぐると回っている気がするんだけれど」

カンセはこの入り組んだ町に混乱しているのが自分だけではないのだとわかった。

フレルはその質問には答えず、先に進んだ。「そんなに遠くないはずだ」

ジェイスがカンセを横目で見て、肩をすくめた。「そうじゃなかったら、僕は次に見つけたシチューの屋台に押しかけるつもりだよ」

「酒場でもいいな」カンセは付け加えた。

四人は巨大な木の幹に沿って進んだ。ほかの木々と比べてもはるかに大きく見える。樹皮は落ちてしまったか、あるいは剝ぎ取られたらしく、白っぽい金色の内部がむき出しになっていた。表面は滑らかで艶があり、通り過ぎるカンセたちの姿が反射して映るほどだ。先端のとがったアーチ状の入口は、同じハンノキでできた高さのある扉で閉ざされていた。その上にある巨大な丸窓は様々な色のガラスが組み合わさっていて、中からの光に照らされてまばゆく輝いている。丸窓の片側では真っ赤な太陽が明るい青空で黄金の光を放っていた。太陽から離れるにつれてガラスの色は次第に濃くなり、反対側ではダイヤモンドのように輝くいくつもの星が満月の銀色の丸顔を取り囲んでいた。

「ここはきっと町の大聖堂だね」前を通り過ぎながらジェイスが言った。

「そうじゃなくて、『いにしえの帆柱』がここ。ダラが教えてくれた」ニックスはうつろな表情で銀色の月を見上げていた。四人が行動を共にするきっかけとなった危険のことを考えているに違いない。「彼らがここで崇拝しているのは私たちの神々ではなくて、ケスラカイの神々。彼らは森の神々に信仰を誓っているの」

「それはそれとして」フレルが先を急がせた。「これが『いにしえの帆柱』ならば、宿屋までそんなに距離はないはずだ」

この緑に覆われた土地にやってきて初めて、錬金術師の言うことが正しかった。

きれいな艶のある巨大な幹を回り込むと、その隣の木にへばりつくように広がる建造物があった。こちらの木の幹は通り過ぎたばかりの巨木よりも少しだけ小さいくらいだろうか。建物は十数階分の高さがあり、木造で屋根は石板、土台は苔と地衣類に覆われた巨大な岩だ。建物全体が後方にあるハンノキの古木と一体化していて、木の幹に開いた窓からも明かりが外に漏れている。全体が見事に融合しているので、どこまでが職人の手によるものでどこからが自然のままのものなのか見分けがつかない。

前方を見ると納屋がすっぽりと入りそうなほど大きな扉が二つ、開け放ってあった。明るい音楽が外まで聞こえてくる。中では炎の明かりが躍っている。入口の上の看板には木の形が彫ってあり、絡み合った濃い色の根っこから金色の葉が生い茂った樹冠まで表現されていた。

カンセはため息をついた。「たとえここが『黄金の大枝』でなかったとしても、僕はここに泊まるよ。みんなはこのうんざりするような霧の中を当てもなく探し続けていいから」

フレルがカンセを扉の方に押した。「この旅が無駄足ではなかったことを祈りましょう」

ニックスは宿屋の共用室で待っていた。そこは一つの部屋と言うよりも、いくつもの小部屋がつながった迷路のような造りになっている。こぢんまりとして居心地のよさそうな部屋もあれば、刺繍入りの薄汚れた垂れ幕の奥にテーブルがあるだけの窪み程度のところもある。そのほかには大きな食堂、煙くさい酒場、小さな調理場があり、娯楽用の部屋では「騎士と悪党」の盤が描かれたテーブルで静かにゲームに熱中している人もいれば、クラッシュの牌《はい》やさいころを使った賭博《とばく》で大騒ぎしている人もいる。

大勢の人でごった返していたため、あたかも町の住民が今夜はこぞって「黄金の大枝」に押しかけたかのようだった。パイプの煙で天井の垂木がかすんでいる。突然の大きな笑い声にびくっとする。しろめの皿や炻器《せっき》がガチャガチャと音を立てる。歓声とほら話と脅し文句――冗談半分のものもあれば、本気のものもある――があちこちから響く。

ずっと静かな森の中にいた後なので、ニックスは騒々しさに圧倒されてしまった。状況をさらに厄介にしているのは混沌とした空間の大量の光景が目に飛び込んでくることで、取り戻したばかりの視力に負荷がかかりすぎ、ニックスはめまいを覚えた。一息つけそうな場所を探していると、炭が赤々と燃える暖炉のそばに静かな一角があった。この馴染みのない場所で自分の家を思い出させてくれそうなところはそれくらいしかなかった。カンセも彼女と一緒で、ジェイスとともに傷だらけのテーブルのそばに立っている。フレルは長いカウンターの奥にいる宿屋の主人に問い合わせをしているところだ。

ニックスが見つめていると、錬金術師は身を乗り出し、耳を傾け、そしてうなずいた。フレルが手のひらに隠していた硬貨を一枚、濃い顎ひげの男性にそっと渡した。ニックスは金色の輝きに気づいた。錬金術師が主人から聞き出した情報にはかなりの金額が必要だったようだ。

ようやくフレルがこちらを見ると、カンセに向かってうなずいた。

王子はジェイスを肘で小突き、ニックスに合図した。「行こう。ここのベッドが腐葉土で湿った木の葉っぱじゃないといいんだけどな。干し草の詰まった厚くて乾いた敷布団があれば、ふかふかの揺りかごの中の赤ん坊のようにぐっすり眠れるよ」

三人がフレルのところに行くと、錬金術師は赤い帽子の痩せた少年を指差した。帽子の帯には紙でできた金色の葉が一枚、挟んである。フレルが少年に折りたたんだ紙と一枚のピンチ銅貨を手渡した。少年はその両方をベストのポケットに入れてから、入り組んだ共用室の中を歩き始めた。

「さあ、急いで」錬金術師は小声で促し、先頭に立って元気な少年の後を追った。

「どこに行くんですか？」ジェイスが訊ねた。

「馬小屋だ」フレルが答えた。明らかに動揺した様子で、ぴりぴりしている。

カンセが顔をしかめた。「干し草のベッドでも満足だなんて言うべきじゃなかったよ」

四人は右に左にと曲がりながら共用室の奥へと、さらには一続きの廊下の先へと進む少年の後ろをついていった。ようやく高さのある扉が現れ、少年が小走りに駆け寄って扉を開けた。それと同時に、外から鋼と鋼のぶつかり合う音が響いた。怒りに満ちた荒々しい音だ。

戦いの音に不安を覚え、ニックスは歩を緩めた。一方、フレルは少年のもとに急いだ。錬金術師は少年に銅貨をもう一枚手渡すと、先に扉の外に出るよう合図した。

フレルが振り返り、三人を扉の手前で止めた。「ここから動かないで」注意を残して扉を抜けると、そのまま歩いていく。

隣に立つジェイスが眉間《みけん》にしわを寄せているのは、ニックスが感じているのと同じ恐怖のせいだろう。

〈いったい何が起きているの？〉

扉の向こうには霧にかすんだ空の下に大きな中庭が広がっていた。広い空間の各所にはたくさんのランプが吊るされている。両側には十を超えるアーチ状の入口が連なっていて、柵状のゲートは閉まっているものの中を見ることができる。ニックスはいちばん近くの薄暗い馬小屋の奥をのぞいた。数頭の馬が落ち着かない様子で動いていて、おそらく中庭での騒ぎに動揺しているのだろう。

ニックスはジェイスのそばから離れずにいた。

二人の男性が中庭をいっぱいに使って切り合いをしていた。二人ともシャツやズボンが切れていて、濃い血がにじんでいるところもある。一人が手にしているのは銀色の剣だが、動きが速すぎてよく見えない。もう一人が使用している二本の剣はあまりにも薄いため、鋼というよりも幻を見ているかのようだ。二人は武器をぶつけ合ってはかわし、攻撃を仕掛けてはよけるを繰り返している。ブーツが石畳の中庭全体を踊るように動いていた。二人の顔には汗が光っていて、その唇には剣さばきと同じような目まぐるしさで苦しそうな表情と不敵な笑みが交互に浮かんでいた。

二人が本気で相手を殺そうとしているわけではなく、かなりの激しさながらも腕試しをしているだけなのだと気づき、ニックスの心臓の鼓動が落ち着いた。二人の方に向かった少年が注意を引くために口笛を吹く。ようやく二人の動きが止まり、激しく息をつきながらいらついた様子で少年に視線を向けた。

「何だ、ぼうず?」浅黒い肌の男性が汗に濡れた青みのある黒髪をかき上げた。「大切な用件なんだろうな? そうじゃなかったら邪魔をした罰としてひっぱたくぞ」

少年の両肩が大きくびくっと動いた。あわててポケットを探っている。

「その子を怖がらせるなよ、ダラント」もう一人が言った。髪の毛には白いものが見え、顎と頬を覆う黒いひげも白髪交じりだ。片側の頬にはジグザグの傷がある。「小便を漏らしちまうぞ」

扉の手前から見ているニックスでも、二人から漂う危険なにおいを感じ取ることができた。

「で……伝言です」少年がようやく声を出した。フレルから預かったオイルスキンの紙を取り出し、顔に傷のある男性に差し出す。

うんざりした様子でため息をつくと、男性は剣を鞘に納め、紙を受け取った。「どうせまた今日の分の宿泊費の請求だろう」その視線が腕試しの相手に動く。「この宿屋は海賊を信用していないらしい」

〈海賊?〉

ニックスは少し離れたところで待つフレルを見た。錬金術師の眼差しは伝言を手にした男性に向けられたままだ。その顔には湖のほとりでケスラカイ族の儀式を観察していた時と同じ感嘆の表情が浮かんでいて、目の前によみがえった過去の歴史を見つめているかのようだった。

伝言に付着している深紅の封蠟《ふうろう》に気づくと、中庭の男性は体をこわばらせた。すぐに封を破り、書かれている内容を読む。男性が少年を見ると、男の子はフレルを指差した。

「これは君が運んできたのか？」男性が錬金術師に問いかけた。「ガイル修道院長によって書かれた書状を？」

フレルがうなずいた。お辞儀に近いような仕草だ。「はい。けれども、それだけではありません」錬金術師は扉の方を向き、手招きをしながら小声でささやいた。「ニックス……こっちに出てきても大丈夫だ」

そうとは思えなかったものの、ニックスは中庭に出た。ジェイスとカンセもついてくる。フレルが男性に向き直った。「マライアンの失われた娘をお連れしました」

ニックスは一歩後ずさりした。びっくりして相手を見ると、見知らぬ男性の顔にも同じ驚きの表情が浮かんでいる。中庭の向こうを指し示しながら発したフレルの次の言葉は、ほとんど耳に入ってこなかった。

「ニックス、こちらはグレイリン・サイ・ムーア、君のお父さんかもしれない人だ」

二人は一呼吸する間、身動きせずにお互いを見つめた。

「まさか……」ようやく男性の口から言葉がこぼれた。「ありえない」

そう言いつつも、男性はためらいながらニックスの方に一歩足を踏み出した。

後ずさりしたニックスはカンセとジェイスにぶつかった。

「僕がついているよ」王子が後ろから小声でささやいた。

「僕たち二人がいる」ジェイスも付け加えた。

二人の後押しを受けて、ニックスはその場に踏みとどまった。最初のショックが別の冷たい思いに変わる。今の話が本当ならば、目の前にいるのは死んでもかまわないとして自分を沼地に置き去りにした騎士だということになる。

男性は近づきながらニックスをじっと観察した。最初は片方の目で、続いてもう片方の目で。その足取りが急にふらついた。男性が倒れ込むように片膝を突いた。上ずった声で言葉を出そうとする。

「君……君は彼女にうり二つだ。間違いない」視線がニックスのすべてをとらえようとする。その目から涙があふれた。悲しみと喜びが入り混じった涙のように思える。苦しみをこらえて唇をきつく結んでいる。「すべての神々に誓って……俺にはわかる、君はマライアンの娘に違いない」

ニックスは初めて男性の方に一歩踏み出した。相手の悲しみと罪悪感に引き寄せられる。それは自分の心の中にある気持ちと同じだった。ニックスは自分と似ているところがないか、相手の顔を探したが、目に映るのは打ちひしがれた一人の男性だけだった。

「あの……ごめんなさい」ニックスは見知らぬ男性に向かってささやいた。「でも、何もかも本当のことだとは思えないんです」

その言葉は相手を傷つけたが、ニックスはそのことから満足感を得られなかった。人生のほとんどの期間を通じてこの男性を憎んできたのに。胸の内に秘めた怒りの言葉は、はるか昔に決して消えない存在となっていた。ニックスには目の前の落ちぶれた騎士をどう受け止めればよいのかわからなかった。この時のために心の準備をしておこうとは思っていたが、そんな機会が訪れるとは本気で考えていなかった。そうなるのを期待することすらなかった。

そして今、その時を迎えて……

ニックスはつらい現実を認めないわけにはいかなかった。

〈この人は私にとって何の意味もない〉

彼女の胸の中の声が聞こえたかのように、中庭にうなり声が響きわたった。そして別のうなり声が。右手にある馬小屋の一つから縞模様の大きな影が柵状のゲートを飛び越え、さらにそれとそっくりな影が後に続いた。オオカミのように見えるが、体高はニックスの胸くらいまである。二頭は左右を入れ替わりながらゆっくりと近づいてくる。頭を低く下げ、耳はぴんと立ったままだ。

ジェイスがあっと声をあげた。カンセが罰当たりな言葉を吐いた。

フレルは三人を扉の方に戻そうとした。「あれはワーグだ」注意を促すその声には、怯えと同時に畏怖《いふ》の念が込められている。

ニックスは錬金術師を無視してその場にとどまった。野獣のうなり声の奥にある敵意に満ちた音に引き寄せられる。ニックスはその底流にある甲高い音に耳を傾けた。その音がニックスの首筋の産毛を逆立てる。

自分の父親かもしれないグレイリンという男性が二頭の方を見た。「エイモン、カルダー、小屋に戻れ！　今すぐに！」

ワーグはその指示を無視して、男性の両側から近づいてくる。二頭が男性の左右を回り込み、ニックスと騎士の間に割って入って身を寄せた。うなり声とともに唇をまくり、牙を剝《む》き出して彼女に挑む。

ニックスはザンの警告を思い出した。〈おまえの存在に引き寄せられるけだものもいる。彼らは自分たちを導こうと試みる者たちを殺そうとする〉

それでも、ニックスはワーグに向き合った。二頭の鳴き声の奥深くにある糸を引き出す。それは冷たい星の下の暗い森を、狩りの炎を、骨からむしり取る肉を、雪に覆われたねぐらでの群れのぬくもりを歌っている。ニックスはそんな野生の調べを自分の中に取り込み、自分と絡ませた。ワーグの獰猛な性質を、残忍な欲望を受け入れる。それらを導こうなどという気持ちは一切ない。ただし、それらに委縮するつもりもない。

その代わりに、ニックスは自分の中にあるすべての怒り、悲しみ、罪の意識を、さらには寂しさや恥ずかしさまでも一つにまとめた。やがてそれは放たれることを、野生の叫びとして吐き出されることを要求する。父が殺された後にその嵐を解き放った時のことが頭によみがえった。彼女の怒りを受けて多くの死者が出た。

〈それを繰り返してはならない〉

ニックスはその荒々しい力のすべてをある一つの姿に集中させた。彼女を救おうと戦い、そのために命を落とした一匹の小さなコウモリ。分かち合った乳とぬくもり。彼女の心と結ばれた弟。ニックスは目を閉じ、自らの中にあるすべての力を添えて、その絆をキーンという音に込めて放った。目の前にうずくまる二つの野生の心へと通じる二本の糸に歌を送り返す。

歌いながら、ニックスは自らの心をさらけ出し、相手を迎え入れる。

二つの歌がゆっくりと融合する。ニックスの甲高い歌声が胸の中で静かな咆哮に変化する。彼らの心にしみる鳴き声を、凍りついた枝と針葉に縁取られた冷たい星と分かち合う。

永遠に思えるような時間が経過した後、後ろでジェイスがはっと息をのんだ。

ニックスは目を開いた。

一頭のワーグが彼女の前で頭を垂れていた。それに続いてもう一頭も。顎が石畳にくっつきそうな姿勢だ。彼女を見上げる琥珀色の瞳が輝いている。尾を左右に振って彼女を受け入れている。二頭の喉の奥から再会を喜ぶ静かな声が漏れ、失われた群れの一員が戻ってきたことを歓迎している。

ニックスは新しい弟たちを見つめてから、その視線を上に向け、二頭の後ろに立つ男性に移した。彼に対しては二頭に与えたような関係性を提供しない。相手の顔に浮かぶ当惑に、畏怖の念に向き合う。

彼に伝えたいことは一つだけだった。

〈目の前にいるのはあなたが沼地で捨てた子供〉

記録のためのスケッチ
ピラニアン
(クラウドリーチに生息)

リーチタイガー

第十二部
血の源

こう記されている。クラッシュのドレシュリの長マギ・イム・レルは、同志たちの前で自らの心臓を切り取り、自分が上に立つ者だという証《あかし》として高々と掲げた。その後、ついに死を前にして、彼はその心臓を組織の中で自分に次ぐ地位の者に与えた。何百年にもわたって言い伝えられているのは、イムリ・カーがその神聖な遺物を聖なる部屋で保管していること――そしてその心臓は今日に至るまで動いているということ。

――バスカルの『奥義と魔術の歴史』より

39

国王の光り輝く息子は影の中に立っていた。

マイキエンはハイマウントの城壁を貫く暗い階段の途中で立ち止まった。矢狭間《やざま》をのぞくと見えるのは北側の景色で、王都の発着場が煙を噴き上げる廃墟《はいきょ》と化している。

無防備な気球船を狙った卑劣な攻撃から三日が経過した。今も広々とした敷地の上空を覆っている煙は、喪に服す女性の肩掛けを思わせる。何百人もが焼け死に、何千人もの負傷者が出た。犠牲になったのは罪のない人たちばかりだ。煙の向こうにそびえる何隻もの戦闘艦には太陽と王冠の旗が翻《ひるがえ》っている。

〈少なくとも、あれらの船には被害がなかった。感謝しなければならない〉

王子は剣の柄に手のひらを添えた。

〈もはやクラッシュとの戦争は避けられない〉

マイキエンは怒りを募らせた。こんな形での帰還は望んでいなかった。今もまだ、婚礼を祝うパレードで着ていた式典用の衣装のままだ。騎士、貴族、従者たちから成る行列は、アザンティアを発ってブローズランズの西に広がるカルカッサ家の敷地まで進んだ。

新妻のマイエラは「カルカッサの要塞《ようさい》」の異名を持つ広大な屋敷に残してきた。緑色の丘陵地帯の中に広がる建物の低い屋根には、多くの家畜の餌になる牧草と同じものが植えてある。危険から守るためにマイエラを牧場に避難させたというのは、戦争の噂を利用した口実にすぎない。そこでの滞在に関しては事前の予定通りで、王子の息子、すなわちハレンディ王国の将来の王位継承者をすでに身ごもっているマイエラのおなかが早々に大きくなるのを隠すためだった。

マイキエンは目を閉じて外の煙った光景を遮断し、赤ん坊を腕に抱く自分の姿を夢想した。カールしたブロンドの髪は自分と同じで、瞳はマイエラ譲りの明るい緑色がいい。すでに父親として子供を守らなければという思いが強まっている。子供の身に害が及ぶようなことは絶対に許さない。

「ぐずぐずしてはいられませんぞ」ハッダン忠臣将軍が数段下から促した。「国王がお待ちです。しかも、怒りのせいで気が短くなっておられますから」

マイキエンは忠告を理解してうなずいた。クラッシュによる攻撃の一報を聞いた後、マイキエンは馬にまたがって急いでハイマウントに戻り、朝の第一の鐘とともに帰還した。ぴかぴかの黒のブーツはあぶみによる傷と馬の毛で汚れ、濃い青のマントには途中の道の泥はねがこびりつき、体には自分と馬の両方の汗のにおいがしみついてしまっている。馬を小屋に連れていき、手入れをして休ませるよう言い残すとすぐ、マイキエンは体中にこびりついた長旅の汚れと疲れを洗い流そうと、訓練学校の水風呂と蒸し風呂に通じる階段を上った。

だが、マントを脱ぐことすらできないうちに、ハッダンがやってきて国王がお呼びですと伝えた。拒むことはもちろん、待たせることもできないため、マイキエンはこうしてハッダンとともに階段を下っているのだった。

しかも、まだかなりの距離が残っていた。

無表情なハッダンの後についてマイキエンが階段を下るうちに、馬をつないだ小屋を通り過ぎてさらに地下深くまで進み、まわりは漆喰《しっくい》で接合した石からむき出しの岩盤に変わった。ようやく階段が終わって踊り場があったが、まわりの壁はこれまでと何ら変わりがないように思える。裂け目の奥に隠れた鍵穴にハッダンが黒い鍵を差し込んだ。将軍は狭い扉を押し開け、入口をくぐった。

「さあ、急いでください」ハッダンがぶっきらぼうに促した。

マイキエンも後に続き、扉を後ろ手に閉めた。その先の通路は下り坂になっていて、さらに深い地点に通じている。マイキエンは頭上の城壁の存在を意識しながら首をすくめた。通路を照らす松明の炎はなく、岩の壁の鉱脈がかすかな輝きを放っているだけだ。その光がハッダンの剃《そ》り上げた頭頂部を薄気味悪く染めている。

マイキエンはシュライブ城を訪れるのが嫌だったが、地下深くに埋められている秘密の必要性や、邪悪な知識の中には天空の父の輝きが届かないところに閉じ込めておく方がいいものもあることを理解していた。

ようやく前方に見えた赤々と燃える四角い光は、扉の開いた入口だった。

ハッダンが歩を速めた。この通路から抜け出せてほっとしているようで、それに関してはマイキエンも同じだった。あるいは、前方で待っている存在に引き寄せられているのかもしれない。エボンウッドの扉の先には丸天井を持つ広々とした空間があった。黒曜石の壁面は細かい断片を貼り合わせたもので、ほかにもいくつかあるエボンウッドの扉の前に環状に置かれた松明の火を鏡のごとく反射している。開いている扉はマイキエンのすぐ後ろと右手にあるもう一つだけで、その前で二人の人物が待っていた。

ハッダンが急いで前に進み出て床に片膝を突き、頭を垂れた。「国王陛下」

マイキエンもわずかに遅れてその後を追った。同じように片膝を突く。「父上、あのような我々全員に対する卑劣な攻撃の後で、到着が大変遅くなり申し訳ありません。私もここにいるべきでした」

トランス国王が二人に対して身振りで立つように示した。「おまえがハイマウントに戻ってきてくれてうれしいぞ、マイキエン」

王子は再び立ち上がった。父の表情は「うれしい」ようには見えなかった。大理石を思わせる色白の肌はさらに青ざめ、灰色に見えるほど顔色が悪い。眉間には深いしわが寄り、青い瞳に不穏な影を投げかけている。しかも、刺繍の入ったビロードで着飾った姿ではなく、王国軍のブーツに膝と肘までまくった薄手の革製の服といういでたちだった。これは騎士の装具で、甲冑を付ける前に着るものだ。唯一の装飾は革服の上に羽織った質素な濃い青のトゥニカで、そこにはマッシフ家の紋章が描かれていた。

ここにいるのは戦争に備える国王だ。

マイキエンには父の身なりと厳しい表情が理解できた。その左右の肩の後ろで大きくなる嵐の雲が見えるかのようだ。マイキエンは心の中で誓った。

〈私は持てる力を惜しむことなく、あなたという雷神のまばゆい稲妻となりましょう〉

国王は隣で待つもう一人の方を向いた。マイキエンが物心ついた頃から、父の傍らに影のように付き従っている人物だ。まわりにタトゥーを施したシュライブの目がマイキエンをにらみつけた。王子がここに立ち入ったことをとがめるかのような目つきだ――だが、それも国王が口を開くまでだった。

「ライス、我々を囚人のもとに連れていってくれ。ヴァイサースには準備のための十分な時間を与えたはずだぞ」

シュライブは頭を下げ、背後の扉の方に体を向けた。「我々が向こうに行くまでには準備ができていることでしょう。まだ長い道のりが待っていることでもありますし」

国王と将軍もライスの後を追う。マイキエンは誰にも見られていないことを確かめ、深呼吸をしてから三人に続いた。これまでマイキエンはシュライブ城のこの入口よりも奥に入ったことがなかったし、そのような機会が訪れてほしくないと願っていた。自分はまばゆい甲冑に身を包み、太陽の光を浴びて輝く王子だ。鋼のぶつかり合う音と盾を打ち鳴らす響きが、マイキエンの慣れ親しんできた音楽だった。このような暗い場所に必要なのは天空の父の明るさを嫌がる者たちだけだ。噂によると、その内部には人間と悪魔の悲鳴が絶えずこだましているという。

それでも、マイキエンはほかの人たちに続いて扉を抜け、シュライブ城の奥に進んだ。ライスがその先で立ち止まり、壁に掛かるランプを外した。すぐにそれが必要になった。ライスの先導で先に進むにつれて松明がまばらになる。一行が下る狭い階段は、何百年にもわたるシュライブたちの通行のせいで角が削れてしまっている。奥に向かうにつれて通路がより曲がりくねったものになっていく。

初めのうちは灰色のローブ姿のシュライブたちと何人もすれ違った。マイキエンたちに気づいて道を空けるシュライブたちは古びた本を抱えていて、おそらくアナセマの黒い蔵書室から持ち出した禁断の書物だろう。片手に血だらけの包帯を巻き付け、仲間に支えられながら戻ってくるシュライブもいた。何かの実験に失敗したのだろうか。

さらに地下深くへと進むにつれて、通路からほかのシュライブたちの姿は消えた。マイキエンは悲鳴が聞こえるのではないか、悪魔の咆哮が響きわたるのではないかと耳を澄ましたが、そこには静寂があるだけで、しかも頭上を覆う石のように重苦しさを増していった。マイキエンの鼻はかすかな硫黄のにおいをとらえた。血の臭跡を追うザイラサウルスのように、一行はどうやらそのにおいをたどっているらしい。

そのにおいの源が長く曲がりくねった通路の先にようやく姿を現した。突き当たりの手前の通路に、地下の女神ネシンが黒曜石の刃で切り開いたかのような深い亀裂が入っている。その上に石橋が架かっていて、橋の手前の両側には二本の黒い柱があった。

先頭を歩くライスは二本の石柱の方に進んでいく。後を追うマイキエンは頭に冠のような突起があり、弧を描いた体の真っ赤なヘビがそれぞれの柱に描かれていることに気づいた。二匹のツノヘビは向かい合っていて、その間を通り抜ける勇気があるかを試しているかのようだ。その先は邪神スレイクの、そしてイフレレンの領域だと宣告しているのは明らかだった。

マイキエンは生気のない目をしたヘビの間を足早に通り抜け、石橋を渡った。その途中で橋の下をのぞき見たのが間違いだった。裂け目から漂う強烈な硫黄臭で胃がむかつき、目には涙がにじむ。そんな状態でも、マイキエンははるか下の不気味な輝きの存在に気づいた。暖炉の炎の明るい赤さではない。黒い岩盤に走る鉱脈が放っていた不快なエメラルド色と同じだ。

マイキエンはぶるっと体を震わせると急いで橋を渡り切り、大きなトンネルに通じるアーチ状の入口の下にいる三人に追いついた。アーチに使用されている石には謎めいた記号が刻まれていて、そのすべてがあの薄気味悪い緑色に光っている。岩の鉱脈までもがイフレレンの力でねじ曲げられ、記号を形作っているかのように思えた。

マイキエンはそれ以上進む気になれなかった。

「ここからはそれほど遠くありません」王子が逃げ出そうとしていることに気づいたかのようにライスが言った。

シュライブがランプを手にアーチをくぐる。父とハッダンもそれに続いたので、マイキエンも三人の後を追うよりほかなかった。一人で戻る方法などわかるわけがない。

ようやくライスが鉄の扉の前に立った。ランプをその脇に吊るし、体を丸めたツノヘビのような円形の掛け金を両手で握る。扉を引き開けるためにはかなりの力が必要なようだ。蝶番《ちょうつがい》の静かな音とともに重い扉が開くと、火明かりが外に漏れてきた――それと同時にあふれ出た悲鳴が、まるで逃げ出そうとするかのように通路にこだまする。

マイキエンは震えた。叫び声は悪魔が発したものではなく、拷問を受けている人間の口から出たものだった。

ライスが先に三人を通し、自分は最後に扉を通り抜けた。

マイキエンの視界はハッダンの大きな背中に遮られていたが、忠臣将軍が驚きのうめき声とともによろけたため、その先が見えるようになった。室内はすべてがハンマーで打ち延ばした鉄で造られているらしく、かまどの中に足を踏み入れたかのような感じだ。ただし、あらゆる表面に鋲《びょう》で打ち付けられている金属は普通の鉄よりも黒っぽく見える。向かい側では鉄格子をはめた小さな暖炉の奥で炎が赤々と燃えていた。

中央には同じ鉄でできた椅子が置いてある。その横でシュライブのヴァイサースが無言のまま痩せ細った体で国王を出迎えてから、背中を丸めて近くのテーブルの上に広げた銀の道具の方を向いた。器具はどれも先端がとがっているか、刃が付いているか、螺旋《らせん》状の切り込みが入っている。その多くには血が付着していた。けれども、マイキエンの体からすっかり血の気が引き、あとに冷たい恐怖だけが残ることになったのは、そのせいではなかった。

椅子には全裸の女性が座っていて、額と首と胸が革紐で背もたれに固定されている。拘束された女性はぐったりとした状態で、悲鳴を発する原因となった行為によって気絶しているようだ。髪の毛を剃られていて、床に白髪の三つ編みが落ちているところを見ると、さっき切られたばかりなのだろう。数滴の血が左右の頬からむき出しになった鎖骨の窪みに流れ落ち、そこからもあふれて胸を滴り落ちていた。

けれども、何よりも恐ろしいのは女性の頭だった。頭頂部から五、六本の銅の針が突き出ていた。マイキエンが見ていると、ヴァイサースがテーブルから椅子の後ろ側に回り込んだ。シュライブは女性の頭を上からのぞき込み、両手を持ち上げると、頭頂部から骨まで貫通させたばかりと思われる穴に新たな銅の針を挿し込んだ。針はマイキエンの大きく広げた手のひらと同じくらいの長さがある。

マイキエンはその針の先端が女性の脳に深く突き刺さる様を想像した。

〈あいつは何をしているんだ?〉

国王すらも唖然《あぜん》としていて、大きく見開いた目をライスに向けた。「いったいこれはどういうことだ?」

ライスが手のひらを見せ、もう少し待つように求めた。「ガイル修道院長は我々が予想していたよりもはるかに頑固だったものですから」


ライスとヴァイサースが椅子に固定されたブレイク修道院学校の女性校長に対する準備を終えるまでの間、マイキエンは室内を落ち着きなく歩き回っていた。二人のシュライブは女性の頭に刺した銅の針を調べ、それぞれを少しずつ動かしては小声で話し合っている。

マイキエンは恐怖を抑えつけ、父と忠臣将軍の目の前でうろたえや怯えの気配すらも見せまいと、腕組みをしたままでいた。血のにおいがする。椅子の下にたまった小便のにおいもする。拷問を受けた女性が漏らしてしまったのだろう。舌には暖炉の炎の中で燃える錬金物質の苦い味がする。

マイキエンは椅子から視線をそらし続けた。ヴァイルリアン衛兵の隊長を務めるアンスカル・ヴァイ・ドンが戦利品を取り逃がし、怒りに震えていることは聞かされていた。マイキエンがどうにか理解できたところでは、弟のカンセがコウモリの毒から奇跡的に生還した少女を連れ去ったのだという。

〈弟よ、おまえはどんな悪事に手を染めたというのだ？〉

それは答えが必要とされる疑問だった。アンスカルはほかにも何かが進行中なのではないか、策略の中で別の陰謀が動いているのではないかと勘繰った。そのため、彼は女性修道院長をとらえて帰還した。彼女は白状した以上のことを知っているに違いないと考えたからだ。答えを得るために、アンスカルは女性を国王の前に引き出した。

マイキエンは唾を飲み込み、血だらけの女性を見た。

〈そして父は彼女をイフレレンに引き渡した〉

ライスはマイキエンたちの動揺を察知したようだった。「どうしても言うことを聞かないガイル修道院長の口を割らせるためには、残念ながらこれが唯一の方法なのです。しかも、我々の発着場が煙を噴き上げ、クラッシュの海岸に船が集結しているとの噂が流れている中、通常の尋問方法で時間を費やすわけにはいきません」

「しかし、君たちが進めているこれはいったい何だ？」トランス国王が室内を指し示しながらかすれた声で問いかけた。

「この技法を完成させたのはヴァイサースですが、研究そのものは数百年前から行なわれていました」ライスは仲間のシュライブを見た。「準備はどうだ？　お見せすることはできそうか？」

ヴァイサースが小さくお辞儀をしてテーブルのところに戻った。彼が手に取った銅の箱からは、同じく銅でできた針が何本も突き出ている。それぞれの先端にはふわふわした細い繊維の塊が付いていて、やわらかい羽毛のように見える。ヴァイサースが箱の片側の小さなレバーを親指で動かすと、装置からブーンという低い音が鳴り響いた。

その音が部屋の中に広がり、四方を鉄の壁に覆われた室内で次第に鋭くなっていく。ほんの一呼吸する間に、音の響きは最高の切れ味を持ち、同時にのこぎりのような歯も付いた刃を思わせる鋭さに変わった。耳障りなその音がマイキエンの頭蓋骨に突き刺さる。ハッダンでさえも顔をしかめた。以前にマイキエンは、太腿《ふともも》に剣による切り傷を負ったハッダンがまったくひるむことなく傷口を縫う場面に出くわしたことがあった。あの時の将軍は笑みを浮かべながら肉に針を突き刺していたというのに。

小さなふわふわの繊維がかすかに輝き始め、そのまわりでは空気までもが震えているように見えた。そればかりか、音がさらに甲高くなった。

苦しそうに息をのむ声が聞こえ、マイキエンは女性の方に注意を向けた。修道院長は目を大きく見開いているが、何も見えてはいないようで、唇は苦痛のあまり歪んでいる。頭頂部に刺さった針が箱の繊維と同じ輝きを放っていた。針全体が彼女の頭蓋骨の中で震えているように見える。

ヴァイサースが反応を観察しているうちに、女性の表情から力が抜けた。ここで使用された不思議な力に屈したのだろう。それでも、女性の額にはプラムの実から果汁を絞り出したかのような玉の汗がまだ浮かんでいて、体の中のどこかで彼女は今もこの攻撃に抵抗しているに違いない。

ヴァイサースがライスを見てうなずいた。

ライスがトランス国王の方を向き、銅の箱から発する高音に負けじと大声で話した。「国王陛下、これでお望みの質問を何なりと訊ねられてもけっこうです。彼女は拒むことができません」シュライブが修道院長を指し示した。「彼女の意思は抑えつけてあるので、嘘が返ってくることはありえません」

「しかし、どうやって……?」トランスが訊ねた。不快そうな視線を浮かべているが、目を奪われてもいる。

ライスがため息をついた。シュライブたちの知識に精通していない相手でもわかるように教える方法を探しているのだろう。やがてようやく説明を始めた。「導きの歌についてはよくご存じのはずです。一部の者たちには鈍いけだものを歌で惑わせ、指示通りに行動させる能力があります。我々がここで行なっているのもそれと同じようなことで、空気中を伝わる音と熱と振動によって相手の意思を奪い、我々の思い通りにさせるのです」

ハッダンの声は驚嘆のせいで上ずっていた。「つまり、この方法を使えば導きの歌を自由に使える、つまり真似ることができるというのか？」

マイキエンの思いは将軍の評価とはまったく違っていた。〈これは導きの歌の真似なんかじゃない。ただの悪趣味なまがいものだ〉

「まさにその通りです」ライスが国王に向き直り、修道院長を指差した。「さあ、知りたいと思われることをお訊ねください」

国王は前に進み出た。椅子に近づきながら不快な音に顔をしかめている。「ガイル修道院長、我が息子カンセが消息を絶った件で、あなたはどんな役割を果たしたのだ？」

生気のない目がどうにか動き、トランスに留まった。乾いてひび割れた唇が開く。「私は……彼に伝えた。大いなる……危険が訪れる。ムーンフォール……それがすべてを終わらせる」

マイキエンは国王の肩がぴくりと反応したことに気づいた。父が将来の予言にどれだけ多くの信頼を寄せているかは知っている。国王は慰みの奴隷と同じくらいの数の易者や骨占い師を宮殿内に抱えているのだ。

「誰がそのような破滅を口にした？」トランスが訊ねた。

「錬金……術師のフレル。彼が星を……計算した。そしてもう一人……」

「誰だ？」

「少女……ニックスが……ミーアコウモリの叫びから警告を聞き取った」

ハッダンが聞えよがしに鼻を鳴らした。

国王は静かにするよう合図した。

ライスが肩をすくめた。「真実かどうかはともかく、修道院長はそうだと信じています。嘘はつけないので」

それでもハッダンはまったく相手にする気がなさそうだった。将軍は剣で切りつけられないものの存在を信じない。「修道院長は南クラッシュの生まれです。つまり、一族は昔からそこで暮らしているわけです。おそらく今回の件は我々の敵が彼女に吹き込んだ陰謀で、不和の種をまこうとしているのですよ。戦争と時を合わせて破滅の噂を広め、我々がいつにも増して強い信念を持たなければならない時にそれを揺るがそうと目論《もくろ》んでいるのでしょう。すでに陛下のご子息にも影響が及んでおられる」

トランスが顔をしかめた。「今の話とカンセにどんな関係があるというのだ？」

その質問はハッダンに向けたものだったが、問いかけが聞こえた修道院長は答えずにはいられなかった。眉間に新たな汗が浮かんだのは、この導きに抗っているからだろう。「彼は……助けようとして……妹を」

マイキエンは体をこわばらせ、腕組みをほどいた。「妹？」

「ミーアコウモリと言葉を交わす少女……彼女は……マライアンの……マライアンの娘」

マイキエンは理解できなかったが、父が理解したのははっきりと見て取れた。女性の言葉を聞き、父の体がよろめいた。

「まさか……」国王がうめいた。「ありえない」

トランスがライスの方を向くと、シュライブも同じようにショックを受けている様子だった。

「赤ん坊は死んだ、おまえはそう言ったではないか」国王が詰問した。

「そのように信じていたのですが」ライスが答え、その表情が曇っていく。

トランスの顔には激しい怒りが浮かんでいた。「おまえが占った子供だぞ、ライス。おまえが予言した通り、女の子だった。そしておまえは、その子がクラウンを破滅させ、それとともに世界も終わらせると予言した」

マイキエンは父の言葉をつなぎ合わせ、そこに誓いを破った騎士の物語を当てはめた。夜になるとカンセと一緒にベッドに潜り込み、そんな自分たちの家族の秘密にまつわるぞっとするような噂をひそひそと話したことが何度もあった。まだ二人が仲よしだった頃、ケペンヒルと訓練学校という別の道を歩むことになる前の話だ。

ハッダンの表情にはまだ疑いの念が色濃く残っていた。「きっとその少女はクラッシュの策略でしょう。二番目の王子を国王の娘と噂される少女と結びつけ、そのような作り話で正当な王位後継者に対する反乱を起こそうとしているのですよ」

忠臣将軍がマイキエンの方を振り返った。一方、マイキエンは妻マイエラの腹部のふくらみを思い浮かべた。

「たとえその少女がマライアンの失われた娘だとしても」トランスが反論した。「彼女が私の落とし子なのか、それとも裏切り者のグレイリンの子供なのかはわからないではないか」

議論は椅子から聞こえた苦しそうな悲鳴で遮られた。拘束された修道院長がもがいていて、椅子に固定された手首を手枷《てかせ》から引き抜こうとしている。それでもなお、口から出てくる言葉を止めることはできない。

「グレイリン……グレイリンはこうしている今も彼女のところに向かっている」女性が苦しそうに伝えた。「ヘイヴンズフェアに」

国王がすぐさま彼女の方に顔を向けてわめいた。「何だと?」

ヴァイサースが銅の箱を椅子に近づけた。暴れる女性の制御を取り戻そうとしているのは間違いない。

マイキエンはアンスカルの報告から、カンセの一行が落ちゆく者たちの道を登ったと聞かされていた。弟たちがあの険しい登りを生き延びたのかどうかはわからない。アンスカルの部下たちはあの一帯に巣食う災いによって追い返されてしまったからだ。けれども、カンセがクラウドリーチまでたどり着いたとすれば、目的地として最も可能性が高いのは森の中にある交易の町へイヴンズフェアだ。あのあたりはほかに何もない。そのため、国王は行方不明の王子の捜索のために戦闘艦をクラウドリーチに派遣する準備をすでに命じていた。

マイキエンの見ている前で父が肩を落とした。穴が開いて空気の抜けた気球船のように、その体が小さく見える。国王がどれほどグレイリンを信頼していたかは知っている。二人は子供の頃からの友人だった。トランスは裏切った友人を罰したが、命だけは助けて追放処分にした。誓いを破った騎士は異郷で死んだと、誰もが思っていた。

〈どうやら違ったらしい〉

修道院長の話が事実なら、グレイリンはまたしても誓いを破ったことになる。彼はハレンディには決して戻らない、王国の土を二度と踏まないと誓ったのだから。

ハッダン忠臣将軍も慈悲があだとなった可能性を認識した。「反乱の炎が高まりつつあることに疑いの余地はあるでしょうか？　国王の息子、娘かもしれない少女、そして今度は名誉を奪われた騎士の王国への帰還。この憎しみが広がって深く根を張る前に、根絶しなければなりませんぞ」

トランスがうなずいた。熱のこもった将軍の意見に表情が険しくなる。

しかし、ライスはまだ囚人に聞くことがあるらしかった。眉間にしわを寄せ、もがき続ける女性を見つめながら近づいていく。その反対側からはあの忌まわしい音の出る装置を手に、ヴァイサースも歩み寄る。

「我々に何を話すまいとして抵抗しているのだ、ガイル修道院長」ライスが冷たい声で訊ねた。

女性が白目をむいた。泡を吹きながらも苦痛をこらえて唇をきつく結んでいる。銅の針がさらに輝きを増し、彼女の意思に深く突き刺さる。

女性が悲鳴をあげた。母語であるクラッシュ語の単語が苦しみにあえぐ喉の奥からこぼれ出る。「ヴァイク・ダイア・ラー！……ヴァイク・ダイア・ラー・セ・シャン・ベニャ！」

ライスがよろめきながら一歩後ずさりした。ヴァイサースは体を震わせ、危うく銅の箱を手から落としそうになった。あわてて箱をつかみ直す――しかし、その隙に修道院長が自分の意思を取り戻した。

ぱっと開いた目の焦点が合う。苦痛が怒りに一変する。女性は皮膚が剝がれるのもかまわず、手枷から手首を引き抜いた。その手を伸ばし、近くのテーブルの上にあった長い刃物をつかむ。誰かが制止するよりも早く、女性は刃物を自らの喉に突き刺した。

ライスがその手をつかもうとしたが、その前に女性が刃物をひねりながら引き抜き、そこから大量の血が噴き出した。憎悪のこもった視線を受けて、シュライブが後ずさりする。

そして苦しげな呼吸を何度か繰り返した後、彼女の目から命の光が消えた。

国王がライスの肩をつかんだ。「彼女は最後に何と言ったのだ？　あれはどういう意味だ？」

「わかりません」ライスが答えた。「自らの意思を解放しようともがく中でこぼれ出た無意味な単語にすぎません。彼女が我々にそれ以上のことを知られたくなかったのは明らかです」

マイキエンはシュライブが嘘をついているのではないかと疑った。国王もライスのことを不信感もあらわに見つめている。だが、ハッダンはもうううんざりしていたようだ。

「そんなことはどうでもいいじゃないですか。これは不和の種をまいて王国を分断させようという企みのさらなる証拠です」忠臣将軍が言った。「陰謀を後押ししているのはクラッシュで、やつらの仲間の一人が裏で糸を引いていたのです。すぐにその火を消さなければなりません」

ライスがマイキエンたちの方を見た。「忠臣将軍のおっしゃる通りです。争いが起きる前に終わらせなければ」

トランスがうなずいた。父の顔はマイキエンがこれまでに見たことがないほど紅潮している。「ハッダン、クラウドリーチに向かう戦闘艦の指揮はおまえに任せる。戦力は二倍にせよ。この件にはきっちりと決着をつけるのだ」

　国王が光り輝く息子を見た。「おまえも同行するのだ、マイキエン。弟の裏切りに対しておまえの存在をはっきりと示す時だ。ハレンディ王国の全国民がそれを目撃しなければならない。血筋に対する疑いの声があがる可能性を封じるのだ」

　マイキエンは頭を垂れ、この厳しい任務を受け入れた。戦争が間近に迫っている今、自分が今まで以上に輝く必要があると、王国の反撃を導く旗にならなければならないと承知している。その一方で、父がなぜこのような危険な務めを長男に任せたのかも理解していた。

　希望を宿した妻マイエラのおなかを思い浮かべる。

　マッシフの王家の血筋は守る――守らなければならない。何があろうとも。

40

国王たちの一行がハイマウントに戻るための案内を別のイフレレンに任せた後、ライスは太陽の光からさらに遠くへと逃れた。半リーグほど地下に進み、邪神の領域の心臓部を——そして七百年もの長きにわたってそこに存在する秘密を目指す。

ヴァイサースは上の実験室に残してきた。修道院長の頭蓋骨を割り、彼女の脳を徹底的に調べることになっている。手法の精度をさらに高めるために、何がうまくいって何が失敗したのかを見極めるつもりだとのことだった。ほかのシュライブたちと同じく、イフレレンも知識を得るために必要なのは突然のひらめきではなく、失敗の積み重ねと小さな勝利だということを理解している。はるか昔の人たちが捨ててしまったものを集め、そのような遺物をよみがえらせるために何百年という時間をかけてきたが、そのことを正しく評価してくれる人はほとんどいない。

この先に控えるものには特にそのことが当てはまる。

ライスは高さのある二枚のエボンウッドの扉の前に到達した。扉にはツノヘビが彫られていて、押し開けると記号が二つに分かれる。その先にあるのはイフレレンの聖域だ。はるか地上近くの入口にあった部屋と似ていなくもなく、きれいに磨かれた黒曜石の壁と丸天井から成る。ここには様々な研究対象のための扉が並んでいて、そのすべてはこの部屋が保管しているものと関連している。

室内には銅の管と吹きガラスの容器がクモの巣のように張り巡らされ、難解な錬金物質が流れたり泡立ったりしていた。丸天井の先端から床まで、その装置が室内のほとんどを占める。巨大な器具は音を立て、蒸気を噴き、生きている心臓のように脈打っている。

四つの血の源がアースの磁気エネルギーの基本方位に置かれていた。生贄はすべて、アザンティアのネザーズの人混みからさらってきた十歳以下の子供たちだ。そのような若い体は抽出の過程において最も効率的だった。子供たちは四人とも横たわったまま動かず、胸は小さな窓のように切り開かれている。ふいごが肺に空気を満たしていて、肺の上下の動きに合わせて脈打つ心臓が見え隠れしていた。

子供たちの血は装置の管や容器内を流れる。その若い細胞は攪拌され、段階を経るごとに浄化されていき、最後には生命力を凝縮したものだけが残る。古代の書物によると、その力は細胞から取り出された小さな粒子の中に含まれていて、目には見えないその微小な粒を昔の人々は「ミトコンドラン」と呼んだ。この強力な燃料の抽出方法も同じ書物の中に記述があった。しかし、手法の精度を高めるためのイフレレンの研究には数百年を要した——応用と技術の進歩が必要で、その一つが生贄の採用だった。

子供たちは五日間を生き永らえた後、命のすべてを飢えた銅とガラスから成るクモの巣に提供し、息絶える。ほんの百年前まで、同じ装置を使うと子供は一日しか持たなかったが、イフレレンは長い年月をかけて手法の改良に努め、進化させてきた。また、抽出された同じ秘薬で自分たちの寿命を延ばす方法も発見した。

ライスは小柄な亜麻色の髪の少女の横を通った。少女の頭はぐったりとしていて、喉から管が出ている。ライスは少女の髪に手を触れ、贈り物と犠牲に対して心の中で感謝を伝えた。

この大いなる装置の前に初めてひざまずいた時のことは今も覚えている。主スレイクに忠誠を誓い、イフレレンに加わって間もない頃だ。あれは今から六十三年前のこと——もっとはるかに昔のことのようにも思える。

ジョアの神秘主義者の見習いを務めていた幼い頃のことはほとんど思い出せない。彼は六歳の時に母と一緒にドミニオンから逃げ出した。山奥にある神秘主義者の拠点での訓練に備えて、視力を奪われる直前のことだ。ライスは当時のおぞましい記憶を抑えつけた。ジョアの追っ手たちに追われ、奴隷商人に母を殺され、虐待を受ける日々。そして行き着いたのがクラウンの反対側に位置するタウ島にあるティースルの学校だった。

ライスがその名高い学校に入学できたのは、売春宿で彼のことをいたぶった聖修道士が上唇の内側のタトゥーに気づいたからにほかならない。それは神秘主義者の所有物であることを示す印で、そうした訓練を認められる子供は極めてまれだった。そのような子供は特別だと考えたため――そしておそらくはその先の数年間にわたってライスを慰みの対象として身近に置いておきたいとの思いから、その聖修道士は彼のティースルへの入学を許可した。同校でライスは優秀な成績を残し、錬金術師の高位水晶の資格を取った。その後、聖修道士に感謝の言葉を述べ、そいつの喉を短剣で切り裂き、ケペンヒルに移った。そこでもう一つの聖修道士の高位水晶の資格を得て、まずはシュライブに、そしてイフレレンになったのだった。

長い時が経過し、多くのことを成し遂げた今でもなお、あの若き日々の苦痛と屈辱が鮮明によみがえる。あの頃の自分は無防備で、他人に好きなようにもてあそばれていた。そんな過去が彼の心の中に冷たい炎をかき立てた。それは野望の炎でもあり、二度と他人の言いなりにはならないという決意の炎でもあった。それを確かなものとするために、ライスは古代の知識の中にある力を求めた。何一つとして、誰一人として、邪魔はさせない。自分はどんな王すらをもしのぐ強大な力の持ち主になる。

胸の内での怒りの誓いとともに、ライスはそんな忌まわしい過去の記憶を振り払い、目の前にある輝かしい驚異に意識を集中させた。彼はその後の人生をここに埋もれた謎の解明に捧げてきた。室内を探すと同志の一人が彼を待っていた。

シュライブのスケーレンからここに来てほしいという緊急の呼び出しを受けていたのだ

が、国王が帰るまでは求めに応じることができなかったのだ。

同志のもとまで行くために、ライスは前かがみになったり首をすくめたり体をひねったりしながら、縦横無尽に張り巡らされた銅の巣の間を抜け、部屋の中央に向かった。中心部にはめ込まれている腹をすかせたクモは、大いなる重要性を秘めた遺物だ。

前を見るとスケーレンが神聖な遺物をのぞき込んでいた。

ライスは近づきながらその姿を垣間見ることができた。ブロンズの胸像が線や管で大いなる装置とつながっている。ブロンズ像の顔はカールした顎ひげのある男性で、頭頂部の髪も同じように巻き毛だ。ブロンズの肌は中を満たすエネルギーで輝いている。微細な顎ひげと巻き毛が揺れる様は、弱い風を浴びているかのようだ。紫色を帯びた青いガラスの目が鈍い光を発しているが、周囲の光景は何も見えていない。

この遺物のいわれによると、胸像は今から二千年前にヘイヴンズフェアで発見された。見つかったのは「いにしえの帆柱」の忘れ去られた保管庫の中で、あの古木の根よりもさらに深いところに埋まっていたという。その後、この胸から上だけの像は数え切れないほどの所有者の手を経てきた。誰一人としてこの胸像が何を表しているのかわからなかったが、誰もがその形と職人技の美しさに感嘆した。南クラッシュの最南端の地から、北は遠く離れたハプレの領内まで渡り歩いた。詳しく研究され、忘れられ、多くの王たちの部屋を飾り、そしてようやくアザンティアに行き着いた。

さらに時を経るうちに、古代の書物から胸像の真の驚異の一端が明らかになった。正しい方法で力を与えるとよみがえらせることができるというのだ。それでも、イフレレンが胸像を眠りから目覚めさせ、そこからごくわずかな情報を得るだけでも数百年もの長い時間を要した。目覚めて以来、頭が声を発したのは四回だけで、言葉はどれも謎めいていて、誰も理解できない言語でささやかれた。その四つのメッセージはイフレレンの最も重要な書物に記録され、今後の解読を待っている。

数百年の間にイフレレンは多くを学んだ。神聖な遺物が奇妙な何かを放出し、それが空気を震わせていることも発見した。近寄ると皮膚がむずがゆくなるような感覚がした。

今もライスは近づく自分に向かって風が吹いているような気がしていた。

そのうちにイフレレンは、銅線を巻き付けた磁鉄鉱による放出物の強度の測定方法を突き止めた。それから間もなく、この奇妙な放出現象が鳥、トカゲ、ヘビなどの小さな生き物に影響を及ぼしていることも明らかになった。野生の生き物がその呼びかけに反応して大人しくなり、簡単にてなずけられるのだ。

このことを導きの歌と結びつけ、その音を取り込んでより大型のけだものを操る目的で利用しようと生涯を捧げてきたのがヴァイサースだった。やがて彼は脳の主だった部位に銅の針を挿入することで、自らの手法の効果を高めていった。しばらくの間はけだもので実験を行なった後、ヴァイサースは人間の中では頭の鈍いジン族がいちばん操りやすいことを発見し、さらに研究を重ねていった。

その間も遺物は奇妙な無音の歌を発し続けた。その様子を観察するために、遺物のまわりをいくつもの銅の輪で同心円状に取り囲んだ。骨組みだけの複雑な球体を思わせるその形は、星の研究で使用される太陽系儀にどこか似ている。油を満たした水晶の球体に銅線を巻き付けた磁鉄鉱を浮かべ、それを一つ一つの輪に沿って百近くの小さな風見鶏として取り付けてある。この器具を使用することで、遺物から放たれる目に見えない風の向きと強さを何百年にもわたって測定してきた。その間ずっと、遺物は変わることなく外の世界に向けての呼びかけを続けた。

そしてついに答えが返ってきた。

六十二年前――それはライスが組織に血の誓いを立てたわずか一年後のことで、彼は今もそれを神の導きだと考えている――のこと、別の風が風見鶏をブロンズの胸像側に向けた。風は東の方角から吹いていて、その強さから発生源はガルドガルの海岸近くだろうと推測された。そのため、ライスがチョークの鉱山近くにイフレレンの前哨基地を構築する責任者となり、再びその合図が届く時に備えて監視を続けた。

それからの約六十年間で三回、風が発生して磁鉄鉱をブロンズの胸像の方に動かした。そのことから、イフレレンはこの遺物と同じようなものがそこにも埋められているに違いないと確信するに至った。そして月の満ち欠けの一回り分ほど前、謎の風が再び吹いた。

最初は途切れ途切れだったのだが、風は次第に強さを増していった。強風の発生源を探してライスとスケーレンはチョークの鉱山に赴いた――そこでブロンズの女性像を発見したが、変装したずる賢いこそ泥に盗まれてしまったのだった。

スケーレンのもとにたどり着いたライスは失ったものの重要性を思い、絶望感に包まれた。おそらく今は海の底に沈んでしまっているはずだ。

「遅いではないか」スケーレンが叱った。

「私に国王のそばを離れるように求めるほどまで急を要することとは？」

スケーレンは片手に羽ペンを、もう片方の手に測定用の棒を持っていた。彼が脇にどくと小さなテーブルの上に広げられた地図が見えた。その隣に開いて置いてある書物には、水晶の球体内での磁鉄鉱の動きが数百年分にわたって記録されている。

「一鐘時前のこと」スケーレンが切り出した。「別の信号が我々の装置を動かした」

ライスは相手に詰め寄った。「どこからだ？　約束の湾か？」

ガルドガルを発った気球船が墜落した後、ブロンズの女性が海底を歩いて移動しているのだろうか？

スケーレンが地図を近づけた。その上には多くの数字や矢印が書き込まれている。「いいや、海からではない。短い時間だったが、北東の方角から発信された。計算の見直しをしないことには確かなことは言えないのだが」

「北東にどのくらい離れているのだ？」

「私の測定では遠くてもクラウドリーチの森の中だ。双子湖の周辺だろう」

ライスは眉をひそめた。

〈またクラウドリーチだ。あいつらが逃亡したのもそこだ〉

偶然の一致とは思えない。銅でできたクモの巣の中心に立つライスは見えない力の動きを感じ取った。大きな何かのピースが一つにまとまりつつある。

ライスは踵を返した。手遅れでなければいいのだが。

「どこに行くつもりだ？」スケーレンが訊ねた。

ライスは背を向けたまま遺物を指差した。「目を離さないでくれ。変化があったら連絡してほしい」

「それで君は？」

「戦闘艦に乗り込む。王子と王国軍に合流だ。あの遺物がそこにあるなら、再び失うようなことがあってはならない」

マイキエンは訓練学校の自室でブーツを探していた。熱い風呂に浸かり、体をきれいに洗った後、ようやく王国の光り輝く王子としてのあるべき自分に戻ることができた。石鹼《せっけん》とブラシを入念に使用して体を洗ったのは、ブローズランズからの馬にまたがってのきつい移動の汚れを落とすのはもちろんだが、シュライブ城での硫黄の悪臭を取り除く意味の方が大きかった。

ヘイヴンズフェアへの移動の準備のため、先ほどの父と同じように薄手の革製の服に袖を通した。甲冑をまとうのは気球船が森の中の町に係留されてからだ。すでに剣は銀細工が施された鞘に納めて身に着けており、短剣も同じ装飾の鞘に入っている。革服の上には太陽と王冠の紋章が刺繡されたダブレットを着用していた。王子としてある程度の作法は守らなければならない。

〈だが、俺のブーツはどこにある？〉

裸足のまま戦闘艦の発着場まで走りたいとは思わない。

ベッドの下にあるのをやっと見つけて引っ張り出す。ブーツをはこうとしたマイキエンは、力強いノックの音に動きを止めた。その大きな音を聞き、そんなにも強い呼びかけを無視するべきではないと判断する。王子である一方でマイキエンは訓練学校の八年生でもあり、その高い身分をもってしても校内で認められる自由には限りがある——ほとんどの場合、自由などないも同然だった。

マイキエンはブーツを床に置き、悪態をついてから扉に向かった。引き開けると、部屋の前には真っ赤な山がそびえていた。軽甲冑姿のアンスカル・ヴァイ・ドンを見ると、生まれた時からそれを身に着けたまま、一度も脱いでいないのではないかと思える。ヴァイの騎士は兜を外して小脇に抱えていた。

「マイキエン王子、出発される前にお話ししたいことがあります」

アンスカルは許可を求めることなく入室した。マイキエンを押しのけるように中に入り、後ろ手に扉を閉める。

「いったい何事だ？」マイキエンは訊ねた。王子らしくしっかりとした声で話そうとするものの、裸足のままではそれも難しい。

「あなたから国王にお願いしていただきたいのです。弟君のために」

「カンセのことか？」

アンスカルが片方の眉を吊り上げた。「私の知らないほかの弟がいらっしゃるとでも？」

マイキエンは頬が熱くなるのを感じた。机の上に置いたままの箱を一瞥する。腕を絡ませた二人の男の子をかたどった彫刻は、双子の弟からの結婚を祝う贈り物だ。

〈カンセはあの時からすでに王国に対する陰謀を企んでいたのだろうか？〉

「理解できないな」マイキエンは返した。「カンセの裏切りは君も知っているはずだ。弟のことは愛しているが、扇動者と手を組んでの王冠に対する背信行為を見過ごすわけにはいかない」

「しかし、私はあなたの弟君の逃亡が反乱の印だったとは思いません――むしろ生き延びるためだったのです」

マイキエンは父の険しい顔つきを真似て眉間に深くしわを寄せた。「どういう意味だ？」

「先ほどの鐘が鳴った頃、沼地でカンセ王子を暗殺しようという計画が存在していたことを知りました。ハイマウントからの命令です。私の指揮下にある部下たちの手で実行されることになっていました」

マイキエンは後ろによろめいた。膝の裏側がベッドの端に当たり、そのままベッドに座り込む。「きっと君の勘違いだろう」

アンスカルが前に進み出て片膝を突き、しっかり聞いてほしいとなおもマイキエンに訴えた。「カンセ王子が逃げたのはその暗殺計画のせいだと確信しています。こうしてあなたのもとを訪れたのは、このような血なまぐさい計画をやめるよう、お父様を説得していただきたいからなのです」

「私にできるとは思えない。父は私のことを好意的に見てくれているが、カンセには同じことが当てはまらない」

「確かにそうなのですが、今回の遠征で私は弟君にもいいところがあると気づきました。これまでずっと、鋼を思わせる強さは酒にうつつを抜かす陰に隠れていました。でも、ちゃんとあるのですよ。私はそうだと深く信じています。戦争が迫りつつある今、国王の左右を二人の王子が固めれば、きっと国家のためになることでしょう」

マイキエンはどうしたものかと思い、ため息をついた。

アンスカルが頭を垂れた。兄から国王に訴えてもらうように説得するための言葉を探しているのだろう。ヴァイの騎士は再度試みようとして顔を上げた。

その時すでに短剣を抜いていたマイキエンは、ヴァイルリアン衛兵の喉を切り裂いた。

アンスカルは驚きの表情を浮かべたまま尻もちをついた。がっしりとした両手で首を押さえるが、指の間からほとばしる血を止められるだけの強さはない。唇からもさらに多くの命の源があふれ出た。

マイキエンはダブレットと革服に飛び散った血しぶきを見下ろした。もう一度、着替えなければならない。マイキエンが立ち上がると、アンスカルが見上げた。顔にはまだ驚きの色が浮かんでいる――ただし、それは攻撃を受けたことに対してではなく、気づいた事実に対する驚きだ。

「そうだ、弟を沼地で殺すように命令したのは俺だ。父上は決してそのようなことを実行に移せない。心が寛大すぎるからな」マイキエンは血で汚れたダブレットを脱いだ。「国王として、そのような慈悲の心は平時においては役に立つかもしれないが、戦争が差し迫る今となっては妨げとなる」

マイキエンは革服の上着の留め金を外した。「そのような優しさが父上にもたらしたものを見るがいい。混乱を引き起こそうとする二人目の息子だ。カンセが自らの意思でそうしたのであろうと、あるいは知らず知らずのうちに巻き込まれたのであろうと関係ない。そして母親のおなかがふくらみ始めた時に殺してしまうべきだった汚れた血筋の娘。騎士グレイリンへの友情から父上が見せた慈悲までもが、今やさらなる破られた誓いを招き、我が王国の災いとなろうとしているではないか」

アンスカルがそれは違うと言いたげに喉を鳴らした後、石の床に倒れた。

「これから先、私がそのような慈悲に終止符を打つ」マイキエンは先ほどの父への約束を思い返した。「私が父上という雷神の稲妻となる。死を必要とする場所には私が雷を落とす。国王を冷酷な無慈悲さという重荷から解放する。そのような息子として、私は父上につかえる」

上着を脱ごうとしながら話をしていたマイキエンは、死人に対して語りかけていたことに気づいた。血だまりをよけて部屋を横切ろうとすると、またしても扉を力強く叩く音が聞こえた。

マイキエンがうめき声を漏らしながら目を閉じ、取るべき選択肢を考えていると、外から叫び声がした。「マイキエン王子、ハッダンです。シュライブ・ライスも一緒で、彼がシュライブ城からの緊急の知らせをもたらしてくれました」

〈何だ、そうか……〉

マイキエンは部屋を横切り、扉を開けた。「それなら、我々は三人とも出発前に片付けなければならない急ぎの案件があるということだ」マイキエンは脇に移動し、床の上の死体を見せた。「アンスカルが弟に対する我々の計画に感づいた」

ハッダンはライスとともに急いで部屋に入り、広がりつつある血だまりを見つめながら顎をさすった。「残念ですな。アンスカルはいいやつで、優秀な騎士でもありました。いつの日か、我々の大義に引き込みたいと考えていたのですが」

マイキエンにとってはそんなことはどうでもよかった。すでに結論は出ている。マイキエンはライスを見た。「将軍によると、緊急の知らせがあるとのことだが」

ライスは驚きを隠せずにいたが、どうにか質問に答えた。「はい。つい先ほど、情報が入りました。失われた武器はクラウドリーチから回収が可能かもしれません。そしてヴァイサースは我々の目的のために別の武器を用意しております」

マイキエンは眉をひそめた。「別の武器というのは?」

ライスが説明した。

マイキエンは青ざめ、アンスカルの死体を振り返った。

〈自分は無慈悲な人間だと思ったばかりだったが……〉

41

マイキエンは戦闘艦「タイタン」の甲板上にいた。船名は嵐の神に由来する。上空には巨大な気球が一つ浮かび、落ち着きのない馬のように揺れ動いている。気球とつながっているドラフトアイアンのケーブルがそこらじゅうでうめくようにきしむ。甲板から六層下にある太い竜骨のさらに下では、男たちが忙しく動き回りながら離陸の準備を進めていた。

発着場の別の場所では、同じような騒ぎがもう一隻の戦闘艦「パイウィル」の周囲で展開されていた。空を支える巨人にあやかって命名された船だ。今朝までの予定ではクラウドリーチに向けて出発する戦闘艦はタイタン一隻だけだったが、シュライブ城で知らされたことを受けて、父でもある国王トランスはパイウィルもタイタンと行動を共にするよう命じた。今回の反乱を始まる前に阻止しようとの意欲の表れだ。

マイキエンは父の決断を評価した。

王子は十数人のモンガーたちが一列になってパイウィルの船尾から乗り込む姿を見つめた。彼らは武装したジン族の戦闘員で、革服を身にまとい、斧《おの》と鎚矛《つちほこ》を手にしている。それに続くのは鎖につながれたザイラサウルスたち、さらには鋼の兜をかぶった二頭のサイザーもいる。狩りに使用される巨大なネコの歪めた唇の横からは長い牙が突き出ていた。

各戦闘艦には騎士の百人隊に加えてヴァイルリアン衛兵二十人、さらにその一・五倍の数の馬が乗船していた。タイタンの側面にはパイウィルと同じようにドラフトアイアン製の大砲と大きな弩砲が並び、弩砲から放たれる鉄槍も準備が整っている。より船底に近い位置にあるいくつもの小さな扉の中には、地上に錬金物質の炎の雨を降らせるための樽が隠してあった。

マイキエンはそうした火力の目的が反乱の芽を焼き尽くすためだけではないことを知っていた――不平分子を根絶やしにする意図もある。高地で圧倒的な火力を見せつければ、誰一人として国王に対して剣を向けるどころか、不満の声をあげようとすらしないだろう。それは同時に、国民の心をマッシフ家の旗のもとに結集させることにもなる。マイキエンはこれまでの事例から、戦力の誇示こそが国民の心の中に国王と国家に対するより熱い支持を生むのだと学んだ。

その一方で、マイキエンは今回の戦いが自国民に向けたものだけではなく、南クラッシュ帝国軍を意識したものでもあることも承知していた。今回の行動は南方の国家に向けて炎の旗を振りかざすことになる。ハレンディ王国にはタイタンとパイウィルのような戦闘艦がほかに二十隻あり、ここや王国内各地の戦略上の拠点に係留中だ。情報は高地からクラッシュに広がり、国王の強い決意といかなる攻撃も無駄だという警告をまざまざと伝えることだろう。

マイキエンは袖口で軽甲冑の胸当てをこすった。巨大な気球が作る影の下でその表面に銀色の艶が出るまで磨き上げる。今回の猛攻撃にはあともう一つの目的があると認識していたからだ。今は亡きアンスカルにならい、タイタンまで戦闘艦の発着場を悠然と歩く前に甲冑を着ておくことにしたのはそのためだ。父は息子の評価がより輝かしいものになることを望んでいる。本当に戦争が起きたとしても、人々は雷神のごとき国王と恐るべき銀の王子が自分たちを守ってくれると安心できる。

マイキエンは東に位置するランドフォールの断崖に目を向けた。沼地でのカンセ暗殺計画は失敗に終わったが、むしろその方がよかったのかもしれない。あれが成功していれば弟は堕落した人生の終わりを迎え、不名誉な最期を遂げていた。しかし今や、カンセの死は王国のより大きな目的にかなうものとなる。戸棚の中の王子は王国の輝かしい跡継ぎの手によって、王位の簒奪《さんだつ》を目論んだ邪悪な存在として排除される。

マイキエンは霧にかすんだ高地に向かってため息をついた。

〈ありがとう、弟よ。おまえの血は俺の甲冑をより明るく輝かせてくれるだろう〉

しっかりとした足取りで甲板を踏みしめる音が聞こえ、マイキエンは船内に注意を戻した。濃い青のマントときれいに磨かれた黒革という国王の正装に身を包んだ父が近づいてくる。その様子は空を移動する嵐の雲を思わせる。

マイキエンは父を出迎え、別れの挨拶のために片膝を突こうとした。ところが、トランスは息子の体をつかみ、力強く抱き締めた。「おまえにとってつらい務めを命じていることはわかっている、マイキエン」国王は王子の体を離し、両手で肩をつかむと正面から顔を見た。「しかし、これだけは伝えておきたい。おまえが弟を宮殿に連れ帰ってきたとしても、私は怒らない。むしろ喜ぶことだろう」

マイキエンは頭を垂れ、顔に浮かぶ失望の色を父から隠そうとした。反乱に直面したこの期に及んでも、国王は寛大な心を引き締めようとはしない。マイキエンは苦々しい思いが声に出ないようにした。自らが父に代わって無慈悲な鋼となり、必要に応じて死を与えればいいのだと自分に言い聞かせる。

マイキエンは咳払いをしてから伝えた。「父上、私は持てる力を駆使してカンセをハイマウントに連れ戻します。そのことを約束いたします」

トランスが満足した様子でうなずいた。「おまえならそうするだろうとわかっていた。ただし、破滅をもたらすと予言された少女については、殺さなければならない。彼女を助けた者たちも同じだ」

マイキエンは片膝を突いた。「お任せください」その言葉の裏にも彼の心に秘められたもう一つの嘘が隠れていた。その嘘は芽生えてからまだ間もないものだ。

シュライブ城での血なまぐさい一件の後、マイキエンは謎めいた能力と怪しげな血筋を持つ少女のもっといい使い道があるのではないかと考えた。〈彼女を俺のために手元に置いておくのも悪くない〉大がかりな「騎士と悪党」のゲームにおける戦略的な駒として使えそうだ。それにとどまらず、彼女と夜を共にしてその力を自らの血筋に引き入れることまでも夢想した。腹違いの妹だろうが何だろうが関係ない。

船のラッパが鳴り響き、それにこたえて発着場の責任者がラッパを鳴らし返した。タイタンの離陸準備が整いつつある。発着場の別の場所からも、パイウィルの周囲で同じ音が響きわたった。

マイキエンは再び立ち上がった。

親子で前腕部を絡ませてから、ようやく父が別れを告げた。「おまえはきっと私の期待にこたえる。私にはわかっているぞ、マイキエン」

「ありがとうございます、父上」マイキエンは胸当てを拳で押さえた。ちょうどマッシフ家の紋章が銀色の鋼に刻まれているところだ。「父上の治世が長く続かんことを」

雷雲の間から太陽の光がのぞいたかのように、父の顔に珍しく笑みが浮かんだ。そして父は踵を返し、戦闘艦を降りた。

立ち去る父の姿を見ているうちに、マイキエンの目はハッダンとライスに引き寄せられた。二人は甲板の反対側の手すりのところでうつむいて声を潜めており、どうやら議論の最中らしい。マイキエンは甲板を大股で横切った。王子がやってきたことに気づくと、二人は姿勢を正した。

「何か問題でもあるのか？」マイキエンは二人に訊ねた。

ハッダンの表情はいつにも増して険しかった。「シュライブ・ライスは、我々がクラウドリーチに到着したらパイウィルを盗まれた遺物の捜索に割り振ってほしいと希望しているのです。遺物がアイタール湖の北東付近にあると考えているようでして」

マイキエンはライスを見た。「ブロンズの女性のことか？」

シュライブは両手を灰色のローブの広い袖口の中に入れて腕組みをした。タトゥーの中にある目は不機嫌そうで、激しい怒りが見て取れる。「つい先ほど、シュライブ城から知らせが届きました。計算を見直した結果、この武器のより正確な位置が判明したのです。再び消えてしまう前に確保しなければ。戦争が迫っている今、それを失うわけにはいきません。クラッシュの手に渡ってしまうリスクを犯すわけにはいかないのです」

たとえ王子であっても、マイキエンには戦闘艦を指揮する権限がなかった。まだ王国軍の訓練学校の八年生にすぎない。父が今回の攻撃の指揮をハッダン忠臣将軍に任せたのはそのためだ。それでも、目の前の二人はこの問題の解決をマイキエンに期待している。いつの日か国王になる人物だとわかっているからだろう。あるいは、王子がアンスカルを平然と始末したことで一目置くようになったのかもしれない。とにかく、行き詰まった議論をどちらかの方向に押してくれる風が必要だということだ。

「アイタール湖はヘイヴンズフェアのすぐ北に位置している」マイキエンは言った。「小さな遠回りにはなるが、はるかに大きな見返りを約束してくれる。そういうことではないのか？」

ハッダンが不本意そうなしかめっ面を見せた。

マイキエンは続けた。「森の中の町を相手にするならタイタン一隻で十分だ。それにパイウィルは北のすぐ近くにいるわけだから、伝書カラスを飛ばすかラッパの合図を送れば呼び戻すことができる」

ライスが腕組みをほどき、両手をローブの袖口から出した。表情は変わらないものの、この風向きには満足している様子だ。

マイキエンはシュライブに念を押すことも忘れなかった。「おまえが約束した別の武器はどうなっているのだ、ライス？　もう積み込んだのか？」

「私が乗船する時には下の船倉に入れているところでした」

マイキエンはうなずいた。「それらはここに残し、おまえがパイウィルに移る前に正しく保管されていることを確かめておくように。あのような武器はおまえの捜索には役立たないが、我々の捜索には重要な役割を果たすかもしれない」

「もちろんです。異存はありません」

マイキエンは二人の男性に目を向けた。互いに相手に向かってうなずき、今のところは問題が無事に解決した。忠臣将軍とシュライブが別々の方向に立ち去ると、マイキエンは誰もいなくなった手すりに近づいた。後ろでは人々が叫んだりわめいたりしながら、出発の最終準備に余念がない。あちこちからドラフトアイアンのケーブルがきしむ物悲しい音が響く。頭上では強い風にあおられ、気球の布地がぴんと張った。

王子はすべてを頭から排除した。

ランドフォールの上空に漂う穏やかな雲に意識を集中させる。あのような平穏が続くことはない。ここでも、クラウンの全土でも。

間もなく嵐がやってくる。

〈そして俺は稲妻となる〉

最後のラッパが鳴り響く中、ライスはタイタンの最深部にある船室に急いだ。そこに保管されている武器は天空の父の輝きに触れさせるにはあまりにも繊細な存在のため、ここよりも上にしまっておくのは危険なのだ。前を見ると大男のモンガーが二人、船室の扉の両側に立っていた。ジン族はただでさえ眉毛が濃いうえに、兜をかぶっているため目が半ば隠れてしまっている。その目が近づくライスを見つめているが、二人とも彼のことをよく知っているので何も言わない。ライスは船室の前に立ち、扉をノックした。

扉の奥から杖の音が聞こえ、それに続いて耳障りな音とともに鍵が開いた。

ライスは自ら扉を開け、船室に入った。窓のない部屋の調度品はまばらで、狭いベッドと手鉤に吊るされたランプがあるくらいだ。奥には別の扉があった。

「あまり余裕はない」ライスは中に入りながら伝えた。「パイウィルをハッダンから奪うことはできたが、急がなければならない」

シュライブのヴァイサースは後ずさりしながら脇に移動し、痩せた体をハンノキの杖で支えた。石と石をこすり合わせているかのような響きの声を出す。「その後、スケーレンからの知らせは？」

「ない。だが、変化があれば伝書カラスを送る手筈《てはず》になっている」ライスは革製のサッシュ――シュライブのクリスト――に付けられた重い袋に触れた。「スケーレンは例のエネルギーの風をその源までたどるための道具も提供してくれた。ただし、距離が近づかなければうまく働かない」

「それなら、君はすぐにでもパイウィルに向かうべきだ」ヴァイサースはベッドに向かい、痩せ衰えた体で腰掛けた。その視線が奥の扉に移る。扉は鉄で補強され、同じく鉄製のかんぬきが掛かっている。「私はここの武器に目を配り、それを我々の最大の脅威に向けるつもりだ」

ライスはガイル修道院長の喉の奥から最後にあふれ出た言葉を思い出した。小声でそれを口にする。「ヴァイク・ダイア・ラー」

ヴァイサースはもう一つの扉を見つめたままだ。「クラッシュの邪悪な女神の古き呼び名。炎の翼で運ばれる影の女王」

ライスはその神がクラッシュの三十三柱の神々の一つではなく、それよりもはるかに古い存在なのを知っていた。その名前が記されたのは一度だけ、ドレシュリの最も神聖な書物の中においてで、その書物はイムリ・カーのまばゆい庭園の地下深くに存在する深遠の古写本の中に保管されているという。彼女はドレシュリの悪魔で、イフレレンが主スレイクを崇拝しているのと同じように、その仲間内では熱心にあがめられている。しかし、イフレレンの神とは違って、クラッシュの悪魔がその名前を声に出して呼ばれることは決してなかった。たとえドレシュリの間であっても、口に出すことはなかった。彼女には記号も紋章もない。まったくの沈黙と暗闇の中で崇拝されていた。

〈今までは〉

ガイル修道院長のわめき声が今も耳に残っている。なかでもその最後の言葉が。〈ヴァイク・ダイア・ラー・セ・シャン・ベニャ!〉

ヴァイサースはライスの心の内を読み取ったのか、その言葉を翻訳した。「影の女王の生まれ変わりが彼女だ」

「クラッシュの予言……」そうつぶやいたライスは凍りつくような寒気を覚えた。

ヴァイサースの視線が扉から離れ、その予言を読み上げた。「いつの日か彼女は肉体を伴って生まれ変わる。その手にあるものすべてを燃やし、残るのは暗闇と残虐だけ。恐怖の存在は行く先々で炎の破壊を広げ、やがてアースはすべて焼き尽くされる」

ライスはしばらく無言でいた後、二人がともに気にかけていることを口にした。「それは本当なのだろうか?」

ライスは十五年前に聞いたある占い師の言葉を思い出した。その魔女はおなかがふくらんだ慰みの奴隷の足もとに骨を投げ、マライアンには女の子が生まれるだろうと告げた。その時のライスが知りたかったのはそのことだけだった。マッシフの血筋を汚す、あるいは悩ますおそれのある男の子ではないことを確かめる必要があったのだ。ところが、その占い師は顔面が蒼白《そうはく》になり、あわてた様子で骨を拾い上げた。不審に思ったライスが問い詰めたところ、その魔女は破滅の予兆と赤ん坊が暗示する凶運を白状した。

その当時、ライスはそんな主張の信憑《しんぴょう》性をそれほど重要視していなかった。魔女や骨占い師のほとんどはいかさま師にすぎない。それでも、彼女の言葉は大いに役立った。魔女の予言を利用して恐怖の種をまき、母子の殺害に乗り気ではなかった国王を翻意させた。この策略はグレイリン・サイ・ムーアを国王から引き離すうえでも有効だった。あの騎士は国王の心に優しさを吹き込んだが、それは敵対的な隣国を持つ王国にはふさわしくなかったのだ。

　しかし、結局は騎士の影響から逃れられなかった。グレイリンの裏切りを知ってもなお、国王は誓いを破った騎士への慈悲の情を示し、母親の殺害をなかなか決断できなかった。その一件を機に、ライスとハッダンはマイキエン王子に望みを託した。その息子は王国軍の訓練学校で将軍の思い通りに操ることができた。二人はマイキエンをより厳しい指導者に育てるためにこの八年間を費やしてきた。

〈ところが、今になって魔女の骨は修道院長の叫びという新たな声を見つけ出した〉

　ヴァイサースの目にもライスと同じ不安の色が浮かんでいた。「あれは本当なのか、それともただのうわごとなのか？」ヴァイサースは誰にともなく問いかけた。「私にはわからない。しかし、あのような存在が権力の頂点の座に就くような危険は放置できない。クラウドリーチに到着したら、君は失われた遺物に集中してほしい。私はヴァイク・ダイア・ラーに対処し、必ずや彼女を打ち倒す」

「それで、君が彼女と戦うために作り上げた武器は？」

　ヴァイサースが奥の扉を見た。「すべて準備は整っている」

　ライスはこの船を離れる前に確かめておきたかった。船室の奥に向かい、かんぬきを外す。扉を少しだけ開き、その向こうにある暗い小部屋にランプの光を入れた。部屋の中には二人の人物が立っていた。頭を垂れ、全身に鎖が巻かれている――ただし、本当の意味で彼らを拘束しているのは鎖ではなかった。

ランプの明かりが髪を剃り落とした二人の頭に並ぶ銅の突起に反射している。それが表しているのは銅の針が刺さっている場所で、一人につき十本を超えるその数は修道院長の時の二倍に当たる。ヴァイサースは彼らの意思を完全に破壊し、二人をイフレレンの意のままに動かせる抜け殻の状態にしておきたかったのだ。この二人はアンスカルによって沼地で身柄を拘束され、ガイル修道院長とともにアザンティアに連れてこられた。

ライスは二人の男性のぼんやりとした顔を見て、心の中で命令を送った。

〈アブレンとバスタン……おまえたちは我々の犬となり、妹を追い詰めて殺すのだ〉

第十三部
霧の中の炎

炎とは気紛れな味方なり。敵に向かってそれを放てども、相手よりも仲間を焼くこと多し。

——ジョアの諺

42

ニックスは係留された快速艇に疑いの眼差しを向けた。ヘイヴンズフェアの東にある木々を切り払った野原に立ち、船体の上空に浮かぶ巨大な気球を啞然として見上げる。ガスの詰まったあれだけの大きな気球をもってしても、その下の船を持ち上げて運ぶなんて不可能に思える。

これまで彼女には気球船を間近で見た経験がなかった。フィスカルの町に係留されていると聞いたことは何度かあったものの、それすらもめったにないことだった。ミーアの上空を通過する大型の気球船に気づいたとしても、ぼんやりした小さな影が雲の間を横切っているくらいにしか見えなかった。だが、目の前にそびえる光景はそれとはまったくの別物だった。

一行は離陸前の最終準備が完了するのを待っているところだ。隣にやってきたジェイスが大きなあくびを拳で隠した。もう昼に近い時間だが、ニックスはそれも無理はないと思った。前日は全員が遅くまで起きていて、夕べの最後の鐘が鳴ってからも海を横断するこの旅路の計画を練っていた。

ジェイスは雲に覆われた空の明るさを手でかざしながら乗り物の全体を眺めた。「これでも小回りの利く動きに適した小型の船だなんて、信じられないよね。僕が故郷のシールド諸島から乗った気球船はこの五倍から六倍はあったかな。でも、修道院学校の試験を受けるために乗った時は幼くて、まだ七歳だったから、記憶の中で気球だけでなく船の大きさまでふくらませてしまったんだろうね」

ジェイスがにやにや笑いながらニックスの方を見た。お世辞にも上手とは言えない言葉遊びで不安を和らげようとしてくれているのだろう。ニックスはどうにか笑みを返した。それ以上の反応はできなかった。

「昨日の夜のことだけど」ジェイスは話を続けた。「海賊のダラントが話しているのを聞いたんだ。船は『ハイタカ』という名前らしい。本物の鳥と同じくらい速く飛べるといいんだけれどね。フレルの話ではアグレロラーポックの海岸線まで二日もかからずに到着できるってさ。想像もつかないよ」

〈何もかもが想像もつかない〉

ニックスは腕組みをした。昨夜はほとんど眠れなかった。月がアースに落ちてくる夢にうなされ、宿屋の小さな部屋で何度も寝返りを打った。何もかもがあまりにも急激に動いている。拠《よ》り所をなくし、ただ翻弄《ほんろう》されているだけのような気がする。あまりにも多くを失ったし、得たものは怒りと不満をもたらすばかりだった。

ニックスは騎士に――自分の父親かもしれない男性に視線を向けた。ダラントとフレルを相手に細かい話の詰めを行なっているところだ。二頭のワーグはその隣に座って周囲を警戒中で、ふわふわの耳をぴんと立て、左右に動かしながらまわりのすべての音に注意を払っている。見られていることに気づいたかのように、二頭の目が同時にニックスの方に動いた。その視線は彼女から動かない。群れの新たな一員だと認めている一方で、どうして離れたところにいるのかと不思議に思っているのだ。

ニックスは二頭に対する自らの絆も感じた。かすかな遠吠えが頭の中でこだまする。それでも、近づこうという気分にはなれなかった。ニックスはグレイリンからずっと距離を置いていた。自分の過去と大いに関係のあるこの見知らぬ男性をどう受け止めればいいのか、今でもわからなかったからだ。当初の強い憤りは和らいだが、不快感と疑念は残っている。距離を置いていることが、なかでも話しかけようとするたびに繰り返し拒んだことが、彼を傷つけたのはわかっていた。その一方で、落胆する相手の様子にある種の満足感を覚えている自分も否定できなかった。

靴音が聞こえたので、ニックスは注意を戻した。野原に渡された木の板の上をカンセが大股で歩きながら近づいてくる。二人の乗組員が付き添っていた。険しい顔つきをした若い女性二人で、同じ灰色の革服と濃い色のマントといういでたちだ。姉妹かもしれないが、一人は濃いアーモンド色の肌にホワイトブロンドの髪、もう一人は透き通るような白い肌にカラスの羽根を思わせる黒髪だった。二人は王子に同行してヘイヴンズフェアの市場まで赴き、矢を補充してきたところだ。ただし、カンセの背後にいる二人が肉食獣を思わせる顔つきでにやついているところを見ると、女性たちが王子に付き添ったのには別の目的もあったに違いない。

カンセはそのことに気づいていないらしく、満面の笑みを浮かべながらニックスとジェイスのもとにやってきた。片方の肩を、続いてもう一方の肩の後ろを見せる。両肩に担いでいるのは革製の矢筒で、それぞれから何本もの縞模様の矢羽根が突き出ているため、危険な花束を二つ抱えているかのようにも見える。後ろを歩く二人の女性も同じ矢の入った荷物を背中に担いでいて、そのまま真っ直ぐ船の方に向かっていく。

王子はニックスの隣で立ち止まり、女性たちの背中の荷物を顎でしゃくった。「ケスラカイの矢だ」その声からは興奮が伝わってくる。「矢じりは骨、柄は黒のハンノキ、矢羽根はオオタカ。クラウンのどこを探してもこれ以上のものはないよ」

ジェイスがうらやましそうに見ていると、王子はその視線に気づいた。

カンセは腰の後ろに手を回し、灰色の柄の双頭斧《そうとうふ》を見せた。「鍛冶場《かじば》でこれを見つけた。ガルドガルの鋼から鍛造されたもので、ドードウッドの化石化した森から採取した枝を削って作った柄は絶対に折れない。この種の斧はこのあたりの森に暮らす人たちの間で大切にされている。刃は決してなまらないらしい」

カンセが武器をジェイスに差し出した。ジェイスは柄を両手で握り、その重さを確かめると、カンセに笑みを返した。「ありがとう」

王子は肩をすくめ、若者の脇を通り抜けた。「少なくとも、おまえがひげと称しているそのもじゃもじゃを剃るのに役立つよ」

ジェイスはからかいの言葉を無視して、にやにや笑ったままだ。

カンセが顔をしかめながら二人の方を振り返った。「どうしてまだ船に乗っていないんだ？　僕が最後で、係留ロープがほどかれると同時に飛び乗ることになると思っていたんだけれど」

王子は快速艇の左舷のタラップに急いだ。何も心配していない様子で、これまで何度となく風に乗って空を飛んだことがあるかのようだ。

〈実際にそうなのかも〉

仕方なくその後に続きながら、ニックスは気球と細長い木製の船をつなぐ太いドラフトアイアン製のケーブルを観察した。ハイタカは鋼の先端を持つ矢のような形だ。太い竜骨が平らな船尾からとがった船首まで、船を縦に結んでいて、船首部分はこれもドラフトアイアンで補強されている。船首には細長い二つの窓があり、その名前の由来となった鳥の目を思わせる。船体には平らな甲板のすぐ下に小さな丸窓が船尾まで連なっていて、船首と後部甲板のあたりではその位置が少し高くなっている。

ニックスは一人の乗組員が気球の下に垂れるケーブルを伝って船首楼《ろう》から船尾へと飛ぶように移動する様子を見つめた。その男性はケーブルに固定された車輪付きの持ち手にぶら下がっているだけだ。ニックスはそんな危なっかしいやり方にぞっとして、体に震えが走りそうになった。

気球船のことは修道院学校で教わっていて、錬金術による軽量の気体が気球を満たしていることを学んだ。この乗り物を動かす仕組みについては、このような高速で飛ぶ船の炉に送り込む閃熱という特別な燃料のタンクのことも含めて、だいたいのところを理解していた。

けれども、いくら本で読んでいようとも、実際に乗るとなると話は違ってくる。開かれたハッチに向かって一歩足を踏み出すごとに、息苦しさが増して心臓の鼓動も大きくなる。

前方ではグレイリンの合図で二頭のワーグが向きを変え、飛び跳ねるようにタラップを上った。騎士も毛むくじゃらの兄弟たちに続く。ニックスはグレイリンの手のひらが体を寄せてくるワーグの横腹に軽く触れたことに気づいた。おそらく無意識によるもので、そのさりげない仕草が彼らの間の絆を表していた。また、その瞬間だけ男性の肩から力みが抜けたが、すぐに再びこわばったこともわかった。

間もなくニックスたち全員が船に乗り込み、残りの乗組員たちもその後ろから続いた。タラップを上った先には広々とした船倉が船首から船尾まで通じていた。中にあるのは網で覆った木箱の山やしっかりと固定された樽だ。垂木からはケージが一列に吊るされていて、その中で動いている黒い鳥はおそらく伝書カラスだろう。

船尾のハッチが巻き上げ機の力で閉じた。

ニックスはハッチの両側に丸屋根を持つ二隻の補助艇があることに気づいた。この小型の乗り物を使わずにすみますようにと祈る。

「こっちだ！」前からダラントが呼びかけた。海賊の先導で船内の居住空間に通じる木製の螺旋階段に向かう。「係留ロープをほどいたらすぐに出発する」

グレイリンが階段を上りながら口笛を吹き、二頭のワーグに向かって新しい干し草が敷かれた広い一角を指し示した。二頭はそちらに向かう途中でニックスのそばに寄ってきた。カルダーという名前の方が横目でニックスを見つめ、はあはあと息をしながら舌を出している。エイモンも近づくと体をすり寄せ、暖かくて安全な場所に一緒に行こうと誘うかのように小さな鳴き声をあげる。

ニックスは指先で体毛をさすってやった。

〈別の機会にね……〉

カンセも同じことをしようとしたところ、エイモンがうなり声をあげ、王子から見える側の牙を剝いた。カンセはあわてて手を引っ込めたが、それでも二頭をほれぼれと見つめていた。

「立派な生き物だなあ」王子の口からつぶやきが漏れた。

一行が螺旋階段を上るとその先には長い通路があり、左右に六部屋ずつ、合計十二部屋の船室に分かれていた。廊下の右側の突き当たりにある扉を見て、ニックスは船尾の甲板に通じているのだろうと思った。

ダラントはそちらと反対側に向かった。左側の突き当たりにも同じような扉がある。「この小さなタカが空に舞い上がるところを見たいのなら、一緒に来るかい？」

フレルが足早に海賊の後を追った。「それは素晴らしい。気球船の操縦室に入るのは初めてだ」

カンセは肩をすくめて後に続いたが、その足取りははずんでいた。

ジェイスがニックスを振り返った。その目には期待が浮かんでいる。

ニックスは三人のような胸の高鳴りをまったく感じていなかった。ハイタカが高度を上げ、そのまま上昇を続け、何もない空間に消えていく様子を想像する。それよりも怖いのは、浮上したかと思ったらすぐに急降下し、墜落してばらばらになることだった。

けれども、自分が行かなければジェイスも一緒に残るつもりでいることはわかった。自分のせいで彼がこの機会を失うのは嫌だった。それでもニックスはやはり気が進まなかったが、グレイリンが通路に残って自分の方を見ているという別の問題があった。あの男性と二人きりでここに残りたくはないし、自分の船室がどこなのかもわからない。

そのため、ニックスは前に進むようジェイスに手で合図し、そのすぐ後ろに続いた。

グレイリンもついてくるが、距離を取ったままだ。

ダラントが船首甲板に通じる扉を開け、ニックスたち全員を先に通した。入口をくぐったニックスは船首楼全体が一つの大きな部屋になっていることに気づいた。真正面には二枚の細長い窓があり、眼下の野原を一望できる。その間には高さのある木製の操舵輪が据え付けてあった。

ダラントはそこに歩み寄った。海賊が操舵室の左右で配置に就いている二人の乗組員に合図を送る。王子に付き添っていたのと同じ女性たちだ。女性たちはねじに持ち手が付いたかのような小さな操舵輪がいくつも並んだ前に立っている。

「あっちがグレイスだ」ダラントは白い髪の美しい女性を指差し、続いてもう一方の女性を紹介した。「そしてこっちがブレイル。私の娘だが、母親が異なる。あと、もう一つ言わせてもらえば、このタカの手なずけ方に関してあの二人にまさる者はいないよ」

外でラッパが鳴り響き、ロープが外されたことを知らせた。

ダラントが操舵輪に向き直った。手のひらをこすり合わせてから額に当て、神のご加護を祈る。「風が我々を穏やかな流れで歓迎し、無事に港まで送り届けてくれることを」

海賊は両手で操舵輪を握った。

ニックスは激しい衝撃が伝わるのではないかと身構えた。船が急上昇するに違いないと覚悟した。ところが、眼下の野原が遠ざかっていくのを見るまで、船が動いていることに気づかなかった。船はまったく揺れずに上昇していく。気球に吊るされた船体がかすかに左右に揺れているだけだ。

ニックスは好奇心を覚え、前に一歩足を踏み出した。

〈そんなに悪いものでもないかも〉

両側ではグレイスとブレイルがいくつもの操舵輪を回しているが、目を向けるのは前の窓か持ち場の真上にある小さな穴のどちらかで、装置をまったく見ることなく操作している。左右からかすかに聞こえる炎の音は、左舷と右舷のドラフトアイアン製の方向舵から聞こえているようだ。

船は滑らかに高度を上げ、次第に速度も上昇していく。窓の外を霧に包まれた森の切れ目が通り過ぎる。何層にも重なる枝の金色の葉は、出発する船に向かって手を振っているかのようだ。次の瞬間、気球が船体を雲の中に引きずり込み、外の世界がかき消された。

ニックスは薄気味悪い景色から後ずさりした。霊魂の支配する領域に放り込まれたかのような気分だった。意識を集中させる対象がなくなると、すべての揺れが、縦揺れも横揺れも、より大きく感じられる。胃がむかむかしてくる。ニックスはジェイスの方に後ずさりしながら、彼の腕につかまろうとして後ろを手で探った。

手が彼女の肩をつかんだ。「もう大丈夫だ」

ジェイスではなかった。

「すぐに通り抜けるよ」グレイリンの声だった。

ニックスは反射的に相手の手を振りほどいた。怒りが恐怖を追いやる。にらみつけようとして振り返ったその時――雲を抜けた船内がまばゆい光に包まれた。差し込む陽光が騎士の顔に刻まれた苦悩のしわをすべてさらけ出す。唇の歪みが示す絶望、目に浮かぶ悲嘆、そして何にも増して、顔全体に浮かんだ当惑の表情。

ニックスは顔をそむけずにはいられなかった。けれども、それは怒りのせいではなかった。その苦悩を直視できなかったからだ。しかも、相手の顔に表れていたのは自分の心の中の苦しみと同じだった。

ニックスはグレイリンに背を向け続けた。その代わりに地平線まで延びる明るい雲の広がりに向き合う。まぶしい太陽の光が目に突き刺さる。けれども、ニックスは目を細めすらしなかった。その輝きを自分の中に取り入れ、暗闇を追い払おうとする。

高度が上昇するのに合わせて外の景色がさらに遠くまで広がっていく。はるか彼方で雲の層が途切れていて、あたかも滝が断崖を流れ落ちているかのようだった。そのさらに先には青く輝く海が見える。

〈約束の湾〉

その時、黒い太陽が一つ、姿を現した。雲の下の陸地から上昇してくる。かなりの大きさで、その黒さは明るい陽光を吸収しているかのようだ。

「戦闘艦だ」後ろでグレイリンがつぶやいた。

ニックスにもそれがとてつもない大きさにふくらんだ気球だとわかった。その上では旗が翻っている。

「ハレンディの旗」カンセが前に足を踏み出した。「父の艦隊のうちの一隻だ」

巨大な気球がさらに上昇すると、これもまた巨大な船体が視界に入ってきた。船の向きを操作する炎が船体の側面から噴き出している。進行方向はやや北寄りで、有毒なアイタール湖の水の色を反射して緑色に輝く雲の切れ目を目指している。

「俺たちにはまだ気づいていないと思う」ダラントが操舵輪の位置から言った。「だが、やつらの注意を引かないうちに雲の中に潜る方がよさそうだ」

その言葉を聞いた彼の娘たちが小さな操舵輪を回し始めた。ハイタカからため息のような音が漏れたかと思うと、船体が真っ白な雲の海に向かって降下を始めた。ダラントが自分の前の操舵輪を大きく切り、巨大な戦闘艦とは逆の南に針路を取った。

「あれを見て！」ジェイスが指差す方を見ると、最初の太陽を追うように二つ目の黒い太陽が姿を現した。

〈二隻目の戦闘艦……〉

二つ目の太陽はより高速で、勢いよく上昇している。

「早く雲の中に入れ」ダラントが聞かれるのを恐れるかのように小声で指示を出した。

ハイタカは急降下した――だが、間に合わなかった。あわてて逃げるネズミの動きがかえってネコの注意を引くのと同じように、快速艇の必死の降下が追っ手の目に留まった。戦闘艦が大量の炎を噴き出しながら針路を変える。装甲を施された船首がニックスたちの方を向き、見る見るうちに迫ってくる。

次の瞬間、ハイタカが白い雲の中に潜り、巨大な船の姿は見えなくなった。外は渦巻く白い世界に変わった。

誰もが無言だった。

誰もが息を殺していた。


耳がつんとなったカンセは快速艇が降下を続けているのだとわかった。ただし、高度を下げようにも限度がある。竜骨をこする木々の梢の音がその証拠だ。

「これ以上は無理だ」ダラントがささやき声で伝えた。

グレイスとブレイルは操舵輪と格闘しながら、船体をこする音が聞こえなくなるまで再び高度を上げた。

「しゃべるんじゃないぞ」ダラントがカンセたちの方を見た。「どうしてもという場合にはささやき声にしろ。戦闘艦は耳を持っている。あの大きな太鼓はスズメの屁の音でも聞き取れる」

その忠告に従うかのように娘たちが別の操舵輪を回すと、閃熱炉からの音までもが途絶えた。持ち場から離れた二人の顔には険しい表情が浮かんでいる。

ハイタカは真っ白な世界の中を漂い続けた。

カンセは耳をそばだてながら歯を食いしばった。これから何が起こるのかは予想できる。戸棚の中の王子といえども、多少なりとも戦術の教えを受けている。ケペンヒルの学校は王国軍の訓練学校のすぐ近くに位置しているのだから。

ただし、そうした訓練を受けているのはカンセだけではなかった。グレイリンが船首の右舷側の窓に歩み寄った。カンセも騎士にならって左舷側の窓のところに移動した。二人とも前方の白い世界に目を凝らし、近づいてくる不気味な影が見えないか警戒する。

その時、雲を通して小さな爆発音が響いた。小さいとはいえ周囲の雲をかき乱し、船体が震えるほどの強さだ。そしてもう一発。さらにもう一発。遠くで燃えるようなオレンジ色の閃光《せんこう》が走り、赤々と燃え上がったものの、すぐに消えた。

爆音が鳴っている間は戦闘艦まで声が届かないはずだと判断し、カンセは声を出した。

「あいつらは僕たちをランドフォールまで到達させせまいとしている。爆発で前方の雲が吹き飛ばされるから、通り抜けようとしても見つかってしまう」
　その意見を証明するかのように、白い中に赤い炎がいくつも花開いた。それをたどると
ハイタカの進行方向を横切る一本の線ができる。
「それだけじゃない」グレイリンがもっと下を指差した。より赤みを帯びた輝きが爆発地
点の下に見える。「森を線状に燃やしている。ヘイヴンズフェアのまわりに炎の包囲網を
敷くつもりに違いない」
　その考えを裏付けるかのように、新たな連続砲撃の音が北から聞こえた。右舷側の丸窓
から外をのぞくと、その方角に連なる炎の閃光が見える。
「もう一隻の戦闘艦だ」カンセは言った。「アイタール湖の南岸に沿って爆撃している」
　グレイリンがうなずいた。「我々の前にいる船も間もなく南側で同じ作戦を展開する。
ヘイルサ湖の北岸に沿って炎の帯を作るつもりだろう」騎士が船尾の先を見ようとするか
のように後ろを振り返った。「そして二隻はそれぞれ南と北から東に向かい、ヘイヴンズ
フェアの発着場を制圧する」
「そこで部隊を船から下ろし、町を捜索する」カンセが補足すると、騎士からうなずきが
返ってきた。
「だとしたら、俺たちはここからどうすればいいんだ?」ダラントが訊ねた。
「決断のための時間はあまり残されていない」グレイリンが警告した。「東に向かったと

ころでダラレイザのシュラウズの手前にそびえる断崖にぶつかるだけだ。あれを乗り越えようと思ったら雲の上にまで浮上しなければならないので、敵から丸見えになる。最善の策は南に飛ぶことだ。急げばそちら側の包囲網が閉じる前に抜け出せるかもしれない」

ダラントが眉をひそめた。「そっちに向かうにしても、ヘイルサ湖の上空を通過しなければならない。あの湖の上には雲がないんだぞ」

「だから急がなければならない――場合によっては燃料タンク内の閃熱を総動員するくらいのつもりで。そして反対側の雲の中にまた隠れるんだ」

ダラントがうなずき、操舵輪に向き直って回し始めた。ハイタカの船首がヘイルサ湖の方に向きを変える。

カンセは目を閉じて額をさすった。今の計画がどうも引っかかる。カンセは父の気性とここまでの状況を考えた。〈トランス国王は二隻の戦闘艦を派遣した〉そのことだけでも、国王の目的が道を外れた息子の捜索だけではないことがわかる。たとえ一度は暗殺の手を逃れた息子の捜索だとしても。カンセはニックスの方に視線を向けた。ジェイスの隣に立つ彼女はまばたき一つせずに目を大きく見開いている。フレルもニックスを見つめていたが、カンセの方を向いたその顔には不安の表情が浮かんでいた。錬金術師も同じ疑いを抱いているのだ。

〈国王は彼女が一緒なのを知っている。もしかすると、グレイリンのことも〉

また、この作戦を指揮しているはずの人物の顔を思い浮かべる。

〈ハッダン忠臣将軍〉

これらのことから判断すると、相手がこんな簡単なやり方で自分たちの脱出を許すことなどありえなかった。むしろ、ハッダンのことだからそれを予期しているはずで、ことによるとそうするように仕向けているのかもしれなかった。カンセは武装した小型の追撃艇、または別の快速艇がすでにヘイルサ湖の対岸に向かっているのではないかと予想した。解き放たれたオオカミの群れのように霧の中をうろつきながら、ハイタカを待ち構えているのではないだろうか。

カンセはダラントのもとに駆け寄った。「そっちに行ったらだめだ」

海賊がカンセをにらみつけた。グレイリンの表情も曇った。二人ともハイマウントの色黒の役立たずと呼ばれ、ケペンヒルの八年生を修了したばかりの王子の判断には聞く耳など持っていないようだ。

カンセは相手の反応にかまわず続けた。「きっと罠だよ」手短に自分の疑念を伝え、最後にこう伝える。「僕はハッダンのことをよく知っている。あの冷酷な男はその逃げ道もきっとふさいでいるはずだ」

ダラントが操舵輪を握る指に力を込めた。「そうだとしても、いちかばちかの賭けに打って出るしかない。それにこのハイタカは鉤爪を持っている。やすやすと仕留めることはできないぞ」

海賊の自信でグレイリンの表情が和らぐことはなかった。騎士はカンセに険しい視線を向けたままだ。「じゃあ、君はどうすればいいと思うんだ?」

カンセは二人の男性を交互に見た。「たぶん、気に入ってはくれないと思うけれど」

43

ニックスはハイタカに備え付けの二隻の補助艇のうちの一隻を固定する支柱にしっかりとつかまっていた。気球船に乗り込んだ時、この小型の船を使わないですむように祈ったことを思い出す。

〈今はむしろ使いたいんだけれど〉

開け放たれた船尾の扉から船倉内に吹き込む風が彼女に襲いかかる。平らなハッチは下がった状態のまま固定されていて、木製の舌が快速艇の後ろから突き出ているかのようだ。その先端の向こうでは霧が渦を巻いている。船体の下を通り過ぎるハンノキの巨木の梢は危険な岩礁を思わせる。

「準備はいいか？」船首甲板の方から金属製の管や板を通してダラントのこもった声が響いた。「前方は霧が晴れている。あともう少しでヘイルサだ」

準備をしておかなければならない理由はそれだけではなかった。

ニックスの左では爆発の炎が西側の森を照らしていて、巨大な戦闘艦は湖に近づきながらすでにハイタカを追い詰めつつあるかのようにも思える。湖岸沿いに飛行してニックスたちの方に向かってくるまでにそれほどの時間はかからないだろう。素早い行動が求められる――そしてそれ以上に速い泳ぎも。

グレイリンがニックスたちのもとに近づいてきた。二頭のワーグも一緒で、騎士の後ろを落ち着きなく歩き回っている。「湖の上空に達したら、船は木々の梢から急降下する。しっかりつかまっているように。水面をかすめるような高さになったら後部から飛び降りろ」

ニックスはフレルを見た。錬金術師のローブを脱ぎ、借り物のズボン、ブーツ、袖なしの上着という格好だ。カンセは二つの矢筒を両肩にしっかりと担ぎ、オイルスキンでくるんでいる。ジェイスはガルドガルの斧を背中側に留めていた。

「速度を落としている余裕はない」グレイリンが注意した。「だから着水時の衝撃は覚悟しておくように。そこから先は真っ直ぐ岸を目指すんだ」

ニックスには脱出のための唯一の望みが敵に見つからずに船を離れることで、あとはそのまま飛び続けるハイタカが戦闘艦やほかの追っ手の目を引きつけてくれるのを祈るしかないとわかっていた。運がよければその隙にヘイヴンズフェアの迷路のような森の中に身を隠せるし、その後は炎が消えてほかの人たちが戻ってくるまで待てばいい。

でも……

ニックスはひげに覆われた騎士の顔を見た。その表情には過去の苦悩が宿り、目には恐怖の色がありありと浮かんでいる。ただし、彼は自らの身を案じているのではなかった。

グレイリンがニックスの肩をしっかりと握った。「はるか昔、俺は君と君の母親を見捨てた。それは王国軍を君たちから引き離したいという思いからの行動だった」肩を握る指に力が込められる。「今度は君を裏切ったりはしない」

ニックスは騎士を嘲笑ってやりたかった。これくらいのことで満足するなと言ってやりたかった。けれども、ニックスには彼の中にすでに存在する苦しみをそれ以上に傷つける言葉が見つからなかった。相手の顔には彼女を抱き締めたいという願望と、それが歓迎されないことを理解している落胆の両方が浮かんでいた。

指をニックスの肩から離すと、騎士は一頭のワーグの方を見た。「エイモン、おまえはニックスと一緒に行け」グレイリンはニックスを指差してから、手首をもう片方の手で握った。「彼女を守れ」

ワーグの琥珀色の目がニックスの方に動いた。前足に体重をかけ、彼女に鋭い鳴き声を発する。その声がニックスを包み込み、体に入り込む。彼女とワーグを結ぶ絆の糸がいっそう明るく輝いた。エイモンはニックスのそばにやってくると、鼻先で手を持ち上げ、左右の耳の間に手のひらを置くように促した。

グレイリンは野獣を見つめたままつぶやいたが、風がその言葉をかき消してしまった。だが、唇の動きから何を言ったのかは読み取れた。「ありがとう、我が弟よ……」

カルダーも光り輝く糸をたどってニックスとエイモンの方に足を踏み出したが、グレイリンが脇腹に触れて制止した。「待て、カルダー。俺たちにはまだ返さなければならない借りがある」

騎士に見つめられる中、ニックスは自分がその借りの対象だったことを理解したが、カルダーの脇腹に手を添える相手の様子から、この謎めいた発言にはほかにも意味があるのではないか、清算しなければならない貸し借りがほかにもあるのではないかという気がした。

グレイリンは後ずさりすると、ほかの人たちを見た。「彼女を頼む」

カンセが肩をすくめた。「こんなに遠くまで連れてきたわけだからね」

ジェイスがつぶやいた。「彼女が僕たちを連れてきたという方が合っているのかも」

フレルが前に歩み出て、騎士と互いの前腕部をしっかりと絡み合わせた。「任せてもらいたい、グレイリン・サイ・ムーア。私たちは力を尽くしてマライアンの娘を守り、君がまた――」

真鍮《しんちゅう》製の管からダラントのわめき声が聞こえた。「さあ、着いたぞ！　ヘイルサ湖にようこそ！」

船が雲の中から飛び出し、明るい青空を反射する穏やかな湖面の上空を飛行した。湖面と空の突然の輝きに、ニックスは目がくらんだ。まばたきをしながら明るさに目を慣らす間もなく、船首がヘイルサ湖に向かって傾いたので息をのむ。急降下する船内でつま先が浮き上がり、危うく船倉の奥に飛ばされそうになったが、どうにか補助艇の支柱から手を離さずにすんだ。背後の船室内では天井から吊るされたケージの中にいる鳥たちが大騒ぎを始めた。

グレイリンはフレルの腕を握ったまま、錬金術師を支えていた。カンセもジェイスが倒れないようにつかんでいる。次の瞬間、ハイタカの姿勢が水平に戻り、緩やかに弧を描きながら岸に沿って飛行した。竜骨が湖面をかすめ、両側に水しぶきが上がるほどまで高度が下がっている。

「今だ！」グレイリンが叫び、フレルを開いたハッチの方に突き飛ばした。

カンセとジェイスも足をもつれさせながら錬金術師の後を追う。

ニックスは最後にもう一度、自分の父親かもしれない男性の方を振り返った――そして怖《お》じ気づいて動けなくなってしまわないうちに前に向き直った。エイモンを従えて外に突き出たハッチの上を走る。前を走る三人は次々とハッチから飛び降り、濃い青色の水の中に消えていった。

先端まで達したニックスは足がすくみそうになった――するとエイモンがためらうことなくジャンプした。その勇敢な心に引っ張られてニックスが飛び出そうとした時、ハイタカが再び船首を上に向けた。バランスを崩したニックスは船尾の外に捨てられたかのようにハッチの先端から転がり落ち、水中に落下した。

ニックスは着水時の衝撃で肺の中の空気をすべて吐き出してしまった。すぐに襲ってきた冷たさに驚き、手足をばたつかせながらあわてて水面に浮上する。咳き込みながら肺の中に空気を取り入れ、周囲を見回した。

エイモンがすぐ近くに浮かび上がり、濡れた耳を左右に振った。はあはあと息をしながらも、らんらんと輝く目でニックスのことを見ている。ワーグの体の向こうには霧にかすんだ岸に向かって泳ぐジェイスとフレルの姿がある。それほど遠くないところで立ち泳ぎをしていたカンセがニックスに気づいた。腕を振って森の方を指し示してから、王子も二人の後を追って泳ぎ始めた。

ニックスも大きく息を吸ってから岸を目指した。

エイモンは上手に水をかき分けて横を泳いでいる。視線は前に向けているものの、釣鐘状の耳を片方だけ傾け、ニックスが立てる水音を聞いている。ニックスはグレイリンがワーグに伝えた言葉を思い出した。〈彼女を守れ〉エイモンはその命令を忠実に守ろうとしているのだ。

水をたっぷり含んだブーツがようやく湖底の砂にぶつかった。ニックスはなおも泳ぎ、最後は歩きながら湖から岸に上がった。急いで湖の方を振り返ると、ハイタカが対岸に到達し、木々の上の雲の中に姿を消すところだった。

低いうなり声が警告を告げる。

カンセの叫び声もそれに続いた。「森の中に入るんだ！」

ニックスは後ずさりして湖から離れ、霧と木々の中に入った。おぼつかない足取りで低い枝の間を抜けていく。ほかの人たちも森の中に移動する――ぎりぎりのところだった。

はるか右側の林冠の上に高くそびえる大きな影が現れた。影の端は明るい湖面の上にまで達している。雲間から船首部分と巨大な気球が姿を現した。

誰かの手がニックスの肩をつかんだ。「止まったらだめだ」カンセが言った。「遠望鏡で湖岸を監視していたら見つかってしまうかもしれない」

〈戦闘艦だ……〉

ニックスは森の奥に向き直ろうとした――その時、霧に包まれた対岸の森の中から遠い爆発音がとどろいた。オレンジ色の炎が燃え上がり、すぐに消える。暗い沼地のホタルの光みたいだった。

カンセも同じ光景を目撃した。「ハッダンのやつ……」

待ち伏せされているはずだという王子の予想は当たっていたらしい。

隣でエイモンがあげるうなり声の怒りと不安は、ニックスの気持ちと同じだった。

ニックスはハイタカに残った人たちのことを案じたが、自分たちへの不安も募った。

湖上に広がる大きな影を見上げる。

〈この策略で敵を欺けるのだろうか?〉

マイキエンは曲線を描くタイタンの船首側の窓の外を指差した。湖の対岸で錬金物質の炎が光を発している。マイキエンの胸は狩りの興奮で高鳴っていた。その目には獲物だけしか映っていない。

「あそこに向かえ!」マイキエンは叫んだ。

彼が立っているのは戦闘艦の船首楼で、船の前部の広い部分を占めている。弧を描いて連なる窓からは目のくらむようなまぶしさの湖が眼下に一望できる。乗組員は左右に十人ずつ配置され、それぞれの持ち場で任務に就いていた。操舵輪を回し、レバーを操作し、命令をブロンズの管の口に向かって叫ぶ。右舷と左舷でそれぞれ二人ずつが遠望鏡を扱っていて、顔を機器にくっつけるようにして湖と空と森を捜索していた。

マイキエンの背後の丸テーブルには大きな地図がピンで貼り付けてあり、クラウドリーチとそこにある町の様子が事細かに――正しくは霧に包まれた高地に関してわかっている限りのことが描かれている。地図には作戦の概要と捜索範囲の分担を示す赤と青の線が何本も記入してあった。

マイキエンはそのような詳細には興味がなかった。王子はハッダンに歩み寄った。将軍はタイタンの操舵輪を握る操縦士の隣に立ち、両手を後ろに組んだ姿勢で高さのある窓の外を見つめていた。その表情はいつものように石を思わせる冷たさだ。

マイキエンはじっとしていられなかった。湖の向こう岸の霧の中で点滅する炎の閃光を探す。あの炎の嵐の中で燃える錬金物質のにおいまでもが届いたような気がしたが、戦闘艦の炉で燃える閃熱のにおいが漂っているだけだったのかもしれない。タイタンの船体を通して閃熱炉の轟音が伝わる。戦闘艦が速度を落としたらしく、視界に煙が立ちこめた。針路も東に変わりつつある。

「どうして方向転換をしているんだ？」マイキエンは前方を指差した。「あの後を追うべきじゃないのか？　やつらを徹底的に追い詰めるんだろう？」

「違います」ハッダンが答えた。

マイキエンは将軍をにらみつけた。「俺たちはやつらを罠にはめた。タイタンならあの快速艇を簡単に始末できる」

ハッダンの注意は遠くの炎ではなく、眼下の湖に向けられていた。「あなたの弟やほかの連中があの船に乗っていたのかどうかすら定かではないのですよ」

「それなら、どうしてあの船は俺たちを見て逃げたんだ？」

ハッダンが肩をすくめた。「ヘイヴンズフェアは交易の中心地です。そこで売買されているすべてが合法とは限りません。あの船は着陸を命じられて捜索されることを恐れたのかもしれません」

「そうだとしても、あいつらが逃亡する可能性はすべて排除しておく方がいいんじゃないのか？」

「心配は無用。私の指揮下にある追撃艇の船団は、あの船に誰が乗っていようともしっかりと対応しますから。でも、あなたの言う通りだと思いますよ、マイキエン王子。敵はあの快速艇に乗っていました」

「だったら、どうして――？」

「私は『乗っていました』と申し上げました」

マイキエンは眉をひそめた。

ハッダンが王子の肩をつかみ、顔を船首の窓に近づけさせた。「下に何が見えますか？」

マイキエンは忠臣将軍につかまれたまま肩をすくめた。「水だ。ヘイルサ湖が見える」

「いつの日か戦争の王になりたいのであれば、目に見えるものから読み取らなければなりません。占い師が投げた骨から運命を読むように」ハッダンは鼻がガラスにくっつくまでマイキエンの体を押した。「穏やかな湖面を伝う波紋が見えますか？　両側に広がっていくその様子は、ナイフがあの湖を切り分けたかのようではないですか」

マイキエンはその意味を理解して眼差しを険しくした。「あるいは、通過する快速艇の竜骨が切り分けたかのようだ」

「それから再び高度を上げた」ハッダンが付け加え、王子の肩から手を離した。

「つまり、あの船は湖に何かを――あるいは誰かを落とした、そう考えているんだな？」

マイキエンはハッダンをにらんだが、その怒りは将軍に対するものではなかった。

〈カンセ……〉

ハッダンがため息をつきながら同意した。「我々が追う者たちはあの快速艇に乗っていたものの、今はヘイヴンズフェアに戻ろうとしているのだと思います」

「どうすればいい？」マイキエンは訊ねた。

「当初の計画の通りに進めましょう。湖の向こう岸にいる私の部下たちはあの快速艇を撃ち落とし、生き残った者がいれば尋問のために身柄を拘束する。一方、タイタンは地上の包囲網を完成させる。町の発着場まで到達したら、部隊を地上に展開させ、町を端から端まで焼き払いながら捜索を行なう」

マイキエンは無数の線が記された地図を振り返り、この徹底した作戦の正しさを認めた。心臓の鼓動を落ち着かせようとする。「どうやら俺にはまだ学ぶべきことがたくさんあるみたいだ」

「まだお若いですからね」ハッダンが王子の肩をぽんと叩いた。「でも、心配はいりません。私があなたを戦争の王になるべく鍛えます。神々に挑むことも厭《いと》わない狡猾さと勇気を備えた国王に」

マイキエンは忠臣将軍に肩をつかまれたまま背筋を伸ばし、その事実を受け入れた――

そしてもう一つの事実も。

〈そうなる前に、弟と腹違いの妹、そしてあの忌まわしい騎士をクラウンの地から排除しなければならない〉


グレイリンは補助艇の操舵輪に覆いかぶさるような態勢になり、小型の船をヘイルサの湖岸沿いに高速で走らせていた。霧の中に姿を隠し、白い世界を通して右手に見える水面の明るい輝きを頼りに湖を回り込んでいるところだ。

快速艇がヘイルサ湖の対岸の雲の中に飛び込むとすぐ、グレイリンはハイタカの後部から補助艇に乗って飛び立った。ダラントが快速艇を東に急旋回させるのに合わせて、グレイリンは西の方角に脱出した。

ハイタカが閃熱炉からまばゆい渦を吐き出して霧の中に潜むオオカミたちを引きつけてくれたおかげで、グレイリンは気づかれることなく逃れることができた。グレイリンは快速艇を離れると小型の船の速度を上げ、ヘイルサ湖の西岸を回り込んだ。この補助艇は海賊によって改造され、航行中の船の攻撃用として大型の閃熱タンクを備えている。

ようやく戦闘艦が湖の北岸に残した破壊の爪痕の上空に到達した。グレイリンは巨大な船の後方から距離を詰めようと目論み、方向転換してその跡をたどった。だが、一匹の小魚が大きなイワザメを狙っているかのようにしか思えない。

飛行しながら足でペダルを操作し、右舷または左舷の炉に閃熱を送り込んでは細い船体の針路を変えながら、ひんやりとした霧と熱い煙の間を行き来する。閃熱炉から炎を吐き出すのは戦闘艦が残した破壊と煙の上空に達した時だけだ。地上で激しく燃える火災が補助艇の小さな炎を隠してくれる。炎の噴出のたびに船は加速し、霧の中に再突入して炎を止めた後も、その勢いのまま白い世界を音もなく突き進むことができる。

グレイリンは頃合いを見ながら炎を噴射し、巨大なターゲットの後を追った。船は一本の矢と化し、左右に揺れながらも執拗《しつよう》に戦闘艦を追い続ける。補助艇後部の船倉には横に寝かされた木の樽が二列になって棚の上に並べてあった。棚は扉を開けた船尾側に向かって傾いている。錬金物質の詰まった樽はロープで固定されていた。左右の膝の前にある二本のレバーを操作すれば、ロープがほどけて樽が船の後部から落下する仕掛けになっている。

〈だが、あの気球の上空まで到達できなければ話にならない〉

ダラントはそのような攻撃の難しさを指摘し、自分の部下の一人にやらせてはどうかと提案した。彼の主張によると、この手の攻撃に関してはその海賊の方がはるかに優秀な腕前だという。

グレイリンは申し出を断った。

〈自分でやらなければならない〉

マライアンの娘に対する借りを返すために、ほかの人間を犠牲にするわけにはいかなかった。操舵輪をより強く握り締める。カルダーは海賊のもとに残してきた。たとえここで命を落とすことになっても、あの男との約束は果たせるように。事前に取り決めた通り、ダラントがワーグを手に入れられるように。

けれども、グレイリンの脳裏にはマライアンの娘に伝えた約束が何にも増して強く焼きついていた。地上の炎の道筋のように、その言葉が赤々と燃えている。〈はるか昔、俺は君と君の母親を見捨てた。それは王国軍を君たちから引き離したいという思いからの行動だった。今度は君を裏切ったりはしない〉

「絶対に」グレイリンは声に出して誓った。

ヘイルサ湖の北岸に沿って東に飛び続ける。湖面の明るさを右手に見ながら、煙と霧の間を行き来する。ようやく炎の道筋が途絶えた。そこから先は戦闘艦の針路が湖の上空に移ったことを意味する。

グレイリンは速度を落とさなかった。そのまま高速で飛行を続けるうちに、右手の明るさの中に大きな黒い影が差した。

〈戦闘艦だ……〉

グレイリンは操舵輪を切り、そちら側に針路を変えた。ブーツの底を閃熱のペダルの上に置くが、踏み込むのは控える。最後の最後まで、待たなければならない。最後の最後まで、自分の存在を明かすわけにはいかない。

そんな用心深さも無駄に終わった。

左側のやや高い地点で小さな黒い影が雲を突き抜け、その通過後に霧が渦を巻く。次の瞬間、グレイリンの操縦する補助艇は白い世界から日の当たる湖面の上空に飛び出した。目の前に戦闘艦がそびえている。左舷側にある一門の大砲から煙が上がっていた。ほかの大砲からも次々と炎が噴き出る。多数の黒い鉄の塊が空に線を描く。

グレイリンは複数の事実を一度に理解した。まず、雲から抜け出した高度が低すぎた。補助艇の位置は巨大な船の竜骨のあたりだ。同時に、高度が低かったおかげで命拾いしたこともわかった。砲弾は補助艇の上空を通過し、後方の森に着弾していく。

グレイリンは左右のペダルを踏み込んだ。後部から炎が噴出し、船が一気に加速する。グレイリンは操舵輪を動かし、船首を上に向けた。体が背もたれに押しつけられるが、両足はペダルに押しつけたまま、絶対に炎を弱めようとはしない。

補助艇は最初の砲弾群が通過した高度を超えた。

王国軍の部隊が砲弾を込め直して狙いを定める前に、グレイリンはなおも戦闘艦に接近した。巨大な船と同じ高さに到達する。窓からの視界に映るのは戦闘艦だけだ。船体から突き出た大砲の列を通り過ぎる。手すりの高さを超えると、中央の甲板上を走る男たちの姿が見える。

グレイリンは操舵輪を握り締めたまま顔を上に向けた。気球よりも上の高さまで到達しなければならないが、まだかなりの距離があり、不可能としか思えない。グレイリンは固唾をのみ、気球のてっぺんを越えるまでタンク内の燃料が持ちこたえてくれることを祈った。

しかし、戦闘艦の武器は大砲だけではなかった。

補助艇のまわりを火槍が飛び交い始めた。甲板の手すりに沿って据え付けられた弩砲から放たれたものだ。尾を引く煙が周囲を取り囲む。

グレイリンは固唾をのんだまま、速度を緩めなかった。

すべての神々に対して、この状況からの救済を祈る。

彼はそれに値しないと見なされた。

渦巻く炎を伴った鉄製の槍が窓のすぐ外を通過した。その槍が気球に命中し、補助艇が激しく揺れる――そして炎を噴く気球から空気が抜けていく音に合わせて、船体が回転した。

補助艇が降下する中、グレイリンは片方のペダルから足を離し、もう片方は踏み込み続けることで、何とかして船体の回転を止めようとした。片側からの炎の噴出が止まる一方で、もう片方の側は勢いよく燃えたままだ。窓の外の光景の目まぐるしい変化が少しだけ緩やかな動きになり、戦闘艦の気球の頂点がかろうじて見えたものの、そこまで届くことなく補助艇は急降下していった。

グレイリンは歯を食いしばった。

〈死ぬ前に一泡吹かせてやる〉

がたがたと揺れる補助艇の船首を甲板に向ける。戦闘艦の甲板が見る見るうちに近づいてくる。グレイリンは左右のペダルを踏み込み、出力を最大にした。新たな炎の噴出で、補助艇は引き裂かれた気球の残骸を引きずったまま中央の甲板に急接近していく。

甲板上の男たちが左右に逃げていく。

補助艇の船首が左舷側の手すりを破壊し、二つの巨大な弩砲の間に突っ込んだ。竜骨が甲板上を滑り、穏やかな水面を跳ねる平らな石のように船体がくるくると回転する。

グレイリンはどうにかして動きを止めようと操舵輪を抱え込んだ。

次の瞬間、回転する補助艇は右舷側の太いドラフトアイアンのケーブルにすさまじい音とともに横腹から突っ込んだ。補助艇は止まったが、船体には亀裂が入っている。衝撃でグレイリンは操縦席から投げ出された。頭を船体に強打し、目の前に星がちらつく。立ち上がろうとしたものの、ふらついて片膝を突いてしまった。

開け放たれた船尾の向こうを見ると、大勢の男たちが駆け寄ってくる。

グレイリンは再び立ち上がろうとした。今度は剣を抜き、最後まで戦い抜くと決心する。

〈ニックスのために……〉

グレイリンは銀色に輝くハーツソーンを構えた――だが、再び周囲の世界が回転した。両脚の震えが止まらない。グレイリンは剣を持ち上げ、勢いよく振り下ろした。その時の彼にできるのはそれが精いっぱいだった。それで用が足りることを祈りつつ、グレイリンは後ろ向きで補助艇の座席に倒れ込んだ。何とか立ち上がろうとしたものの、すぐに目の前が真っ暗になった。

44

カンセは仲間たちを引き連れて、大混乱に陥ったヘイヴンズフェアの町中を移動していた。荷馬車が大きな音を立ててひっきりなしに通りを走り抜ける。馬にまたがった男たちが行く手を邪魔する人たちに鞭《むち》を振るう。群衆の大部分は身の回りの品を背中に背負った住民たちだ。さらに多くの人たちが鎧戸を閉ざした窓の奥で震えていた。

叫び声やわめき声をかき消さんばかりの勢いで、町のあちらこちらで鐘が鳴り響く。カンセたちだけならば人の波に逆らって進むことは難しかっただろうが、先頭を進むびしょ濡れの大きな野獣が大いに役立った。エイモンは体毛を小山のように大きく逆立てて震わせながら周囲を威嚇していた。鼻先を大きく歪め、真っ白な牙を見せつけている。威嚇のうなり声を前にして人の波は二手に分かれ、そのおかげでカンセたちは町中を進むことができた。

「僕たちはどこに向かっているのかな?」全員の頭の中にある疑問をジェイスが口にした。

フレルが後ろを振り返った。「そろそろそのことを決めないといけない。安全な町の中心部まで来ることができたわけだし」

カンセは錬金術師をにらんだ。「とても安全だとは思えないけどね」

少し前のこと、全員が大砲の轟音を耳にした。それが何を意味するのかはわからなかったが、一行は砲撃に押されるかのようになおも前に進み続けた。今では空気中に煙が立ちこめ、霧も暗くなりつつある。周囲を見回すとあちこちが遠い炎で赤く輝いているが、発着場のある東の方角だけは火の手が及んでいない。町の住民たちのほとんどはその方角に避難しようとしていたが、カンセにはそちら側が安全ではないとわかっていた。戦闘艦のうちの一隻あるいは二隻ともが、もうすぐあの野原を制圧するはずだ。

「それならどうすればいいのさ?」新しい斧を両手で握り締め、ニックスのそばに付き添うジェイスが再び問いかけた。

ただ走り続けることにうんざりしたカンセはいらだちもあらわに答えた。「こっちに来てくれ」

カンセは人のいなくなった店の軒下に全員を集めた。住民たちがその前を次々と通り過ぎていく。ほかの人が近寄らないようエイモンに見張りを任せ、仲間たちと顔を寄せ合う。全員の目がカンセに向けられていた。

王子は自分たちの置かれた状況を説明した。「ハッダンのことだから、この場所を包囲したら王国軍に町を徹底的に捜索させ、見落としがないようにすべてを焼き払うつもりだろう。それでも発見できなかったら、灰をかき分けてでも探すはずだ」

ジェイスは皿のように目を丸くした。「それなら、どこに行けばいいんだろう？　隠れられる場所はあるの？」

カンセは前を指差した。「『黄金の大枝』だ」

「宿屋に戻るのですか？　どうして？」フレルが訊ねた。「危険な選択に思えます。あそこに到着した時、秘密を守ってもらうために金貨を渡しましたが、町全体が燃えているような状況では黙っていてくれないでしょう」

カンセはできるだけ手短に要点を伝えた。「あそこで部屋を借りるわけじゃないよ、フレル。こっそり入り込んで地下のワイン貯蔵室に行くのさ」

「ワイン貯蔵室だって？」ジェイスが眉間にしわを寄せて聞き返した。

「昨夜、君たちが計画について長々と話をしていた時——結局その計画はおじゃんになってしまったわけだけど、その間に僕はそこを調べたんだ。ハイマウントの酔いどれの役立たずが夜に時間をつぶすとしたら、ほかにないだろう？」

フレルがカンセを見つめ、嘘を見抜いたかのように眉をひそめた。

実際のところ、カンセがワイン貯蔵室に行ったのはほこりにまみれた瓶から試し飲みするためではなかった。宿屋が攻撃を受けた場合に身を潜められるような場所がないか、探すことが目的だった。これまでの出来事から、カンセは疑心暗鬼になっていた。そんな不安のせいで酔うことも眠ることもできなかったのだ。

「貯蔵庫は宿屋の巨木の根の下にある。迷路みたいな場所だ。かなり深いところまで通じているから地上がかなり激しく燃えたとしても炎から守ってくれるけど、それだけじゃない。こっそりと抜け出す方法がいくつもある。赤い帽子をかぶった宿屋の雑用係の少年が出口を二つ案内してくれたし、そのほかにも数カ所の行き方も教えてくれた。ピンチ銅貨三枚と引き換えにね。今となっては支払っておいてよかったと思うよ」

　フレルは一呼吸する間じっと見つめていたが、すぐにうなずいた。「それならそこを目指しましょう」

　錬金術師が通りの方へと向き直る前に、カンセはその手をつかんだ。「それにそこにはワインがたっぷりある。最悪の状況になったら酔いつぶれてすべてを忘れてしまえばいいわけだから」

　フレルは目を丸くしてその手を振り払い、カンセを人混みと喧騒《けんそう》の方に押した。「さあ、行きましょう」

　一行は再び走り出し、町の住民を呼び止めて道を訊ねる時だけ立ち止まった。あわてふためく人たちもエイモンの姿を見ると素直に行き方を教えてくれた。

　ようやく「黄金の大枝」の看板が見えてきた。巨木のまわりは昨夜とあまり変わっていないように思える。いくつかの窓の明かりは消えていたものの、入口の巨大な扉は開いたままだ。陽気な音楽が外まで聞こえていて、相変わらずのわめき声と大きな笑い声も漏れてくる。

ただし、そうした場所に馴染みのあるカンセの耳には、客たちがひどく酔っ払っているように聞こえた。どうやらついさっきの意見をすでに実践している人たちがいるようだ。

〈最悪の状況になったら酔いつぶれてすべてを忘れてしまえばいい〉

カンセは同じ考え方を持つ人たちの方に、胸を張って仲間たちを先導した――ところが、背後からうなり声が聞こえた。

振り返ると、ニックスは町を覆う煙と霧の方を見つめていた。片手をエイモンの脇腹に添えていて、野獣の体も緊張で小刻みに震えている。ワーグの細い目も同じ方角を見ていた。左右の耳はぴんと立っていて、釣鐘型の先端もそちら側を向いている。

ニックスが小首をかしげる仕草は、彼女にだけしか聞こえない歌を聞いているかのようだった。

ジェイスが歩み寄った。「どうかしたのかい？」

ニックスは友人の方を見ずに答えた。「何かがやってくる」

グレイリンが目を覚ますとそこはパニックに駆られた叫び声が支配する世界で、立て続けにとどろく雷鳴のような爆音で再び気を失いそうになった。遠のく意識を懸命に引き戻す。心臓が鼓動を打つたびに頭がずきずきと痛む。グレイリンはその痛みを利用して意識をつなぎ止めた。それでも視界は深い井戸の底から見上げているかのような狭さだ。大きな耳鳴りのせいで周囲の音がこもって聞こえる。

グレイリンはすぐ近くの背もたれを支えにして体を引き上げた。不思議なことに剣は手放していない。ハーツソーンを持ち上げて構える。その時ようやく、なぜ自分がまだ拘束されておらず、なぜまだ生きているのかを理解した。

ついさっき意識を失う間、グレイリンは自分にできる唯一のことを実行した。傾斜のついた棚の上に樽の列を固定していたロープの一方を切断したのだ。燃焼系の錬金物質の詰まった樽が棚を転がり、傾斜路の先端部分にある火打石を環状に並べた装置にぶつかると、その導火線に引火する仕組みになっている。

どうにか立ち上がったグレイリンの目の前で、長めの導火線を取り付けた樽が大量の炎とともに爆発し、その真下の甲板に亀裂が走った。甲板上ではすでにほかにも数カ所で燃える油が広がりつつある。巨大な気球が重しとなって黒煙を船上に充満させていた。乗組員たちが砂の入ったバケツで消火に当たる一方、軽甲冑姿の騎士たちは破損した補助艇への攻撃のために再び結集しつつあった。

彼らの突撃に備えるための時間はほとんど残されていない。しかも、巨漢のモンガーが二人、大きなハンマーを振り上げて王国軍に加わっている。

壊れた補助艇の中で身動きが取れなくなるとまずいと判断すると、グレイリンは前に足を踏み出し、もう一列の樽を固定するロープを切断した。樽が斜面を転がり、導火線に次々と引火するのを見ながら、彼もすぐにその後を追った。棚の先端まで到達するとそこに短剣を突き刺し、最後の三つの樽の動きを止める。いちばん手前の樽はすでに導火線が燃えていた。ぐずぐずしている時間はない。グレイリンは補助艇から飛び出し、飛び跳ねながら甲板を転がるほかの樽に続いて走った。

前に立ちはだかっていた騎士たちが叫び声をあげながら左右に逃れる。

だが、二人のジン族はその場に踏みとどまり、巨大なハンマーで樽をはじき飛ばした。樽が次々と手すりを越えて下に落ちていく。二人の巨漢は怒りの叫びを発してグレイリンに向かってきた。

一人が甲板上を転がる最後の樽にハンマーを振り下ろしたが、その衝撃で樽が爆発した。大男の体は引火した油に包まれて空高く舞い上がった。

もう一人のジン族の男はグレイリンのもとまで来るとハンマーを振り回した。その攻撃を予期していたグレイリンは武器の下をくぐり抜けながら向きを転じた――だが、その真正面にいたのは騎士たちの一団で、全員が剣の刃先を彼の方に向けていた。

グレイリンはあわてて立ち止まり、刃の餌食になるのを回避した。

騎士たちが飛びかかってきたが、グレイリンは後ずさりしてかわした。その間も頭の中で数え続けている。その数字がゼロになった時、グレイリンは横っ飛びに逃れて甲板上に突っ伏した。

当惑した騎士たちの足が一瞬だけ止まる——その時、補助艇の船倉内に残っていた最後の三つの樽が同時に爆発した。爆発の衝撃が戦闘艦を震わせ、甲板を激しく揺さぶり、男たちの体が宙を舞う。補助艇が粉々に砕け、火のついた槍と化した破片が四方に飛び散り、一部は真上の気球に向かって飛んだ。

戦闘艦の気球の布地が丈夫なことを知っているグレイリンは、その程度で大きな損害を与えられるとは期待していなかった。それでも、破片は広範囲に飛び散った。男たちの悲鳴が聞こえる。服に引火した者もいれば、破片が体を貫通した者も、無数の小さなかけらが突き刺さっている者もいる。

グレイリンも太腿の裏や肩の後ろに痛みを覚えた。それでもどうにか立ち上がると、甲板から船内に入るための扉が何カ所か開いたままになっているのを見つけ、そのうちのどれかに向かって走ろうと身構える。船内に身を隠すか、うまくいけばさらなる損害を与えられるかもしれない。

グレイリンはいちばん手近な船首楼の入口に狙いを定めた。だが、その横にある別のより大きな扉が内側から押し開けられた。応援の騎士たちが中から次々と現れる。それに交じって一頭のオスの馬が姿を現した。黒い甲冑を身に着けたその背中には、槍を手にした騎士がまたがっている。

顔が兜の影になって隠れているにもかかわらず、グレイリンにはその人物の正体がわかった。

〈ハッダン・サイ・マーク〉

グレイリンが追放処分を受けた当時、忠臣将軍は一介の隊長にすぎなかった。とはいえ、この騎士の冷酷さは身をもって知っている。異郷の地に追われる前、グレイリンが二列に並んだ騎士たちの間を通り抜ける「ガントレット」の刑罰を受けた際に、腕を折られた相手がこのハッダンだった。ほかの騎士たちは彼のことを哀れみ、鞭で打ったり拳で殴ったり軽く小突いたりするだけだった。だが、ハッダンはグレイリンの利き腕の上腕部をハンマーで強打し、骨を粉砕したのだ。

そして今、ハッダンはそれをはるかに上回る苦痛を与えようと目論んでいる。将軍は馬に拍車を食い込ませて猛然と突進させ、槍を低く構えた。ほかの騎士たちがグレイリンの背後を取り囲み、退路を断つ。

〈なるようになれ〉

グレイリンはハーツソーンを構え、片脚を後ろに引いて踏ん張った。

その時、頭上で立て続けに爆発が起き、船体が大きく縦揺れした。グレイリンも含め、全員が甲板に叩きつけられる。馬だけが持ちこたえ、前脚を持ち上げて後脚だけでバランスを保った。馬が体勢を立て直すとその背中にはまだハッダンがまたがっていて、槍もしっかりと握り締めたままだった。

グレイリンは体を回転させてうずくまった姿勢になり、上空の様子をうかがった。補助艇の燃える破片が巨大な気球の布地を貫通し、中のガスに引火したのだろうか？　だが、気球の下側に損傷はなさそうだった。もっと上に目を向けると煙が噴き上がっていて、気球のてっぺんから炎が流れ落ちている。

その時、表面に鉄のとげが付いた巨大な樽が、気球の側面を飛び跳ねるように転がり落ちてきた。大きなとげが気球に突き刺さり、樽の動きが止まる――次の瞬間、樽が大量の炎を噴いて爆発し、気球の側面に大きな穴が開いた。その衝撃が戦闘艦を直撃し、気球の下の船体も激しく揺れた。

グレイリンはどうにか立ち上がり、傾いた甲板を手近な手すりに向かっておぼつかない足取りで登った。ハッダンが大声をあげ、斜面をものともせずに馬を突進させた。獲物を逃すまいと、ひと思いに槍で突き刺してやろうと狙っている。

グレイリンは傾きに逆らって進むのをやめ、体をひねると下り斜面を一気に駆け下りた。たった一つの期待にすがる。炎上する気球から噴き上がる煙の間を縫って黒い影が飛び出した。細長い乗り物の船底だ。

〈ハイタカ〉

グレイリンは快速艇の開いたハッチから縄梯子《はしご》が下ろされていることにも気づいた。梯子は気球の側面に引っかかっていたが、快速艇がその上空を通り過ぎると真っ直ぐに垂れ下がった。ハイタカが針路を変え、高度を下げる。縄梯子の先端が近づいてくる。

グレイリンが左舷側の手すりに向かって走っていると、巨大な船体が反対側に揺れ始め、それに合わせて甲板の傾きも逆向きになった。グレイリンは角度が増しつつある斜面を必死で進んだ。後方から迫る蹄の音は大きくなる一方だ。グレイリンは今にも槍の先端が背中に突き刺さるのではないかと覚悟した。

だが、射手のいなくなった弩砲が一列に配置されたところまでどうにか無事にたどり着き、大きな武器の間から手すりに飛び移った。手すりの上で両足を踏ん張り、ためらうことなく外に飛び出す。目標は大きく揺れる縄梯子だ。片手にハーツソーンを握り締め、もう片方の手を前に差し出す。

だが、届きそうもないことはすぐにわかった。幸いにも、ダラントはグレイリンの脚力を信用していなかったようで、ハイタカの向きを調整してグレイリンに向かって梯子が大きく振れるようにしてくれた。

縄梯子が顔面を直撃する。

グレイリンは空いている方の腕をいちばん下の段に引っかけ、どうにか落下を食い止めることができた。だが、まだ安心はできない。苦労しながら剣を鞘に納め、もう片方の腕で縄梯子をしっかりと握る。それに合わせてハイタカが上昇し、雲の方へと向きを変えた。

空中で激しく揺れてはねじれる縄梯子はグレイリンを振り落とそうとしているかのようだったが、彼は必死にしがみついた。あることを不思議に思いながら快速艇の竜骨を見上げる。

〈どうしてここにいるんだ?〉

湖の対岸に視線を向けると、今もなお霧の中に炎の閃光が浮かんでいた。グレイリンはダラントが部下の操縦の腕前について自慢していたことを思い出した。ハイタカのもう一隻の補助艇があの白い世界の中を走り回り、敵の相手をしているのだろう。向こうにいる操縦士が追っ手のオオカミたちを惑わしている隙に、ダラントは快速艇を脱出させて湖の対岸を回り込み、戦闘艦に接近したというわけだ。そしてグレイリンの補助艇が墜落するのを目にすると、敵の混乱に乗じて攻撃を仕掛けたに違いない。

空中で激しく回転しながらも、グレイリンは湖の上空で大きく傾く戦闘艦を垣間見ることができた。甲板上を激しく走り回る馬の影が確認できる。その上では快速艇の攻撃を浴びた気球の一部がしぼみ、煙を噴いていた。ただし、その部分を除くと気球は持ちこたえているようだ。戦闘艦の気球は耐火性の障壁で仕切られている。そのため、ハイタカのように強力な鉤爪を持っていたとしても、一隻の快速艇がどれほど大量の火力を浴びせたところで撃墜することは難しい。

それでも、損害を与えることはできた。

グレイリンは雲の中に引き上げられるまでずっと、巨大な船がヘイヴンズフェアの方へと不安定に飛行するのを見つめていた。戦闘艦は高度も下がり続けていた。町の発着場までたどり着くためには、船体を木々の梢に引っかけながら飛行しなければならず、それによってさらなる損傷が加わることだろう。

〈だが、それで十分なのだろうか？　ニックスたちが隠れるだけの時間を稼げるのか？　満足に飛行できない戦闘艦が発着場で足止めされれば、町を焼き払おうという王国軍の作戦にも支障が生じるのだろうか？〉

答えはわからなかったが、グレイリンには一つだけはっきりと言えることがあった。〈この白い海の中をうろついている戦闘艦はあの一隻だけではない〉

雲の中に入ったグレイリンの耳に、白い世界に響くラッパの音が届いた。傷を負った戦闘艦から仲間に向けた呼びかけだ。

小さな勝利の余韻を味わう一方で、グレイリンは厳しい現実も理解していた。

〈今回のような策略が二度も通用することはない〉

第十四部
太古の神々のささやき

ケスラカイ族の神々に関して述べると、その数は四柱だけで、それぞれが自然の四つの側面を、いにしえの帆柱の四つの根を表す。まず精霊のごときヴィンダルで、それは雲と風と空の高みの神。続いて気紛れなヴァートンは、雨と川と湖の神。陽気なヤルスヴェガルは土と枯れ葉と岩の神。そして最後の荒ぶるエルディルは、暖かい炉の炎と破壊の業火《ごうか》の両方の神。しかし、この四柱のさらに下、いにしえの帆柱の根も届かない深いところに、彼らの太古の神々が眠る。ケスラカイ族はその名前を口にしない。目覚めさせてはならないから。

—クラス・ハイ・メンドルの
『神々のくびきと悪魔の怒りのもとで』より

45

クラウドリーチの森の中を探し続けて二日、レイフの気分は最悪だった。彼は借りた馬車の荷台に力なく腰掛けていた。手綱《たづな》を握るのはケスラカイ族の案内人で、二頭の気性の荒いジャコウラバが荷馬車を引いている。向かい側に座るプラティークはどの方角を見ても果てしなく広がる霧に包まれた森を眺めていた。

移動距離が一リーグ増えるたびに、レイフは財布が軽くなっていくように感じられた。同時に、シーヤを発見するという望みもしぼんでいく。これまで数え切れないほど、補助艇の船尾から外に足を踏み出し、霧の中に消える彼女の姿を思い返した。霧の下での状況を示すのは枝の折れる音とブロンズが奏でる金属音だけだった。

その後、レイフたちはヘイヴンズフェアに着陸して気球をたたみ、発着場の責任者にマーチ金貨一枚で口止めを依頼した。荷馬車一台と案内人、さらにケスラカイの斥候二人を雇うには、ライラからの援助があったにもかかわらず、手持ちの硬貨のほぼすべてを費やすことになった。

荷馬車を先導するケスラカイの斥候たちは二頭の馬に鞍《くら》も付けずにまたがっている。二人とも金髪で、レイフの母と同じ部族の人たちだ。ライラも短気なメス馬の背に揺られて斥候たちとともに前を進んでいる。捜索中、レイフはギルドマスターに対してこの探し物に関わり続ける理由を問いただしした。その答えは何とも現実的だった。〈あんたに運命を託したんだ。今さら引き返せない〉

だが、そろそろ引き返さざるをえなくなるかもしれない。

あと一日かそこらでシーヤを発見できなければ金が尽きる。レイフは二人の斥候が、そしておそらくは案内人も、金がなくなったとわかれば忌々しいジャコウラバとともに森の奥へと消えていくのだろうと想像した。

レイフは首を左右に振った。「同じ血が流れているからといって値引きをしてくれるわけでもないだろうしな」

プラティークが彼の方を見た。「私たちが跡をたどってシーヤを見つけるには、部族の人たちがいちばんの頼りだということに変わりはない」

「跡が残っているならば、の話だ。地面に落下するまでの間に壊れたかもしれないし、真っ二つになったかもしれないぞ」

プラティークが肩をすくめた。「その可能性もある。だから荷馬車を借りるように提案したのだ。彼女が動けなくなっていたら、ヘイヴンズフェアまで運ばなければならないかもしれないではないか」

チェーンの男は今もイムリの商人にふさわしい身なりだが、ローブは脱ぎ捨てていたため、立派なシルクの服も今回の厳しい移動でかなり汚れてしまっている。プラティークは膝の上に地図を広げ、方位鏡を使って捜索の経路をできるだけ正確に記録しようと努めていた。

シーヤの落下地点はおおまかなところ――アイタール湖の東のどこかということくらいしかわかっていないため、何百リーグという範囲を探さなければならなかった。捜索中、同行する斥候が同じ部族の仲間と遭遇することも何度かあった。そのたびに森の中を移動する、または足を引きずりながら歩くブロンズの女性についての質問が投げかけられた。そのような光景が目に留まらないはずはなく、見た人がいればその噂はケスラカイの人たちが暮らす地域に瞬く間に広まっているはずだ。

けれども、誰からもそのような報告は得られなかった。

何の情報も入手できなかったため、レイフたちは緑色をしたアイタール湖の東岸から捜索範囲を外側に広げていくよりほかなかった。もっとも、今のレイフは自分たちが同じ場所をぐるぐると回っているだけで、一周するたびに残り少ない資金がさらに減っているだけなのではないかという気がしていた。

レイフはプラティークに向かって眉をひそめ、補助艇に乗っていた時の彼の発言を思い出させた。「シーヤはダラレイザのシュラウズに向かっているかもしれないと今も思っているのか？」

　プラティークがまたしても肩をすくめた。その仕草を繰り返し見せられるといらいらしてくる。「ただの推測だ。空飛ぶポニーの船内で、船がシュラウズの上空を通過するのに合わせて、彼女が西から東にゆっくりと体の向きを変えたことに気づいた。補助艇に乗り込んだ後はアイタール湖の上空をいったん通過してから、ヘイヴンズフェアへの着陸に備えて方向転換し、船尾をあの断崖側に向けた。彼女にしてみれば、そこまで近づいたにもかかわらず再び引き離されてしまうことに耐えられなかったに違いない。だからあのような早まった行動を起こしたのだ」

「安全な補助艇から飛び降りるとは、確かに早まった行動だな」

「無事に着地して移動が可能な状態ならば、彼女は引き続きそちらに向かっていると考えるべきだ。その一方で、たとえ無傷であったとしても、彼女は太陽から力をもらっている」プラティークの視線が霧に覆われた林冠に向けられた。「ここには彼女の動きを維持できるだけの光が差し込まないかもしれない」

　レイフはぴくりとも動かなくなったシーヤの姿を思い浮かべた。この森を彩る新たな像となり、鳥が住み着いたり苔や地衣類に覆われたりしてしまうのだろうか。いらだちを覚える一方で、彼女を案じる気持ちは募るばかりだった。そんな感情を覚えた自分が愚かに思える。彼女は血の通った生き物ではないのだから。それでも、レイフはシーヤへの不安を払拭《ふっしょく》することができなかった。

〈彼女は俺にどんな魔法をかけたんだろうか？〉

レイフはプラティークに意識を戻した。「おまえの言う通りだとして、どうして彼女はシュラウズに行きたがっているんだ？　あそこには野蛮な生き物、道なき密林、真っ暗な嵐があるだけだ。ケスラカイ族ですらもあの呪われた場所には登らないというのに」

「それは必ずしも正しくない。彼らはあそこまで登る。ただし、一度だけだ。『ペスリン・トル』という儀式がある。太古の言語で『聞く心』という意味だ。ケスラカイの子供が成人する時に行なわれる旅路で、彼らはダラレイザの頂上まで登り、そこで一日を過ごす。それが終わると石を拾って持ち帰り、その石を袋に入れて常に持ち歩く」

プラティークは案内人の首からぶら下がる革製の紐を顎でしゃくった。「そして戻らない者も多いという」チェーンの男は付け加えた。「戻ってきた者たちは太古の神々から部族の一員として認められたと見なされる」

「そうだとしても、あの上で価値があるものといったら石ころくらいだぞ。どうしてシーヤがそこに行きたがるんだ？」

「もしかすると、その石ころのためかもしれない」

レイフは鼻で笑った。「石ころが？　本気か？」

プラティークが視線を東に向けた。「憶測にすぎないのだが……」

「どんな憶測だ？　彼女がどこを目指していると考えているんだ？」

プラティークが向き直った。その表情には不安の色が浮かんでいる。「シュラウズの上には濃い色の列石が存在する。直立した石が並んでいて、聖修道士たちは太古の神々と同じくらいに古い時代のものだと考えている。我々クラッシュの最古の書物にもそれに関する手がかりはまったくない。だから、あの謎のブロンズ像がどこに向かっているのかを想像する場合、一つの謎が別の謎を引き寄せていると仮定するのはそれほど突拍子もない考え方ではないように思う」

レイフはため息をついた。「発見してから彼女に直接確かめるしかなさそうだな」

森に目を向ける。ギンドロの木立の中を抜けているところで、斥候だけが知る道をたどっているようだ。降り積もった落ち葉に轍の跡はないし、標識代わりの石が積み上げてあるわけでもない。レイフは少女時代の母がここで暮らしている姿を想像した。母は導きの歌の才能が目に留まり、八年間の契約を結んでアンヴィルで働いていた時に父と出会った。二人は恋に落ち、熱ペストが大流行した時に感染して抱き合ったまま息を引き取った。その時レイフはまだ十一歳で、親も家も失って町中をさまよった後、ギルドという厳しいながらも新しい家を見つけたのだった。

レイフは燃えるような赤毛と日焼けとはまったく縁のなさそうな白い肌の母を思い浮かべようとした。時の経過とともに記憶が曖昧になり、顔ははっきりと思い出せない。その一方で、何よりも鮮明に覚えているのはベッドの脇に座り、やわらかな指先で額をさすりながら歌を聞かせてくれる母の姿だった。

レイフは荷馬車の揺れに眠気を誘われて目を閉じた。ケスラカイ語による母の子守歌が耳によみがえる。アンヴィルの町の喧騒の中で、静かな森を懐かしむどこか寂しげな調べ。まどろむうちに古い歌が明るさを増したような気がして、そこに重なる別の歌——荷台の側面を蹴る音が頭のすぐ横で鳴り響き、レイフははっと目を覚ました。

「さっさと起きろ！」馬にまたがったままライラが叫んだ。「お客さんだ」

レイフが伸びをすると荷馬車がひと揺れして止まった。前を見ると斥候の一人が馬を降り、白い肌の一団と話をしていた。弓を背負っている者もいれば、槍を手にしている者もいる。

〈またケスラカイの人たちだ〉

「彼らは何か知っているのか？」

ライラは馬を歩かせて前に戻りながら答えた。「そう願いたいものだな。だめだった場合はそろそろあきらめる必要があるかもしれない」

レイフはうめき声を漏らしながら荷台から飛び降りた。プラティークもその後に続く。

二人は斥候の馬たちが踏みつけた跡をたどった。大地を覆う落ち葉はすでに元に戻り始めていて、蹄の跡がたちまち消えていく。

〈シーヤの足跡が見つからなかったわけだ。どうやらこの森は何としてでも秘密を隠したがっているらしい〉

二人が二頭のラバの横を通り抜けると、斥候が一団の中の一人に向かってお辞儀をしていた。ケスラカイ語で会話をしているが、あまりにも早口のためレイフは理解が追いつかなかった。前に集まった人たちを観察する。黄褐色の髪をした肩幅の広い男性は方位鏡を手にしていて、その場でゆっくりと体の向きを変えている。しかし、その動きは方角を確認するというよりも、ただ面白がっているだけのように見える。

一本の杖がレイフたちの斥候をつつき、道を空けるように促した。白髪の女性が大股でこちらに近づいてくる。レイフのことをじっと見つめるその目の色は、片方が青でもう片方は緑だ。老女は杖を突きながら歩み寄ると、レイフの前で立ち止まった。レイフは口を開こうとしたが、女性は目の前に手のひらを差し出して制止した。

レイフは体をそらした。相手が何をしたいのかわからない。

老女がレイフの眉間に手を近づけた。温かい指先が前に垂れた髪をかき分ける。彼女の指が触れた途端、母の古い歌が再び聞こえた。その一音一音が頭の中で生き生きと躍動する。だが、女性が骨ばった腕を下ろすと、歌声は途絶えた。相手の指が離れた時、レイフは自分の中から何かが抜き取られたかのような気がした。

老女は手を杖に置くと、しばらく無言でレイフのことを見つめた。「ドシュ・ヴァン・

ザン」女性が口を開いた。「ターリン・ハイ」レイフは斥候が見せた敬意にならってお辞儀をした。「名前を教えていただけるとは光栄です」

老女が顔を前に近づけた。「ハイ・ラル・マイ・クラメリル・ウィシェン」

レイフは目をぱちくりさせた。きっと聞き間違えたか、あるいは解釈を誤ったのだろう。〈おまえは太古の神々のささやきで満ちている〉

だが、プラティークも女性の言葉に体をこわばらせ、険しい眼差しでレイフの方を見た。本人は隠しているつもりのようだが、このチェーンの男はケスラカイ語にかなり堪能なようだ。

ライラが馬にまたがったまま眉をひそめた。「彼女は何と言ったんだ？」

レイフは正直に答えなかった。「ただの世間話だ」

ザンはその嘘に眉をひそめたものの、森の方に視線を向けてハレンディ語に切り替えた。「おまえと私は、風に乗って聞こえる同じ歌を探している」そして歩き始めると、一緒に来るように合図した。「私たちは呼んでいる者の近くにいる」

レイフは息をのみ、期待しすぎないように自分を戒めた。ライラの方を見る。「彼女はシーヤの足跡を見つけたのかもしれない」

ライラの視線は仲間のケスラカイのもとに戻る老女を追っている。「そうあってもらいたい——」

遠い雷鳴のような音が響き、ライラの言葉を遮った。森の中で不気味にこだまするその音は西の方角から聞こえる。レイフはそちら側の明るい霧の奥に目を凝らした。嵐をにおわせる黒雲の存在はうかがえない。だが、雷鳴はなおも続き、次第にレイフたちのもとに近づいてくる。

「火炎弾だ」ライラが指摘した。

レイフの心臓の鼓動が大きくなる。

プラティークが方位鏡を取り出し、磁鉄鉱の向きを確かめた。「ヘイヴンズフェアの方角からだ」

全員が顔を見合わせた。全員がその意味を理解した。

ライラが答えを声に出した。「王国軍は私たちがここにいることを知っている」

ザンが三人の方を振り返り、そのことを認めた。「彼らは歌い手を求めてやってきた」そして向き直りながら、ケスラカイ語で謎めいた一言を付け加えた。「デュア・タ」

ライラが荷馬車の方に手を振った。「さっさと乗れ」

御者を務める案内人はすでに二頭のジャコウラバをこちらに向かわせていた。レイフとプラティークは荷馬車が停止するのを待たずに飛び乗った。前方の森の中を走るケスラカイ族の後を追って、荷馬車も一気に加速する。ケスラカイの人たちは斥候が乗る馬と同じくらいの速さで走っていて、その白い体が幽霊のようにかすんで見える。斥候の一人が長老のザンに馬を近づけ、自分の後ろに乗せた。老女は斥候の耳に何かをささやき、杖で前を指し示した。

さらに速度が上がった。

荷馬車はがたがたと揺れ、上下に飛び跳ねながらほかの人たちの後を追った。レイフは背もたれをしっかりつかんで飛ばされまいとした。プラティークも必死に体を支えているが、森の景色を見ずにレイフの方をいぶかしげに見つめている。

「何だよ？」レイフはぶっきらぼうに訊ねた。

「長老の言葉だ。太古の神々のささやき……」

レイフは肩をすくめた拍子にうっかり手を離してしまいそうになった。「彼女が何を言っていたのかわからない。高齢だからもうろくしているんじゃないのか？」

「じゃあ、さっきの最後の一言は？　歌い手が追われているという話に関してだ」プラティークはなおも訊ねた。「デュア・タ」

レイフは眉をひそめた。「さっきも言っただろう、頭のおかしくなった老女のたわごとだ」

実際、レイフにはさっぱりわからなかった。「デュア・タ」は「二人とも」の意味だ。レイフは別のシーヤのような存在を想像しようとした。〈ありえない〉

次第に道が険しくなり、荷台が激しく振り回されるようになったため、それ以上の会話はできなくなった。低い枝が頭にぶつかる。大きく揺れる荷台から放り出されないようにするだけで精いっぱいだった。

レイフは両手で背もたれをしっかりと握り締め、歯がガタガタと鳴るのを懸命にこらえた。すると頭上から激しく叱りつけるような音が聞こえた。レイフが顔を上げると、小鳥の群れが枝や垂れ下がった巣からいっせいに飛び立つところだった。赤銅色や金色の輝きを放ちながら宙を舞い、下を通過する侵入者たちに急降下して抗議している。

レイフはこの鳥を知っていた。ブロンズの謎にその名前をつけもした。

「シーヤ……」レイフはつぶやいた。

荷馬車が急に減速し、レイフとプラティークの体が座席に激しくぶつかった。荷馬車はなおも激しく揺れた後、ようやく動きが止まった。車輪の音が静かになると再び周囲からあの雷鳴が聞こえてきた。地響きのような音はさっきよりもさらに近づいている。

レイフは荷台の上で立ち上がった。ケスラカイの人たちが大きなリーチハンノキの幹のまわりに集まっている。その根は葉の降り積もった地面から大きく突き出ていて、苔でびっしりと覆われていた。部族の人たちが驚きのつぶやきを漏らしながら歩き回るのを眺めているうちに、レイフは木の根元にひときわ明るい輝きが埋もれていることに気づいた。

心臓が口から飛び出しそうになりながら、レイフは荷台から飛び降りて駆け寄った。ライラも鞍を降りて近づいてくる。プラティークもすぐ後ろからついてきた。三人はケスラカイの人たちを押しのけて前に出た。

視界が開けるとプラティークがレイフの腕をつかんだ。「気を落とすなよ」チェーンの男が言った。

ブロンズ像が半ば葉に埋もれた状態で横倒しになっていた。生気のない目がレイフを見つめていて、そこには輝きも命も宿っていない。片脚はあらぬ向きに折れ曲がっていた。

〈まさか、まさか……〉

レイフは駆け寄った。「シーヤ……」

すでにザンがそこにいて、地面にひざまずき、左右の手のひらをシーヤの頭頂部の金色の髪にかざしていた。

レイフは顔を上に向けた。神々に訴えかけるかのような動作だが、そうではなく、扇形に広がる枝を観察するためだ。金色の葉に彩られた枝が雲の中にまで続いている。レイフはその枝の間を落下するシーヤの姿を想像したが、上に広がる枝や葉が折れたり飛ばされたりした形跡はない。

心の中の冷え切った炭が少しだけ赤みを帯びる。

〈彼女はここに落ちてきたわけではない〉

森の奥を見たレイフは、乱れた茂みや曲がった枝で通り道ができていることに気づいた。枝につかまって体を支えながら、足を引きずって歩くシーヤの姿を思い浮かべる——そしてここでついに力尽きたのだ。

近くに立つプラティークは方位鏡を手にしていた。眉間に深いしわを寄せ、レイフが見つめていた方に目を向ける。プラティークが近づいてきた。

「私は間違っていた」チェーンの男が言った。「彼女の歩みはシュラウズの断崖を目指していたのではなかった。断崖とは逆向きに進んでいた」

ライラが腕組みをした。「道理で見つからなかったわけだ」

「それなら、彼女はどこに向かっていたんだ？」レイフは問いただした。

プラティークが森の方を見た。その視線はシーヤが向かっていたであろう道筋をたどっている。その先から雷鳴がとどろき、まばゆい閃光が走った。爆発のたびに霧が明るく輝き、白い世界の中に潜む緑色の存在を照らし出す。

「彼女はアイタール湖に行こうとしていた」プラティークが答えた。

「なぜだ？」ライラが訊ねた。

「俺たちと合流しようとしていたのかもしれないな」レイフは考えを述べた。自分のもとに戻ろうとした彼女の苦しみを思い、胸が痛む。

プラティークがそんな願望混じりの意見を打ち砕いた。「彼女の損傷はかなり激しく、力が急速に失われていったのかもしれない。そうだとすれば、移動を再開する前に太陽の熱を取り入れて体内の炎を燃え上がらせようとしたとも考えられる」

ライラがしかめっ面でシーヤの壊れた姿を見下ろした。「今ではそれも燃え尽きてしまったわけだ」

「違う」ザンが言った。冷たいブロンズの上に左右の手のひらをかざしたままだ。「彼女はまだ歌っている。かすかな声だが」

シーヤの生気のない目と損傷を受けた姿にもかかわらず、レイフはザンの言う通りに違いないと思った。そうでなければ、長老はどうやってここまで案内することができたというのか？　心の中の希望の残り火が明るさを増した。

ザンがレイフたちの方を振り返った。「彼女を荷台に乗せなければならない。今すぐに」

レイフは躊躇《ちゅうちょ》した。動かしても大丈夫なのだろうか？

その時、すさまじい音が鳴り響き、全員が湖に目を向けた。大きな炎が噴き上がり、目がくらむほどのまぶしさに達した後、ゆっくりと薄れていく。衝撃が周囲の木の葉を揺らし、吹き寄せる風で霧が晴れた。

遠くに緑色の湖面の輝きが見えたが、再びすぐに霧がその姿を隠した。

ザンが杖で荷馬車を指し示した。「時間がない」

その言葉を証明するかのように、西側の雲が暗くなった。巨大な嵐の黒雲が有毒な湖からレイフたちの上空に移動してくる。周囲の森が薄暗くなった。そのあまりの大きさに押しつぶされそうな圧迫感を覚える。

しかし、そんなにも巨大な影を投げかけたのは嵐の雲ではなかった。

顔を上に向けたまま、ライラが森の上空に漂う存在の正体を見抜いた。「戦闘艦……」


ライスはパイウィルの船首楼を急いで横切り、操舵輪のところに向かった。「停止させろ！」操縦士と、岩のように盛り上がった肩を持つヴァイルリアン衛兵の二人に向かって叫ぶ。ブラスク・ハイ・ラールという名のヴァイの騎士がこの船の艦長だ。

艦長は赤い顔をしかめっ面にしてライスの方に向けた。「なぜだ？　我々は湖の端まで飛行した後、ヘイヴンズフェアの発着場まで進んでこちら側の包囲網を閉じるようにとの命令を受けている」

「新たな指示があった場合は別だ」ライスはきっぱりと伝えた。「ハッダン忠臣将軍は私に王国から盗まれた遺物を追跡する裁量を与えた。大いなる力を持つ武器のことだ」

ブラスクはいらだちもあらわに首を左右に振ったが、操縦士に手で合図した。「彼の言う通りにしろ。船を停めるんだ」

操縦士は大きくうなずいてから命令を発し、船首楼全体に指示を伝えた。間もなく外の閃熱炉から大きな音が響き、船の前進が緩やかになった。

ブラスクがライスを見た。「あの霧に包まれた下にある何かをどうやって見つけるつもりだ？」

ライスは手に持っているものを見せた。「これを使う」

手のひらの上にあるのは水晶の球体で、スケーレンが今回の捜索用にシュライブ城で造ってくれた装置だ。きれいに磨き上げた水晶の内部には重油が満たしてある。その中に浮かんでいるのはピンで環状に結んだ小さな磁鉄鉱で、その一つ一つに細い銅線が巻かれている。ライスはもっと大型の同じような装置を思い返した。シュライブ城のブロンズの胸像はその中に安置されている。それぞれの磁鉄鉱はそのような神聖な遺物からの放出物に反応する。

あいにく、スケーレンの小型版は発生源に近づかないと磁鉄鉱が反応しない。ここに到達するまで、ライスは装置を方位鏡のように使用しながら、この地域の力の流れを見極めようとしていた。アイタール湖の東岸に近づくとようやく、磁鉄鉱のうちの数本が見えない風の影響を受けて油の中で揺れ始めた。さらに進むうちにかけらはゆっくりと向きを変え、すべてがアイタール湖の東を指して止まった。スケーレンが計算で予想した通りの場所だった。

ライスは心臓の高鳴りを覚えつつ、球体を握り締めた。

そしてつい今しがた、変化が現れた。一点を指していた磁鉄鉱が再びいっせいに動き出し、目まぐるしく回り始めたのだ。ライスはその状態をブラスクに見せた。手に持った球体の中では、銅線を巻き付けた磁鉄鉱の輪が地面と水平になっている。

「ずっと後を追っていたのだが」ライスは言った。「信号を見失ってしまったのかと思った。だが、よく見ていてくれ……」

ライスは磁鉄鉱の輪が地面と垂直になる位置まで球体を回した。球体が動くにつれて、小さなかけらの激しい回転が停止し、再び一点を示した。今度はすべての磁鉄鉱が下を指している。ライスが球体越しに見つめるブラスクの赤い顔からも、何かに気づいた様子がうかがえる。パイウィルの艦長もその意味を理解したのだ。

「武器は我々の真下にある」ブラスクがつぶやいた。

「我々のものにしなければならない」ライスは伝えた。「たとえそのためにはこの森すべてを焼き払うことになろうとも」

46

戦闘艦の影が真上で止まったのを見て、レイフは悪態をついた。シーヤを抱えて荷馬車まで運ぶ。まったく動かない彼女の片腕をつかんでいるが、ブロンズの肌はすっかり冷えてしまっている。この抜け殻の中にまだいくらかでも命の炎が残っているとはとても思えない。

プラティークがもう片方の腕を持ち、部族の男たち四人が両脚と上半身を支えていた。チェーンの男も戦闘艦の黒い影を見上げて表情を曇らせた。「何らかの方法で彼らはシーヤがここにいることを知ったに違いない」

「だから早いところ彼女を荷馬車に乗せなければならない」馬に乗って後ろからついてくるライラが言った。

プラティークはこの計画にあまり乗り気ではなさそうだ。「彼らがここを発見できたのなら、シーヤの場所を移動させたところで同じではないのか?」

「ほかに選択肢はない」レイフはうめいた。

この一帯に大量の火炎弾が降り注ぐ様子を思い浮かべる。

それでも何とか荷馬車まで戻り、まったく動かないシーヤをどうにか荷台に乗せる。レイフもそれに続いて乗り込んだ。その瞬間、レイフの脳裏にアンヴィルの路地から引きずり出された死体という過去の記憶がよみがえった。その気の毒な男性は喉を切り裂かれていたが、両腕は前に伸ばしたまま硬直していて、死んでもなお襲撃者を防ごうとしているかのような姿だった。

シーヤもそれと同じで、ぴくりとも動かないその姿は死体にしか見えなかった。

ザンも荷台に乗り込んだ。手を貸しているのはダラという名前の部族の女性だ。彼女とほかに三人の女性がザンに続く。プラティークが最後だった。シーヤのまわりに全員が身を寄せ合うようにして座った。

ケスラカイ族の間に叫び声や口笛が広がったのを合図に、再び森の中を進み始める。レイフは荷馬車の大きな音に顔をしかめた。戦闘艦には音を聞き取る装置が備わっている。爆発音が上空の船の耳をふさいでくれることを祈るしかない。

神々がその願いを聞き入れてくれたかのように、新たな轟音が立て続けに南から鳴り響いた。一行がこれから向かおうとしている方角だ。より甲高くて短い爆音が連続しているので、どうやら爆弾ではないと思われる。

シーヤの体を挟んだ向かい側からプラティークが視線を向けた。「あれは大砲の音だ」チェーンの男の顔には不安がはっきりと浮かんでいる。

〈あの砲撃は前方に別の戦闘艦が存在していることを表しているのか？〉

レイフたちは近くにあるアイタール湖の緑色の輝きをたどりながら森の中を逃げた。その方角にある唯一の目的地――ヘイヴンズフェアを目指す。その町ならば隠れられそうな場所を提供してくれるかもしれない。

ただし、別の戦闘艦がすでに先回りしているとなると、話が変わってくる。

レイフはザンに声をかけ、東の方角を指し示した。「向きを変えて森のもっと奥に進むべきだ」

長老はその提案を無視して、シーヤの顔に手のひらをかざした。

プラティークがレイフの案に異論を唱えた。「彼らがシーヤの居場所をたどってここまで来たのだとしたら、森の奥に行ったところで追跡を続けられてしまう。私たちの唯一の希望はヘイヴンズフェアまでたどり着き、どうすれば彼らが察知できないような安全な場所に彼女を隠すことができるか、その方法を探すことだ。それに急げば私たちがその町に逃げたと悟られずにすむかもしれない」

レイフは半信半疑で顔を上に向けた。いまだに戦闘艦の影の下から逃れられずにいる。船はアイタール湖に近づきつつあるようだ。戦闘艦が降下し、捜索隊が地上に展開する様子を想像する。空と地上の両方から追われるのも時間の問題だ。

レイフはシーヤに視線を向けた。

〈それに彼女は?〉

プラティークの言う通りだった。戦闘艦に乗っている者たちにはシーヤの位置を知るための何らかの手段がある。ついさっき、ザンが壊れたシーヤのもとまで導いてくれたように、確実に追跡する方法が。

長老に目を移すと、揺れる荷台の上に座っていて、シーヤのことはあきらめてしまったかのように見える。すると長老が片手を上げた。ほかの四人の女性たちもその仕草にならう。長老が歌い始め、四人もそれに続いた。旋律だけで歌詞はなく、響きと合唱から成るその歌は喉の奥から湧き上がり、唇がそれをさらに壮大な調べに紡ぐ。

耳を傾けるレイフの頭の中に、あたかも女性たちの詠唱によって呼び起されたかのように、またしても母による懐かしい子守歌がよみがえった。まわりではケスラカイ族の女性たち全員が手のひらを下に向け、シーヤのブロンズの体に添えている。手が触れているところでは濃いブロンズがより明るい赤銅色と金色に変わっていた。その不思議な変化は指先から外に広がり、渦を巻きながらシーヤの胸に集まっていく。

その様子はあたかも女性たちの指から太陽の光が出ているかのようだったが、レイフはその力の源が彼女たちの手の中ではなく、歌にあるのだとわかった。彼女たちの力強い歌声がブロンズの皮膚を通り抜け、シーヤの中の冷え切った炉を温めてよみがえらせようとしているのだ。

ザンの細いながらも力強い指がレイフの手首をつかみ、明るい色の渦の中心に彼の手を引き寄せた。そしてレイフの手のひらをシーヤの左右の乳房の間に近づける。そこにあるはずのない心臓の鼓動を感じるように促しているかのようだ。

レイフの肌がブロンズに触れると、歌声がいっそう大きくなった。耳に聞こえる音ではなく、心に聞こえる音だ。そこに母の古い子守歌も重なり、音量が上下を繰り返すうちにその大いなる旋律の中に懐かしい故郷が見つかる。すると新しい何かが生まれ出た。それは温かいブロンズでできた黄金の糸で、それがすべてに絡み合い、すべてを一つに結ぶ。けれども、それはまったく新しいものではなかった。母の子守歌と同じように、ずっとそこにあったのに忘れかけていた存在。ただし、この歌は彼の中にも、そしてほかの場所にも存在していた。明るく輝くその糸をたどるとシーヤの中に入っていき、そして自分の心に戻ってくる。

レイフはこのブロンズの女性に強い絆を感じるのはなぜだろうかと不思議だったことを思い出した。アンヴィルでは、彼女が導きの歌を音によらない形で発していて、自分はそれに縛られているのだろうかとも考えた。今、レイフはその予想が正しかったことを知った——同時に、間違っていたことも。二人を結びつけているのは命令と拘束の歌ではない。それは彼自身の寂しさと絶望が紡いだ旋律であると同時に、シーヤの孤独と疎外感が奏でた旋律でもあった。彼らは互いを必要としていて、そして相手を見つけた。ここにあるのは導きの歌ではなく交友の歌、二つの魂が交わり合うための歌。

温かい指が彼の手をつかみ、手のひらをシーヤの胸により強く押しつける。

まだ歌に心を奪われていたレイフは、それがザンの指ではないことにすぐには気づかなかった。

ブロンズの指が彼の手を押さえている。

「シーヤ……」

ガラスの目が見つめていた。その目はまだ冷たいままだが、ほんのかすかな温かみが感じられる。

「ここにいるよ」レイフはささやいた。

まわりを包む部族の歌の音量が大きくなったが、レイフはケスラカイ族の女性たちがシーヤをさらに蘇生させようとしているのではないことに気づいた。彼女たちの歌声は天空の父の熱い力を持っているわけではないらしい。彼女を目覚めさせ、しばらくの間その状態を保つだけの力しかないのだ。

新たな歌の高まりには別の目的があった。一つになった歌声が高々とふくらみ、その大いなる歌の下に存在するまぶしさをゆっくりと覆い隠していく。

すぐにレイフにもあの黄金の糸が識別できなくなった。だが、それは彼の目から包み隠すためではないとわかっていた。顔を上に向けると、荷馬車は戦闘艦の巨大な影の下を離れ、陽光の差し込む明るい霧の中を走っている。レイフはまぶしさに目を細め、黒い塊がアイタール湖の緑色の輝きに向かって降下していく様子を見つめた。

レイフは理解した。

〈包み隠しておかなければならないのはあの目からだ〉


アイタールの湖岸に立つライスはスケーレンの球体を振り、改めて前に差し出した。回転する磁鉄鉱をじっと見つめながら、その動きが止まって向かうべき地点を指し示すまで待つ。しかし、かけらは油の中で揺れたり回ったりするばかりで、正反対の方角を指しているものすらある。ライスは球体を回転させたり、自らがその場でぐるりと向きを変えたりもした。

〈これでは何もわからない〉

ブラスクは空中で静止したパイウィルから延びるタラップの先端に立ち、いらだつライスのことを見つめていた。艦長の赤い顔は表情が曇っている。ライスは戦闘艦を湖の上空に降下させ、タラップを下ろすように要求した。三人の斥候が鎖につないだザイラサウルスとともにすでに出発し、付近の森の捜索に当たっている。しかし、捜索隊の中心は馬にるところだ。
またがる十二人の騎士たちで、それを率いるのはブラスクの副官であると同時に彼の弟でもあるヴァイの騎士のランシンだった。騎士たちはライスからの指示があるのを待ってい
「もっと詳しい指示はないのか？」ブラスクが問いただした。我慢の限界に達しているようだ。「弟たちを無駄に歩き回らせるわけにはいかないのだ」
ライスは負けを認めざるをえないと判断し、球体を下ろした。〈空からでなければあの風を再び検知できないのかもしれない。ここまで森に近い場所だと、自然界からの放出物が遺物の場所を隠してしまうのだろう〉
ライスは地上の捜索を三組の斥候とザイラサウルスに任せようと決め、ブラスクの方に向き直った。改めて風を確認しないことには労力を無駄にすることになるし、パイウィルの艦長の機嫌をさらに損ねるだけだ。だが、そのことを告げようとした時、騒々しい音が聞こえたため森の方に注意を戻した。
斥候の一人が勢いよく飛び出してきた。息を切らしていて、担当のザイラサウルスを仲間に任せてここまで走って戻ってきたのだろう。「人が……何人もが集まっていたと思われる場所を発見しました。大勢の足跡や車輪の轍や蹄で荒らされていて、泥から判断する限りではまだ新しいようです」
ブラスクがライスを見た。

だが、斥候の報告はそれで終わりではなかった。「そこにいた者たちは南に逃げたと思われます」

「ヘイヴンズフェアの方に」ブラスクがつぶやいた。

ライスは深呼吸をした。

〈きっと彼らだ〉

そうだとすると、信号が失われた理由も説明がつく。泥棒たちはスケーレンの球体で検知できる範囲の外に遺物を運び去ったのだろう。ライスは霧に覆われた森を見つめ、すぐにでも追跡に取りかかりたいと思った。再び見失うわけにはいかない。それよりも重要なのは、やつらがヘイヴンズフェアまでたどり着くのを阻止することだ。町中に入られれば見つけ出すのがはるかに難しくなる。

ライスはブラスクの方を向き、艦長に要望を伝えるとともに、この捜索のためにほかに何が必要なのかを告げた。相手は顔をしかめたものの、部下に指示を伝達した。ほどなくして背後から低い威嚇の鳴き声が聞こえた。振り返ったライスが目にしたのは、黒い体毛に覆われた巨大なサイザーが二頭、タラップを降りてくる姿だった。鋼の兜をかぶった猛獣はそれぞれがジン族に匹敵するくらいの体高で、長い牙は下顎のさらに先まで伸びている。付き添っているのは導きの歌の達人二人で、このような巨大なけだものでも操ることができる数少ない歌い手たちだ。

ライスは斥候を見た。「サイザーをおまえが発見した場所まで連れていけ」そして導きの歌の達人たちの方を向く。「そこでにおいを嗅がせ、その先は好きなように追跡させろ。あとは二頭が見つけた相手を追い詰め、すべて始末してくれる」

ライスはブロンズの女性のことは心配していなかった。汗や血のにおいを発しているわけではないし、金属の体はたとえ野獣の猛攻を受けても十分に耐えられるはずだ。

全員がうなずきを返すと、森の中に入っていった。

ライスはブラスクに向き直った。「私は君の弟たちに同行する」

ブラスクにはまったく異存がなさそうだった。船首楼からうるさいシュライブを追い払うことができるとせいせいしているのだろう。だが、艦長が弟に何かを伝えようとした時、霧の中からラッパの音が鳴り響いた。南の方角からで、長い音を三回繰り返すのは救援を要請する合図だ。

ブラスクが音を聞いて眉をひそめた。「タイタンからだ。我々を呼び戻している。問題が発生したに違いない」

ライスは拳を握り締めた。「しかし、我々はまだ――」

艦長はライスに背を向けた。もう相手にしていない。ブラスクは弟に指示を出しながら森を指差した。「ランシン！　二人を連れて斥候とサイザーの後を追え！」

ライスは反論を試みた。「すべての騎士と馬が必要になるかもしれないのだぞ」

ブラスクはタラップの方を向いた。「タイタンの運命が判明するまではだめだ。この件ではずいぶんと協力してきた。私の弟まで君のイフレレンの大義のために貸してやっているではないか」

艦長はライスの組織の名前を呪いの言葉であるかのように吐き捨てた。

「君のために馬一頭くらいなら提供してもいいぞ」ブラスクは後ろを指差しながら譲歩した。「だが、それ以上は無理だ」

艦長がタラップを上り、捜索隊のほとんどもその後について船内に戻っていく。ブラスクはあちこちに命令を発していて、すぐにでも出発しようとしていた。

ライスは最善の策を考慮した。ランシンに同行するべきか、それとも空から遺物の痕跡《こんせき》をたどろうとするべきか。ヘイヴンズフェアの方を見ると、湖に沿って燃える炎が壁のようにそびえている。ライスは決心した。

そちらに背を向け、ブラスクの後を追う。

ランシンたちに手を貸すまでもなさそうだし、仮に泥棒どもがヘイヴンズフェアまで逃げ延びた場合には、自分が直々に出迎えてやればいい。ライスはスケーレンの球体を握り締め、再び信号をとらえることができるようスレイクに祈った。

背後の森の中からサイザーの獰猛な咆哮が響きわたる。

その鳴き声がライスの決意を固めた。

〈主スレイクの祝福を必要とするまでもないかもしれない——あの二頭の猛獣の残酷さがありさえすれば〉

レイフは後方の霧の奥からの恐ろしい遠吠えにびくっとした。荷馬車が立てる大きな音にかき消されることなく、はっきりと聞こえる。その鳴き声に別の遠吠えが反応した。レイフは後方の様子をうかがった。この森に生息しているあの生き物ではないかと恐れる。「あれはリーチタイガーなのか？」

ザンはまだ四人のケスラカイ族の女性たちとともにひざまずいていた。長老は女性たちに歌を強く保つように合図してから、レイフの方を見た。「いいや。鳴き声が違う。それにリーチタイガーは必ず一頭で狩りをする」ザンが前を見た。「急がなければならない」

長老は荷馬車の御者の方に顔を近づけ、早口のケスラカイ語で何かを伝えた。案内人がうなずき、前に向かって鋭く口笛を吹く。馬にまたがった斥候たちはそのまま進み続けるが、走っていたほかのケスラカイの人たちは東と西の二手に分かれて姿を消した。追っ手をそちらにおびき寄せようとしているのだろう。

〈しかし、俺たちがヘイヴンズフェアまでたどり着くだけの時間を稼げるのだろうか？〉

荷馬車は飛び跳ねながら森の中を高速で走り抜ける。荷台に寝かされているシーヤの体も上下に揺れる。女性たちの歌声も途切れたり不安定になったりする。レイフは歌による覆いが破れてしまうのではないかと恐れた。戦闘艦が湖に向かって降下したあたりを探したが、もはやその黒い影を確認することはできない。

〈まだあそこにいるのか？　それともすでに飛び立ち、俺たちを追っているのか？〉

前方からまたしてもけたたましいラッパの音が聞こえ、レイフはそちらに注意を移した。立て続けに三回鳴らされたその音は、繰り返されるたびに距離が近づいている。進行方向の霧は明るいオレンジ色に輝いていて、それはヘイヴンズフェアの郊外に近づいているという希望の光であると同時に、不安をかき立てるものでもあった。

〈町のどれだけがすでに燃えているのだろうか？〉

レイフは自分たちが破滅に向かって突き進んでいるのではないかと案じたものの、二頭の血に飢えた咆哮は後方からも死が確実に迫ってきていることを表していた。鳴き声が二手に分かれつつあるのかどうか、確かめようとする。もしかすると、ケスラカイの人たちによる偽の足跡に引き寄せられて、別方向に進んでいるかもしれない。だが、判断できなかった。

レイフはごくりと唾を飲み込み、からからになって口の中でくっついてしまった舌を動かそうとした。

危険があらゆる方角に潜んでいる。

レイフはプラティークの方を見た。額には汗がにじんでいるものの、周囲の脅威をまったく意に介していないように思える。チェーンの男はシーヤのことをじっと見つめていて、その姿は彼女が死ぬ前に最後の答えを読み取ろうとしているかのようだった。

プラティークが顔を上げ、ザンに視線を移した。「ダラレイザのシュラウズ……」

密林に覆われた高地の名前を聞き、長老の注意が前方のオレンジ色に輝く霧から離れた。

「『ダラレイザ』は太古の言語に由来する言葉だ」プラティークが続けた。「『死の石』を意味する。それは北の列石との何らかの関連を示すものなのだろうか?」

チェーンの男がなぜそのような話を、それも今になって持ち出したのか、レイフにはわからなかった。ふとレイフは、プラティークの肩が小刻みに震えていることに気づいた。

左右の拳もきつく握り締めている。

〈彼も俺と同じように怯えていて、だからほかのことに意識を集中させようとしているのかもしれない〉

恐怖や脅威に直面した場合にそのような避難場所を探すことは、この男の習性になっているのだろう。知恵の館「バディ・チャー」での残酷な規律に縛られて過ごした日々を、プラティークはそうやって生き延びてきたに違いない。アンヴィルの監獄では彼の裸の背中に白く浮き出た傷跡がいくつも刻まれていたのを目にした。しかも、入学時に去勢を施され、心からも体からも男としての誇りを奪われた。在学中、プラティークは勉学に慰めを求め、苦痛や恐怖をたくさんの書物で覆い隠していたのだろう。

ザンが片手を上げ、手のひらをプラティークの頬に添えた。彼に身を寄せ、何事かささやきかける。プラティークは大きく目を見開き、「あっ」と息をのむかのように唇が動いたものの、そこから声は漏れてこない。するとザンは手を下ろし、体も離した。プラティークが再びシーヤを見つめたが、その様子からは畏敬《いけい》の念がうかがえる。いつの間にか肩の震えも止まっていた。

ザンが何を言ったのかレイフが問いただそうとした時、ライラが霧の間から姿を現した。馬の速度を落として荷馬車の隣に並ぶと、大声で叫ぶ。「ヘイヴンズフェアの外れに着いたぞ！」

ライラの言う通りだとわかるには、そこからさらに四分の一リーグほど走らなければならなかった。レイフは前を見続けていた。呼吸が思うようにままならない状態だ――緊張のせいでもあるし、煙が充満しているせいでもある。

レイフたちのまわりは白い霧が黒い煙に置き換わっていた。あちこちで炎が音を立てて燃えている。溶鉱炉の中にいるかのような熱気だ。道の両側には巨木が連なっていた。そのうちの何本かは松明のように燃え、真っ赤な火の粉をまき散らしている。その一方で、燃えていない木は黒い影のままそびえていた。

森の中で人々の姿を見かけるようになった。馬にまたがったり、荷馬車に乗ったり、走ったりして町から逃げる住民たちだ。レイフたちは人の流れに逆らいながら進み続けた。

またしてもラッパが鳴り響き、彼らのヘイヴンズフェアへの到着を出迎えた。

レイフは東の方角を見つめ、もう一隻の戦闘艦の暗い影を探した。しかし、町全体が煙で覆われているため、その存在を確認するのは不可能だった。

ザンが御者の方に身を乗り出すと、相手はうなずきを返してから、前を進む二人の斥候に向かって口笛を吹いた。荷馬車が西に向きを変え、発着場から離れる進路を取った。逃げる住民の数が多くなるにつれて、前方で斥候が声を荒らげ、馬の蹄の音を鳴り響かせては荷馬車の通り道を確保しようとする。

両側に家が現れ始めた。巨大なハンノキの幹を掘ったり、木に沿って積み重ねたりした住居が連なっている。頭上には何本もの橋が架かっているが、すでに燃えているものもあり、それが火災を町中に広げる役割を果たしていた。荷馬車がそんな炎上する橋の下を通過した時、灰と火の粉が降りかかった。その一部がジャコウラバの脇腹に当たった。ラバがいななき、激しく尾を振る。御者は歌を聞かせ、二頭を落ち着かせようとした。だが、ラバは暴れてなかなか前に進もうとしない。

ライラは馬に乗ったまま荷馬車と並走していた。「どこに行けばいいんだ?」

レイフはザンを見た。

長老は御者の肩の近くまで身を乗り出したまま、自分も歌い始めた。心地よい導きの歌でラバたちが徐々に落ち着きを取り戻した。蹄の音が安定した響きを奏で始めたが、ラバたちが従うようになったのは歌声のおかげというよりも、荷馬車が火災の及んでいる一帯を抜けたためかもしれない。前方に見えるヘイヴンズフェアの中心部は厚い煙に覆われているものの、今のところは延焼を免れていた。

それでも、息を吸うたびに熱い空気で肺が火傷《やけど》をしてしまいそうだ。

「どこに行くんだ?」ライラが重ねて訊ねた。

その問いかけの必要性を後方から響く悲鳴の合唱が後押しした。火災の轟音でもかき消されることなく聞こえてくるほどの大声だ。新たなパニックの発生源が血に飢えた残酷な遠吠えでその到来を告げた。

レイフは炎と煙の方を振り返った。ケスラカイ族は猛獣をおびき寄せることに失敗したか、あるいは十分に引きつけることができなかったに違いない。町から逃れる住民たちの流れが緩やかになり、行く手を警戒するかのように停止する。そのせいで荷馬車の動きも妨げられる——すると悲鳴と狩りの雄叫びから逃れようと、その流れが逆向きになった。

「急げ！」レイフはわめいた。

荷馬車とラバは向きが変わった流れに合わせて進んだ。通りを高速で走り抜ける。ライラもまわりの人たちを蹴ったり鞭打ったりしながら、必死に並走している。しかし、人があまりにも密集していた。逃げる中で転んで動けなくなった人につまずき、彼女の馬が不意にバランスを崩した。

ライラが鞍から飛び跳ね、荷台に頭から突っ込んだ。レイフは彼女の体を受け止め、荷台に引っ張り込んだ。

ライラはレイフの腕に抱かれたまま、息を切らしていた。「いつの日かおまえのせいで殺されることになるとわかっていたよ」

「それができればいいんだけれどな。だけど、今日がその日ではないことを祈ろうじゃないか」

ライラは体をねじってレイフから離れ、前を見つめた。「あの女はどこに連れていこうとしているんだ？」

その答えが前方に現れ、二人の斥候が巧みな手綱さばきで古いハンノキの根元を回り込んだ。かなりの歴史がある木で、樹皮はほとんど剝がれてしまっていて、露出した木部は長い年月を経るうちに艶が出ている。その太さはアンヴィルの巨大な煙突と同じくらいあるだろうか。今のところ、炎はこの木にまで及んでおらず、頭上に広がる金色の枝葉は煙った空を押し戻そうとしているかのように見える。

荷馬車は二人の斥候の間で急停止した。

「どうしてここで止まったんだ?」ライラが訊ねた。

当然の疑問だ。

プラティークが巨木を見上げた。チェーンの男はこの場所を知っていたようだ。「いにしえの帆柱」つぶやきが漏れる。

ザンはそれ以上の質問に応じなかったし、何も説明しなかった。「降りなさい! 急いで!」そう指示を与えてから、部族の女性たちに向かって早口のケスラカイ語で伝える。その言葉に対してうなずきが返ってくる。女性たちはシーヤに向かって歌うのをやめ、肩に手を差し出して起こそうとした。レイフも手を貸そうとしたが、シーヤは自力で立ち上がった。ただし、弱々しい動きで、体が震えている。部族の女性たちは体を支えながらシーヤを荷台の後部に導いた。ケスラカイの歌声がシーヤの体内に力を満たしたのだろう。オイルランプに油を追加するようなもので、そのおかげで彼女は自力で動けるようになったのだ。ただし、体が震えているところを見ると、その力はあまり長持ちしなさそうに思える。

斥候の一人が戻ってきてザンに手を貸した。長老は荷台から降りると杖を突いて体を支えた。レイフは彼女の光沢のある杖の白い木がハンノキの巨木と同じ色だということに気づいた。また、杖には彫刻を施した貝殻が一列に埋め込まれていて、その形が月の満ち欠けを示していることもわかった。

シーヤが月に執着していたことを思い出し、レイフは寒気を覚えた。

シーヤが荷台から降りて片脚で立つと、ザンがそのそばに近づいた。ブロンズの女性のもう片方の脚は膝のところから折れ曲がっていて、杖の代わりにもならない。女性たちがシーヤのまわりを取り囲み、両腕と背中を支えた。

レイフもプラティークとライラとともに荷台から降りた。

ザンはシーヤを少し離れたところまで導いた。巨木には背を向けたままだ。

「どこに行くんだ?」ライラが周囲を見回しながら訊ねた。

右手には別の巨大なハンノキがそびえ、その先端は煙に隠れていた。タイル屋根を持つ木造の住居が集まった間から生えている。根元には金色の葉の茂った木の看板があり、その下の高さのある扉が開け放たれたままになっていた。町が大混乱に陥っているのに、その宿屋の中では暖炉の炎が手招きをするかのように燃えている。数人の住民がその内部に隠れようと扉を目指して走っていく。

ザンもシーヤを連れてふらつきながらそちらに向かった。四人の女性も付き添う。

レイフも後を追った。「俺たちはてっきりあの――」

女性たちが開けた場所の中心で立ち止まった。ザンが杖に寄りかかり、顔を上に向ける。長老が歌い始めた。女性たちもそれに加わる——シーヤまでもが声をあげた。彼女はブロンズの顔を煙った空に向けていて、その頬は赤銅色の輝きを放っている。目に光がともり、その喉から高い声があふれ出た。

合唱の声が大きくなり、宙を舞う翼のように空高く、そして水平に広がっていく。こんなにも少ない人数でこれほどまでの音量が出せるなんて、とても信じられない。集まった女性たちのまわりで空気が震えていて、漂う煙を追いやっていく様子はほかの誰かのために場所を空けようとしているかのようだ。

彼女たちの呼びかけに野獣の遠吠えが反応した。

広場に巨大な影が進入してきた。大きな足が逃げる男性を払いのけると、その体が血しぶきをまき散らしながら宙を舞う。サイザーはシューッという威嚇の鳴き声を発してから、股間を縮み上がらせるような咆哮を放った。唇が大きくまくれ上がり、よだれが垂れると同時にありえない長さの牙があらわになる。鋼の兜の下で黄色い瞳が輝いた。

レイフは錬金術によって作り出されたこの兜について知っていた。それぞれの兜は飼い主の声と音色に合わせて調整されている。別の歌い手がけだものを操れないようにするためだ。

それでも、響きわたる歌声が今のところはこの巨大なネコの動きを阻んでいるらしい。あるいは、猛獣は待っているだけなのかもしれなかった。

二頭目のサイザーが仲間の後ろを回り込みながら姿を現し、左右に並んで同じ威嚇の姿勢を取った。

レイフはじりじりと荷馬車の方に後ずさりした。

シーヤのまわりに集まる女性たちはその場にとどまり、脅威に気づいていないかのように歌い続ける。

〈彼女たちは何かを待っているのか？〉

一頭のサイザーがしびれを切らした。後ろ足に力を込め、怒りの雄叫びとともに飛び跳ねる。前足を伸ばし、指を多く広げ、血まみれの鉤爪をむき出す。

猛獣が女性たちの一団に突っ込むより早く、宿屋の高い扉の奥から黒い影が勢いよく飛び出した。脇腹に体当たりを食らった巨大なネコが横に跳ね飛ばされる。二頭は踏み固められた土の上をもつれながら転がった。その動きが止まった時には、縞模様の体毛を持つ筋肉の塊のような野獣がサイザーを組み伏せていた。上下の顎が相手の喉を挟みつけている。そのまま鼻先を大きく振ると、サイザーの体毛と肉が引き裂かれた。大量の血が噴き出ると同時に、その生き物が飛びのく。

地面に倒れたままのサイザーは身をよじりながら哀れな鳴き声をあげた。血の塊を吐き出すのに合わせて、命の灯が消えていく。

襲撃者は断末魔のうめき声を無視して、もう一頭のサイザーに正対した。体全体で相手をけしかけている。

ライラが息をのんだ。「どうしてワーグがこんなところに?」

レイフはシーヤのまわりに集まった女性たちを凝視した。

〈彼女たちは守ってもらうためにこのけだものを呼び寄せたのだろうか?〉

レイフの疑問に対する答えが姿を現した。若い女性がほかに数人を引き連れて、暖炉の炎が漏れる宿屋の中から出てくる。彼女が広場に向かって歌声を響かせ、その旋律がケスラカイ族の女性たちの歌と一つになり、完璧な和音を構成する。

レイフは女性の正体をすぐには理解できなかった。

プラティークにはわかったらしく、畏敬の念とともに答えをつぶやいた。「デュア・タ」

47

ニックスは広場の二頭に向かって歌いかけた。そして自分の歌声を外のケスラカイ族の女性たちの合唱と重ねながら、彼女たちの糸を自分の方に引き寄せる。巣の上を自在に動き回るクモのように、ニックスはその糸に沿って自らを解き放った。ただし、まだそのような能力には慣れていなくて自信がないため、おそるおそるやってみた。

銀色の糸を持つ声はザンだ。ダラからは若い炎が感じられる。ほかの女性たちも一音一音に力を込めている。ニックスはかすかな子守歌の調べも聞こえたように思った。

けれども、そのすべてに絡みついているのが細いブロンズの糸で、黒ずみや緑青《ろくしょう》で輝いているのではないかと思えるほどの古さが感じられる。ニックスは目の端でその発生源をとらえた。肌をブロンズ色に塗った女性で、どうやら怪我《けが》をしているらしく、今にも力尽きようとしている。その一方で、その女性からはどこか違和感を覚える。だが、一刻の猶予もないため、今はその謎を考えないことにする。

その代わりに、ニックスはいちばん馴染みのあるところに、群れの仲間のぬくもりだけが手なずけることのできる野生の心に行き着いた。

エイモンの威嚇が広場全体にあふれ出る。低いうなり声に耳障りな短い音が入り混じり、ニックスの両腕に鳥肌が立つ。けれども、エイモンの歌は彼自身の意思によるものだった。その獰猛さの中には、どんな甘い旋律にも負けない美しさがある。

そのことを認識し、ニックスは自分の歌を彼の歌に重ね合わせた。その瞬間に彼女の心は彼のものとなり、彼の欲望は彼女のものとなる。ニックスはエイモンの目と自分の目の両方で世界を見た。

同じことをバシャリアとした記憶がよみがえるが、その悲しみは心の奥深くに追いやる。

〈今はだめ〉

その代わりに、舌に残る血の味と筋肉の震えを満喫する。目の前でうずくまる黒い体毛、黄ばんだ鉤爪、長く伸びた牙を観察する。相手の猛獣の威嚇の歌を聞く。ざらついていて、獰猛で、ありとあらゆる存在への怒りに満ちあふれている――同時に、ニックスは厳しい導きのもとに支配される苦痛と悲嘆も感じ取った。

彼女はその猛獣の歌を自らの中に引き入れようと試み、同時に自分たちの糸を相手に送り込もうとした――だが、鋼の不協和音が立ちはだかり、それを妨げる。

エイモンの目を通して、巨大なネコの頭に固定された兜が見える。

〈そういうことか……〉

サイザーが姿勢を下げ、飛びかかろうと身構える。

カンセがニックスの隣に立った。弓を構え、すでに矢をつがえている。

「だめ」ニックスは王子を制止した。

フレルがもう片方の側から手を伸ばした。「これ以上は待てない。地下の貯蔵室に戻らないと」

だが、ニックスはなおも広場の方に足を踏み入れた。フレルの手が触れれば、より合わされた歌のテンポとリズムを失ってしまうのではないかと恐れる。自分には一音たりとも無駄にできない。

さっき「黄金の大枝」に戻ってきた時、ニックスはこの合唱のかすかな糸をつかむことができた。歌は遠くから、森のはるか奥から聞こえてきたが、耳を傾けていると次第に近づいてきた。仲間たちは彼女を宿屋の中に引き入れ、ワイン貯蔵室に向かわせようとしたが、ニックスは拒んだ。音を見失ってしまうのではないかと恐れたからだ。譲歩したのはワイン貯蔵室に下りる階段の手前までだった。そこならば危険に見舞われてもすぐに逃げられるし、近づきつつある歌に合わせておくこともできた。

その合唱が宿屋のすぐ隣まで達すると、一時的に音が小さくなった――その直後、一気にふくれ上がり、それに伴う切迫感はもはや無視できなかった。ニックスは導きの歌に操られる生き物と同じように、その歌声に引き寄せられた。ただし、彼女を突き動かしたのは歌に含まれる命令ではなかった。それは訴えかける調べ、祈りと希望の旋律だった。

無視することはできなかった。

ほかの人たちはニックスを制止しようとした。ジェイスも割って入ろうとした。けれども、エイモンが牙を剝いて威嚇したため、三人も彼女の後に続くしかなかった。

ニックスが広場に姿を現すと、巨大なサイザーが彼女の方に目を向けた。ニックスはその黄色い瞳と視線を合わせた。猛獣の下半身に力が込められ、胸の奥から雄叫びがあふれ出しそうになる。

咆哮が音となって放出されないうちに、ニックスはほかの女性たちの歌——銀の糸、炎の糸、ブロンズの糸、さらには子守歌の糸までも——を自分の中に引き入れ、その網をサイザーに向かって投じた。捕獲や手なずけを意図したものではない。ニックスは糸を鋼の兜にかぶせ、自分を妨げる不協和音に探りを入れた。

ニックスはその種の錬金術について教わったことがあった。そうした兜の鋼の作り方も知っている。鋼を冷ます時に導きの歌の使い手がそれに向かって歌うと、その声の特徴を取り込みながら鋼が固まっていくのだという。

ニックスは目を閉じ、残った最後の一つの歌を解き放った。それは彼女が初めて学んだ歌。喉の奥からやわらかなキーンという音が起こり、首のまわりの糸に絡みつく。その反響音を外に押し出すと、温かい乳の味がする。この歌を最後に歌った時のことを、千匹のコウモリの力の後押しがあった時のことを思い返す。その力を解き放った時には、すべての木の葉の葉脈を、すべての仲間たちの骨を識別できた。今はその力はないけれども、歌は彼女の中に残り、しっかりと刻み込まれ、彼女の一部になっている。

ニックスはほかの人たちの力を自分に集め、新しい力として歌で送り出した。何度も経験したように、もう一つの視界が心の中に開く。それを通じて兜の金属のすべての面が、炭素と鉄の配列のあらゆる角度が見える。木の葉の葉脈を見分けることとさほど違いはない。ニックスは鋼に埋め込まれた独特の鍵穴を読み取り、自らの糸を鍵として使用した。そこが開くと、鋼を構成する並びの中に自らの糸を送り込む。その先に存在するのは痛めつけられ、大いなる怒りを抱える生き物だった。

ジェイスの呼びかける声で、危うく制御が途切れそうになる。「馬が来る」

「騎士たちだ」カンセが指摘した。

ニックスは目を閉じたまま歌い続け、奴隷用の兜の並びを変えた。方位鏡の磁鉄鉱のように鉄の断片の方向が移動し、鍵穴が別のものに変わる。解放されたサイザーはもはや誰の奴隷でもない。ニックスの支配下にもない。彼女は数日前のリーチタイガーの激しい怒りを思い返した。あのトラは誰にも服従させまいと、威嚇と攻撃の姿勢を示した。

〈私はこの野獣を支配しようとは思わない〉

その代わりに、ニックスは最後の贈り物を与えた。

これまで誰に支配され、誰から痛めつけられてきたのかを教えてやった。

ニックスは目を開き、サイザーの怒りを正面から受け止めた。しかし、その獰猛さはもはや彼女に向けられてはいなかった。その奥から三頭の馬が大きな音とともに突進してくる。甲冑姿の騎士が低い姿勢で馬に乗っている。そのさらに後方からは、一頭の馬に二人でまたがる斥候と導きの歌の使い手たちが追ってきた。

サイザーは最後にひと吠えしてからその巨体を反転させ、王国軍の一団に飛びかかった。猛獣の雄叫びに代わって、噴き出す血の音と引き裂かれる肉の音と食いちぎられる喉からあふれる悲鳴の合唱が響きわたる。

広場でのニックスの歌が終わると、力を与えてくれた糸が体の中から消えていき、空っぽの自分だけが残った。疲れ果てたニックスは立っていられなくなった。以前の目が見えない状態に戻っていくかのように、視界が暗くなる。まわりが光と影だけの世界と化した。

カンセがニックスの体をつかんだ。

エイモンも素早く駆け寄り、体をすり寄せてニックスを支えた。

ゆっくりと視界が戻ってくるが、まだかすんだままだ。

殺戮《さつりく》から目をそむけると、自分と同じように具合の悪そうな人の姿が見えた。不思議な肌の色の女性はまわりの女性たちに支えられていないと立っていられないようだ。さらに二人の男性が手を貸そうと駆けつける。

カンセがニックスを宿屋の方に引っ張ろうとした。「地下の貯蔵室に下りないと」

「だめだ！」広場の中心から声が聞こえた。集まった女性たちの中から杖を突いた人物が一人、こちらに近づいてくる。依然としてぼんやりとした視界の中でもその女性の白髪は肩のあたりできらめいていて、まだ力に満ちあふれているかのように見える。

〈ザン……〉

長老の声ははっきりと届いた。「あの木の根では深さが足りない」そう警告すると、杖で別の巨木を指す。「だが、あれならいい」

長老の後方では、ほかの人たちが不思議な女性を助けながら「いにしえの帆柱」の方に移動を始めた。

フレルがニックスたちを促した。「彼女の言う通りかもしれない。それにあの古木の下に安全な場所があるとすれば、彼女なら知っていてもおかしくない」

その問題に関する選択の余地は、頭上から聞こえた炎の轟音によって奪われた。全員が首をすくめながら空を見上げた。煙幕が吹き飛ばされ、はるか上の青空が顔をのぞかせる

――それと同時に、巨大な戦闘艦の竜骨が姿を現した。

ライスは遠望鏡の接眼レンズにずっと顔を押し当てていた。装置内の鏡とレンズのおか

げで黒煙に開いた穴の先の光景を目視することができる。

ただし、いつまでも見えるわけではない。

すでに穴はふさがりつつある。

ライスは古いハンノキの幹の周囲を探した。あれがヘイヴンズフェアであがめられている「いにしえの帆柱」に違いない。ライスは町の発着場からこの場所までたどり着いたところだった。

パイウィルでヘイヴンズフェアに到着したライスたちは、タイタンがそこに着陸して係留されているのを発見した。破れた気球はまだ煙を噴いている状態だった。幸いにも気球のかなりの部分は無傷のままで、すでに修復作業が始まっていた。仲間の戦闘艦の修理を手伝うため、ブラスクは人員と資材を送った。二隻の間で何度も伝書カラスのやり取りがあった。タイタンからパイウィルに対しては霧の間にサメが潜んでいるとの警告が伝えられた。大型船を狡猾な快速艇が待ち伏せしていたそうだ。

〈しかも、そいつらはまだどこかにいる〉

遠望鏡を通して地上を捜索する今も、ライスはそのことを念頭に置いていた。ブラスクからはその快速艇に誰が乗っているのかも知らされている。過去からよみがえった亡霊、グレイリン・サイ・ムーアだ。ハッダンはあの忌まわしい騎士をタイタンの甲板で捕獲しかけたものの、最後の最後で取り逃がしてしまったらしい。そのことを知り、しかもグレイリンが守っているのはクラッシュの邪悪な女神ヴァイク・ダイア・ラーと思われる少女なのだろうと予想したライスは、この状況の変化に対応して自らの策を実行に移すことにした。

ところが、手のひらの上のスケーレンの球体が震え始めたことで、まずはそちらを優先することになった。アイタールの湖岸を離れてから、ライスは水晶の球体を片時も手放さずにいた。ほとんど視線を外すこともなかった。だが、銅を巻き付けた小さな磁鉄鉱が再び見えない風で揺れることはなく、いらだちが募るばかりだった。ライスはあきらめかけた——そんな時、手の中の球体に再び動きが見られたのだ。

水晶を持ち上げたライスは、磁鉄鉱が発着場の西を指していることに気づいた。球体そのものもまるでその力を抑えられないかのように小刻みに震えていた。ハッダンから伝書カラスを通じての命令が届いたことで、ブラスクもようやくパイウィルを見えない風の発生源の捜索へと回すことに納得してくれた。

スケーレンの球体に従って進んだ戦闘艦は煙幕の上に高く突き出た金色の林冠にたどり着いた。まわりの木々よりもはるかに大きな樹木で、黒い海に浮かぶ黄金の島のように見えた。その下の様子をうかがうため、ライスは慎重に狙いを定めて火炎弾を投下し、煙を晴らすように要請したのだった。

そして今、ライスはその黄金の島の上空を旋回する戦闘艦の船内から遠望鏡で地上を観察していた。逃げ惑う人々の姿が見える。突然の爆発でパニックに陥っている。すると開けた場所の近くに血まみれになった数頭の馬の死体が見えた。その間には王国軍の甲冑姿の死体も転がっている。

ライスは騎士たちの正体に思い当たり、はっとした。

ブラスクの弟たちだ。

〈いったい何が起きたのだ？〉

ライスはブラスクに知らせようと遠望鏡の光景から目を離しかけた。その時、広場の中の動きが目に留まった。数人の一団が「いにしえの帆柱」の方に急いで走っていく。どうせあわてふためいた住民だろうと判断しかけた――すると、煙の穴から差し込んだ太陽の光がまばゆいブロンズに反射して輝いた。

ライスは遠望鏡を両手でしっかりと握り、接眼レンズに顔をくっつけた。ブロンズの彫像を半ば引きずるようにして運ぶ一団の姿が確認できる。胸の中で心臓がきゅっと縮んだような気がした。

〈やっと……〉

遠望鏡から目を離すことなく、ライスはブラスクに呼びかけた。「あの下だ！」

古代の遺物を自分の目で見たのは、チョークの鉱山以来のことだ。ライスは固唾をのんだ。

「私にどうしろと言うんだ?」ブラスクが大股で近づいてきた。「高度がありすぎるし、木が密生しているからパイウィルを降下させることもできない」

「そんなことはどうでもいい」ライスが指を震わせるうちに、煙幕が再び隙間を覆って地上の光景をかき消した。「あの武器が我が王国に対して使用されるリスクを冒すわけにはいかない」

「それなら何を――」

ライスは艦長の方を見た。「地上に炎の雨を降らせるのだ。あの木を中心にして。根まで焼き尽くしてもらいたい」


カンセは片手でニックスを支えながら急いで広場を横切った。エイモンが反対側に寄り添っている。ワーグの喉の奥からはうなり声があふれ続けていた。頭上で大きな音が鳴り響いてから、左右の耳は頭にぴたりと付けたままだ。

ジェイスもフレルと一緒に隣を懸命に走っている。カンセたちはケスラカイの人たちの方に向かっているところだった。向こうの一団は変わった姿の女性を抱えていて、動きもゆっくりだしおぼつかない走りだ。その女性は甲冑を着ているように見え、カンセには状況がさっぱりわからなかった。

けれども、そんな不思議について考えるのは後回しだ。

周囲でさらなる轟音が立て続けに発生し、炎と煙を噴き上げた。全員が爆発の衝撃に首をすくめ、低い姿勢になって走り続ける。次の瞬間、爆弾の一つが「黄金の大枝」の扉に命中して炸裂《さくれつ》し、その衝撃で全員が地面に投げ出された。

カンセは後ろを振り返った。爆発で宿屋には大きな穴が開き、炎が瞬く間に燃え広がる。

「ほら、急いで」カンセは両膝を突いたままのニックスを引っ張って立たせた。

カンセたちは「いにしえの帆柱」の巨大な幹を回り込んだところでケスラカイの人たちに追いついた。その先の幹には先端のとがった高さのある両開きの扉が付いていて、その上には様々な色のガラスをはめ込んだ丸窓がある。

部族の男性の一人がすでにその前にいて、片方の扉を引き開けた。

もう一人の男性がザンのもとに駆け寄り、長老の移動を助ける。

全員が開いた扉に向かって走った。その手前まで来た時、カンセは頭上の枝が折れる大きな音を耳にした。顔を上に向ける——すると火のついた巨大な樽が一つ、枝をへし折りながら真っ直ぐ自分たちの方に転がり落ちてきた。

「早く中に！」カンセはニックスを押しながらわめいた。

全員があわてて扉を抜ける。

カンセはもっと奥まで行くように促した。「止まらずに――」

爆発の衝撃で全員が暗い内部に吹き飛ばされた。カンセは床に体を強打し、ニックスともつれたまま転がった。火の玉が進入し、その後ろから高熱の煙が迫る。砕け散ったガラスが降り注いだ。

煙と熱がいくらか収まると、すぐにジェイスが駆け寄って二人を助け起こした。エイモンはうなり声をあげ、警戒しながらそのまわりを歩いている。暗い室内のあちこちでほかの人たちも立ち上がった。

カンセは入口の方を振り返った。扉が二枚とも引きちぎられていた。一人が床に倒れ、巨大な扉の残骸の下敷きになって押しつぶされている。カンセは死んだ女性に見覚えがあった。顔をしかめ、ニックスを引き離そうとする。

だが、ニックスは従おうとせず、そちらに足を踏み出した。よく見えないのか、何度も目をこすっている。

ザンがニックスを無理やり引き戻した。「だめだ」長老が言った。

「誰……？」ニックスがかすれた声で問いかけた。

ザンはなおも彼女を奥に行かせようとする。

「誰なの？」ニックスがよりしっかりとした口調で訊ねた。

カンセは眉をひそめた。このままではニックスは動こうとしないだろう。「教えてやってくれ」

ザンがニックスと目を合わせた。「ダラ」

カンセは部族の女性を思い浮かべた。まだ若い女性で、常に笑みを絶やさなかった。

〈彼女が微笑むことはもうない〉

ニックスの脚が震えた。呆然とした表情から、悲しみに打ちひしがれていることが読み取れる。ジェイスも手を貸してニックスを歩かせ、古木の内部のさらに奥へと向かう。後方からのさらなる爆発に追われるように進み続ける。

カンセは最後にもう一度だけ、破壊された扉と砕け散った窓の方を振り返った。

その外では炎が激しく燃えている。

カンセはあのような損害をもたらした相手への復讐を誓った。

〈同じ苦しみを味わわせてやる〉


ライスは勢いよく遠望鏡から顔を離した。何度かまばたきをするうちにパイウィルの船首楼内に目の焦点が合う――けれども、怒りはそんなに簡単には治まらなかった。

「どうなんだ?」ブラスクが訊ねた。

ライスは艦長に八つ当たりした。何でもいいから手近なものに当たり散らさずにはいられない。「君の弟は死んだぞ」

「何だと?」ブラスクは遠望鏡をひったくろうとした。「なぜ私に教えなかった——?」

ライスは艦長を制止した。「無駄だよ」同情する気持ちを無理にでも引き出そうとする。「爆撃による煙でふさがれて、下はまったく見えやしない」

「だったら新しく穴を開けるまでだ」

「そんなことをしてもだめだ。新たな火災で地上の煙は増える一方だ」ライスはブラスクに向き合った。「ただし、一つだけはっきりと言える。君の弟を殺したのはあの泥棒野郎たちだ」

ヴァイルリアン衛兵の赤い顔が怒りでさらに紅潮した。

ライスは船首側の窓に注意を向けた。古いハンノキの金色をした林冠が見える。爆撃の間、ライスは爆発の炎で照らし出される地上の光景を断片的に確認することができた。ブロンズの女性を連れた一団が歴史ある森の中の聖域「いにしえの帆柱」に逃げ込むのを、ただ見ていることしかできなかった。

それればかりか、遠望鏡でのぞいているうちに広場を走り抜ける一人が顔を上に向けた。ほんの一瞬のことだったので、確信が持てたわけではない。しかし、ケスラカイ族の白い顔の中で色黒の肌が際立っていた。

しかも、弓を背負っていたのがはっきりと見えた。

間違いない。

〈カンセだ〉

ライスは拳を握り締めた。

どんな経緯で王子が遺物に同行することになったのか？　これも反乱の計略の一部なのだろうか？　あの武器を国王に対して使おうと目論んでいるのか？

ハレンディ王国のためにも、ライスはそれを阻止しなければならなかった。たとえそのために大切な遺物を破壊することになろうとも、あるいは当面の間は地中に埋もれさせてしまうことになろうとも。ライスは怒りに震えるブラスクに視線を戻し、「いにしえの帆柱」の金色の林冠を指差した。

「君の弟を殺した連中はあの木の中に逃げ込んだ」ライスは伝えた。「彼らを始末しなければならない」

ブラスクが顔をそむけた。言葉を絞り出すような声が返ってくる。「それなら、ただの爆弾での攻撃は終わりだ」

ライスはその場を立ち去ろうとするブラスクの後を追った。艦長をけしかけすぎたのではないかと不安になる。それに続くブラスクの言葉で、その予感は裏付けられた。

「やつらの上にハディスの大釜を落とす。それが終われば地上に残るのは煙を噴く巨大な穴だけだ」

ニックスはまだ耳鳴りが治まらないまま、ハンノキの幹をくり抜いてできた広大な空間の中をふらつきながら歩いていた。片側にジェイスが、もう片方の側にはエイモンが付き添っているが、どちらも息を切らしている。視力はほぼ回復していて、体力もある程度は戻ってきたので、何とか自力で歩けるようになった。

後方からは薄暗い内部に煙が入り込み、丸みのある天井を持つ空間の表面に密生した光る苔や菌類も隠してしまっている。唯一の明かりは小さなランプの炎で、その光が室内の基本方位に置かれた高さのある彫像を映し出していた。四柱の彫像は「いにしえの帆柱」の幹を削って造られているようだ。

ダラからそれぞれがケスラカイの人たちの神々を表しているという話を聞いた。ニックスは今は亡き友人のことを思いながら周囲を見回し、すべてが失われてしまう前にそれらを記憶に焼きつけた。

神聖な部屋の中を横切るニックスにはそれぞれの神々がわかった。水を司《つかさど》るヴァートンは手のひらで盃を作り、その奥に隠された湧き水がそこから足もとの容器に滴り落ちている。土と岩の神ヤルスヴェガルは顔をしかめていて、人間よりも岩の塊のように見える。空気を司るヴィンダルは頭の上に雲をたたえ、そこには銀色の稲妻がはめ込んである。そして炎の神エルディルは全身をマントに包み、フードの下の目だけが内側の秘密の炎に照らされて輝いている。

ニックスはエルディルの前を通り過ぎる時に身震いした。燃えるような視線が自分の動きを追っているような気がする。その目が自分を責めているような気がする。耳鳴りは止まらないものの、ニックスには外で荒れ狂う炎の音がはっきりと聞こえた。

ザンは杖を突きながらニックスの隣を歩いていて、すぐそばにはエイモンもいる。長老が彼女の視線に気づいた。気づいたのは身震いの方かもしれない。「炎は清めの役割も果たす。森を焼き払って球果を燃やし、新しい種を飛ばす」

外から大きな音が響いた。町のどこかでリーチハンノキの巨木が倒れたのだろう。ニックスには今回の破壊が何らかの役に立つとはとても思えなかった。

フレルがカンセとともに近づいてきた。王子の顔は激しい怒りで歪んでいる。「どこに向かっているのですか?」錬金術師が訊ねた。

ザンが杖で指し示す方を見ると、ケスラカイ族の斥候二人が先回りして節のような形の丸い扉を引き開けるところだった。二人はランプも手にしている。

「『いにしえの帆柱』のいちばん深い根まで下る」ザンが説明した。「そのために私は彼女をここに連れてきた」

長老がブロンズ色の女性を抱えるケスラカイの人たちの方を振り返った。薄暗さと煙のせいで女性の顔立ちがよく見えない。どうやら金属の仮面をかぶっているようだ。女性の存在はいまだに謎のままだった。ニックスは古い糸のことを思い出した。黒ずんだブロンズ色に輝く糸は女性の歌とともに流れ出ていた。

また、ニックスはほかにも見知らぬ人たちがいて、その女性に手を貸したり近くに寄り添ったりしていることにも気づいていた。一人は立派な衣装と黒い肌から判断する限り、クラッシュの商人のようだ。もう一人はそれよりも背が低く、手足もがっしりしているからガルドガルの人だろうか。肩の長さで切り揃えた金髪としかめっ面の近寄りがたい雰囲気の女性も同じだ。

「さあ、急いで」ザンが全員を開いたままの扉の方に促した。扉は中心が縦にピンで固定されていて、そこを軸にして回転する造りになっている。

長老が入口をくぐり、先頭に立った。ここから先は彼女の領域だとわきまえているかのように、二人の斥候はその後ろから続いた。

全員がザンに導かれるまま螺旋階段を下った。階段はかなりの太さがある根の中心を削って造ったものらしい――ハンノキの主根なのかもしれない。銀色がかった白い木に金色の木目が入っている。螺旋階段を下り続けるうちに黄金の木目は消え、雪のように真っ白な色だけになった。この土地の岩盤と同じくらいの古い歴史を感じさせる木だ。

なおも先に進むにつれて地上で燃え盛る炎の音は届かなくなり、厳かな静けさが周囲を支配した。聞こえるのはニックスたちとエイモンの足音と、激しい息づかいだけだ。螺旋階段の途中にはほかにも扉や暗い通路があり、あらゆる方角に通じていた。

ザンの声が重苦しさを増す一方の沈黙を破った。ニックスたちの不安を和らげようとしたのかもしれない。長老は脇の通路の一つを指し示した。「『いにしえの帆柱』は一本の木にすぎないように見えるが、実際は周囲の森のすべての木を構成する。その根は外側のすべての方角に伸びている。はるか昔にこの木から生えた若い芽が、まわりの数多くの幹へと成長したのだ」

ニックスはそんな根と幹の広がりを思い浮かべようとした。驚嘆の念とともに頭上を見回す。〈このあたりの森が実際は一本の木だったなんて〉

カンセは暗い通路をのぞきながら、ザンの言葉をもっと現実的な角度から受け止めた。「つまり、僕たちはそんな根の広がりを利用して町のどこにでも行けるっていうことなのかな？　もしかすると、気づかれないように地上の炎から逃げられるとか？」

「そして追っ手からも逃れることができるかもしれない」ジェイスが付け加えた。

フレルがザンの方を見た。「だからあなたは私たちをここに連れてきたのですか？」

「そうではない」長老が杖を振った。「ここの地下室や通路は深く進むにつれて狭くなり、数も少なくなる。おまえたちは地上の火と灰の罠から逃れられないだろう」

「それなら、どこに行けばいいのですか?」フレルが訊ねた。

「さらに古い根、太古の神々に属するところ」ザンが謎めいた答えを返した。「私たちは――」

すべての音をかき消して胸を押しつぶすような雷鳴とともに、周囲が激しく揺れ動いた。全員が木の段から転がり落ちるか、あるいはその上に突っ伏した。それに続いて何かを引き裂くすさまじい音が鳴り響いた。あたかも大地が真っ二つに割れたかのようだ。

ニックスが立ち上がろうとするよりも早く、硫黄臭を伴う熱い煙の壁が押し寄せてきた。その後方から大きな音も続く。大量の石がガラガラと音を立てて転がり、それとともに土砂も階段を流れ落ちてきた。

カンセがニックスをつかんで立たせると、全員に大声で伝えた。「行け! 止まったらだめだ!」

斥候たちが先頭に立った。さっきまでの控えめな物腰は消え、ザンを抱え上げて階段を駆け下りる。ほかの人たちも急いでその後を追った。エイモンもニックスのすぐ横でうなり声をあげ、飛び跳ねるように下っていく。

粉塵《ふんじん》と音を立てて転がる石が一行の後を追う。次の瞬間、頭上から何かが砕け散るような轟音が聞こえた。階段が激しく揺れ、ニックスは再び倒れそうになる。だが、エイモンの体を支えにしてどうにか踏ん張り、そのまま下り続けた。

上に顔を向けたニックスは、金色の葉の茂った「いにしえの帆柱」の巨木がヘイヴンズフェアの町に倒れる光景を想像した。

〈私たちはここに来るべきじゃなかった……〉

ようやく震動やガラガラという音が後方に遠ざかり、うめき声程度の音量になった。空気中にはまだ塵が漂っているが、深く進むにつれて薄れていく。一方で螺旋階段の幅は、主根が細くなるのに合わせて狭くなってきた。

フレルがある気がかりな点を指摘した。「爆発があってからは脇に通じるトンネルを見かけていない」

ジェイスが目を丸くして振り返った。その顔には汗が流れている。「つまり、僕たちはここに閉じ込められてしまったということでは?」

「でも」カンセが別のことを指摘した。「それは追っ手が僕たちのところまで来られないという意味でもある。少しは慰めになったかい?」

ジェイスの唖然とした表情を見る限り、そうはならなかったようだ。

なおも螺旋階段を下るうちに幅がさらに狭まり、一列で進まなければならなくなった。斥候に助けられていたザンも、杖の力を借りながら自力でその先を下っていく。ようやく階段が巨大な根の終わりに達し、丸みのある天井を持つ空間に出た。天井には艶のある白い木が一本の筋を描いている。室内のほかの部分は磨き上げられた黒い石だ。

ニックスは顔を上に向けた。天井の白い筋は「いにしえの帆柱」の主根の先端部分で、自分たちはその中をずっと下ってきたのだということに気づく。主根はあたかもこの空間を避けるかのごとく向きを変え、再び岩盤の中に姿を消している。この部屋は川の真ん中にある大きな岩で、水の流れがそれを迂回しているようにも見える。

ニックスにはその理由がわかった。

部屋の奥に目を移すと、向かい側に主根が回り込まざるをえなかった障害物がそびえていた。

ザンがそちらに歩み寄る。

ニックスたちも長老の後ろに集まった。

その先には銅でできた扉があり、楕円《だえん》形をしたその一部が空間内に突き出ていた。その端からはブロンズや金の細い筋が絡み合いながら外側に延びていて、石や根の中に入り込んでいる。何一つとして人の手によって造られたようには見えない。すべてが滑らかに連なり、直線やとがった部分がまったくない。ニックスはそれが地中をゆっくりとここまで下ってきて、神聖な木の根から力と養分を吸い取る目的でこの場にとどまっているのではないかという気がした。

彼女の目には銅の扉が大いなる野獣の口のように映った。

〈あるいは神の……〉

ザンがその前で頭を垂れ、杖に両手を添えて体を支えた。長老がそれに向かって歌い始める。彼女の瘦せた胸から湧き上がる低い詠唱は、心の奥深くから何かを引き出そうとしているかのように聞こえる。

ニックスは彼女の歌声に耳を傾けた。リズムと旋律を探すものの、これまでに聞いた歌とはまったく異なる。前に足を一歩踏み出すと、隣にいたエイモンがうなり声をあげ、ニックスの前に移動した。彼女の出る幕ではないと警告するかのように。

〈彼の言う通り……〉

背後にいた不思議な肌の色の女性がふらふらと前に進み出た。まわりで支えていた人たちから離れると、その全体像がランプの明かりを浴びて初めてあらわになる。

その姿に驚き、ニックスは後ずさりした。

ジェイスが彼女をさらに引き離そうとする。フレルが息をのみ、カンセが罰当たりな言葉を吐いた。

ガルドガル人の男性が女性をつかもうとして腕を伸ばした。「シーヤ……」

クラッシュ人がその腕をつかんで制止した。

ニックスは最初の驚きから立ち直り、金属でできたこの不思議な女性を観察した。手足の動きはぎこちなく、ブロンズがその中の意思に逆らっているかのように見える。

ザンの隣に並ぶと、その女性も歌い始めた。ニックスにはどうしても見つけられなかったリズムにたやすく合わせせる。二人の調べのはかなさがニックスの中の悲しみと嘆きを呼び覚ました。その一方で、自分の喪失はこの命ある彫像のそれと比べればほんのちっぽけなものなんだということもわかった。

銅の扉に向かって歌いかけるうちに、二人の女性からきらめく糸があふれ出た。糸は扉に向かって漂い、複雑に絡み合い、そして銅の中に消えた。

ニックスは説明されるまでもなく理解できた。サイザーと相対した時のことを思い返す。あの時は兜の鋼の中にあった鍵穴に合わせた鍵を作ることによって、それを開けることができた。

〈ここで行なわれているのも同じこと〉

二人が声を合わせた歌に対して、低い無調の音が返ってきた――そしてはるか上にあった木製の扉と同じように、銅の扉が真ん中の軸を中心に回転した。

新たな入口の先に見えるのは暗闇だけだ。

力を使い果たしたザンの体がふらついた。ブロンズの女性――シーヤも後ろによろめいたが、急いで駆け寄ったガルドガル人の男性がその体を支えた。ケスラカイの人たちとその男性の連れの二人も、長老と彫像に手を貸した。

ニックスは扉に歩み寄った。

斥候の一人がランプを高く掲げ、その奥に光を当てた。同じ銅でできた長いトンネルが暗闇の先に通じている。ニックスは地下で何が待っているのかを説明したザンの言葉を思い出した。

〈さらに古い根、太古の神々に属するところ〉

フレルが隣に立った。同じことを思い返しているのだろう。錬金術師はザンの方を見た。「このトンネルは……どこにつながっているのですか?」

疲れて荒い息づかいながらも、ザンはその質問に答えた。「ダラレイザのシュラウズ」

そしてブロンズの彫像を見る。「彼女の故郷」

記録のためのスケッチ
サイザー
(ヘイヴンズフェアにて)

第十五部
死の石

心を開いて聞くのだ、
何も聞こえない耳を使うのではなく。
魂を入れて歌うのだ、
ただ息を吐き出すのではなく。
決意を込めて音を紡ぐのだ、
舌だけを使うのではなく。
そうすれば初めて真実が見えるだろう、
目に映るよりもはるかにはっきりと。

——「ペスリン・トル」の歌、
ライス・ハイ・ライク訳

48

グレイリンはハイタカの船体が投げかける影に向かって草地を横切っていた。快速艇は森がやや開けた地点の上空で静止していて、そのさらに上にあるはずの気球は霧に隠れて見えない。彼は少し前に数人の乗組員とともに快速艇を降りたところだった。彼らが船の船首と船尾を草地の外れに連なる木々の幹にロープでつなぐ間、グレイリンもその作業を手伝った。

戦闘艦の待ち伏せのためにヘイルサ湖の周囲を飛行している時、ダラントがこの場所を発見した。今の彼らにできるのは、姿を隠して待つことだけだ。乗組員たちのロープさばきを見る限りでは手伝いなど必要なさそうだが、それでもグレイリンは二鐘時前に自分を救ってくれたのと同じ梯子で彼らとともに地上に向かわずにはいられなかった。快速艇の船内でじっとしていることに耐えられなくなったのだ。人気のない氷霧の森が懐かしい。自分と二人の弟だけの世界が恋しい。狭い船内にいると不安までもが締め付けられて凝り固まってしまう。ハイタカの船尾から飛び降りるニックスとエイモンの姿が脳裏から離れなかった。彼女たちの運命を思うと胃に穴が開きそうだった。

そのため、グレイリンは地上で作業をする乗組員たちに同行した。体を動かし、外の空気を吸い、脚をくすぐる草の感触を味わい、森に生息する鳥のさえずりや野獣の遠い咆哮を聞かずにはいられなかった。今もまだ、船に戻りたいとは思わない――現在地の北西方向に当たる、ヘイヴンズフェアの町がある方角からの不穏な爆発音さえなかったら。

その大爆発で大地が震動し、金色の葉が茂る枝も揺れた。それが何を意味するのかはわからなかったものの、グレイリンは最悪の事態を恐れた。丈の高い草をかき分けながらハイタカの方を目指す。頭上を見ると快速艇の船尾は開いたままだ。下ろされた扉が船の後部から突き出している。グレイリンはその上にダラントが立っていることに気づいた。海賊は手をかざして光を遮りながら、霧の様子を探っている。ダラントも不安を覚えている様子だ。すると誰かに呼ばれたのか、ダラントが船内に姿を消した。

グレイリンは船が作り出す影の中に入り、梯子に急いだ。段に足を掛け、左舷のハッチから下ろされた梯子を急いでよじ登る。腕と足の痛みをこらえながらの登りだった。補助艇が爆発した時に燃える破片が当たり、あちこちに切り傷や火傷を負っている。ダラントの娘のブレイルの手を借りながら刺さった破片の多くを取り除いたものの、まだ深く食い込んだ木片が残ったままだ。すべてを抜き取るのは後回しにしなければならなかった。

グレイリンが梯子から船倉に入ると、カルダーのせいでひっくり返りそうになった。ワーグが飛び跳ねながら脇腹に体当たりしてくるのは、仲間の帰還を歓迎しているからだ。グレイリンは片手でハッチの端をつかみ、もう片方の手でカルダーの脇腹をぽんと叩いてやった。ワーグはうれしそうにはあはあと息を吐き、耳をぴんと立てている。グレイリンはカルダーも不安でたまらなかったのだろうと思った。エイモンがいないため神経質になっていたところに、グレイリンの姿まで見えなくなっていたのだから。長時間にわたって船内に閉じ込められていることも、カルダーの不安をあおっていた。

弟を安心させようと、グレイリンはハッチから手を離し、カルダーの顎を両手で挟みつけた。そして前かがみの姿勢になり、額を体毛に覆われた弟の頭頂部に押し当てる。「今度はおまえを一緒に連れていくからな」グレイリンは約束した。

カルダーもお返しとして頭を突き上げた。そのあまりの強さにグレイリンは尻もちを突きそうになった。相手の意図ははっきりと伝わる。〈きっとだぞ〉

螺旋階段の上からの叫び声が船倉内に響きわたった。籠の中の鳥たちが鳴き声を返したが、上からの大声はグレイリンに向けたものだった。

「グレイリン！　こっちに来てくれ」ダラントが呼びかけた。「これを見た方がいい」

グレイリンは海賊の深刻そうな調子の声に嫌な予感がした。もう一度カルダーを軽く叩いてやってから船倉内を横切り、一段飛ばしで階段を駆け上がる。その上の通路ではダラントが一緒に来いと手招きをして、船首楼の方に向かった。

「どうしたんだ？」グレイリンは訊ねた。

ダラントが振り返った。「さっきの爆発音はおまえにも聞こえたはずだ」

「聞こえなかったわけがないだろう。びっくりしてひっくり返りそうになったんだからな」

「それだけじゃすまなかったみたいだ」

ダラントに続いて船首楼に入ると中はがらんとしていて、ブレイルが床に仰向けに寝転がり、装置の下側をのぞきこんで何かを調べていた。ほかの乗組員はひげを生やして顔にあばたのある年配の男性だけで、遠望鏡のすぐ横に立っている。快速艇の標準的な遠望鏡とは違い、ハイタカを襲撃により適した船にするために改造してあるのは明らかだった。

ダラントはグレイリンをその男性の方に連れていった。「ヒック、俺に見せてくれたものを彼にも見せてやってくれ」

ヒックがうなずき、接眼レンズを確かめて何やら調節してから後ずさりした。「これでいいはずです」

ダラントは遠望鏡をのぞくようグレイリンに合図した。「こいつはヒックが設計した」

「そう、私の作品なんですよ」年老いた男性が言った。「錬金術師としてのマントは剝奪《はくだつ》されましたがね、それで損をしたのはあいつらの方だから」

グレイリンは周囲の森の何がそんなにも興味深いのかと思いながら、体をかがめてレンズをのぞいた。顔をくっつけてレンズの前で目を細めると、目に映った光景を理解できるまでに何度かまばたきを繰り返さなければならなかった。見えているのは船の周囲や真下ではなく、果てしなく続く霧を上から眺めた景色だ。真っ白な海の中に雲が広がっている。

ダラントが説明した。「ヒックは管を使って、ゴムとブロンズの管なんだが――」

「銅です」ヒックが訂正した。呼気からはすえたエールのにおいがする。

「そう、ゴムと銅の管だ」ダラントが言い直した。「それと複雑に組み合わせた何枚ものレンズ、さらには鏡。遠望鏡の目は気球の上にまで伸ばすことができるので、かなり高い地点からの景色を見ることが可能だ」

グレイリンの耳には説明がほとんど入ってこなかった。遠望鏡を通しての光景があまりにも衝撃的だったからだ。白い霧の海の彼方に渦巻く煙という濃い色の岩礁が突き出ていた。その中心では太い黒煙の柱が空高くまで噴き上がり、火の粉を含んだ嵐がうごめいている。

そこから一リーグほど離れたところに戦闘艦が浮かんでいた。町の発着場のあたりだ。だが、グレイリンはその脅威を無視して、黒煙の柱に意識を集中させた。あそこがさっきのすさまじい音の発生源なのは疑いの余地がない。

「きっとハディスの大釜だったに違いない」ダラントが言った。グレイリンの両肩に緊張が走ったことに気づいたのだろう。「あの連中が理由もなく大釜を投下するとは思えない。不思議な少女の姿を目撃したのかもしれないな」

グレイリンは遠望鏡を握り締めた。不安で頭がくらくらする。「あれほどの爆発を生き延びられるわけがない」

「それはまだわからないぞ」ダラントが言った。「ヘイヴンズフェアは何度も訪れたことがある。あの町は地上に高くそびえている一方で、地下にも深く根を張っている。大釜の威力が届かないような深さのところもあるくらいだ」

グレイリンはダラントを振り返りながら、ほかの人たちもそのような場所を見つけられたことを祈った。それでも、その上空で静止する戦闘艦の姿が頭から消えない。「あいつらを止めないと」

「そのことなんだが……」ダラントがグレイリンの肩をぽんと叩いた。「俺のこの小さなタカはたくさんの小技を持っているが、長丁場の戦いには向いていない。一撃を加えてすぐに離脱する、それがハイタカの強みだ。火炎弾の残りは少ないし、閃熱の燃料タンクもほぼ空だ」

「それなら、我々に何ができるんだ？」

「まさに今やっていることだよ。計画通り、ここで待つ。ちょろちょろと動き回り、誰彼となく俺たちの腕前を見せつけるのではだめだ。彼らが何らかの方法であの包囲網を破り、安全になったら俺たちに合図を送ってくれると信じるのさ」

グレイリンは拳を握り締め、胸の奥からあふれそうになるわめき声を腕組みで抑えつけた。

「それまでの間は」ダラントの話は続いている。「自由に動ける状態で準備を整えておかなければならない。その時が来たらそこに向かい、急降下して彼らを救出し、さっさとそこからおさらばするのさ」

「だから、待つということなんだな」グレイリンは不満をこらえた。

「待つのは彼らのことだけじゃない」そう付け加えるダラントの声が上ずった。

海賊はグレイリンのもとを離れ、船首の二つの窓の方に急いだ。小さな船の影がハイタカの船首をかすめるように横切る。二隻目の補助艇が無事に帰還した。ヘイルサ湖の向こうの霧に潜むオオカミたちを振り切り、この合流地点まで戻ってきたのだ。

ダラントは船首のガラスに左右の手のひらを押し当て、通り過ぎる補助艇を目で追った。「かすり傷一つ付いていない」誇らしげなつぶやきが漏れた。

補助艇が高度を下げると、小さな窓を通して操縦士の姿が見えた。ホワイトブロンドの髪と濃い色の肌の美女だ。

ブレイルが顔をしかめ、窓の前のダラントの隣に並んだ。「どうしてグレイスが外で存分に楽しんできたのに、私はここに閉じ込められているわけ?」

ダラントが娘を抱き寄せた。「彼女の方を愛してるからに決まっているじゃないか」

ブレイルが父親の胸を拳で小突いた。

娘から手を離した海賊の顔は安堵と喜びにあふれていた。しかし、グレイリンに向き直るとその喜びが消えていった。彼の顔に刻まれた悲嘆に気づいたに違いない。

ダラントは力強い声で約束した。「マライアンの娘があそこで生きているのなら、必ず彼女のもとに駆けつける」

グレイリンは相手の体の向こうに広がる霧に包まれた世界を見つめた。

〈まだ生きているのならば、の話だが……〉

マイキエンはきれいに磨かれた軽甲冑に身を包み、煙に包まれたヘイヴンズフェアの郊外を馬に揺られながら移動していた。付き添っているのは馬にまたがった騎士四十人と、百戦錬磨のヴァイルリアン衛兵の戦闘部隊だ。ヴァイの騎士たちは忠臣将軍の命令に従い、王子の馬を取り囲んで進んでいる。マイキエンはそんな専属の護衛の必要性など感じていなかったが、彼らの同行を認めない限りは破壊された町に繰り出すことをハッダンが許してくれなかった。

その一方で、将軍もこの散策の必要性を認識していた。

マイキエンは発着場の上空で斜めに傾くタイタンを思い返した。その姿は宙に浮かぶ恥さらしにしか見えなかった。王国軍のこの地への遠征には、ハレンディ王国の将来の国王たる王子の輝かしいお披露目という意味合いもあった。まだ訓練学校の八年生ながら、マイキエンは騎士たちや近衛兵たち、さらには巨漢のモンガーたちも含めた多くの目が、それ以上の敬意をもって見つめているのを感じていた。王子自らが指揮を執り、王国の敵を徹底的に叩きつぶすことを期待しているかのようにも思えた。

ところが、タイタンへの卑怯な奇襲の間は船首楼から外に出してもらえず、何もできなかったことから、今ではその同じ目に軽蔑の色が見て取れた。

〈それとも、自分自身への軽蔑の思いが、相手の目にも浮かんでいるように見えているだけなのか〉

襲撃後、マイキエンは修復作業にできる限りの手を貸した。しかし、爆発で中央甲板に開いた穴に新しい板を打ちつけることでは輝きを取り戻せない。

その後、パイウィルが町の中心部にハディスの大釜を投下した。パイウィルの艦長からはあのような恐ろしい爆弾の使用許可を求める伝書カラスがハッダンのもとに送られもしなかった。通常、あの武器の使用は極めて差し迫った状況の時に限られる。各戦闘艦には大釜が一つずつしか搭載されていないため、無駄にはできない。マイキエンはタイタンの最深部の船倉に固定された大釜を見たことがあった。小さな納屋ほどの大きさで巨大な缶のような形をした武器は、木ではなく鉄でできている。それだけで船倉のほとんどを占めていて、船体中央の竜骨部分にあるハッチの真上に吊るしてあった。

その一方で、マイキエンはパイウィルの艦長のブラスクが最も強力な武器の使用に踏み切った理由も理解できた。戦闘艦が発着場に到着した時、ライスから事情の説明が届いた。艦長の弟が下の連中に殺されたらしい。また、シュライブも重要な目撃情報を伝えてきた――盗まれたブロンズの武器に関してだけではない。色黒の王子がそれと一緒に逃げている可能性もあるという。

〈カンセ……〉

双子の弟が腹違いの妹と思われる女と手を組んで反乱を企んでいる疑いがわずかでもあるならば、それを一掃しなければならない。

〈そうでなければどうしてカンセがここにいて、人殺しの泥棒集団と行動を共にしているというのだ?〉

その知らせを聞くと、ハッダンはただちにタイタンの兵力の半数を町の捜索に送り出し、爆発地点の調査を命じた。マイキエンも同行を希望した。甲冑姿で馬に堂々とまたがり、裏切り者の弟が最後に目撃された地点に乗り込む姿を見せつけたかったのだ。

それなのに……

マイキエンは護衛役としてまわりを取り囲むヴァイの騎士たちをにらみつけた。

〈いったい何の必要があるっていうんだ〉

ヘイヴンズフェアは炎に囲まれた暗い墓場と化していた。煙幕を通して輝くランプの明かりがいくつか見えるものの、通りには人っ子一人いない。遠くに姿が見えた数少ない住民たちも、騎士の操る馬たちの蹄の大きな音を耳にすると建物内に逃げ込み、鎧戸を下ろしたり地下室に隠れたりした。火災が収まるまでそこで息を潜めているつもりなのだろう。

空気は今なお熱を持ち、煙が充満している。マイキエンたちは水で湿らせたスカーフを顔の下半分に巻き付けていた。だが、濡れた布地をもってしても鼻を突く悪臭は防げない。通りには数え切れないほどの死体が転がっていて、踏みつぶされたものもあれば焼け焦げたものもある。王国軍は死体を乗り越え、ヘイヴンズフェアの中心部を目指して進み続けた。

一行は町を押しつぶした巨大なハンノキの幹をたどりながら進んだ。倒れたハンノキは折れた枝の山に埋もれていて、それが左側に白い壁のごとく連なっている。樹木に沿って進むうちに枝の間で燃える炎が見え始め、白い木が焦げているところもあった。ようやくその根元と思われる地点までたどり着くと、そこにあったのはばらばらに砕けた残骸だけで、くすぶる炎と煙がその先の様子を覆い隠していた。

先頭の騎士たちがその暗がりの中に入っていった。

マイキエンはスカーフをよりきつく縛ってから、護衛の騎士たちとともに後に続いた。まわりは何も見えなくなり、耐えがたいほどの熱気が襲いかかる。前を行く馬の蹄の音を頼りに進んでいくと、やがて煙幕が薄れ、巨木を倒壊させた原因が現れた。

競技場の二倍はあろうかというとてつもない大きさの穴が前方に広がっていた。深さはその一・五倍はありそうで、穴のどこかからも炎と煙が上がっている。マイキエンはそのすさまじさに唖然とし、武器の破壊力に畏怖の念を抱いた。

たった一発のハディスの大釜でこれほどまでとは。

ふと気づくと、マイキエンはスカーフの下で笑みを浮かべていた。

すると体高のあるまだら模様の馬にまたがった人物が護衛の間を抜けて近づいてきた。ほかの人たちと同じようにスカーフで顔が半分隠れているものの、袋の付いた革製のサッシュ——クリストと、目のまわりの帯状のタトゥーから、マイキエンは相手がライスだとすぐに気づいた。ライスは数人の騎士たちとともに先行して捜索に当たっていた。その理由がシュライブの手に握られていた。

ライスはマイキエンの隣に並ぶと、馬を操って距離を詰めた。その手に掲げているのは水晶の球体だ。ライスがその道具でシュライブの失われた財宝を捜索していることは知っている。

王子は目の前に広がる陥没穴を見た。

ライスは捜索隊の本体よりも先に出発し、ブロンズの遺物が存在していたことを示す何らかの証拠を探していた。その結果の報告があった。「穴のまわりを一周しました」シュライブが息を切らして伝えた。スカーフのせいで声がこもって聞こえる。「何も見つかりませんでした」

マイキエンは相手の声ににじむ敗北感にほくそ笑んだ。「それなら、掘り返して宝物を探さなくてはならないな」

「どうやらそのようです。しかし、見つかるまでには月の満ち欠けが何度も繰り返されることでしょう。戦争が迫っていることを考えると、発見に成功したところで手遅れかもしれません」

マイキエンは鼻で笑った。「心配するな。この穴から短時間で答えを掘り出すために必要なものはすべて、父上が提供してくれるはずだ。しかも、それは古代の武器とやらのためだけではない」

ライスがいぶかしげな眼差しを向けた。

「我が弟のためでもある」マイキエンは説明した。

ライスがすさまじい規模の陥没穴を見た。「あれだけの爆発を生き延びられる者はいません」

マイキエンは弟に関してある信念を抱いていた。「その頭蓋骨をこの手に持つまでは、カンセが死んだとは考えないつもりだ」

ライスがゆっくりとうなずいた。「賢明なお考えですな」

マイキエンは双子の弟とブロンズの彫像を思い浮かべた。そしてまだ見ぬ腹違いの妹のことも。いらだちを募らせながら、煙を噴く陥没穴に向かって顔をしかめる。
〈死んでいないとすれば、いったいどこにいるんだ？〉

49

レイフは表面が銅で覆われたトンネル内を歩いていた。すぐ前ではシーヤが足を引きずりながら進んでいる。彼女のブロンズの足が触れると、その部分の銅が明るく輝くが、つま先が離れるとすぐに輝きが失せる。シーヤは指先で片側の壁面もたどっていて、彼女が歩くのに合わせて光の線が刻まれていた。

トンネルの中の空気は雷を伴う嵐の前触れのようなにおいがする。

ザンの意見に従い、シーヤが先頭に立っていた。レイフはそのすぐ後ろを歩き、彼女がつまずいたり力尽きたりしたらいつでも支えられるようにしていた。トンネルを歩き続けて一鐘時、おそらくそれ以上が経過しているが、まだ終わりは見えない。ただし、これまでのところシーヤがよろけるようなことはなかった。

ケスラカイ族の女性の歌と同じように、ここの不思議な金属の錬金術がシーヤに何らかの力を注入しているらしいが、彼女を前に動かし続ける以上の力はないようだ。

シーヤはまだ一言も言葉を発していない。

レイフは後ろを歩くハレンディ王国から来た人たちのつぶやき声は無視して、まわりを見回した。円形のトンネルを観察し、自分の指でも金属に触れてその継ぎ目のない表面に沿って指先を動かす。

〈鋲や釘《くぎ》を一本も使っていない〉

レイフは顔を上に向けた。アーチ状の天井は手が届かないほどの高さがあるし、両側の壁もシーヤが長い腕を左右に広げても指先が触れないくらいの広さがある。壁面に目を凝らしたレイフは以前にもこの不思議な金属を見たことに気づいた。

〈チョークの鉱山だ〉

レイフはシーヤを発見した場所のことを思い返した。同じような継ぎ目のない銅でできた卵が、地下深くの岩盤に埋め込まれていた。発見した時の彼女はガラスでできた窪みの中に立っていて、そのまわりを取り囲む銅やガラスの管の中では黄金の液体が泡立っていた。彼女は完全無欠の美しい彫像で、ブロンズでできた眠れる女神だった。

今の彼女を見ると、片脚は折れ曲がり、体の表面にはいくつものへこみやすり傷が付いている。〈君は卵を離れるべきじゃなかったのかもしれないな。この世界は金属でできた女性にとっても厳しすぎる〉

レイフはため息を漏らした。

すぐ後ろを歩くのはプラティークとライラだった。チェーンの男は目を輝かせてあたりを見回している。ライラの視線はシーヤのブロンズの体から動かない。床に光が点滅するのに合わせて、ギルドマスターの目にも欲望と計算が渦巻いた。

〈この先は彼女から目を離さないようにしなければ〉

その隣を歩くプラティークが関心を示す相手も変わらない――ただし、その対象はシーヤだけではなかった。チェーンの男は何度も振り返り、ザンを取り囲むケスラカイの人たちのさらに後方の、ハレンディ王国から来た人たちの方を見ている。その一団には大きなワーグが付き添っていた。

レイフにはプラティークがその中の誰に注目しているのかわかった。実際のところ、レイフ自身も若い女性の謎に好奇心を覚えていた。まだ十四歳か十五歳くらいの少女で、類を見ないような導きの歌の才能に恵まれている。レイフは王国軍がクラウドリーチで誰を探しているのかについて教えてくれたザンの言葉を思い返した。

歌い手たち。

〈デュア・タ〉

「二人とも」の意味だ。

レイフはシーヤからニックスという名の少女に視線を動かした。

二人の歌い手――一方はブロンズ、もう一方は人間だが、彼は両者の間に存在する絆を感じた。だが、そんなことがありうるのだろうか？　一人はこの土地と同じくらいの歴史を持ち、もう一人はまだ十代なのだ。

後方から呼びかける大声が聞こえた。「少し休ませてもらえないだろうか？」

レイフが声の主を探すと、ハレンディ王国からの一団の中での最年長の男性だった。赤毛を頭の後ろで結んでいて、頬と顎にはうっすらとひげが伸びている。正しい言葉づかいとどこか威厳のある物腰から、レイフはその男性が学者なのだろうと当たりをつけた。

男性が若い歌い手を指し示した。ケスラカイ族の斥候が持つランプの光を浴びた彼女の顔は真っ青だ。頬を真っ赤にして斧を背負った小太りの若者の腕にもたれかかっている。少女は今にも倒れてしまいそうだ。シーヤとは違ってこのトンネルから力をもらえていないのだろう。

ザンが杖を持ち上げ、全員に止まるよう告げた。一行は弧を描く銅の壁に寄りかかったり床に腰掛けたりして休憩を取った。学者風の男性が弓と矢筒二つを背負った若者とともに前にやってきた。二人がじっと見つめる先に立っているのはシーヤで、その両足の下の床と手のひらを当てた壁が光を発している。

レイフは二人がそれ以上近づくのを止めようとした。

ザンが杖を振りながら二人と一緒にやってきた。「彼らを通してあげなさい、レイフ。二人にはそうするだけの資格がある。こちらは錬金術師のフレル・ハイ・マラキフォール、そしてカンセ・ライ・マッシフ」

プラティークとライラが同時に若者の方を振り返った。

「ハレンディ王国の王子の？」チェーンの男が訊ねた。

「トランスの二人目の息子だ」ライラが断言した。眉間にしわを寄せながら、すでにこの事実を計算に組み込んでいるのだろう。「そう言われれば似ているな」

休憩中に全員の紹介が行なわれた。レイフはニックスの傍らに付き添う小太りの若者がジェイスという名前で、ブレイク修道院学校の用務員だと知った。ワーグの名前はエイモンだ。お互いがこれまでの経緯を説明した。レイフからは鉱山での発見とクラウンを横断する決死の脱出について。相手側からは破滅の予言とミーアコウモリにまつわる不思議な力について。

レイフは向こうの説明をにわかには信じられなかったが、そんな自分も命ある彫像を連れて歩き回っているのだ。〈相手を嘲笑うことなんてできない〉また、ニックスと誓いを破った騎士の物語との関連や、その騎士がまだ生きているらしいということも知った。

レイフの頭の中は大量の新たな情報で混乱していた。歴史の歯車が回っていて、自分たちを押しつぶそうとしているかのような気がする。レイフが情報を整理している間、ほかの人たちはシーヤを近くから観察した。彼女は本来の彫像らしくじっと動かない状態に戻っていて、おそらくトンネルからの力を蓄えているところなのだろう。

ザンがレイフの傍らに立った。杖に体を預け、小首をかしげながらレイフのことを観察している。初めて出会った時と同じように、その手が彼の顔に伸びる。指先が頬に触れると懐かしい母の子守歌が聞こえたが、彼女が手を下ろすとすぐに消えた。

「おまえにはケスラカイの血が流れている」ザンが言った。「おまえは私たちの古い歌を口ずさんでいる」

レイフは肩をすくめた。「母親はクラウドリーチの出身だった。俺が子供の頃に死んだ」

「なるほど、おまえの心は彼女に対するおまえの愛を歌う。おまえの中にある導きの歌の力に動かされて」

レイフは首を左右に振った。「そんな才能は持っていないよ」

ザンがシーヤに視線を向けた。「持っていないのならば彼女と結びつくことはありえない。それがなければ暗闇で彼女を見つけることもできなかったはずだ」

「鉱山での話をしているのか？　いいや、彼女のもとに導いてくれたのは方位鏡の磁鉄鉱だ」

「ふむ、そうか、その石――磁気の力の変化に敏感な石は、そのような歌にも反応する」

レイフはその事実を考えた。王国軍はそれを利用して自分たちを追っているのかもしれない。

フレルがその話を聞きつけ、シーヤの観察からこちらに注意を向けた。「それは興味深い話だ。ケペンヒルの錬金術師は鳥の脳にほんの小さな磁鉄鉱のかけらがあるのを発見した。鳥が季節の変わり目に渡りをする時、その石が道案内の役割を果たしているのではないか、彼はそう信じている。また、我々の脳にも同じものがあるのではないかとも考えている」

プラティークが腕組みをしたままうなずいた。「知恵の館でもそのことは確認されている」

二人の錬金術師はそれぞれの研究や理論の比較を始めた。レイフは彼らの会話に耳をふさいだ。シーヤの歌が自分の脳内にある磁鉄鉱のかけらを震わせて向きを変え、彼女の方に導いたということなのだろうか？

ザンはレイフの傍らにとどまったまま、じっと視線を向け続けた。「暗闇の中でそれがおまえを彼女のもとまで導いたのかもしれない。方位鏡ではなく、おまえの中にある才能の一端が」

レイフは再び肩をすくめた。

〈今となってはどうでもいい話だ〉

ザンがじっと見つめたまま小首をかしげた。「クラウドリーチの出身だというおまえの母親の名前を教えてほしい」

レイフはうつむいた。あまり気が進まない。母からは名前には力があり、すべての音に真実が埋め込まれているのだと教わった。母は自分だけのものだという思いが強く、ライラにも名前を教えたことがなかった。母の名前は自分だけの過去のぬくもりとして、ずっと胸に秘めてきた。

けれども、ザンには知る資格がある。レイフは長老を見た。「俺の母……名前はシンスだ……父と結婚してからはシンス・ハイ・アルバーになった」

ザンがびくっと反応した。ケスラカイ族の女性たちの数人もざわつき、レイフの方をじっと見つめている。ランプの炎を反射して彼女たちの目が赤々と輝いた。

「どうかしたのか?」レイフは訊ねた。

ザンが口を手で覆った。

「どういうことだ」レイフはつぶやいた。「俺は別に何も――」

「まさかそんな」なおもじっと見つめるザンの目に涙がにじんだ。

常に漂っていた威厳が彼女の体から消え去り、残されたのはどこにでもいる一人の老女で、その顔は悲しみに暮れていた。

レイフはザンの悲嘆の深さに気づいた。「彼女を知っていたのか?」

ザンの声は悲しみのあまりかすれていた。「彼女は……彼女は私の孫娘だった」

レイフは思わずまばたきし、信じられない思いで一歩後ずさりした。またしても歴史の重さに押しつぶされそうな自分を感じる。

「ずいぶんと昔の話だ」そうつぶやくザンの声は心ここにあらずといった様子だ。涙が一粒、頬を流れ落ちた。「だが、今は彼女が見える……おまえの顔に、おまえが覚えている彼女の歌の記憶の中に」

ザンが顔をそむけた。そのことにもっと早く気づかなかった自分を恥じているのだろう。レイフは長老に歩み寄り、その体を抱き締めた。自分が他人に対してそんなことをする人間だとは思ってもいなかったが、彼女がこの瞬間を乗り越えるためにはぬくもりが必要だと感じたからだ。

腕の中でザンが体を震わせた。「彼女はとてもおてんばだった。まわりで新たな不思議が見つかるたびに飛び出していく彼女を、娘はなかなか止めることができなかった」

レイフは幼い頃の母を想像しようとした。

「やがて彼女はより強情で頑《かたく》なになった。ペスリン・トルの年齢になると、彼女は儀式への参加を拒み、部族の一員になるという意思を一切見せなくなった。その代わりに、彼女は森の外の世界を見たいと希望した。ずっとこの森に支配されることのない暮らしを望んだ」

レイフはいかにも母らしいと思った。

〈そういう経緯で母はガルドガルにやってきたということなのか〉

ザンはレイフの腕から離れ、彼の胸に手のひらを当てた。「そして今……今、彼女は戻ってきた」

長老の頬を涙がとめどなく流れ落ち、肩の震えも止まらない。喜びのせいでもあり、悲しみのせいでもあるのだろう。ケスラカイの人たちが集まってザンを取り囲んだので、一人取り残されたレイフは心に穴が開いたかのような気分になった。

ライラが近づいてきた。「大丈夫なのか？」

レイフが視線を向けると、珍しいことに相手の目には気づかいが浮かんでいた。「いや……わからない」

ライラが手を取り、ぎゅっと握った。「我々の歴史は過去にとどまることを拒む傾向がある」

レイフはその言葉の裏により個人的な意味合いが込められているような気がした。好奇心が不安な気持ちを落ち着かせる。レイフは問いただそうとしたが、ライラは手を離した。ほとんど持ち合わせていないはずの思いやりをすでに使い果たしてしまったに違いない。

「先に進み続けなければならない」ライラが言った。「ずっとここにとどまっていることはできないのだから」

一行がシーヤの光る足跡を追って移動を再開するまでには、さらに半鐘時ほどかかった。この忌まわしいトンネル内で明らかになったことのせいで、誰もが無言だった。それとも、ただ疲れていただけかもしれない。たぶん、その両方だろう。

レイフと並んで歩くプラティークの視線が前を行くブロンズの謎から離れることはな

かった。

チェーンの男が抱く関心から、レイフの頭に忘れかけていたある疑問がよみがえった。荷台で激しく揺られている時、ザンがプラティークの耳にささやきかけたことを思い出したのだ。レイフは自分の曾祖母に当たるかもしれない女性を一瞥した。

「荷馬車に乗っていた時、ザンはおまえに何と言ったんだ？」レイフはプラティークに訊ねた。「おまえの耳に何かをささやいていたじゃないか」

プラティークはため息をつき、前を歩くブロンズの女性を顎でしゃくった。「彼女が言うには、シーヤの中には太古の神の魂が宿っているとのことだった。そして、その魂はまだ完全には落ち着いていないのだと」

レイフは眉をひそめた。神々についての知識はほとんどないし、気にかけたことすらない。太古の神々に関して知っていることと言ったら、パンサ・レ・ガース――見捨てられた時代――のアースをうろついていたということくらいだ。大いなる力と残忍な性格を持つ存在で、その強さは美しさを伴うと同時に、その怒りには慈悲のかけらもなかった。

レイフはそのような神が優雅さと静かな優しさを備えたシーヤの中に存在していると想像しようとした。

〈信じられない〉

その一方で、彼女を発見したところにあった銅の卵は、爆発のような力で割られていた。空飛ぶポニー号の通路で人々を投げ飛ばしながら突き進んでいた時の彼女の力強さも思い出す。言い伝えによると、パンサ・レ・ガースが終焉《しゅうえん》を迎えたのは王国の神々が太古の神々をとらえて服従させ、残酷な行ないの罰として地下深くに閉じ込めた時だという。

トンネルの銅に指を添えたレイフは、金属の中に力がみなぎっているのを感じ、体に震えが走った。その奥に嵐が潜んでいるかのように思えた。

プラティークがレイフの視線に気づき、ザンの言葉を繰り返した。「『さらに古い根、太古の神々に属するところ』」

レイフは手を離し、シーヤの先に広がる暗闇を見つめた。ザンはこのトンネルがシュラウズの断崖に、シーヤの故郷に通じていると言っていた。それが本当ならば、自分たちはそんな過酷な神々の拠点に突き進んでいることになる。

レイフの足取りが重くなった。

〈神々を訪問するべきではないかもしれないぞ〉

さらに二鐘時が経過した頃、ニックスはトンネルのはるか先に見える明るさに気づいた。エイモンの肩に手のひらを当てて体を支えつつ、前に歩き続ける。

〈やっと……〉

その光に引き寄せられるかのように、一行の速度が上がった。その一方で、疲れ切っているにもかかわらず、ニックスは空の下と森の中に戻ることを恐れた。このトンネルの中にいる間は、地上の恐怖からのつかの間の安らぎを感じることができた。けれども、いつまでもここに隠れていることはできない。

前方の光が明るくなり、二つのランプの光が照らすだけの中を歩いてきた後では目がくらむように感じられた。それでも、近づくにつれて霧でかすんだまぶしさに目が慣れてきた。トンネルの最後の部分は壁から滑らかさが失われ、しわが寄ったりねじれたりしている。出口は無理やり切り裂かれたかのような形状になっていて、引きちぎられた金属の端が銅の牙となって突き出ていた。

トンネルの終わりに到達すると、ニックスたちは首をすくめたり体をよじったりしながら、とがった金属の牙を慎重によけて通り抜けた。その先には苔や地衣類に覆われた大きな岩がいくつも転がっていた。トンネルの入口はちょうどその陰に隠れていて、岩の奥に潜む銅のヘビの存在に気づくことは難しい。

全員が岩の間を抜け、目の前の光景に向き合った。

世界はその少し先で途切れていて、急峻《きゅうしゅん》な黒い断崖が視界を遮っていた。低い雲がその黒い壁にぶつかる様子は岩場に波が打ち寄せるかのようだ。

ニックスは首を曲げ、雲を通してそのさらに上にあるはずのものを垣間見ようとした。〈ダラレイザのシュラウズ〉常に嵐が吹き荒れるこの高地については修道院学校で教わった——正確には、この場所に関して判明している数少ない事実を聞いた。ここに登ろうと挑むのは命知らずの人間だけで、そのほとんどは二度と戻ってこない。無事に帰還した数少ない者たちは深い密林に生息する化け物や恐ろしいけだものなど、奇想天外な話を持ち帰った。

ザンは全員を大きな岩が転がる断崖の方に先導した。そちらに近づいたニックスは断崖面に段が彫ってあり、雲の中にまで延びていることに気づいた。

フレルも同じことを発見した。「あれはケスラカイ族がペスリン・トルの儀式で使用している段に違いない」

ニックスもその儀式のことを知っていた。部族の若者たちがこの森の一員であることを証明しようと、あの危険な段を上っていく姿に思いを馳《は》せる。冒険者たちと同じように、多くはそのまま戻ってこないという。

ジェイスが小声でささやいた。「僕たちもあそこを上るのかな？」

「たぶん、私たちじゃないと思う」ニックスは答えた。

ブロンズの女性を見ると、まだ力が戻っていないのは明らかなのに、はっきりとした意図を持った足取りで断崖に向かって歩いている。

ニックスたちがその後を追うと、一陣の風が前方に漂う霧を吹き払った。厚い雲の間から太陽の光が差し込んで断崖面を照らし出すと、岩の窪みや裂け目がくっきりと浮かび上がる。

ニックスは手をかざしてその明るさの方を見た。はるか頭上で太陽の光を反射する赤みを帯びた輝きが確認できる。崖を削った段はそのあたりで終わっていた。ニックスは牙を持つ口のようなトンネルの出口を振り返ってから、断崖面の赤銅色の輝きに視線を戻した。

〈トンネルはあそこからさらに上に続いている……〉

ニックスはこの地を貫いて目の前の断崖を隆起させた何らかの作用によって、あの長い銅のトンネルが真っ二つに引き裂かれる様子を想像した。そのうちに再び雲がかかり、その光景をかき消した。周囲がいちだんと暗くなったように感じられる。

断崖に近づくにつれて、その下に転がる大きな石と思われたものが実は質素な造りの家で、小さな窓が開いており、断崖に沿っていくつも積み重なっていることに気づいた。屋根の上の小さな石塚はどうやら煙突らしい。また、断崖面のあちこちには洞窟もあることから、この小規模な居住地は崖の外に積まれたものだけでなく、岩を削って造られたものもあるようだ。

中に人がいる気配はない。ここはペスリン・トルの儀式の前にケスラカイの人たちが集まる場所に違いない。ニックスはこの中に集まった家族が暖炉のまわりで身を寄せながら、愛する人たちが無事に帰還できるよう、神々に祈る姿を思い浮かべた。

段は住居が密集した場所から断崖面の上に向かって延びている。

ニックスたちはザンに導かれるまま段の下に近づいた。登り口には石を積み上げたアーチが架かっていた。両側から積み上げた石はとがった先端部分で接していて、きれいにバランスが取れている。

全員がその手前に集まると、シーヤがなおも先に進もうとしたが、レイフが腕をつかんで制止した。ブロンズの女性はそれに従った。それとも、長い登りに移る前にもっと力を蓄えなければならないと考えたのかもしれない。

ザンがアーチの真下に立った。

ジェイスがニックスに顔を近づけ、さっきと同じ不安を口にした。「まさか僕たちが上るわけじゃないよね？」

ザンがその声を聞きつけた。「そうだ」ジェイスに視線を向けてから、集まった全員を見渡す。「この神聖な段を上ることは死を意味する。無事に帰還できる望みがあるのは導きの歌の才能を持つ者だけだ」

ジェイスがほっとため息をついた。「ああ、助かった……」

カンセもうれしそうな顔をしていた。「だったら、待っている間はこの家の中にいればいい。そうだ、ハイタカに信号を送ってみるよ」王子は肩に掛けた弓の位置を直した。「王国軍の目がまだヘイヴンズフェアに向けられていて、こっちを注目していなければいいんだけれど」

ニックスは王子の腕に触れ、早まった行動を起こさないように伝えた。

ザンの話は続いている。「シーヤが旅路の最後の道のりを進む間、ケスラカイが彼女を助ける。ただし、おまえたちの中に同行を許される者が三人いる。おそらくこの道を進む運命にある者たちだ。導きの歌の才能を持つ三人」

レイフが前に進み出た。「シーヤが上に行くなら俺も行く。クラウンの半分を横断してここまで来たんだ、今さら見捨てるわけにはいかない」

ザンはお辞儀をして感謝を示した。再び顔を上げた時、長老の視線はニックスの顔の方を向いていた。それを予期していたニックスは前に進み出た。

ジェイスとカンセが左右から彼女の腕を引っ張った。

ジェイスが握る手に力を込めた。「君を行かせやしない」

カンセも同意見だった。「君の身に何かがあれば、知り合って間もない騎士に頭を切り取られる。ただでさえ、僕のことを殺そうと狙っている人が大勢いるというのに」

ニックスが二人の手を振りほどこうとする必要はなかった。彼女の願いを察知したのか、エイモンが二人に近づいて牙を剝いた。二人ともすぐに手を離した。

ニックスは言葉の代わりに二人にそっと手を触れ、ありがとうと伝えた。「これは私の進む道なの。二人ともわかっているでしょ」

二人は認めたくなさそうだったが、表情からそれを理解していることはわかった。

「それなら、僕たちも行くよ」ジェイスがなおも抵抗し、顔を上げてカンセにも同意を求めた。

ニックスは首を横に振った。ザンの知識と警告は無視できない。「それはあなたたちの進む道ではないの」

「だったら、戻ってきて」ジェイスが訴えた。「必ず戻ってきてほしい」

カンセがため息をつき、石の家をちらっと見た。「ここで君を待つことにするよ。その間に騎士を呼んでおくのもいいかもしれないな」

話が決まると、ニックスはアーチの方に向かった。エイモンも隣を歩き、止められるものなら止めてみろと言わんばかりにまわりをにらんでいる。

ニックスがシーヤとレイフに追いつくと、ザンはそれでいいとうなずいてから、ほかの人たちを見回した。「三人目は……」

ニックスは残った人たちを見た。〈ほかに誰が導きの歌の才能を？〉

ザンが視線を留めたのは、そのような才能を持っていようとは思いもよらなかった人物だった。

フレルが体をこわばらせた。錬金術師は驚き、当惑している様子で、憤慨しているようにも見える。「私が？」

ザンはじっと見つめるだけだ。

フレルが大きく鼻を鳴らした。「ありえません」

ザンは子供に語りかけるような口調で伝えた。「おまえからかすかな和音が聞こえる。おそらくおまえは成長するにつれてそれを意識しなくなったのだろう。この中にあるものを大いに信用するようになった結果だ」ザンは指先で額に触れてから、手のひらを胸に下ろした。「ここにあるものよりも」

フレルは納得していないように見えた。

カンセが指導教官を肘で小突いた。「あなたは僕を辛抱強く教えてくれた。つまり、その中のどこかにちゃんと心があるということさ」

ザンは錬金術師を見つめたまま杖を持ち上げ、その表面に埋め込まれた貝殻を指でたどった。「こう考えてはどうか。最初におまえの興味を月の謎に向けさせたのは何だったのか？ これから訪れる破滅の発見につながった研究のきっかけは何だったのか？」

フレルは眉をひそめた。「純粋に学術的な興味、それだけです」

だが、ニックスは錬金術師の言葉から、そして眉間に寄せたしわから、彼の中で迷いが大きくなっていることを感じ取った。今この瞬間、彼は自分の生涯を改めて振り返っているに違いない。

「おまえはブレイクの修道院学校で多くの日々を過ごしたと聞いた」ザンが言った。「ニックスと同じように。そのすぐ近くにはフィストがあり、そこは警告で空気を震わせるコウモリたちの住みかだ。おまえは心の奥深くで彼らの不安を聞いていたのだと私は信じる。それがおまえを後の研究に導き、その謎の答えを求めるようになったのだ」

フレルは目を大きく見開き、手のひらを胸に当てた。

ザンが段の方に向き直った。「ムーンフォールが迫っている。未来への希望があるとすればこの上だ」

フレルが一歩、また一歩と足を前に踏み出した。抗うことができずにいる。

改めて段を見たニックスは、炎上する山頂、ぶつかり合う兵器、月がアースに落下する悪夢のことを思い出した。この数日はとにかく生き延びることに必死だったため、そもそもここまで来る原因になったより大きな脅威のことを忘れてしまっていた。

エイモンの脇腹にずっと手を添えていたニックスは、ワーグの胸が静かなうなり声で震えていることに気づいた。この段にたどり着くまでにあまりにも多くの血が流れた。この道のりを最後までたどり続ける以外の選択肢はない。

〈この上に何らかの答えがあるのなら、見つけなければならない〉

50

カンセは出発した一団を目で追った。急な段を上る一行は一人、また一人と雲の中に姿を消していく。

隣に立つジェイスはニックスが霧の中に消えると肩を落とした。「あの上ではいったい何が見つかるんだろう?」ジェイスがつぶやいた。

クラッシュの錬金術師のプラティークが一つの仮説を提供した。「シュラウズの頂上には古代の環状列石があると言われている。北の列石だ。その存在がダラレイザという名前の由来になったのではと考えられる。太古の言語で『死の石』の意味だ」

カンセは男性を横目で見た。「心安らかになれるような考え方だな」

ジェイスの顔が青ざめた。「僕はシールド諸島で育った。そこにも列石がある」

プラティークがうなずいた。「南の列石だ」

「そこに行ったことがあるけれど」ジェイスが言った。「苔に覆われた巨石が環状に置かれているだけで、そのうちのいくつかはずっと昔に倒れてしまっている。僕たちがヒツジに食わせるヒースが一面に広がる中にある。特別なものではないよ」

プラティークの考えは違った。「知恵の館の学者たちの間には、あなたたちの列石には天文学的な意味があるとする意見もある。ただ、実際のところは誰一人としてその配置の裏にある意味をつかめずにいる」

「誰があの石を置いたのか知っているかい？」カンセは訊ねた。シュラウズはシーヤの故郷だと断言していたザンの言葉を思い返す。王子はブロンズの一団が巨石を担いで運び、ヒースの草原に置く様子を想像した。

プラティークが肩をすくめた。「あの石は見捨てられた時代にまでさかのぼるものだから、本当のところは誰にもわからない」

ジェイスが崖に刻まれた段に注意を戻した。その顔からは不安がいっそう強くうかがえる。

ライラが三人の方に近づいてきた。険しい表情を浮かべ、いらついている様子だ。カンセは彼女がブロンズの彫像を指差しながら出発前のレイフに伝えた言葉を思い出した。〈彼女を見失うなよ〉

王子はこの女性が気にかけているのはシーヤの安全ではなく、その価値なのだろうと勘繰っていた。シーヤのことを見るライラの視線は大切な雄牛を値踏みする牧場主のようで、あのブロンズを融かしたらどれだけの金になるかを計算しているとしか思えなかった。

ライラのすぐ後ろにいるのはカンセたちとともにここに残ることになったケスラカイの

斥候で、鋼のような肉体を持つセイルルという名前の若者だ。ライラが全員を見回した。その不機嫌そうな目つきから、まわりの状況に満足していないのは明らかだった。

「カンセ王子」肩書きを付けて呼んだライラだったが、どこか見下すような口調だった。「私たちはこれからどうするのか、考えを聞かせてもらいたい。信号を送るとかいう話をしていたのが聞こえたが」

カンセはうなずき、断崖の向かい側に広がるハンノキの森の方を見つめた。「うまく彼らをここに呼び寄せることができれば、この場所からの脱出手段を得られるかもしれない」

カンセは断崖から離れ、平らな岩の方に向かった。弓をその上に置き、矢筒から二本の矢を引き抜く。そしてベルトに留めたオイルスキンの袋から革を蠟で固めた卵状の物体を二個、取り出した。球体の中には錬金物質の粉末が詰まっていて、その表面からは閃熱を浸した糸が垂れている。これはハイタカに乗っている時に海賊のダラントから手渡されたものだ。

カンセは卵を一個ずつ、矢じりのすぐ後ろに注意深く結ぶ作業に取りかかった。

ジェイスが隣に立ち、霧を見上げた。「それをいつ発射するつもりなの？」

カンセは作業を続けながら答えた。「ニックスたちがあの段を離れて銅のトンネル内に入ったとわかってからだ。僕たちの合図で敵の目をこちらに引きつけるような危険は冒したくない。少なくとも、まだみんなが断崖を登っている間は」

カンセは粉末が詰まった二個の卵をそれぞれの矢に固定した。一方を霧の上に、もう一方を霧の下に向けて射る計画だった。破裂した球体は青い煙を放出する。カンセとしては王国軍の注意が今もなお、ヘイヴンズフェアに向けられていることを期待するしかなかった。気づかれた場合には、信号ではなく野営地から立ち昇るただの煙だろうと判断してくれるように祈るだけだ。

ただし、何よりも必要なのは、合図がハイタカの鋭い目に留まってくれることだった。

〈まだあの船が無事でいるならば、の話だけれど〉

カンセは作業を進めながら段の方を振り返った。一行が出発する前、ザンと話をした。彼女の言葉によれば、トンネルの入口があるのは霧の下に見えている部分と同じくらいの距離を霧の中に入ってから進んだあたりだということだった。その情報をもとにして、カンセは頭の中でおおまかな時間の経過を計算していた。

ジェイスと同じように今すぐにでも合図を送りたかったが、はやる気持ちを抑えなければならない。

〈まだ早すぎる〉

カンセはもう一度、断崖を振り返った。

ジェイスも崖の方に注意を戻していた。カンセは用務員の若者がニックスにかけた言葉を思い返した。

〈必ず戻ってきてほしい〉

カンセも同じ考えだった。段を上る彼女の姿を見ていると、自分が思っていた以上に胸が苦しくなった。このところカンセは何度となく、ニックスは腹違いの妹なのかもしれないのだからと自分に言い聞かせなければならなかった。それでも、心の中で生まれつつある熱い思いを完全に抑え込むことができなかった。その気持ちに水をかけて冷まそうと繰り返し試みても、くすぶり続けるばかりだった。

カンセはジェイスに視線を向けた。この用務員を意気地なしの弱虫だと見誤っていたことを思い出す。崖を見上げるジェイスのことを見つめていると、この若者の胸に秘めた思いの深さがはっきりと読み取れる。恥じることなく、恐れることなくさらけ出したその思いが、カンセの目にまぶしく映る。

カンセは顔をそむけた。

〈僕にもそれだけの勇気があったら〉


ニックスはまぶしい太陽の光に目を細めた。手をかざして強烈な光を遮りながら、霧に包まれた湿った世界を抜けた先の、天空の父の熱に焼かれた段を上り続ける。

足もとの乾いた石をありがたく思うものの、空気中には煙と炎のにおいが漂っている。左手の方角を見ると、一面の白い海の中に黒いしみがあった。渦を巻く黒い点から立ち昇る煙の柱が空高くにまで達している。

ニックスは思わず顔をそむけた。なおも段を上りながら、すぐ隣の壁面を観察する。濃い色の岩には灰色の層がいくつも含まれていて、そこから貝殻の破片が突き出ている。大昔はここが海底だったかのようだ。これと同じ壁の記憶が心によみがえる。ヘイヴンズフェアに向かう途中の森の中で別れる前に、ザンが歌ってくれた時に見えた光景だ。ニックスは貝殻に手を伸ばしながら、長老の杖に用いられていた貝殻はここから採取したのだろうかと思った。杖の装飾は削った貝殻で月の満ち欠けを表していた。

自分たちがシュラウズに向かっている理由を思い出し、ニックスは手を下ろした。

〈ムーンフォール〉

階段の先を見上げると、ザンが先頭に立っていて、斥候の一人が手を貸していた。部族の女性三人が続き、その後ろをシーヤが、そしてレイフがブロンズの女性のすぐ後を追っている。

ニックスは前を歩く謎の女性をどう見たらいいのかわからず、少し距離を置いていた。太陽の光を浴びると、女性のブロンズの艶がたちまちより明るさを帯びた金色と赤銅色に変化した。まだ傷ついた脚を引きずっているが、今では動きがより滑らかになっていて、一歩進むたびに力を取り戻しているかのように見える。そのかたい表面も太陽の光で融け、しなやかでやわらかくなっているようだ。ブロンズの髪までもが断崖面に沿って吹き上がる風で揺れている。

レイフの張り詰めていた肩も同じように緊張が和らいでいて、それはまるで彼だけにしか聞こえない歌によってシーヤの回復を確信しているかのようだった。

「彼女は素晴らしいと思わないかい？」背後からフレルが声をかけた。錬金術師のさらに後ろにはエイモンしかいない。「イフレレンのライスが彼女を追い求めているのもわかる気がする」

ニックスは煙が渦巻くあたりを旋回する戦闘艦に視線を向けた。炎と死の雨を降らせた船と同一のように見える。忌々しいシュライブがあれに乗っているのは間違いない。

自分の注目が戦闘艦の監視の目を引き寄せるのではないかと不安になり、ニックスは視線をそらした。

足を速めてレイフの後を追う。この段の上でぐずぐずしているわけにはいかない。ブロンズの彫像が太陽の光を浴びてまばゆく輝いているからなおさらだ。ザンもそのことをわかっているようで、より足早に段を上り始めた。

ニックスは不安に駆られて何度も巨大な戦闘艦の方を見たが、あの黒い渦の周辺をゆっくりと旋回するばかりで、こちらに向かってくる気配はうかがえない。一行はようやく銅のトンネルの入口に到達した。下の出口と同じように、引き裂かれた金属が牙のようになっている。ニックスたちは太陽の光の下から急いで暗いトンネル内に逃げ込んだ。

突然の暗がりに視界が遮られる。ケスラカイの斥候はある程度トンネルの奥に進むまで、ランプの覆いを取り外さなかった。だが、まわりの様子が見えるようになって初めて、ニックスはシーヤの足もとの銅が光を発していないことに気づいた。

フレルも同じことを目にしたようだ。「このトンネルにはさっきのような力が満ちていないみたいだね。前のトンネルは『いにしえの帆柱』の根の下の起点から今も力を引き出していて、惜しみなく与える木から強さをもらっていたのかもしれない。しかし、はるか昔にその源泉から切り離されてしまったこのトンネルの銅は、ほかの金属と同じで力を持っていないのだろう」

ニックスは錬金術師の意見を信じたが、それによってある懸念が生まれた。こちら側にあるほかのすべても同じように力を失い、死んだも同然の状態だとしたら？

〈この努力がすべて無駄になってしまうかもしれない〉

とはいえ、先に進み続けるよりほかなかった。ニックスはある希望にすがった。それはシュラウズのてっぺんにまだ何かが生きているかもしれないことを示すたった一つの希望。

「ペスリン・トル」ニックスはフレルに向かってささやいた。「ケスラカイの人たちは成人するための試練として若者たちを上に送り込む。どうしてそんなことをするんだと思う?」

「それに関する論文をいくつも読んだことがあるが、さっきのザンの警告を聞いた後では、どれも間違っているように思う」

ニックスは振り返ったが、錬金術師の表情は彼女の体が投げかける影に入っていて見えない。「どういうこと?」

「ペスリン・トルは『聞く心』という意味だ。ザンの話では導きの歌の力を持つ者だけがシュラウズを安全に行き来できるということだった。『聞く心』は導きの歌を指しているのではないと思う。そうだとすれば、この才能ははるか昔から存在していて、ここで暮らす部族の血の中に流れているものだと考えられる」

ニックスは胸に手のひらを当てた。〈ペスリン・トル〉歌った時にどのように感じたのかを思い出す。彼女にとって、「聞く心」はしっくりくる言葉だった。

「この儀式だが」フレルの説明は続いている。「ケスラカイの人たちが部族の一員として受け入れられるためには、誰もがそれを通過しなければならない。その慣習が彼らの血の中における導きの歌の才能を濃いものに保っているのではないだろうか。その力が弱すぎる者、あるいはその力を持たない者はこの儀式によって間引かれる。強い力を持つ者だけが無事に帰還できて、その血を部族に分け与えることができるというわけだ」

ニックスはそのような説明に納得できなかった。あまりにも残酷な話に聞こえる。

フレルはその考え方に気持ちが傾いているようだ。「部族の人たちは自分たちの才能を磨き、その強さを維持するための手段としてシュラウズを利用しているのだろう」

ニックスは胸の間に置いた手を下ろした。「でも、私にはケスラカイと血のつながりがない」

〈少なくとも自分は知る限りでは〉そんな条件が付くことは認めざるをえないけれど。

ニックスはエイモンの方を振り返った。グレイリンが二頭のワーグとつながっていることは、ある種の原始的な才能の存在を示しているのだろうか？　彼の弟たちに歌いかけた時、ニックスは彼から何も感じなかった。もっとも、その意味ではフレルからも何も伝わってこない。それにグレイリンは自分の父ではないかもしれないのだ。〈でも、私の母はどうだったの？〉彼女は慰みの奴隷として言葉を失ったために、その才能を発揮する機会も失われてしまったのだろうか？

そんな謎はとても解明できないと思い、ニックスは首を左右に振った。

フレルがニックスに特有の別の可能性を指摘した。「もしかすると、君が生まれて間もない日々をミーアコウモリとともに過ごしたこと――彼らの鳴き声を聞き、彼らの乳を飲んだことで、そのような才能を植え付けられたのかもしれないね。君はまったく別の、まったく新しい存在なのだが、それでも部族古来の導きの歌とつながっているのだ」

「ジャーレン……」部族の女性たちから検査を受けていた時にザンが言ったことを思い出

し、ニックスはその言葉をつぶやいた。

フレルが距離を詰めた。「それはケスラカイ語でミーアコウモリの意味だ」

ニックスはうなずいた。「ザンはコウモリたちがはるか前に太古の神々から影響を受けたと言っていた。コウモリに歌いかけることができた部族の人間はこれまで一人もいなかったとも」

「でも、君はできる」

ニックスは自分に向かって甲高い音を発しながら宙を舞うバシャリアの姿を思い浮かべた。今でも身を寄せ合っていた時の彼の感触が残っている。太古の神々の器としての役割を果たすには、彼はあまりにもはかない存在に感じられた。

ニックスはシーヤを見た。ブロンズの体がランプの光を反射して松明のように輝いている。この命ある彫像も何らかの形で太古の神々とつながりがあるという。

〈それだったら信じられる〉

それ以上のことを突き詰める方法がなかったため、その先は無言で歩き続けた。やがて前方に光が現れた。ニックスが予期していたよりもかなり早い。トンネルの長さは八分の一リーグもなかったに違いない。

わめくような鳴き声がニックスたちのもとまでこだました。木の葉を叩く雨のような音も聞こえる。一行は出口の薄明かりを目指して残りの距離を急いだ。前を歩く人たちが次々と外に出ていく。出口はねじれて引き裂かれた形をしていた。ニックスは銅のトンネルが薄気味悪い植物の根のように地面から飛び出している様子を思い浮かべた。

首をすくめて外に出たニックスの前にあったのは薄暗い密林だった。クラウドリーチの森よりもはるかに霧が濃い。ありとあらゆる葉やとげから水滴が落ちていた。空気までもがあまりに濃厚で肥沃《ひよく》なため、ニックスは肺に種を植え付けられ、そのうちに体から枝が生えて密林の一部になってしまうのではないかと不安を覚えた。

密林の奥から生き物たちが羽音を響かせ、気味の悪い鳴き声を聞かせる。はるか奥で何かが悲鳴のような音を発した。近寄るなという警告のように聞こえたが、その必要はなかった。

ニックスは一歩後ずさりした。

目の前の森の地面には骨が散乱していた。傾いたり割れたりした頭蓋骨もあれば、絡まったり折れたりした手や脚の骨もある。肋骨の檻の中では太ったカエルが低い声で鳴き、濡れた目でニックスたちをじっと見ている。そのさらに先は濃い緑色の苔がすべてを覆っていて、密林がすでに消化したものをなおものみ込もうとしているかのようだった。

エイモンがニックスの隣に忍び寄り、頭を低くして毛を逆立てた。

ニックスは理解した。

〈誰一人としてここに立ち入るべきではない〉

51

カンセは矢を並べた平らな岩の上に座っていた。それぞれの矢には粉末の詰まった卵をしっかりと結んである。カンセは三回分の矢として全部で六本を用意した。一鐘時の間隔を空けて一度に二本ずつ射る計画だ。

準備を終えると心に不安が生まれ、呼吸をするたびにそれが高まっていく。

〈あともう少しだけ待ってから……〉

カンセはプラティークの方を見た。チェーンの錬金術師は少し離れたところに立ち、カンセの作業をじっと見守っている。

気を紛らせたいと思い、カンセはプラティークを見てうなずいた。これまでチェーンの人間と間近に相対して質問する機会はほとんどなかった。なかでもクラッシュ独特の慣習について、これまでずっと気になっていたことがある。「ところでプラティーク、君には本当にキンタマがないのかい？　なくて寂しい思いをしたことは？」

近くにいたジェイスがぶしつけな質問に唖然とした表情を浮かべたものの、彼もプラティークの方を見て答えを待っている。

プラティークは二人を見て片方の眉を吊り上げた。気分を害した様子はまったくない。

「初めからなかったも同然のものを寂しがるわけがないではないか。有意義に使ったことなど一度もなかったし」

カンセは相手の意見を考えた。自分もこれまで有意義に使ったことはほとんどない。

「ただし」プラティークが続けた。「喜びを与えたり得たりするための方法ならば、ほかにもあることを学ぶべきだな」

カンセは姿勢を正した。「本当かい？　詳しく教えてよ」

プラティークが答えようとした時、ケスラカイ族の斥候のセイルルの近くにいたライラが大股で近づいてきた。

「くだらない話はそのくらいにしておけ。お楽しみのやり方なら後で教わればいい」ライラが断崖を指差した。「もうかなり時間がたったぞ。何をぐずぐずしているんだ？」

カンセは相手をにらみつけたが、それ以上の催促は不要だった。王子は弓と一本の矢をつかんだ。「ジェイス、セイルルのランプの炎でろうそくに火をつけてくれ」

用務員はこの命令を予期していて、すでにろうそくを手に握っていた。

ジェイスがろうそくに火をともすと、カンセはほかの人たちの前に移動した。先端に革製の卵がぶら下がった矢をつがえる。卵の下からは導火線が垂れている。カンセは余分な重量を計算に入れていつもよりも上向きに弓を構えた。

「火をつけたら下がるように」カンセは注意した。「こいつが僕の顔の真ん前で爆発しないとも限らないからね」

導火線を食い入るように見つめてから、ジェイスがろうそくの炎で火をつけた。導火線から火花が飛び散るとすぐに飛びのいて離れる。

カンセは弦をもう少し強く引いた。

〈手加減しても仕方ない〉

弦のしなる音とともに矢が放たれた。矢は高い角度で宙を切り裂き、霧の中に姿を消す。カンセは息を殺して見守った。全員の目が上を見つめている。そのまま待つものの、何も起こらない。

ジェイスが上を向いたまま口を開いた。「うまくいったの?」

カンセは肩をすくめた。「何とも言えないな。これだけ霧が濃いと、たとえ合図が真夏の祭りの花火のように破裂したとしても、ここからだとわからないかもしれない」

カンセは空から顔をそむけ、二本目の矢を手に取った。すぐに同じ作業を繰り返すが、今度は弓をさっきの半分の力で引き絞る。導火線が明るく火花を飛ばす中、カンセは再び矢を放った。矢は高く飛んだが、霧のすぐ下で速度が落ち、上昇の頂点に達する――そしてこもった爆発音とともに炸裂した。

霧の下に青っぽい煙が広がり、数呼吸する間は大きな球体となってそこにとどまっていたが、やがて拡散して薄れていった。

「今のは間違いなくうまくいったな」カンセはまわりを見回して称賛の言葉を待ったが、不安げな表情しか返ってこなかった。

それも当然だ。

カンセは霧に包まれた森を振り返った。

〈僕の優れた腕前を評価してくれる相手がどこかにいるのだろうか？〉

正しい人間の目に届いてくれたことを祈るしかない。

〈正しい人間だけの目に〉

「一鐘時たったらもう一度やってみる」

「それまでの間」ライラが断崖沿いの家を指差しながら警告した。「人目につかないようにするべきだ」

賢明な判断だった。

カンセは矢を集め、弓を肩に掛けた。全員で崖の下の住居に向かう。建物には隙間程度の窓と扉のない狭い入口があるだけだ。堅牢《けんろう》な造りにはほど遠いが、崖の奥に通じるアーチ状の通路が見えるので、かなり深くまで通じているに違いない。

ここでどれくらい待つことになるのかはわからなかったが、カンセはその時間を有効に使うつもりだった。プラティークの方を見る。「じゃあ、教えてよ。女性を喜ばせるほかの方法って何だい？」

グレイリンは船室の扉を叩く大きな音にはっとして目を覚ました。眠ってしまった自分に驚きながら、あわてて体を起こす。痛む体を少しだけ休めるつもりでいたのだが。

ベッドの脇で寝転がっていたカルダーも起き上がり、首筋の毛を震わせながらうなっている。

グレイリンはワーグの脇腹に手のひらを当てて落ち着かせた。「大丈夫だよ」そして大きな声で呼びかける。「どうかしたのか？」

「お昼寝の時間が終わったのなら」ダラントが答えた。「すぐに船首楼まで来てくれ」

海賊の声からは興奮が伝わってくる。グレイリンはうめき声をあげ、背中の痛みをこらえて簡易ベッドから離れた。短い睡眠を取っても依然としてこわばったままの体で船室内を横切る。扉を開けると通路には誰もいなかったので、グレイリンは船首に向かった。

後ろからついてくるカルダーは毛を逆立てたままだ。

グレイリンも同じような気分だった。船首楼の方へと歩くうちに体がほぐれて痛みが消えていく一方で、心臓の鼓動は大きくなるばかりだ。何があったのか？　どうしてダラントはわざわざ起こしたりしたのか？

　グレイリンはハイタカのこぢんまりとした船首楼に入った。ダラントはヒックの隣に立っている。年配の男性は遠望鏡をのぞき込んでいた。

「こいつを見てくれ」ダラントがヒックを肘で押しのけながら言った。

　グレイリンはヒックに代わって遠望鏡をのぞいた。接眼レンズを通して見えたのはまたしても雲の上の光景だが、焦点が合っているのはヘイヴンズフェアの上空に広がる煙の渦ではなかった。はるか彼方で黒い断崖が空を二分していて、太陽の光が当たっているものの、その下には白い霧が広がり、崖のてっぺんは濃い色の雲に隠れて見えない。

「俺が見ているのは何だ？」グレイリンは訊ねた。

「シュラウズの断崖だ」ダラントが答えた。「だが、真ん中に目を凝らしてくれ。崖の下に漂う霧の少し上だ」

　グレイリンはそのあたりに意識を集中させた。数呼吸するうちにぼんやりとした汚れのようなものが見えた。真っ白な大理石の上にほこりが厚く積もっているかのようだ。そのすぐ上にはうっすらと煙がかかっていた。

　グレイリンは遠望鏡を握り締め、その光景から目をそらすことなく問いかけた。「俺たちがずっと待ち続けていた合図があれだっていうのか？」

「そうかもしれません」ヒックが答えた。「私は一日中、ヘイヴンズフェアの上空で渦巻く濃い煙を監視していました。青い煙の塊を探して。ところが少し前のこと、違う方角で別の何かが目に留まったんですよ。あの崖を登るまぶしい輝きです」

「それは何だったんだ？」グレイリンは問いただした。

「よくわかりません。遠望鏡をそちらに向けた時にはもう消えていたので。でも、それからはそちら側にも注意を払うようにしていました。そのおかげで、あのあたりから噴き上げた青い煙に気づくことができましてね。そこですぐにダラントを呼んだというわけなんですよ」

グレイリンは遠望鏡から離れ、二人の男性を交互に見た。「野営地で何かを燃やしたただの煙だという可能性は？」

ダラントが首を横に振った。「それにしては色が青すぎる」

グレイリンは眉間にしわを寄せた。船首の窓を通してヘイヴンズフェアの町が燃えているあたりを見つめる。「あれがニックスたちからの合図だとしたら、どうやってあの崖までたどり着けたんだ？　そもそも、なぜあそこに行ったんだろうか？」

「わからない」ダラントが答えた。「しかし、それを確かめる方法は一つしかない」

グレイリンは拳を握り締めた。心臓の鼓動がますます大きくなる。今すぐにでもそこに駆けつけたい気持ちはある。だが……「あれが罠だとしたら？　彼らのうちの一人、または何人かが敵につかまり、拷問に耐えられずに合図の送り方を教えてしまったのかもしれない。俺たちをおびき寄せる策略だとも考えられるじゃないか」

「俺も同じことを考えた」ダラントが認めた。「だから炉に閃熱を送り込む前に眠っているおっさんを起こしてやったのさ」

グレイリンはダラントの方を見た。

「あそこに向かってくれ」


マイキエンはタイタンの船首楼内でハッダンの後ろを行ったり来たりしていた。忠臣将軍は右舷の遠望鏡を操作する乗組員に険しい視線を向けている。

「おまえの判断を聞かせてくれ」ハッダンが航海士に要求した。

マイキエンは指先で落ち着きなく太腿を叩きながら返答を待った。ついさっき、戦闘艦に戻ってきたばかりだ。体中から煙と馬の汗のにおいがする。目はまだひりひりと痛むし、鼻の穴にはすすが詰まったままのような感じだ。それでも、マイキエンは何としてでももう一度ヘイヴンズフェアに戻り、町の捜索を続行したいと思っていた。王国軍は住居内や地下の貯蔵室を徹底的に調べ、住民を捕えては尋問し、国王に対する反乱に関与しているかもしれない人物を突き止めようとしていた。ヘイヴンズフェアにはほかにもカンセの企みを知っていた人物がいたはずだ。弟が事前に味方を配置することなくこの遠隔の地に乗り込むとは考えられない。どんな方法を使ったのかはわからないが、カンセはライスの武器まで入手しているのだから。

マイキエンはほかにも協力者がいるはずだと確信していた。

〈あの頭の悪いカンセが一人でこれだけのことを仕組めるわけがない〉

弟の味方を探し出す以外にもう一つ、マイキエンにはヘイヴンズフェアに一刻も早く戻りたい理由があった。町を歩いている間、マイキエンは住民たちが自分を目にして怯える姿に喜びを感じた。彼らの悲鳴、抗議、平伏する姿に興奮を覚えた。逆らったり知らないと答えたりした住民たちを殴りつけたため、こては血まみれになっていた。物陰に連れ込まれる女性たちを見ては、自分も加わりたいと思った。

マイキエンはほかの騎士たちのもとに戻り、鬱憤《うっぷん》を晴らし、征服者の権利としてのスリルを存分に味わいたくてたまらなかった。タイタンに帰還したのは馬を取り換えるためだった。乗っていた馬の足取りが不安定になったのは、大量の煙で肺をやられてしまったからだろう。よろよろと進む馬にまたがっている姿は、一国の王子としてふさわしくない。

ところが、戦闘艦に戻るとすぐに、ハッダンからここに来るように呼ばれた。

〈それも遠くに小さな煙が見えたという理由だけで〉

ようやく航海士が遠望鏡からこちらに向き直った。「色が青すぎます。間違いありません。あれは野営地の煙とは違います」

「それなら、合図ということだな」ハッダンが答えた。

マイキエンは動きを止めた。眉をひそめる。

〈どういうことだ？〉

「その通りであります、将軍殿」航海士はハッダンの険しい眼差しを受けて背筋をぴんと伸ばした。「しかし、なぜ煙が上がったのか、あるいは誰に向けたものなのかに関しては、私からは何とも申し上げられません。単に狩人が仲間に送った合図という可能性もあります」

ハッダンが大きく弧を描いた船首側の窓に歩み寄り、ダラレイザのシュラウズの断崖を見つめた。将軍の手が傷のある顎に生えた不精ひげをさすった。

マイキエンも隣に並んだ。「それよりも弟の一味によるものではないだろうか。ヘイヴンズフェアにいる仲間に合図を送ろうとしていたのだ。カンセに忠実な者たちをあそこに呼び集めるために」

ハッダンが鼻から息を吐き出した。その目がすすまみれのマイキエンの甲冑に動く。この拳に付着した血痕に心なしか視線が長くとどまったように思えた。ハッダンの顔がマイキエンの方を向いた。「その通りかもしれませんね」

マイキエンは胸を張った。

「調査のために追撃艇を送ります」ハッダンが背を向けようとした。

マイキエンは相手の腕をつかもうとしたが、忠臣将軍がそんな失礼な行為をにらみつけると、あわてて手を引っ込めた。すぐに後ずさりして気をつけの姿勢を取る。「私も追撃艇に乗せてほしい」

将軍はその提案を却下するかに見えた。

「追撃艇には二十人が乗れる。モンガーが一人や二人含まれていても大丈夫だ。最高の騎士たちを、ここで無為な時間を過ごしている者たちを私に同行させてほしい。崖の近くにいる一味を探し出して尋問にかける」

「プライス航海士が言ったように、ただの狩人かもしれません」

「そうだとしても、確かめるべきだ」マイキエンはすすにまみれた甲冑を手で払った。「一国の王子たる者は、これよりも輝いた存在でなければならない。国王に不忠の者たちを探して、あらゆる場所を捜索する姿こそがふさわしい」

ハッダンは再びマイキエンのこての血痕に視線を落とした。「そして一国の王子たる者は、国王に忠実な者たちを殴るようなことがあってはなりません。少なくとも、大勢の騎士の面前で」

マイキエンは将軍の言葉と、その裏に込められた非難に頬が熱くなった。しかし、それを否定しなかったし、互いに真実だと知っていることを嘘でごまかそうともしなかった。

ハッダンが険しい眼差しで見つめた。「自らを無用な危険にさらさないようにしてください。あなたの判断は大いに尊重しています。あなたをタイタンのヴァイルリアン衛兵の隊長付きに任命します。隊長の言葉には必ず従うこと。それでいいですね？」

マイキエンは軍靴のかかとを鳴らした。「はい、将軍殿」

ハッダンが考え直さないうちにと、マイキエンはすぐに踵を返してその場を離れた。走らないようにと自分に言い聞かせる。追撃艇が断崖に向けて出発する前に、甲冑を磨く時間があればいいと思う。誰の甲冑よりも明るく輝かせるつもりでいた。

マイキエンは船首楼を出ながら笑みを浮かべ、拳にこびりついた血痕をこすり落とした――こてをきれいにするためではない。新たな血痕用の場所を空けるために。

52

レイフは骨が散らばる中を横切り、密林を目指した。足の下で何かが砕けたり折れたりする音が鳴るたびに顔をしかめる。先頭を歩くシーヤは止まることなく突き進んでいる。ただし、低く垂れこめた雲の下ですでに輝きが薄れ始めていて、ブロンズの表面の艶も鈍くなっていた。彼女が歩くのに合わせて、その重い体の下で骨が粉々に砕けていく。

小さな頭蓋骨が踏みつぶされるのを見て、レイフはたじろいだ。

シーヤは決して顔を下に向けない。

プラティークがザンから聞いた話を思い出し、レイフは身震いした。長老の主張によると、シーヤのブロンズの体には見捨てられた時代の残忍で無慈悲な存在とされる太古の神々の、荒ぶる魂が宿っているとのことだった。

ザンは斥候とともにシーヤの隣を歩いていた。別の部族の女性がその反対側に付き添う。密林の手前に達すると、ケスラカイの人たちは暗がりの中でほとんど見分けのつかない道に入っていた。葉をかき分け、とげの生えたつるが一本、垂れた下を通り抜けていく――ところが、レイフが下をくぐろうとすると、つるがシューッという威嚇音を発して離れていった。

驚いたレイフは前につんのめりながら歩き続けた。

後ろに続くフレルとニックスも、警戒してあたりを見回しては慎重に足を踏み出している。エイモンは少女の傍らに身を寄せていて、ぴんと伸びたふさふさの耳は今にも飛び立ちそうに見える。

水が滴り落ちる密林に足を踏み入れて数歩も進まないうちに、後方の道が再び閉ざされた。一行は互いの距離を詰めた。前を歩くザンが歌い始める。その調べに陽気さはうかがえない。葬送の歌を思わせる響きは、密林が醸し出す陰鬱《いんうつ》な雰囲気にふさわしい。

ほかのケスラカイの人たちもそのリズムに乗せ、長老の歌に声を重ねた。歌い続けるうちに、密林もその調べに合わせて甲高い叫びや羽音や遠吠えや低い鳴き声を発しているような気がしてきた。流れ落ちる水滴までもが太鼓を思わせるリズムを刻んで合唱に彩を添えている。

レイフは歌への不満はなかった。

歌声が生き物たちを進路から追い払っているらしかった。右側の茂みがいきなり飛び散ったかと思うと、葉っぱのように見えたのが実は羽を持つ気味の悪い虫で、一行を威嚇するかのように頭上で旋回を始めた。さっきつる植物と見間違えたのと同じとげのあるヘビが木陰に姿を消す。湿った体毛に覆われたけだものの群れが、湾曲した鉤爪と長い尾を使って頭上の林冠を素早く移動していく。群れがレイフたちに吠えて紫色をしたしわくちゃの顔を歪めると、口元から針のようにとがった歯がのぞいた。

「マンドレイクだ」その下を通り過ぎながらフレルが小声で言った。「この世界から死に絶えたと思っていたのだが」

レイフとしては死に絶えたままでいてくれた方がありがたかった。

腰くらいの高さのある倒木が行く手をふさいでいて、その表面を光るキノコや若い木が覆っていた。ところが、レイフたちが近づくと木が持ち上がり、鱗《うろこ》に覆われた足が現れ、密林の奥に移動していった。

レイフはフレルを振り返り、今の生き物の正体がわかるか目で問いかけた。

錬金術師はまばたき一つに目を大きく見開き、肩をすくめただけだった。

奥に進むにつれて密林の木々がいっそう高くなった。水滴が絶え間ない雨に変わる。雲の色も暗くなった。足もとの地面がぬかるみと化す。朽ちかけた葉が厚く積もっているおかげで、どうにか泥に足を取られずにすんでいる。それでも腐った死骸の上を歩いているかのような気分だし、今にもその中に吸い込まれそうなので気が気ではなかった。

唯一の心が安らぐ要素としては、骨が見当たらなくなったことだった。ただし、それは命を落とすことなくここまでたどり着けた人が数少ないからなのだろう。

ケスラカイの人たちは密林の中で歌い続けた。シーヤもその合唱に声を重ね始めたが、レイフの耳には歌詞のない彼女の調べに寂しい思いが込められているように聞こえた。

しかし、この合唱に加わろうとしない歌い手が一人だけいた。不安がその女性の心の中の音楽を抑えつけてしまっているのだろう。

「見て」ニックスがフレルにささやいた。

彼女が指差す先にいくつもの石柱が現れた。石柱は道を横切るように連なっていて、左右の先は暗がりに隠れてしまっている。レイフはその先も続いている石柱がこの山頂を環状に取り囲んでいるのだろうと想像した。

柱はこの断崖の黒い岩から切り出したものではなく、骨を思わせる白さの石でできている。表面には人の姿や顔が彫ってあった。男性もいれば女性もいて、どれも苦しそうに身をよじっている。歪めた表情はレイフたちにこれ以上近づくなと警告を叫んでいるかのようだ。それを見ただけでレイフの体に震えが走った。足取りが重くなる。

〈どうしてこんなものがここに？〉

この頂上一帯が何としてでも人間を寄せつけまいとする神によって設計されたかのようだった。生き物も、天候も、そして岩までもが。一歩先に進むたびに、自然がそれ以上の力で押し戻そうとする。

〈俺たちはその警告に耳を傾けるべきなのかもしれない〉

「歩を緩めてはならぬ」ザンが声をかけた。その指示は歌とともに流れてくる。「この先はもっと悪いことが待っている」

レイフは指示に逆らいたかった。

〈もっと悪いことだって？〉

「全員の声が必要になるだろう」ザンが歌うような調子で伝えた。「私が合図を出したら歌うように。あるいは、それが無理な場合には鼻歌でもいい」

そんな不気味な予告とささやかな指示とともに、一行はザンの先導で石柱の間を通り過ぎ、密林のさらに奥深くへと分け入った。そのまましばらく歩き続ける間も、密林は大粒の涙を流し続ける。遠くで走った閃光が暗がりを貫き、ほんの一瞬だけ黒雲の下側を照らし出した。ただし、雷鳴は聞こえない。そのことがレイフの不安をさらにあおった。

足もとで何かもろいものが砕け、レイフは下に注意を向けた。泥の間からこぶのある大《だい》腿《たい》骨が突き出ている。レイフがあわててよけると、新たに骨の砕ける音が鳴り響いた。

〈またかよ……〉

濡れた靴底が黄ばんだ頭蓋骨の頭頂部で滑り、レイフは危うく足首をくじきそうになった。頭蓋骨からのぞく白い歯は、あたかも彼を嘲笑っているかのようだ。

一行は苦労しながらもこの新たな墓場を横切り、少し開けた場所に差しかかった。道と交差するように幅のある弧を描いて密林に隙間ができている。黒雲がレイフたちを見下ろしていた。密林の隙間の地面には大量の骨が転がっている。

レイフの呼吸が荒くなり、心臓の鼓動が激しくなり、視界が狭まった。

〈あの死の川を渡るのはごめんだ〉

ケスラカイの人たちさえも歩みが遅くなったが、ザンは前に進むよう促した。「さあ、歌うのだ。動きを止めてはならぬ」

レイフはとてもじゃないが歌いたいような気分ではなかった。口にごわごわした綿が詰まっているかのようだ。まともに息をすることすらできない。それでも、レイフはフレルとニックスに背中を押された。ニックスがずっと続いていた合唱におずおずと加わった。エイモンまでもが同じことを試みるかのようにより大きなうなり声をあげた。

骨が散らばる隙間に導かれるまま、レイフもよろよろと前に進むよりほかなかった。フレルが咳払いをしてから鼻歌を歌い始めた。旋律を伴っていないし、音程も安定していない。それでも、錬金術師の努力に勇気をもらい、レイフも頑張ってみようという気持ちになった。深呼吸をして息を止めてから思い切って声を発すると、息切れとも口笛ともつかない音が出た。何とかして音を安定させようとするものの、うまくいかない。

だが、その試みで気持ちが紛れ、前に進み続けることができた。

墓場を半分ほど横切ったあたりで、両側の密林から泥の膜のようなものが流れ出てきた。それが骨を覆い、フレルたちの方に迫る。のみ込まれるのではないかと恐れ、レイフは急ごうとした。ほかの人たちも足もとの不安定な墓場を急いで横切ろうとする。

けさせた。

不意にフレルが息をのみ、鼻歌が途切れた。だが、ニックスが彼の腕をつかみ、歌を続けさせた。

レイフには錬金術師を怯えさせたものが見えた。

彼らの方に迫ってくるのは泥ではなかった。

〈クモだ……〉

一匹が手のひらくらいの大きさで、骨によじ登りながら脚を広げるとそれよりもさらに大きい。濃い茶色の体には毒々しい黄色の縞模様が入っている。レイフの鼻歌は甲高い恐怖の叫びに近い音になった。

次の瞬間、クモの大群が襲いかかった。脚をよじ登るクモも、足に踏みつぶされるクモもいる。胸にたかり、シャツの中に潜り込み、首や頬を這い回り、頭の上に乗っかる。

レイフはそれでも鼻歌を続けた。悲鳴をあげたりすればクモが口の中に入ってきそうなので、唇をきつく閉じたまま歌い続けるよりほかなかった。

エイモンも体を激しく揺すり、群がる生き物を振り落とそうとした。

一行はなおも進み続けた——ただし、恐怖はそれで終わりではなかった。

クモのうちの一匹がレイフの前腕部をよじ登ると、脚でしっかりと腕を挟みつけて動きを止めた。すると背中の不気味な縞模様から何本もの赤銅色の細い線が現れ、空中でうごめいたかと思うとレイフの皮膚に突き刺さった。ほかの何十匹ものクモたちも同じことをした。刺されても痛みはない。皮膚の下でウジが這っているような感覚があるだけだ。レイフは身震いした。手を振り回したくなる。

鼻歌が音にならない。

一匹のクモがレイフの頰にしがみつき、銅の線が目の前でゆらゆらと動いた。レイフは片手を持ち上げてクモをもぎ取ろうとしたが、指が手をつかんで制止した。ブロンズの指の力強さに気持ちが落ち着く。

レイフが顔を向けると、彼のことを見つめるシーヤの目が輝いていた。彼女は歌っている——ただし、森に向けてではない。レイフだけに向けて歌っている。シーヤは一歩ずつ、レイフを前に導いた。彼女の調べの奥に母の子守歌が聞こえる。その歌が頭の中で大きくなるにつれて、這い回るクモが母の指先に変わり、優しく彼を落ち着かせる。

パニックが治まっていく。

果てしなく続くように思われた時間がようやく終わり、大群が彼の体から、そしてほかの人たちの体から離れた。クモたちが左右に分かれ、密林に戻っていく。レイフにはあの生き物が自然の存在ではないとわかった。クモは仮面のようなもので、その中に銅の装置が隠れていたのだ。もしかすると、シーヤと関連のある何かなのだろうか？

そんな考えへの疑いを打ち消すかのように、左側で地響きのような音が聞こえ、ほんの一瞬だが巨大な存在があらわになった。黒ずんだ緑色の脚で支えられた何かが木々の間を移動している。森の外れを歩きながらクモの大群を呼び戻しているようだ。ほかでも数カ所で林冠が揺れていることから、同じような巨大な見張りがあと数体はいるようだ。

レイフは腕をさすりながら、まだ何かが這っているような皮膚がぞわぞわする感覚を抑えつけようとした。クモたちはある種の試験のようなものだったのだろう。医者がヒルを使って体の奥深くに隠れているものを調べるのと似たようなものだ。最後にもう一度だけ肩をぶるっと震わせてから、レイフはあることを痛感した。

〈俺たちが試験に合格したことを、すべての神々に感謝します〉

ザンの歌声がやんでいた。さらに先に進むことを密林が許可してくれたとわかっているかのようだ。「ここから先はそれほど遠くはない」長老が振り返って告げた。

「何が遠くないのですか？」ニックスが訊ねた。

ザンは前に向き直り、再び歩き始めてから答えた。「ダラレイザ」

プラティークから教わったその地名の意味を思い出し、レイフは息をのんだ。

〈死の石〉

ニックスはほかの人たちの後について暗い密林を進んだ。ザンからの言葉があったにもかかわらず、密林には終わりがないとしか思えない。両腕でうごめいたごわごわした脚の感触がまだ残っている。もうクモはいないのに、何度も手のひらで腕を払わずにはいられなかった。

森のこちら側に入ってからの唯一の変化は厚い雲を輝かせる稲光の数が増えたことで、そのたびに密林が様々な濃淡のエメラルド色に包まれる。閃光は雷鳴を伴わず、その後の静寂がより重苦しく感じられる。

重苦しさの原因は空気中の湿気が高くなったと同時に、舌で感じ取れるような強いエネルギーに満ちているせいかもしれない。雷を伴う嵐が通過した後の沼地を思わせるにおいもする。

その源を目指して歩き続けるうちに、ニックスの肩に力が入り、首をすくめた姿勢になっていた。エイモンもそれを感じていた。うなり声はすでにやんでいて、あたかも自分たちの方に注意が向くのを恐れているかのようだ。全身の毛を逆立ててニックスの隣を歩き続けている。

不思議な力は強まる一方で、向かい風が吹きつけているように感じられるまでになった。フレルとレイフも不安そうに顔を見合わせた。

もうこれ以上は耐えられないと思った時、不意に密林が途切れた。

ニックスは驚いて立ち止まった。ほかの人たちも同じだった。

前方には石を積み上げて造った高い壁がそびえ、そこに見上げるような高さのアーチ状の入口が開いていた。かなり近づいてからでないと壁の存在に気づかなかった。密林がすぐ手前まで迫っていて、無数のつる植物が絡みついているが、防壁はびくともしない。ニックスはアーチの形状に見覚えがあった。左右から積み上げた石がとがった先端で接する形は、断崖の下の段の入口にあったのと同じだ。ただし、こちらの方はその十倍の高さがある。

全員がゆっくりとアーチに近づいた。ケスラカイの人たちはそれを敬いながら、ニックスたちはそれを警戒しながら。シーヤだけが足を引きずりながらもそれまでと変わらず進み続けた。

入口の向こう側では密林が消えていた。登ってきた断崖と同じような黒い岩盤がむき出しになっている。新たな稲光がその光景を照らし出した。そのまぶしさで目がくらむとともに、あの奇妙なエネルギーがどっと押し寄せる。

ニックスはまばたきして光の残像を取り除きながら、ほかの人たちと一緒に入口をくぐった。高い壁は大きな円を描くように築いてあり、修道院学校の一階部分と同じくらいの広さを取り囲んでいる。ニックスは初めて学校に足を踏み入れた時のことを思い出した。あの時も今と同じような気持ちだった。圧倒されて途方に暮れるばかりで、自分みたいなちっぽけな存在はこんなにも威圧感のある場所に立ち入る資格がないように思えた。

壁の内側には直立した巨石を環状に並べた円が二つあった。同心円状に配置されていて、外側の巨石の方が内側よりも高く、その様子は列石が中央の巨大な構造物にお辞儀をしているかのように見える。円の中心には二本のアーチが交差する形に置かれていて、その高さは周囲の壁の二倍はあるだろうか。アーチの内側には恐ろしい顔が彫られた石柱と同じ真っ白な石でできた立方体が鎮座していた。

ニックスは壁全体を見回した。外の密林に通じるアーチがほかにも三つある。外側の環状列石の間のそれぞれの出口に相当する位置には高い石柱があり、その上に三角錐の水晶が置かれていた。そんな水晶のうちの一つが暗がりの中でひときわ明るく輝いた――次の瞬間、そこからギザギザの稲光が走った。稲光が上空の黒雲にぶつかると、雲の下側にその小型版が鎖状に広がっていく。

全員がまばゆい閃光にひるんだ。ケスラカイ族でさえも首をすくめた。

シーヤだけがそれを無視して、足を引きずりながら広場を横切り続けた。外側の列石の輪を通り過ぎ、内側の輪に向かって歩いていく。レイフが急いでその後を追い、ほかの人たちも彼についていった。

フレルは姿勢を低くしてニックスの隣を走った。「離れないようにしよう。ここが本当にシーヤの故郷ならば、彼女のそばにいるのがいちばんだろうから」

〈そして彼女から嫌われないようにすること〉ニックスは心の中で付け加えた。

全員が内側の輪の手前でブロンズの女性に追いつき、彼女とともに中央の交差したアーチに向かった。近い距離から見ると、立方体の表面に入口らしき影があることに気づく。そこを目指して歩きながら、ニックスは左右に視線を向けた。壁の上から真っ暗な密林が顔をのぞかせている。ニックスは密林の中に潜む恐怖を思い返した。自然界の恐怖もあれば、そうではないものもあった。そんな脅威のことを考えるうちに、ニックスはミーアに住んでいたある隠者のことを思い出した。父の友人だったその男性はミーアの沼地の奥深くで暮らしていて、「火水」という閃熱と同じくらいに熱い物質の製造で生計を立てていた。彼は自分の製造所を保護するために何重もの柵で囲み、さらにいくつもの巧みな罠を仕掛けていた。秘密の製法を誰にも知られたくなかったからだ。

ニックスは自分たちが目指している場所を観察した。

〈何百年もの間、これほどまでして守る必要があったものって何なの？〉

ようやく立方体のまぐさ石が作る影の中にある扉の姿が明らかになった。全員が前にもこれと同じようなものを目にしていた。楕円形をした銅の扉はヘイヴンズフェアの地下トンネルに入る時にくぐった扉の二倍の大きさだ。ここの扉からも銅やブロンズの細い線が出ていて、白い立方体や黒い岩に絡みついていた。

一行はその数歩手前で立ち止まった。

ニックスはザンの方を見た。「前にこの扉を通り抜けたことは？」

長老は杖に寄りかかり、首を横に振った。「あの扉を動かせるほどの歌の力は持っていない」

シーヤは自分ならばできると信じているようだ。

ブロンズの女性はまぐさ石の下までよろよろと歩き、風を感じようとするかのように手のひらを前に向けた。そして両腕を下ろし、歌い始めた。最初は優しくてかすかなそよ風を思わせ、愁いを帯びた静かな歌だったが、やがてその中にいくつもの層が生まれた。ニックスの耳には古代の礎を表すしっかりとした和音が聞こえた。礎が築かれ、そして崩れ去る。そこにリズムが重なり、時を刻み、百年ごとの経過を奏でる。最初の音と同じように穏やかな、ただしはるかに明るい希望のアリアが、低音が表す暗黒の嵐を押し戻そうとする――だが、最後には蹂躙《じゅうりん》されてしまう。時と喪失、忘れ去られた過去、はかなくついえた希望を追悼する楽曲だった。

ニックスは理解した。

今の歌はシーヤそのもので、自らが何者なのかを宣言し、本当の名前を明かしたのだ。ブロンズの女性は入口の前に立ち、できる限りの簡潔さで表明した。〈ここにいるのは私〉

その悲しみが広がるにつれて、いつもの光る糸――黒ずんだブロンズ色だが、それでもなお美しい筋が彼女の歌から流れ出た。絡み合った糸が銅の扉に広がっていくが、トンネルの時とは違って拒まれた。頑なな金属を前にして一貫性のないばらばらの状態になる。

シーヤは糸を引き戻し、より明るい歌声で再び試みた。

しかし、それでもやはり拒まれた。

肩を落としたシーヤの姿からは絶望がうかがえる。

地下の扉のことを思い出し、ニックスはザンの方を見た。「彼女にはあなたの助けが必要です。この前の時のように。彼女は弱っていて、たぶん本来の力を出せていないので、一人では開けられないんです」

ザンがうなずき、杖を突いて歩くとシーヤの隣に並んだ。

フレルが顔を近づけた。「何が問題なのだろうか?」

「私にもよくわからない」ニックスは小声で答えた。

ザンが歌い始め、たちまちのうちにシーヤの旋律と一つになった。長老はその歌の主役を張ろうとしているのではなく、そっと支えているだけで、ブロンズの女性に自分の力を差し伸べている。

シーヤもその力の源泉を取り込み、より高音で歌を紡ぎ始めた。糸が太さを増すと同時に、先端部分は細やかな形に変化する。ありえないような美しさだった。今度はシーヤも失敗しないだろう、ニックスはそう思った。

彼女の予想は間違っていた。

黒っぽいブロンズの糸が銅に触れ、扉をすり抜けようとする——だが、またしても失敗に終わった。細い線はぐにゃぐにゃに崩れ、扉の表面を滑り落ちて消えていった。

ザンがニックスの方を向き、手を差し出した。

〈もっと力が必要なんだ〉

ニックスは断れないと思った。気が進まないながらも二人のもとに歩み寄り、ザンとの間にシーヤを挟んで立つ。

ブロンズの女性はザンとの合唱を続けていた。ニックスは耳を傾け、目を閉じ、頭を動かしながらリズムを探し当てた。そして心臓の鼓動がリズムと一体になるまで待った。胸の中に力をため込み、息をより深く吸い込んで心の中の炎でかき立ててから、少しずつ外に出す。二人の歌声に流れを合わせ、その一音ずつに自分の力を送り込み、より大きな波を築いていく。

ニックスは目を閉じたままだったが、もう一度挑戦するシーヤの姿が見えた。彼女自身を、彼女の過去を、彼女が必要としているものを、光り輝くブロンズの糸に編み込んでいる。それらが次元を超越した複雑な形を織りなす。シーヤはその美しさを扉に投げかけた。

打ち寄せる波が岩礁に当たって砕けるかのように、それがまたしてもばらばらに崩れていくのを見て、ニックスは息をのんだ。失敗に終わったことに、そしてそのような美しさが失われたことに、衝撃を受けるとともに当惑して後ずさりする。

〈私たちにはできない〉

ザンも力を使い切って疲れ果て、かろうじて杖で体を支えながら同じことを認めた。「私たちにはこれを開けるだけの強さが備わっていない」

シーヤはその場にしっかりと立ったままだが、歌が次第に彼女から聞こえなくなっていく。

ニックスは頭を左右に振ってつぶやいた。「それじゃない」

フレルが声をかけた。「どういう意味だい?」

ニックスは自分たちの合唱の中にあった力を思い浮かべながら振り返った。「私たちに強さが足りないわけじゃない。そうじゃなくて、私たちが締め出されているような感じ」

その時、ニックスには答えが見えた。

〈そういうことか……〉

レイフがその反応に気づいた。「ニックス?」

「誰かが鍵を変えた」ニックスの口から言葉がこぼれる。

サイザーの兜を相手にして苦戦した時のことを思い出す。あの時は兜から強い抵抗に遭ったが、今のこの扉のシーヤに対する抵抗もそれと同じなのだ。ニックスは継ぎ目のない銅に注意を向けた。この扉に使用されている金属は兜の鋼とは違い、それよりもはるかに強敵だということがわかる。

ザンが杖の力を借りながら体を起こした。「おまえは何を言っているのだ? これを直せるというのか？」

ニックスの息づかいが荒くなる。

〈私一人では無理〉

ニックスはポケットに手を入れ、丸まった白い樹皮の薄片を取り出した。バシャリアを埋葬した後でカンセから手渡されたものだ。王子がその樹皮を剝がした木は弟の墓の見張り番を務めるような位置に生えていた。ケスラカイの人たちが「エライ・シャー」――「精霊の吐息」と呼ぶ神聖な木。ニックスはカンセからの指示を思い出した。〈この世を去った相手に話しかけたくなったら、丸まった中に向かってささやいてから焚き火で燃やす。そうすれば、煙が君の言葉を空高くまで運んでくれる〉

ここに焚き火はなかったものの、ニックスは心の中の炎で代用できることを祈った。この扉を開きたいと願うならば、バシャリアとともに過ごした時間からすべての力を引き出し、彼が残していった贈り物と交信する必要がある。そのためには弟とのさらに深い絆を育まなければならない。

ニックスは再び目を閉じ、樹皮を口元に持っていった。心を込めて、自分の中にある過去の存在にささやきかけ、息を吹き返させようと試みる。「弟よ、よく聞いて。あなたが必要なの。これまでのどんな時よりも、今こそあなたが必要なの。お願いだから目を覚まして、あなたの歌を私の歌に重ねて。私が必要とする視界を分かち合えるように」

ニックスが樹皮に口づけし、そのまま唇に当てていると、二人の絆が動き出すのを感じた。もう彼はいないけれども、絆はまだ存在する。ニックスはまぶたをきつく閉じ、そのかすかな糸を自分の心の近くに何とかしてとどめようと試みた。それはあまりにもはかなく、あまりにももろい存在。目を開けただけで失われてしまうかもしれない。ニックスは樹皮のかけらで彼との絆をつなぎ止めようとした。指先にざらざらとした感触が伝わる。その樹皮からかすかに茶の香りがする。

ニックスは息を吸ってから再び歌い始めた。シーヤの調べではなく、若いコウモリの甲高いキーンという音に合わせる。命に代えて自分を救ってくれた弟。母の愛情と乳を分かち合った弟。決して自分を見捨てなかった弟。

〈それは今も同じ〉

ニックスは弟のことを思い、悲しみを力に変えた。自らの喉を通して、自らの声で彼の歌を解き放つ。彼との思い出を、彼の忠誠心を、彼の犠牲を、歌と声で表現する。そのうちにニックスの心の中で弟が持つ独特の視界が開けた。

これまでずっとそうしてきたように、弟は分かち合うことを認めてくれた。

ニックスは目を閉じたまま扉を見つめた。弟の甲高い鳴き声が扉に跳ね返って戻ってくると、サイザーの兜の鋼の時とは比べ物にならないほど鮮明に銅が見えた。そこに映る銅はもはや継ぎ目のない完璧な金属ではなく、へこみや汚れが目立つ。しわだらけの老人の顔のように、古さがはっきりと見て取れる。けれども、それでは表面を見ただけにすぎない。バシャリアの歌――ニックスの声――はさらに深く探り、そこに埋め込まれた配列や含有物や模様までも映し出す。

ぼんやりとした並びを読み取り、それがどのように変えられたのかを見抜く。

ニックスはもう片方の腕を上げた。

ザンとシーヤがその意図を理解した。二人の合唱が再び始まった。新たな目を通して見ているニックスには、彼女たちの力がわかった。間違いなくかなりの強さだ。シーヤの紡ぎ出すパターンがこの錠前を開けるための鍵に変わっていく。はるか昔はその鍵で合っていたが、今は違う。ニックスにはどの糸が置き換わっていて、どの糸がもはやこの扉と一致していないのかわかったし、結び目が少し斜めによじれているところも見えた。ニックスはバシャリアとの絆を失わないようにしながら、自分にしかない力が込められた歌を重ね合わせた。

ニックスは自分の糸を送り出し、シーヤのパターンの空白を満たし、誤っているところを引き戻し、必要な形に編み直した。作業を終えると、完成した形と扉の鍵穴を見比べる――そして腕を下ろした。

その合図に合わせてシーヤが持てる力のすべてを解き放ち、扉にぶつけた。

低い反響音がシーヤの力を外に跳ね返し、すべての糸が揺さぶられた。すべての歌が不協和音になり、ニックスのバシャリアとの絆までもが乱れた。

それらが崩れて現れた暗闇の中に、ほんの一瞬だけ何かが現れた。暗闇の奥から燃えるような赤い目が彼女のことを見つめている。そこに映っているのは承認——そしてほかの何かも、ほかのメッセージも。けれども、ニックスが理解できる前に消えてしまった。

ニックスは目を開いた。

またしても抜け殻のような状態で力が入らず、脚が震えた。それでも、視界が雲に包まれた中でその場に踏みとどまる。今のような挑戦は体力以上のものを奪ってしまうらしい。再びほとんど何も見えなくなったニックスは懸命に目を凝らした。

その時、背後で無音の稲光が輝いた。閃光が銅に反射し、扉の表面がニックスの目にも見えるほどの明るさできらめく。すると長く閉じ込められていた空気が外に漏れる音とともに、扉が動いて暗い入口が現れた。

「よくやった」フレルが後ろから駆け寄りながら声をあげた。

「私じゃないけれど」ニックスは小さな樹皮のかけらを握り締めたままささやいた。

第十六部
砕けたガラスの苦しみ

歩き慣れた道が人を家に導くように、歴史は未来を予見できる。しかし、その道から外れると、人は永遠に迷うことになるかもしれない。

——レオペイン・ハイ・プレスト著
『かすれたインクの中にある教訓』
の前書きより

53

ライスは大あわてでタイタンの船首楼に駆け込んだ。マントが灰色の影のごとく後方に翻っている。息が苦しい。馬を一目散に走らせてヘイヴンズフェアを横断したばかりで、太腿が焼けつくように熱い。泡を吹いてふらつく馬は戦闘艦の馬丁に預けてきたが、まだ若い世話係は馬の荒い扱いを見て呆気《あっけ》に取られていた。ライスは手綱を放り投げると、タイタンの船内を走り抜けてハッダンのもとまでやってきたのだった。

忠臣将軍はライスのあわただしい到着に気づき、遠望鏡をのぞく航海士の隣を離れた。船首楼の中央まで大股で近づいてくる。

「どうかしたのか？」将軍が訊ねた。

ライスは彼のもとまでたどり着き、激しく息をついた。呼吸を整えながらスケーレンの球体を差し出す。まだ目の中に残るすすを洗い流そうとする涙が止まらないため、視界がぼやけていた。心臓は胸の中で激しく鼓動を打つばかりだ。

「新たな……」あえぐような声しか出ない。「新たな信号が……」

疲労と興奮でめまいを覚えたライスは、まわりの光景がぐるぐると回る中で気持ちを落ち着かせようとした。「少し前のこと……私が爆発でできた大穴のそばにいた時だ」ライスは震える腕で船尾方向を指し示した。「ありえないほどの強さで……」

ハッダンがライスの手の中の球体を見下ろした。磁鉄鉱に目を凝らすうちに眉間にしわが寄る。「君の装置に何があったんだ？」

ライスには将軍の当惑が理解できた。磁鉄鉱のかけらの半分は重油の中に沈み、球体の底に重なっていた。まだピンで固定されて浮かんでいるかけらも、けだるそうに回転しているだけだ。ライスは親指の腹を水晶の亀裂に押し当て、油が漏れ出さないようにしていた。

「信号はあまりにも強い力を伴っていたため、球体が危うく私の手の中から飛ばされそうになった」新たな信号が今すぐにでも再び届くかもしれないと思い、ライスは水晶の球体を強く握り締めた。

ヘイヴンズフェアにいた時、球体が手のひらでいきなり激しく動いた。ライスはその動きを止めようと両手できつく握り締めた。だが、あまりにも激しい揺れのせいで、球体の片側に亀裂が入ってしまったのだ。ライスが球体を見下ろすと、磁鉄鉱が急を告げるように震動し、油の中の銅線が輝いた。そして一本、また一本と磁鉄鉱の針がピンから外れ、見えない風に吹き飛ばされるかのように球体の片側に押しやられてしまった。残ったかけらも強風が吹きつける帆のように激しく震えながらも、どうにかピンにしがみついている状態だった。

その動きを見つめながら、ライスは馬をその場で一回転させた。そして方角を確認すると、すぐさま馬を走らせてタイタンに戻ってきたのだった。

ハッダンが眉をひそめた。「信号は爆発地点から発生していたのか？」

「いいや。ヘイヴンズフェアからではなかった」

タイタンまで戻る間に信号は消えてしまっていたが、はるか東から届いたのは間違いなかった。

「見せてくれ」ハッダンに導かれるまま、ライスは丸いテーブルのもとに向かった。その上には地図が貼り付けてある。

ライスは町とその周辺地域の図面を凝視した。地図には方位鏡が備え付けられている。ライスはその針を頼りに自らの方角を探した。ヘイヴンズフェアの町の発着場のところに指を置き、そこから東に真っ直ぐ動かす。指が地図を外れると、ライスは同じ方角に腕を伸ばし、船首の窓の先を指差した。

「信号はダラレイザの断崖の近くから発せられた」ライスは言った。「あるいは、シュラウズの上からかもしれない」

ハッダンが悪態をついて体を起こした。忠臣将軍は右舷の遠望鏡の方に体を向けた。「プライス航海士！　まだ追撃艇の姿は見えるか？」

「はい、将軍殿。ちょうど断崖に近づきつつあるところです」

ライスはびくっとした。「どうしてすでに追撃艇がそっちに向かっているのだ？」

「合図を調べるためだ」ハッダンが吐き捨てるように答えた。「そのあたりから青い煙が上がった。おそらく何でもないとは思ったものの、確認のため追撃艇を送り出したのだ」

ライスは拳を握り締めた。これが偶然の一致のはずはない。「どんな手を使ったのかはわからないが、やつらはそこにいる。ブロンズの武器も、そしておそらく裏切り者たちも」

「やつらだけではない」ハッダンの顔から血の気が引いた。「マイキエン王子もあの追撃艇に乗っている」

「何だって？　なぜだ？」

ハッダンはすぐに連絡管の方に向かいながら、いらだちもあらわに叫び返した。「マイキエンに対して何でもいいから作業を与えるためだ。本当のところは、あの出来の悪い王子がこれ以上ここで自らの評判に傷をつけないようにするためという意味が大きかったんだが」

ライスは将軍の後を追った。「パイウィルに戻らなければならない。あの信号をたどるために」

「そうしてくれ。こちらからパイウィルの艦長に伝書カラスを送り、君の指示に従うよう伝えておく」

ライスは体を反転させた。補助艇が格納されているところまで駆け下り、急いでパイウィルに戻る必要がある。

ハッダンが立ち去ろうとするライスに叫んだ。「私もタイタンの係留を解き、図体のでかいこの船で君の後を追う。ただし、私の到着を待つ必要はない。裏切り者たちがどこに身を潜めているのか、見つけ出してくれ」

ライスは腕を振り、将軍に了解を伝えた。タイタンが竜骨を木の梢にこすりながら、断崖に向かう姿を思い浮かべる。気球の修復はまだ半分しか終わっていない。だが、パイウィルは無傷だ。シュラウズまで短時間で行けるはずだ。

〈それでも、一番乗りできるのは私ではない〉

マイキエンは追撃艇の操縦席の左側で体を傾けていた。細い窓の外にそびえる城壁のような黒い岩盤を見つめる。崖の表面に連なる段が確認できた。それを下にたどっていくと地上は霧に隠れている。

マイキエンはそのあたりを指差し、操縦士を挟んで右側に座るヴァイルリアン衛兵の隊長に声をかけた。「煙が上がったのはあそこだ。間違いない」

神々がその判断の正しさを証明したいと考えたかのように、ちょうどマイキエンが指差しているあたりの霧の中から一本の矢が飛び出し、爆発して青い煙の塊となった。

隊長のソーリンは真っ赤な顔が二つに分かれるほどの大きな笑みを浮かべた。「あなたのおっしゃる通りのようだ」

このヴァイの騎士にはジンの血が半分混じっているらしい。かなり背が高いので、首をすくめて背中を丸めないと追撃艇の天井につっかえてしまう。マイキエンたちの後ろには甲冑姿の騎士が二十人、狭い船内に乗り込んでいる。その中に一人、純血のジン族が座っていて、抱え込んだ両膝の上に戦斧《いくさおの》を置いていた。

〈ソーリンの親戚かもしれないな〉

「ご丁寧な招待を断るわけにはいきませんな」ソーリンが操縦士に顔を近づけた。「あの霧の中を突っ切って急降下しろ。連中に準備する余裕を与えるなよ」

マイキエンはにやりと笑った。片手で天井から吊るされた革製の輪をつかみ、もう片方の手を剣の柄に添える。

ソーリンが眉間にしわを寄せてマイキエンを見た。「私のそばを離れないでくださいよ、マイキエン王子。そのきれいな甲冑に傷一つ付けさせることなく、タイタンまで送り返してさしあげますから」

マイキエンはそのような配慮が不満で歯を食いしばったが、ここで反論したりはしなかった。

ソーリンが部下たちに呼びかけた。「ケツの穴をしっかりと締めて、神々に祈りを捧げろ！　ハディスの熱いケツにキスをする時間だぞ！」

隊長が操縦士の肩を手のひらでぽんと叩いた。「気球をたたんで急降下だ」

操縦士がレバーを引いた。船体が振動する——次の瞬間、追撃艇が真っ直ぐに落下した。高速での降下にマイキエンのつま先が床から浮き上がる。頭に血が上ったかと思うと、外の世界が白一色に変わった。固唾をのんで見守っていると、竜骨の下に景色が開けてきた。

マイキエンは見る見るうちに近づいてくる地上を探した。断崖の下に身を寄せるようにして石造りの住居がある。別の青い煙が霧の下に広がったが、追撃艇が通り過ぎるとたちまちかき消された。ほんの一瞬、マイキエンは崖の下の家に走り込む人の姿が見えたように思ったものの、船が高度を下げる間に影が動いただけかもしれなかった。

操縦士がレバーを押すと閃熱炉から炎が噴き出し、真下にある小高い丘の草が燃える。竜骨の下で煙がくすぶる中、追撃艇が一気に減速した。地上から膝くらいの高さの地点で静止する。

「さあ、船を降りろ！」ソーリンが叫んだ。

船尾のハッチが勢いよく開いた。その先端が地面に激しくぶつかり、何度か跳ね返るうちに動きが止まる。真っ先にジンの男が飛び出し、騎士たちがその後に続いた。数人が船内に残り、蝶番の付いた石弓を船体の矢狭間に合わせた。

マイキエンも輪から手を離し、外に出ていく騎士たちの後を追おうとした。

ソーリンが太い鉄のような腕を伸ばして制止した。「外で何が待ち構えているか判断できるまで、私のそばにいてください」

マイキエンはそんな用心深さに憤慨した。体の中で血が燃えたぎっている。指で剣の柄をきつく握り締める。マイキエンは力を振り絞り、どうにかうなずいて同意を示した。

ソーリンはもう少しだけ外の状況を確認してから、船尾のハッチに向かった。「私から離れないように」

マイキエンはいらだちを募らせながら後を追った。他人の体に隠れたままでは、王国の光の王子も輝けない。

それでも、マイキエンは従った。

今のところは。


カンセは息を切らしたまま、ほかの人たちと一緒に崖の下にある石積みの住居のうちの一軒に隠れていた。細長い窓のすぐ脇でうずくまる。左側には入口があり、その向こう側の別の窓のところにライラがいる。プラティークは彼女のすぐ隣だ。小さな部屋の奥ではケスラカイ族の斥候のセイルルがランプに革布をかぶせ、光が外に漏れないようにしていた。その横にいるジェイスは両手で斧を握っている。

「誰かがあんたの合図に気づいたみたいね」ライラが小声で語りかけた。

カンセは顔をしかめた。少し前のこと、二回目となる青い煙の合図を空に向けて放つため表に出た。ところが、二本目の矢を放った直後、霧の上に大きな影が現れた。接近してくるのが味方なのか敵なのかわからなかったため、カンセはあわてて住居に戻った。扉を抜けて中に入ったか入らないかのうちに、後方でシューッという音が響きわたり、轟音と閃熱炉からの煙が続いた。

そして今、カンセの見つめる目の前で、鉄の甲冑をまとった巨漢のモンガーを先頭に、追撃艇から騎士たちが次々に降りてくる。

カンセは船を観察した。

追撃艇は岩礁の隣に浮かぶ小さなサメみたいに見える。船体は細く、先端がとがっており、気球はスピードを重視した造りだ。竜骨の周囲では乾いた草がパチパチと燃えていて、煙が船体を霧のように包み込んでいる。それでも、カンセはその側面に並んだ石弓用の矢狭間に一目で気づいた。すでに隙間からは炸裂矢の先端が何本ものぞいている。とがった船首部分も巨大なドラフトアイアンの槍としての役割があり、船体の内部に設置された弩砲を使って発射が可能だ。

　ジェイスが部屋を慎重に横切って近づき、カンセの肩越しに外の様子をうかがった。「トンネルに隠れるべきじゃないかな。待っている間に中を調べたんだ。それほど深くはないけど、何本にも分かれていて小さな迷路みたいになっている」

「まだだ」カンセは小声で答えた。

　この脅威をもっとちゃんと評価しておきたい。

〈それに暗いところは嫌いだ〉

　カンセは外に集結しつつある敵の戦力に目を凝らした。巨漢のモンガーに加えて十五人の騎士がいる。おそらく中にまだ何人かいるのだろう。王国軍が弓を手にして左右に広がり、剣を構えた。数人が向かい側の森の方を見ているが、残りは住居群を注視している。

「ここに立てこもっていてもだめだ」ライラの声が聞こえ、カンセは目の端でそちらを見た。彼女の指は鋼の投げナイフをまさぐっている。ライラがその先端を後方にある洞窟群の低い入口に向けた。「あの奥で狭い地点を見つける必要がある。敵が一気に突入できないような場所ならば、こっちも対応できるだろう」

　カンセは後ろを振り返った。

〈彼女の言う通りだ〉

プラティークが釘を刺した。「それでも多少の時間が稼げるだけだ。敵がしびれを切らせば火を放って俺たちを穴の外に引きずり出そうとするだろう」

カンセは顔をしかめた。

〈彼の言う通りでもある〉

とはいえ、ほかに選択肢などなかった。窓から顔をそむけようとした時、まばゆい銀色のきらめきが目に留まり、カンセは外に注意を戻した。大柄なヴァイルリアン衛兵が追撃艇の船内から出てくる。その後ろに続くのは光り輝く甲冑をまとった小柄な人物だ。その兜が霧の下のわずかな光を反射した。

カンセの体に緊張が走った。

〈マイキエン……〉

「行かないと」ライラが促した。

カンセは弓を強く握り締めた。双子の兄が住居群の方を向いた騎士たちの列に近づいてくる。「君たちは行ってくれ」カンセはほかの人たちに小声で伝えた。「隠れられる場所を見つけるんだ」

ジェイスが一歩後ずさりした。「でも、君はどうする――?」

「兄に挨拶してくるよ」

カンセは胸を張って入口の方に向かった。

ライラが向かい側の窓から外を見て舌打ちをした。「何ができると期待しているの、カンセ？　あんたが三歩も行かないうちに何本もの矢で射抜かれるのがおちだと思うけれど」

「そうはならないことを願っているよ」カンセは答えた。「でも、どっちに転んだとしても、それによってさっきプラティークが賢明にも指摘した以上の時間が稼げるかもしれないからね」

カンセには別の理由もあった。

沼地では暗殺の刃をかわすことができたが、心の中のどこかでいずれ殺される運命は避けられないと信じていた。今はその残された時間を生きているにすぎないという思いがあった。一方、その猶予のおかげでクラウドリーチで狩りをするという夢がかなったし、腹違いの妹に出会うこともできた。自分と血がつながっているかもしれない妹があんなにきれいだなんて、どう考えてもおかしいから、きっと神々はひねくれたユーモアのセンスの持ち主に違いない。

それに加えて、あまり認めたくはないものの……

〈マイキエンに考え直す機会くらいは与えてやらないと〉

沼地に向けて出発する前、兄に手渡した贈り物が脳裏によみがえる。二人の兄弟が腕を絡ませた小さな彫刻作品だ。カンセは幼い頃のことを思い返した。ハイマウントの中を走り回り、毛布にくるまって笑い声をあげ、何も気づいていない召し使いにいたずらを仕掛け、料理人の目の前で甘いケーキを盗み食いする。カンセは煙が漂う草地に立つ光の王子を見つめた。

〈彼はまだ僕の兄だ〉

もしかすると、マイキエンは暗殺計画について何も知らないかもしれない。もしかすると、事情を説明したら考えを変えてくれるかもしれない——少なくとも、もっと寛大な処分を下してくれるかもしれない。

「行ったらだめだ」ジェイスが訴えた。

用務員の声にはニックスへの別れの言葉ほどは心がこもっていなかったが、カンセはその気づかいをありがたく思った。

それでもなお、カンセは入口に向かった。「早く行け。隠れるんだ。僕はできる限りのことをする。最低でも、ニックスが予言したことを兄に伝えなければならない。王国には知る必要がある」

〈そうすることで僕が死ぬことになろうとも〉

カンセは深呼吸をすると、弓を両手で持って頭の上に掲げ、薄暗い屋内から霧のかかった明るい中に出た。

〈僕にも少なくともこのくらいの輝きを……〉

彼の姿を目にして、射手たちが驚きながらも警戒する姿勢を見せた。剣が高く持ち上がる。誰かの放った矢が一発、右側の崖に当たって砕け散った。カンセはひるまなかった。一列に並んだ騎士たちに向かってゆっくりと歩みを進める。

「カンセ王子だ！」声を張り上げる。「兄と話がしたい！」

顔を赤く塗った長身の騎士の後ろにいたマイキエンが前に出ようとしたが、騎士の腕がその動きを制止した。銀色の兜をかぶっていても、兄の海のように青い目がこちらを向いて輝いているのがわかる。

「ほかの裏切り者はどこにいる？」マイキエンが叫び返した。「全員を外に出せ！」

カンセは弓を地面に置き、それをまたいで前に進んだ。両手は上に伸ばしたままだ。「裏切り者はいない。ここにいるのは来たるべき破滅を食い止めようとする者たちだけだ。僕の話を聞いてもらいたい」

すでに騎士たちの列までの距離は半分を切っていた。

その向こうからマイキエンがにらんでいる。

カンセの足取りが乱れた。兄の顔には憎しみの表情がはっきりと浮かんでいるが、そのせいではなかった——マイキエンがこの状況に喜びを覚えているとわかったからだ。同じ子宮から生まれて一緒に育った二人は、お互いのことを誰よりもよく知っていた。カンセにはマイキエンの明るい顔立ちの仮面が剝がれ、その下で渦巻く黒い影がはっきりと見えた。

「おまえは沼地で死んでいるべきだった」マイキエンの呼びかける声は敵意に満ちていた。「これから先、おまえの死はあのような穏やかな形にはならないだろう」

カンセはついに立ち止まった。

〈ジェイスの言うことを聞いておくべきだったな〉

マイキエンは弟の顔に浮かぶ当惑の表情を存分に味わっていた。すでに数人の騎士たちが弟の後ろに回り込んで退路を断っている。カンセの一味もすぐに隠れている穴の中から引きずり出されることだろう。マイキエンは弟の面前で彼らを痛めつけるつもりでいた。

すぐ目の前でソーリンが叫んだ。「裏切り者の身柄を確保しろ！　ほかにも反乱者がいないか、あの崖を徹底的に捜索する準備にかかれ！」

ヴァイルリアン衛兵の隊長が前に進むと、マイキエンはその横に回り込んだ。地面にひざまずくカンセの姿をもっとよく見たかったからだ。騎士たちによって押さえつけられた弟は目を閉じていて、自らの身の破滅を受け入れまいとしているかのようだ。

〈さあ、弟よ、おまえは死ぬ前にもっともっとつらいものを見ることになるぞ〉

不意にソーリンの手が肩をつかみ、マイキエンを後ろに引っ張った。気持ちが高ぶっていたマイキエンはいらだちのわめき声とともにその手を振りほどいた。

隊長が再びつかみかかった。「伏せ――」

燃え上がる樽が一個、空から落ちてきて、居並ぶ騎士たちの前で爆発した。

衝撃でマイキエンは後ろに吹き飛ばされた。体を激しく地面に打ちつけ、息が詰まる。

あえぎながら倒れるマイキエンの目に、上空を通過する補助艇の船体が映った。その船尾からもう一発、濃い色をした火炎弾の影が転がり落ちる。

体を丸めたマイキエンの背中側でそれが炸裂した。

ほんの一瞬、世界が炎と煙だけになる。

咳き込んで苦しむマイキエンをソーリンが引っ張って立たせた。二人の背後で追撃艇が攻撃を仕掛けてきた船に矢を放つが、敵はすでに霧の中へと姿を消していた。立ち上がったマイキエンは断崖の方を見た。カンセは騎士たちから逃れて石の家に向かって走っている。その途中で弟は弓を拾い上げた。

〈まずい……〉

マイキエンはソーリンの手を振り払い、弟を追いかけて煙の中に突っ込んだ。

隊長が罰当たりな言葉を吐き、大声で命令を発してその後を追った。「マイキエン王子のもとに！　彼を守れ！」

後方で追撃艇が閃熱炉に点火した。大きな音とともに浮上する。もはや地上近くにとどまってはいられない。敵の船が上空に潜んでいる状況で静止しているのはあまりにも危険だ。空中を飛行して初めて、その名前が示すように敵を追撃することができる。

実際のところ、マイキエンは上空で何がどうなろうともかまわなかった。

彼の意識は地上に、弟に集中していた。前を走るカンセは入口を抜けて姿を消した。マイキエンは二人が子供の頃、数え切れないほど「狩人と獲物」ごっこで遊んだことを思い返した。クローゼットの中に隠れたり、階段の手すりを飛び越えて相手を捕まえようとしたりした。

マイキエンは不敵な笑みを浮かべた。

〈勝ったのはいつも俺だ〉

54

暗い広場の中央で交差するアーチの下にうずくまるニックスの耳に、遠い雷鳴が聞こえた。銅の扉に背を向けて地面に片膝を突き、はあはあと息をするエイモンの顔を見る。まだ体力は回復していないが、視力は戻りつつある。

先端に水晶が置かれた石柱のうちの一本から音もなく稲光が走り、上空の黒雲の下に広がった。稲光が暗い空に力を与えているかのようだ。

ワーグが首をすくめ、周囲を見回しながら耳をぴたりと頭にくっつけた。

「私も何だか怖い」ニックスはささやきかけた。

〈これから行かなければならないところのことを思うと、なおさらそう〉

ニックスはワーグの鼻先に手のひらを向けた。エイモンが激しい息づかいを止めてにおいを嗅ぎ、ぺろりとなめてから鼻先を手のひらに押しつけた。〈何をしてほしいの？〉と言うかのような仕草だ。

ニックスはグレイリンがエイモンに与えた指示を思い出した。その時の動作を真似て、片方の腕で銅の扉の周囲を指し示してから、もう片方の手で手首を握る。「守って」

エイモンの両目が輝き、少しだけ眼差しが険しくなる——そしてそこから数歩離れると、視線は外側に、尾は扉の方に向けた。周囲の世界に挑むようなうなり声をあげる。

「いい子ね」ニックスはささやいた。

その言葉に反応してエイモンが一度だけ尾を振った。

ニックスは立ち上がろうとした。ただし、両脚に十分な力が入らず、もう一度やり直さなければならなかった。

フレルが近づいた。「あの階段を下りられそうかい？」

「下りられると思う……」ニックスはつぶやき、どうにか立ち上がるともっとしっかりした声で付け加えた。「大丈夫」

銅の扉に視線を向ける。斥候のランプが照らす入口の奥には頂上から地下に通じる螺旋状の石段が見える。ケスラカイの人たちがエイモンとともにこの出入口を見張り、そのほかは全員が下に向かうことになっていた。

ただし、ザンは下まで同行する。長老はレイフとシーヤとともにニックスを待っていた。

「それなら出発するとしよう」フレルが言った。

誰からも異論が出なかったため、一行は扉をくぐった。シーヤが先頭に立ち、レイフが続く。斥候のランプを手にフレルがその後を追い、ニックスとザンが最後尾だった。

頂上の黒い岩盤を削って造った段は二人が並んで歩けるくらいの幅がある。そのため、ニックスは同じように疲れ切っているザンに付き添った。長老は杖を頼りにどうにか歩いている状態だ。

一行は螺旋状の段を下り続けた。漆黒の闇はランプの明かりものみ込んでしまいそうだ。ニックスは自分たちがアースの灼熱《しゃくねつ》の中心部に向かって下っているのではないかと想像した。硫黄のにおいが漂っているような気すらした。

前を歩くシーヤのブロンズの足が石段に当たると、追悼の鐘を思わせる音が鳴り響く。ニックスは遅れまいとしたものの、次第に足がついていかなくなった。ザンも足取りが遅くなり、隣で苦しそうに息をしている。二人はすぐにほかの人たちから離されてしまった。シーヤの姿が石段の先を回って見えなくなる。レイフの姿も消えた。フレルはその手前でとどまり、段をランプで照らしてくれている。

〈あとどのくらいあるの？〉

その答えはシーヤの足が立てる音色の変化によってもたらされた。ブロンズと石がぶつかる音に代わって、金属同士の鋭い響きが聞こえてきた。

前方から光が漏れている。

その明るさに引き寄せられ、ニックスの足が速まった。ザンもそのペースに合わせる。回り込んだ先には目のくらむようなまばゆさがあった。まばたきを繰り返すニックスの目に映った輝きは明らかに銅を思わせるものだった。

その光が届く手前にレイフが立ち、顔の前に手をかざしていた。

彼が立ち止まった先を見ると、シーヤが足を引きずりながら銅の床を歩いていた。ここでもまた、足と床が接するたびに輝きが発生するが、その明るさは消えることがなく、むしろまぶしくなる一方で、彼女の足跡から放たれる光が周囲の壁に当たって反射している。

ニックスはフレルとレイフに追いついた。

銅の部屋は円形をしていて、修道院学校の九階と比べるとその四分の一ほどの広さだが、かがり火が燃えているわけではない。その代わりに、部屋の中央には大きなガラスのテーブルがあった。壁を上にたどっていくと丸みを帯びた天井につながっている。ニックスは天井に刻まれた線が地上のアーチと一致していることに気づいた。

レイフもゆっくりと室内に足を踏み入れながら感想を述べた。「卵を縦にしたような形だな」小声でつぶやく。「ここみたいな場所でシーヤを見つけたんだ。大きさは十分の一くらいだったけれど。ただし、この卵は誰かが割ろうとしたようだ」

彼の後に続いたニックスもその通りだと思った。床に散らばる割れたガラスの塊に注意して歩かなければならない。まわりの壁は光る棚が占めていた。そこに収められているのはほこりをかぶった書物ではなく、長方形をした一点の曇りもない水晶の塊だ。何千という数が並んでいる。あいにく、その半分ほどが棚から落下し、金属の床の上で粉々になっていた。中央のテーブルにも一本の大きな亀裂が入っている。

テーブルに近づくとシーヤの歩みが遅くなった。片手で喉を押さえ、損害を調べているかのような仕草を見せる――そして足を引きずりながらテーブルの脇を通り過ぎた。

するとテーブルから光の柱が飛び出し、アーチ状の天井まで届いた。ゆらゆらと揺れて脈打つその光は、ニックスたちに下がれと警告しているかのようだった。

ニックスは手をかざしてまぶしさを遮った。

光の柱は数呼吸する間、なおも点滅しては震えるを繰り返していたが、やがて崩壊するとひび割れたテーブルの上できれいな光の球体となった。

それを見たニックスは「嘘つきの誘惑」を思い出した。ぼんやりとした光がふわふわと浮かんでいる現象のことで、沼地の暗い木陰でたまに見ることができる。

一行が見守るうちに、球体に色が付き始めた。様々な濃淡の緑と青、真っ白な線、濃いブロンズ色と茶色の筋。

全員がそのまわりに集まる中、シーヤだけは部屋の奥に進み続けた。レイフも好奇心には勝てず、シーヤをそのまま行かせてテーブルに近づいた。球体の表面で色が回転しては渦巻くうちに、ゆっくりとこの世界の形を描き始めた。

陸地が生まれ、海ができ、その表面を雲が漂う。

「いったいこれはどんな魔法なんだ？」フレルが光る球体に手を伸ばした。

「やめておけ」レイフが後ずさりしながら注意した。

フレルは忠告に耳を貸さず、大胆にも世界を手で払った。指はぶつかることなく球体をすり抜け、手を突っ込んだ時の焚き火の煙のように球体の形が乱れる。だが、すぐに元の形に戻った。

ニックスはすっかり目を奪われていた。目の前に浮かぶ世界はゆっくりと回っていて、すべての海岸線も山脈も海も見ることができる。陸地が通過していくのを見ながら、ニックスは球体の表面を探した。

「クラウンと同じ形のところが見当たらない」ニックスはつぶやいた。「これがアースなのはおかしい」

フレルがうなずいた。「これは太古の神々がかつて暮らしていた別の世界に違いない」

球体の姿は時々ちらついた。テーブルの表面の傷がこの世界を表現することに抵抗しているかのようだ。それでも、これまでのところはどうにか持ちこたえている。

レイフが部屋の奥を見た。「シーヤ……」

不安に満ちた声の調子に、ニックスは彼の方に近づいた。ブロンズの女性は部屋のいちばん奥まで達していた。壁の窪みに高さのある銅の楯が設置されていて、そのまわりには厚みのあるガラスがある。銅とガラスの管がクモの巣のように張り巡らされ、ガラスを通り抜けて壁の奥に通じていた。

「俺が初めて彼女を目にした場所にあった繭みたいだ」

シーヤが肩に手をかけ、身に着けていた布地を引きちぎった。服が体から外れて足もとに落下すると、全裸の彼女があらわになる。シーヤはなおも前に進み、窪みに通じる短いスロープを上った。

「だめだ」レイフがそちらに急いだ。最悪の事態を恐れているのだろう。

彼につられて全員が部屋の奥に向かったが、間に合わなかった。シーヤが盾に背を向け、そこに体を押し当てた。触れた瞬間、床が大音響とともに揺れた。シーヤの体がぴんと伸び、後頭部が銅の楯にぶつかって音を立てた。

次の瞬間、彼女の周囲のガラスが光を放った。銅の楯も輝いている。透明な管の中を金色の液体が流れ始めた。足もとの床に動きが伝わる。ニックスはその震えを骨で感じ取った。巨大な心臓が脈打ち、下から力を送り込んでいるかのようだ。空気までもがエネルギーに満ちていた。

ニックスたちが見つめるうちに、そうした輝きのすべてが——透明な管からも、黄金の液体からも、光る銅からも、そのすべてがシーヤの中に注入されていった。彼女のブロンズの表面がきれいに磨かれたばかりのように輝き始める。その体は融けて流れるかのように見える。傷やへこみが消えていく。折れ曲がっていた脚までもが真っ直ぐに戻った。

奇跡としか思えないような修復にもかかわらず、シーヤの口はぽかんと開いたままだ。その目に輝く光は苦痛という言葉でしか表現できない。痛みをこらえるかのように拳をきつく握り締めている。

レイフが近寄ろうとしたが、フレルに制止された。

「シーヤ」レイフがうめき声をあげた。

さらに数呼吸するうちに光が弱まり始めた。それに合わせてシーヤの体がさらにこわばる。その顔からは一切の表情が消えていた。両手は胴の前でだらりと垂れ下がったままだ。やがて彼女のまぶたが下がり始めた。眠りに就こうとしているというよりも、小さなハッチが閉じていく動きを思わせる。シーヤがそこに立った状態のまま、周囲のまぶしさがぼんやりとした明るさにまで弱まった。

床から伝わる心拍も途絶えた。

全員が息を殺して見守った。

「何が起きたんだ？」フレルが訊ねた。

ニックスは目の前の抜け殻を見つめた。「たぶん……たぶん、彼女は私たちから去ったんだと思う」


レイフはうろたえて両手をきつく握り締め、ぼんやりと光る繭の前を行ったり来たりしていた。深呼吸を繰り返すが、まだ頭がくらくらする。ずっと見守る自分の後ろで、ほかの人たちが小声で話をしているのが聞こえる。
レイフは自分が発見した時のシーヤもこれとまったく同じ姿勢だったことを思い出した。ブロンズの彫像が黄金のクモの巣の中で光り輝いていた。その時の驚きと言いようのない恐怖は鮮明に覚えている。
今、そのすべてが失われてしまった。暗闇でろうそくの火を吹き消した時のように、何もかもなくなってしまった。
レイフは立ち止まり、ブロンズの彫像に向かって訴えかけた。〈お願いだから、行かないでくれ〉
その一方で、レイフはそんな願いがわがままだということも理解していた。シーヤの体を見つめる。傷一つない完璧なブロンズに戻っている。レイフは銅のトンネルを歩いていた時、足を引きずって進むシーヤに対してふと不安になったことを思い出した。〈君は卵の外に出るべきじゃなかったのかもしれないな。この世界は金属でできた女性にとっても厳しすぎる〉
たぶん、その時の思いが通じたのだろう。
レイフは危険を顧みずにスロープを上り、シーヤから発する優しい輝きの中に立った。手を差し出し、彼女の胸に近づける。手のひらを当てると、ブロンズの体には生きているかのようなぬくもりがある。

自分が失ってしまったものを思い、レイフの目が潤んだ。

けれども、彼女を行かせなければならない。「安らかに暮らすんだぞ、俺のシーヤ」

レイフはうつむき、腕を下げようとした――ところが、温かい指が手をつかんだ。

顔を上げると、そこには澄み切った青色に輝く目があった。ガラスの目はどう見ても本物で、それを否定することなどできそうにない。シーヤが軽く顎を引き、感謝を表した。

片方の手のひらが持ち上がり、レイフの頬に触れる。彼の頭の中に再び母の子守歌が聞こえた。ただし、前よりもはるかに力強い歌声だ。

シーヤはその手を離し、レイフの横をすり抜けた。全裸のまま堂々と歩いている。ほかの人たちも近寄ってくる。シーヤが繭の左側にある壁の前に移動した。手を振ると銅が煙のように消え、壁面に窪みが出現した。

その奥から光があふれ出た。光の発生源は水晶の立方体で、銅の筋が入っており、その中心では黄金の塊が脈打っている。

シーヤはそれを注意深く取り出し、裸のへそのあたりに押し当てた。

レイフの頭にチョークの鉱山での記憶がよみがえった。イフレレンのライスは血の源からの液体を同じ場所に注入していた。気の毒な少女の命が送り込まれたことで、シーヤがこの厳しい世界で目覚めたのだ。

ただし、ここに恐怖は存在しない。

透明な立方体がひときわ明るく輝く――そしてシーヤのブロンズの体に沈み込んで消えた。その様子はこの世界でも耐えられるような新たな強い心臓をシーヤが自らに埋め込んだかのようだった。

レイフが見回すと、ほかの人たちの顔にも驚きが浮かんでいた。

シーヤは繭の前を横切って反対側の壁の前に立つと、同じ動作を繰り返した。新たな窪みが出現する。今度は中から光が漏れてこない。シーヤはその中の台座に置いてあった水晶の立方体を手でつかんだ。その表面はあまりにも透き通っていて、存在しているかどうかすらも見分けがつきにくいほどだ。シーヤはそれを持ち上げ、こちらに向き直った。そのままガラスのテーブルの方に戻っていく。そこでは光る世界がゆっくりと回転を続けていた。

もしかすると、それは彼女の世界なのかもしれない。

全員が彼女の後を追った。

シーヤが立方体を両手で持って差し出すと、その中にやわらかな光が流れ込んだ。彼女がようやく口を開いた。以前のようなささやき声ではなく、しっかりとした力強い声だ。けれども、すらすらと言葉が出てくるわけではなかった。

「多くが……失われています」シーヤが警告した。壊れたガラスを見つめるその視線はどこかつらそうだ。「私は……元気ではありません……完全ではありません」

プラティークがザンから聞かされたことを思い出し、レイフは息をのんだ。〈シーヤの中には太古の神の魂が宿っているとのことだった。その魂はまだ完全には落ち着いていないのだと〉そのことは今も当てはまるのだろうか？

「十分なことができるのを願うだけです」その声がささやくような音量になった。「ただし、それは弱っているためではなく、困惑と恐怖が理由だ。「可能な限り、あなたたちにお見せしましょう……姿を消した守護者が私に残した、わずかばかりのものを分け与えましょう」

シーヤが繭を振り返った。

レイフもそちらを見つめ、眉をひそめた。〈かつては誰かがあそこに立っていて、そして立ち去ったということなのだろうか？〉仮にそうだとすれば、それははるか昔に起きたことのようだ。

シーヤが無残な状態の部屋に視線を戻し、再び悲しそうな表情を浮かべた。レイフはこの被害が故意にもたらされたものなのだろうかと思った。あるいは、大昔にシュラウズが隆起した時の地震によるものかもしれなかった。

フレルが近づいた。「シーヤ、君は何を私たちに見せてくれるのだ？」

シーヤは手の中の立方体に注意を戻し、片手を離すとその上で手のひらを動かした。彼女の目の前の光る世界からまぶしい太陽が飛び出した。勢いよく室内を横切り、高いところで静止する。天井に明るいランタンが吊るされているかのようだ。続いて銀色の月が現れた。月が頭上を周回し、その中心で世界もまた回転している。

レイフはその光景を見ているうちにめまいを覚えた。

「やがてそれが始まりました……」シーヤが厳かに口を開き、再び手を振った。「三十万年以上も前のこと……」

球体の回転速度が次第に緩やかになった。そのうちに陸地が沈み、海が泡立ち、風が山々を削る。大きな地震が世界を引き裂き、新たな海岸線が誕生し、別の海岸線が消える。そして回転が完全に停止した。球体の片側は灼熱の太陽に照らされ、もう片側は永遠の暗闇に閉ざされる。

それでもなお、目の前で時は進み続ける。暗黒の側では氷が厚く張り、反対側では太陽の熱がすべてを砂に変える。両極端の世界の間には薄明かりの帯ができ、世界を一周していた。片側は赤みを帯び、もう片方の側は影がのみ込もうとしている。帯の中の陸地には森と川があり、あるいは高い山が連なり、あるいは緑色の丘陵地帯が広がる。その間には青い海もあり、この新しい世界を縁取っていた。

しかし、それは新しいわけではなかった。

ニックスが顔を近づけた。目を見開いてまばたき一つせずに、世界を環状に取り巻く帯の北側を見つめている。その声からは当惑がありありとうかがえた。「これは……私たちのクラウン」

新たな発見を前にして、ニックスは距離を取ればそれを否定できるとでも言うかのように、ふらふらと後ずさりした。信じたくはないものの、それが事実なのだとわかる。

「アースはかつて回っていた」ニックスはかすれた声で言った。その考えは頭の中にとどめておこうと思ったものの、そうするにはあまりにも大きすぎた。

フレルがシーヤの顔を見た。「理解できない。何が回転を止めたのだ?」

シーヤは動きが止まった球体をじっと見つめている。「わかりません。多くが失われました……」

もう一歩後ずさりしたニックスは、かかとで水晶のかけらを踏みつぶしてしまった。この空間の中で砕け散り、破壊されてしまった知識は膨大な量なのではないかという気がする。それを裏付けるかのように、水晶のつぶれる音でシーヤが顔をしかめた。

ブロンズの女性がフレルを見た。「あなたが訊ねるべき質問はそのことではありません」

「それならいったい何を?」

「理解するためには……」シーヤが光り輝くアースに意識を戻した。手のひらに置いた立方体の上でもう片方の手を振る。「あなたたちはさっき、過去を見ました。けれども、これはこの先のことです」

ニックスたちはじっと見つめたものの、何も起こらないように思われた。アースはそのままでぴくりとも動かない。片側を太陽が焼き続け、もう片方は凍りついたままだ。その時、何かがニックスの肩の近くを通過した。銀色の輝きだ。驚いて首をすくめた彼女は、それが光る月だと気づいた。

これから何が起ころうとしているのかを察し、ニックスはたじろいだ。月は大きく弧を描きながら、フレルとレイフの体をすり抜けた。ザンが杖を持ち上げたが、月は木とぶつかってもそのまま通り過ぎた。月は光る世界の周囲を回りながら、次第に近づいていく――最初はゆっくりと、やがてその速度が上昇する。

最後の一周を終え、ついに月が世界に激突した。その衝撃でテーブルの上の球体が揺れる。破壊の波が衝突地点から外側に広がり、その行く手にあるものすべてをかき消していく。陸地も、海も、氷も、砂も。何一つとして免れることはできない。ほんの一瞬のうちに、全員が呆然と見つめる前にあるのはアースの残骸になっていた。

「ムーンフォール……」ニックスはささやいた。「私が夢で見たもの」

「ジャーレンの予言」ザンが言った。

シーヤが室内を見回した。「これが私を目覚めさせました。私たち『スリーパーズ』――『眠りし者』たちは、必要とされる時が訪れるまで、世界の深いところに埋められています。けれども、世界の動きが緩やかになった時、ここに置かれた見張り番は私たちだけではありませんでした。それよりも前に訪れた者たちは――」

シーヤが言葉を切り、顔をしかめた。説明するための言葉をうまく見つけられずにいるのだろう。それとも、床に砕け散った知識の空白を自分が知っていることで埋めようとしているのかもしれない。シーヤが再び語り始めた。「それよりも前に訪れた者たちは、ほかの者たちに贈り物を与え、彼らの血に種子を植え付け、それによって記憶の器を作りました。新たに作られた者たちは私たちが眠っている間に監視をする生きた見張り番、世界とともに変わることのできる者たちです。私たちにそれはできません。その者たちは永遠の記憶を保つために創造され、その記憶を大勢の中で分かち合い、維持するのです」

ニックスは大きく息を吸い、目を閉じた。

〈私はその見張り番を知っている〉

沼地での攻撃を思い返す。あの時、彼女の心はブレイクの町に降下する復讐の大群の中を行き交った。彼らの目を、彼らの願望を分かち合った――しかし、ニックスは自分を見つめる真っ赤な二つの目の存在にも気づいていた。あの瞬間、ニックスはその視線の奥により大いなる心の存在を感じ取った。時を超越して暗い、冷たくて不可知な何か。そのあまりの大きさが彼女の不安をあおった。

ニックスが目を開くと、シーヤがじっと見つめていた。彼女のブロンズの顔からもそれと同じ悠久の時があふれ出ている。

ニックスには沼地でのあの赤く燃える知性がここにあるものと等しい存在なのだとわかった。暗闇の奥から彼女を見つめていたあの二つの大きな瞳は、この世に生きるコウモリの心が一つになっただけではなかった。あれは過去と現在の、これまで生きてきたすべてのコウモリの心であって、すべてのコウモリの記憶だったのだ。はるか昔にまでさかのぼるその記憶が、一つの力を形成していたのだ。

シーヤはニックスの中で芽生えたこの知識を読み取ったかのように、こくりとうなずいた。それに続いてほかの人たちを見回した。「この生きる見張り番に与えられた能力……私たち眠りし者たちもそれを持っています」

「おまえは導きの歌のことを話している」ザンがいた。「それは私たちの才能でもある」

シーヤが悲しげな笑みを浮かべた。「手違いが起きたためです」

ニックスがその言葉にたじろいだ一方、ザンは目を見開き、傷ついたような表情を見せた。

「あなたを責めているわけではありません」シーヤが慰めた。「この能力ははるか昔にあなたの血筋に入り込みました。病気によって流入したのかもしれませんし、毒と血が混じったせいなのかもしれません。けれども、ひとたび根付くと、その種子にとって肥沃な土壌を、受け継ぐ価値のある有用性を見出したため、一部の祝福された人々の間に深く根を張ることになったのです」

「ケスラカイ」ザンがつぶやいた。

「そしてほかの人たちにも」シーヤのブロンズの眉間にいらだったようなしわが刻まれた。またしても言葉に詰まったのは、記憶の中に存在する別の欠落部分に行き当たったからなのだろう。「その種子が意図せずに広まっただけでなく、能力も……私たちが眠っている間に変化し、思いもよらない形に枝分かれしました」

シーヤの視線が再びニックスに留まった。

フレルが会話に割り込んできた。錬金術師はさっきからテーブルのまわりを歩き、その上で光る破壊されたアースを見つめていた。「どれも魅力的な話だが、私たちが考えるべきなのはそのことではない」フレルの顔には不安が色濃く表れていた。「ムーンフォール。それはいつ起きるのだ？」

シーヤが唇をきつく結び、顔をしかめた。

レイフが祈るように手を合わせた。「お願いだから、『多くが失われた』だけはやめてくれ」

シーヤの表情が和らぎ、レイフの腕にそっと手を触れた。「そうではありません。ただし、不確定要素が多すぎます。私の力をもってしても、おおまかな答えしか導き出せないのです」

「それはいつなんだ？」フレルが重ねて訊ねた。

シーヤが穏やかな口調で答えた。「長くて五年後。短くて三年後」

フレルがうつむいた。この深刻な予言を受け止めようとしているのだろう。ほかも誰一人として口を開かなかった。錬金術師はため息を一つついてから、再びシーヤに視線を向けた。「では、私たちはどうすればそれを止められるのだ？」

シーヤがアースの残骸を見た。「できません」

55

ライスはパイウィルの操舵輪の横に立っていた。艦長は操舵輪を挟んでその反対側にいる。大きく弧を描いた船首の窓の外では黒い断崖が世界を二分していて、その下にあるのは白い霧、その上にあるのは黒雲だ。断崖の下から二本の煙が昇っていた。

ライスは前を見つめたまま、亀裂の入った球体を手で握り締めた。パイウィルまでの移動、および巨大な戦闘艦の方向転換とシュラウズに向けての出発に多くの時間を取られてしまった。どうやら崖下ではすでに小競り合いが発生したらしい。巨大な黒い壁に近づく間に、前方の霧の中で二つの閃光が走ったのだった。

今では船首楼にいる全員が空を見つめていた。

〈あの霧の下で何が起きているんだ?〉

「あそこだ!」ブラスクが左側を指差した。

白い海の間から灰色の気球の先端が顔をのぞかせたが、すぐにまた見えなくなった。どうやら断崖から離れようとしているらしい。

ブラスクはそのわずかな時間で船を特定した。「補助艇だ」

次の瞬間、別の黒い気球が海面を切り裂くひれのように浮かび上がり、それに続いてとがった先端を持つ細長い船体も見えた。

「追撃艇だ」ライスは言った。

「補助艇を追っている」追跡が左舷側で展開するのを見ながら、ブラスクも船首の窓に沿って移動した。

追撃艇が再び霧の中に降下した。小さな閃光が白い海を照らす。追撃艇は獲物を炸裂矢で追い込み、断崖から引き離そうとしていた。

ライスはマイキエンがあの追撃艇の船内で無事なことを祈った。イフレレンは王子を有用な道具に変えるための努力を惜しまなかった。ここにきて彼を失うようなことがあれば、これまでの労力が無駄になる。

操縦士がブラスクの方を振り返った。「我々も向きを変えて加勢しますか?」

「いいや、こっちは追撃艇のように小回りが利かない。パイウィルの方向転換が完了する頃には決着がついていることだろう。それに……」艦長は左舷の窓のさらに先を指し示した。「我々の助けは必要なさそうだ」

ライスは左舷の外をよく見ようとそちら側に移動した。

大きくふくらんで空にそびえる気球がパイウィルの後方から接近していた。ハッダンはタイタンを離陸させ、閃熱炉を全開にして後を追ってきたのだ。これほどの短時間で参戦してくるとは、さすがは忠臣将軍だ。しかも、タイタンの気球の半分はまだ裂けたままなのだから。白い霧のすぐ上を進む気球は穴の開いた部分の断片が風にはためいている。それでも、ある程度の修復が終わっていたおかげで、木々の梢に引っかからない高度まで船体を持ち上げることができた。ただし、霧よりも上にまでは浮上できないようだ。気球の下の船体は白い海の中を移動中で、霧の中に輝く閃熱炉の炎が見える。

またしても灰色の気球の一部が視界に現れた。それに続いて追撃艇の黒いひれのような気球も。すぐにどちらも再び霧の中に消えた。その短い時間でも、この追撃戦の進行方向はわかった。追撃艇は獲物をタイタンの方へと追い詰めている。

この問題はすぐにけりがつくだろうと判断し、ライスはブラスクとともに船の操舵輪のところに戻った。艦長も同じ結論に達しているのは間違いなかった。二人は正面にそびえる断崖を見た。

「停止の準備に移れ！」ブラスクが船首楼にいる乗組員全員に叫んだ。「この船をあの断崖の手前で止めるように」艦長は連絡管のそばで待機している乗組員を指差した。「すべての追撃艇と補助艇の発進準備を命じろ」

ライスは前方に迫る断崖を見つめた。

〈あと少しで……〉

手の中の球体に視線を落とす。まだピンで固定されている数本の磁鉄鉱がゆらゆらと揺れている。そのすべてが前方を指し示していた。

「信号をとらえているぞ」ライスは注意を促し、ブラスクに歩み寄った。「我々の前方から発している」

ライスは亀裂から油が漏れないように気をつけながら、球体を回転させた。もっと確かな位置を突き止めたいと思い、断崖の下の方に傾ける。ところが、磁鉄鉱のかけらはばらばらの向きになってしまった。

〈まさか……〉

心臓の鼓動が速くなる。球体の向きを変えて磁鉄鉱が上向きになるように傾けると、かけらは再び同じ方向を指し示した。

体に戦慄が走る。

ブラスクはライスの反応に気づいたらしい。「どうした？　位置が動いたのか？」

「そうではない。まだ真東の向きのままだ。ただし、信号は下から発しているわけではない」ライスは断崖の上で渦巻く黒雲に目を向けた。「シュラウズから発している」

「確かなのか？」

ライスは固唾をのんだまま、再び球体を上下に傾けた。ゆっくりとうなずく。「遺物は間違いなく上にある」

艦長が眉をひそめた。「マイキエンはどうするつもりだ？　我々は王子も探すんじゃなかったのか?」

ライスは首を横に振った。「マイキエンが断崖の下にいるのかどうかはわからない。あの追撃艇に乗っている可能性の方が高いだろう」肩越しに振り返り、弧を描く窓の後方に視線を向ける。「いずれにしても、マイキエンの安全な帰還についてはタイタンに任せておけばいい」

「それなら我々はどうすれば?」

ライスは球体を高く掲げた。「シュラウズに向かう。王国のために遺物を確保するのだ」

〈そして、私自身のためにも〉

ライスは拳を握り締めた。究極の野望を成し遂げようと思うならば——いかなる国王や皇帝すらも上回る権力を得たいならば、まずはハレンディ王国を支えなければならない。玉座の背後から様々な動きを操ることに最善を尽くさなければならない。好むと好まざるとにかかわらず、自分の運命は王国と結びついている。

〈少なくとも、今のところは〉

補助艇の背後の霧がまたしても炎で明るく輝き、グレイリンはひるんだ。閃光は目がくらむほどの近い距離だった。天井から下がる革製の手すりにつかまったグレイリンのすぐ近くでは、船尾のハッチが全開になっている。正確には、後部から火炎弾を外に転がしやすいようにと、ダラントの手でハッチは取り外されていた。

海賊が船体の前部から叫んだ。「今のは俺たちのケツを焼きそうな近さだったぞ。だけど、そういう計画だからな、そうだろ？」

船首にいるダラントは娘に寄り添っていた。補助艇の操舵輪とペダルを操作するのはグレイスで、船は彼女の巧みな操縦で霧の中を進んでいた。

〈いいや、こいつは決して計画通りじゃないぞ〉

二人がハイタカの船内でヒックの遠望鏡をのぞいていた時、断崖に向かって突き進む追撃艇の姿をとらえた。ハイタカの目に留まった青い煙を王国軍も目撃したのは間違いない。あいにく、相手の方が先に断崖まで到達した。そのため、グレイリンとダラントはあの信号の送り主の救出計画をとっさに手直しする必要に迫られたのだった。

グレイリンは補助艇のがらんとした船倉を見た。火炎弾の樽があと二発だけ、壁に固定されている。ハイタカが提供できる武器はそれが限界だった。当初の計画ではまず二発の火炎弾を投下して追撃艇をおびき寄せ、その隙にハイタカが低空飛行で断崖に接近して仲間たちを収容することになっていた。グレイリンとしては王国軍の戦力の大半が追撃艇の中にとどまっている、あるいは呼び戻されることを期待していた。

〈若き王子を追って大勢が地上に展開しているとは、誤算だった〉

補助艇が雲の下に出た時、グレイリンは王国軍の騎士たちが石造りの住居群の前に並んでいるのを目にした。断崖と王国軍の列の真ん中あたりでは、二人の騎士が誰かをひざまずかせていた。

押さえつけられているのはカンセ王子だった。

それを見た瞬間、青い煙はニックスと仲間たちによる合図なのではないかという予想が裏付けられ、グレイリンは安堵した。ダラントと協力して手持ちの武器の半分に当たる二発の火炎弾を投下し、王子を解放するとともに王国軍を攪乱《かくらん》することに成功した。それに対してすぐさま追撃艇が反撃してきたので、敵をおびき寄せるため霧の中に逃げ込んだのだった。

霧の中に姿を隠す前、グレイリンの目は追跡のために離陸する追撃艇をとらえた――だが、地上の王国軍がカンセを追うのも見えた。

後方から敵が迫る状況下では、補助艇が救出のために引き返すことはできない。そのことを思い知らせるかのように、新たな炎がすぐ近くで炸裂し、船倉内に煙が進入してきた。

操舵輪を握るグレイスが声をあげた。「閃熱の残りがほとんどない！」

〈やはりどう考えても引き返せないな〉

ここから先はハイタカが頼りだった。手持ちの火炎弾の数は快速艇の方が多い。あとは投下して王国軍を蹴散らし、地上の仲間を収容するのに十分な数があることを願うばかりだ。

グレイリンは無事に救出できる可能性がかなり低いと覚悟していた。ほぼ不可能に近い。

〈またしてもマライアンの娘の期待を裏切ってしまうのか？〉

当初の計画の中で唯一の成功と言えるのは、追撃艇をおびき寄せたことだけだ。サメが見張っている中ではハイタカも救出任務に取りかかれない。

グレイリンはそのことにほんのわずかながらも慰めを得た。

グレイスが不意に船体を大きく傾け、補助艇の高度を上げた――それは実にきわどいタイミングだった。後方からの巨大な槍が霧を引き裂き、竜骨の下部をこすった。下で板が砕け、船体が大きく揺れる。その衝撃で補助艇は突き上げられ、霧の外に飛び出した。

グレイリンは手すりにぶら下がる体勢になりながら、船尾の外をのぞいた。後方の霧の中から追撃艇が勢いよく現れた。予想していたよりもはるかに近い距離だ。気球が上空高くに浮かび上がり、危険な船体が竜骨も含めてその全貌《ぜんぼう》を現した。

ところが、補助艇に向かって急降下すると思いきや、追撃艇が百八十度向きを変えたため、閃熱炉から噴き出す炎で補助艇の気球に危うく引火しそうになった。敵はすぐにその場を離れ、真っ直ぐ断崖の方へと戻っていった。

グレイスが船を水平に戻したため、両足が再び船倉の床をとらえた。

グレイリンは遠ざかる追撃艇に眉をひそめた。

〈なぜここを離れるんだ？　あんなにも急いで引き返す理由は何だ？〉

切り立った崖の手前では巨大な戦闘艦が断崖の上まで高度を上げ、シュラウズの奥に向かい始めた。グレイリンには戦闘艦がどこを目指しているのか理解できなかった。追撃艇のように船体を反転させて戻ってくるかもしれない。

「グレイリン！」ダラントが警戒の叫び声をあげた。

グレイリンは船首側に顔を向けた。真正面にそびえるのは巨大な気球――一部に穴が開いて断片が風で翻っている――で、それが補助艇の方に接近してくる。どうして追撃艇が引き返したのか、今ならば理解できる。

もはや必要ではなくなったからだ。

カンセはほかの人たちを率いて暗闇を抜けていた。一行が歩いているのは住居群の奥の断崖に掘られた迷路のようなトンネルだ。ジェイスは覆いをかぶせたランプを手に走っている。わずかな隙間から漏れる小さな炎が行く手を照らしていた。若い用務員の汗にまみれた顔はわずかな光を反射していて、それ自体がランプのように輝いている。その表情には恐怖がくっきりと浮かんでいた。

あらゆる方角から大きな叫び声がこだましている。カンセたちは松明の炎が見えるたびに奥に進んだり引き返したりを繰り返していて、一つ上の階に当たるトンネルまで段を使って上ったりもした。洞窟の行き止まりで身動きが取れなくなることだけは避けなければならない。プラティークが警告していたように、敵が火を放てばそんな行き止まりからあぶり出されてしまう。唯一の希望はとにかく動き続けることだった。

カンセは一つの期待にすがっていた。さっき助けてくれた補助艇の姿を思い浮かべる。あれはハイタカから飛来したものに違いない。それが事実なら、快速艇もこの近くにいるはずだ。そうだとしたら、救いの手が差し伸べられるまで何としてでも生き延びなければならない。

しかし、それがますます難しい状況に追い込まれつつあった。

背後から悲鳴があがった。

振り返るとライラが低い姿勢でうずくまり、腕を後方に向けていた。光が届く範囲に人影がよろよろと現れ、仰向けになって倒れた。その喉には刃物が突き刺さっている。

ライラが死体に駆け寄り、ナイフを引き抜いた。「歩き続けろ」小声の指示が飛ぶ。

カンセは矢を弓に軽く添えていた。トンネルに潜ってすぐ、カンセは弓矢がこのような狭い空間内での、それも暗闇での使用に適した武器ではないことを痛感させられた。弓の先端が天井にぶつかるし、矢を引き絞っていると肘が壁に当たる。カンセはすでに二回、うっかり手を離してしまい、暗闇に虚《むな》しく矢を放っていた。

今はセイルルを見習っていた。ケスラカイ族の斥候は横向きになって歩いている。弓に矢を添えてはいるが、弦を引いてはいない。それでも獲物が現れれば素早く矢を射ることができるのは、すでに実証済みだ。幸運なことに、追っ手の騎士たちは松明やランプを手にしているので、こちらからは見つけやすい。斥候は二人の敵を倒していた。カンセも自分の矢が一発、かすめたはずだと信じていた。

とはいえ、楽観はしていなかった。いずれは追っ手から逃れ切れなくなる。

カンセは狭い通路のカーブの先に進んだ。そこを回り込んだ時、前方にぼんやりとした薄明かりが見えた。断崖沿いの住居群への出口に通じる洞窟に近づいているようだ。一行は少し前に一続きの段を上り、二階に相当する部分に達していた。ハイタカの姿が見えたなら、出口から飛び下りて一目散に走ればいい。

それまでは暗がりで身を潜める必要がある。

別のトンネルが分かれている地点に差しかかると、カンセはそこを曲がり、出口の薄明かりから離れた。そのまま暗い通路を進んでいくと、行く手に炎が揺れていて、待ち伏せしている騎士の一団を照らし出した。

ヴァイルリアン衛兵の肩の陰からマイキエンが姿を現した。「やあ、弟よ」

その前には別の騎士が二人、トンネルの床に膝を突き、掲げた盾の陰にうずくまっていた。

セイルルが矢を放ったが、一人の騎士の盾に当たって跳ね返った。もう一人の騎士が石弓を射る。矢羽根の付いた矢が目に刺さり、ケスラカイ族の斥候は倒れた。

カンセはその時点ですでに、短く切った導火線にろうそくの小さな火をつけていた。導火線は矢に取り付けた卵とつながっている。カンセはセイルルが倒れると同時に矢を放った。彼の一撃も斥候の攻撃と同じ結果に終わった。騎士の楯が矢を跳ね返す――その瞬間、卵が破裂して大量の青い煙をばらまいた。

待ち伏せしていた敵が咳き込んで苦しむ一方で、煙の壁が通路を伝って自分たちの側にも押し寄せる。カンセはほかの人たちをトンネルの分岐点まで押し戻した。

〈だが、ここからどっちに行けばいい？〉

その答えは閃熱炉の力強い轟音が教えてくれた。大きな音が聞こえるのは左側から、薄明かりが見えた出口のある方角からだ。

〈ハイタカだ……〉

カンセはほかの人たちをそちら側に押す一方で、ジェイスが持つランプを奪い、覆いを剝ぎ取った。炎が赤々と周囲を照らす。

ジェイスがそのまぶしさにたじろいだ。「いったい何を――？」

「ハイタカの方に行け」カンセはジェイスを突き飛ばしながら言った。「僕は兄をおびき寄せる」

カンセは反対側に後ずさりした。ジェイスたちが無事にハイタカと合流するためには少しでも多くの時間が必要だ。そのためには王国軍の大半を洞窟内にとどめておかなければならない。

「僕は少し遠回りするだけだ」カンセは約束した。「向こうで落ち合おう」

ほかの人たちは躊躇した――少なくとも、ジェイスはためらった。だが、ライラが若者の腕をつかんで引きずり、前を行くプラティークを押しながら走り去った。

三人がいなくなっても、カンセは煙が少し晴れるまでトンネルが交差する地点に残った。兄たちが待ち伏せしていた地点の炎が煙の向こうに再び現れた。

〈つまり、向こうも僕のランプの明かりが見えるということ〉

カンセは相手から叫び声があがるまで待ってから、ジェイスたちとは逆の右のトンネルに入った。走る間も太腿に当たって跳ね返るランプで周囲を照らしたままだ。兄を確実にこちら側へと引きつけなければならない。後方から新たな叫び声がこだました。

〈これで十分だ〉

カンセは革製の覆いをランプにかぶせ、明かりを最小限に抑えた。

急に暗くなったせいで少しの間だけ何も見えなくなった。速度を落とすのが間に合わず、急カーブで壁にぶつかってしまう。木の砕ける音とともに、手の中の弓がばらばらになった。

カンセは弓の残骸を投げ捨て、ランプを高く掲げると再び逃げ始めた。

前方に少しでも光が見えるとその方向は避け、後ろからの叫び声に追われながら、カンセはひたすら走った。その時、聞き覚えのある大きな音が前方から聞こえてきた。それに合わせてより明るい光も見えた。

〈神々が僕に微笑んでくれた……〉

カンセは明るい光が漏れてくる脇のトンネルを目指し、そこを曲がった。その先に見えるのはアーチ状に光が差し込む出口だ。外の世界から伝わる轟音を聞きながら光に向かって懸命に走る。光のアーチに近づいたカンセは、トンネルの先にあるのが住居の中ではなく、建物の平らな屋根の上だということに気づいた。だが、どちらでもかまわなかった。住居はそれほど高さがないので地面まで飛び下りるのはたやすい。

出口を通り抜けたカンセは砂に覆われた石造りの屋根の上を滑りながら止まった。左側には崖がそびえている。真正面には隣の建物のこれといった特徴のない壁がある。右を見るとそちら側は霧に包まれた森が見える――カンセは屋根の端に向かって走った。あとは思い切って飛び下りるだけだ。

屋根の終わりが近づいた時、煙に包まれた船が正面に見えた。

またしても砂の上を滑りながら止まったカンセは、危うく屋根の端から転がり落ちそうになった。

目の前にある船はハイタカではなかった。

空中に浮かんでいるのは追撃艇で、閃熱炉の近くの舵《かじ》が真っ赤に輝いている。

カンセは視線を下に向けた。滑りながら立ち止まったせいで小石と砂がこぼれ落ち、真下にいたジン族の男に気づかれてしまった。大男が岩のようなごつごつした顔を上に向け、カンセを見た。鉄の兜をかぶった巨漢は斧を高々と持ち上げ、早く飛び下りろと催促している。

〈またの機会にするよ……〉

カンセは体を反転させた——ちょうどマイキエンが大股で悠然と歩きながらトンネルを出て、屋根の上に姿を見せたところだった。霧を通して差し込む太陽の光を反射して、兄の甲冑がきらきらと輝いている。そのすぐ後ろにいるのは大柄なヴァイの騎士だ。

カンセは一歩後ずさりした。かかとが屋根の端からはみ出る。

〈結局、神々は僕に微笑んでくれなかった〉

きっと大声で嘲笑っていることだろう。

56

ライスはパイウィルの竜骨の下でうごめく黒雲を指差した。もう片方の手にはスケーレンの球体が握られている。戦闘艦にはこの一帯を二周するように指示を出してあった。球体の磁鉄鉱を利用して下から吹きつける風を調べているところだ。

「あそこから信号が発生しているのは確かだ」ライスは断言した。「シュラウズの中心に当たるここからだ。真下は北の列石があるあたりに違いない」

その場所を聞いて艦長が顔をしかめた。船の下では嵐が荒れ狂っていて、閃光が走るたびに雲を明るく染めている。稲光の輝きは雷鳴こそ伴っていないものの、その脅威は誰の目にも明らかだった。船首楼内の乗組員の顔に不安の表情が広がっていく。

ブラスクが首を左右に振った。「あれほどまで強い嵐の中にはパイウィルを降下させられない。しかも、稲光も発生している。気球に何度も落ちたりすれば……」

ライスは気球が破裂して炎の塊となり、密林に落下していく様子を想像した。それでも、悪天候を理由にあきらめるわけにはいかない。

〈あと少しで手が届くというのに〉

ライスは艦長の方を見た。「パイウィルはかなりの高さがある。船体の大部分が雲を抜けてその下に出ても、気球は嵐の上にとどめることができるのでは？」

その意見を聞き、ブラスクが嫌そうな顔をした。

「じゃあ、パイウィルの竜骨部分だけを雲より下に出すのはどうだ？」ライスは訴えた。「船体のいちばん下の部分だけを」

ブラスクはライスの提案を理解したようだった。「竜骨のすぐ上に位置する船倉が雲の下に出るまで船体を下げろということか？」

「戦闘艦の補助艇や追撃艇のほとんどはそこに格納されている。あの種の小型の乗り物ならば雲の下から発進して急降下し、地上のこの一帯を制圧できるはずだ」

ブラスクは顎をさすりながらゆっくりとうなずいた。乗組員たちに向けた視線の輝きは、この作戦に乗り気だということを示している。「それなら可能だ」

ライスは安堵のため息を漏らした。

ブラスクがライスの肩をぽんと叩いた。「シュライブが考えたにしては悪くない戦術じゃないか」

ライスは中途半端な誉め言葉を素直に受け入れた。艦長に背を向け、船首楼内を横切る。

「どこに行くつもりだ？」ブラスクが呼びかけた。

「地上だ」ライスは答えた。「シュラウズに降下する部隊と一緒に行く」

ブラスクは後を追おうとした。異を唱えるかに見えたが、すぐに立ち止まり、さっさと行けと言うかのように手を振った。誉め言葉を口にしたばかりとはいえ、艦長がライスを船首楼から、および自分の船から追い払いたいと思っているのは明らかだった。

ライスとしても、艦長が何と言おうと地上に下りるつもりでいた。

歴史あるブロンズの遺物がこの下にあるならば、ライスは自らの手でそれを確保したいと思った。その一方で、ヘイヴンズフェアであの武器とともに逃げるカンセを目にしたことも思い出していた。

そのことを念頭に置き、備えておかなければならない。

あの王子がこの下にいるのなら……

〈別の人間もいるはずだ〉

ニックスはほかの人たちとともにガラスのテーブルのまわりに集まった。目の前で輝くのはアースの残骸だ。裂けた陸地、泡立つ海、嵐の渦巻く空という荒れ果てた地形を見つめる。人間も生き物も、すべてが死に絶えてしまうだろう。

ニックスの耳にまたしても炎に覆われた山頂から湧き上がる悲鳴と、兵器のぶつかり合う音が聞こえた。そして月がアースに激突する。けれども、その夢で何よりも鮮明に覚えているのは最後に訪れた静寂で、古代の墓地のような静けさに包まれていた。

「私たちにはこうなるのを止められないと言うのか？」フレルが改めて訊ねた。

シーヤがもっと近くに集まるように合図した。「理解するには見なければなりません」

ブロンズの手がもう片方の手のひらで輝く立方体の上を通り過ぎた。ニックスたちの目の前で時間がさかのぼり始める。全員が見守るうちに、世界が戻っていく。海が元通りになり、裂けた陸地が組み合わさり、見慣れたクラウンが帰ってきた。最後に月が激突地点から浮かび上がり、軌道に戻り、再びアースの周囲を回り始めた。

「私はあなたたちにまず、過去を見せました。そして必ずや訪れる未来も」シーヤが光る世界を顎でしゃくった。「そしてこれがあなたたちの知る現在です」

「理解できないんだけれど」ニックスは言った。「私たちに救うことができないのなら、どうしてこの世界を見せているの？」

「さっきも言ったように、あなたたちにはできません」

レイフが今にも吐きそうな表情を見せた。「だったらアースはおしまいだ」

ニックスは拳を握り締めた。こんな運命は受け入れたくない。

フレルが片手を上げた。「私たち、私たちにはこうなるのを止められないとして、君ならできるのか？」

シーヤの目が輝き、その意見を考えている様子だったが、やがて首を横に振った。「私でもできません。そうするためには世界のすべてが必要になります」

「どういう意味なの？」ニックスは問いただした。

「見せてあげましょう」シーヤが立方体を掲げ、またしてもその上で手を振った。「これがたった一つの希望です」

しばらくの間、アースに変化はないように見えた。ニックスはフレルと不安げに顔を見合わせた。何らかの問題が起きたのだろうか？

隣にいるレイフがびくっと体を震わせたので、ニックスは注意を戻した。何がこの男性を驚かせたのか、すぐには理解できなかったが、やがて彼女の目にも見えた。アースを環状に取り巻くクラウンの位置が自分の方に近づいている。

ニックスは目の前にある世界を唖然として見つめた。

〈回転している……〉

全員が見守る中、クラウンは、そしてアースは回り続ける――最初はゆっくりと、そして徐々に速度が上がる。

ザンが別の場所を指差した。「月が……」

ニックスがそちらを見ると、ぼんやりと輝く銀色の球体の軌道とアースとの距離が広がり、月が遠ざかりつつある。「離れていく」ニックスは小声でつぶやいた。

「クラウンを見ろよ」レイフが驚きの声をあげた。

ニックスは注意を戻した。アースは回転を続け、今では一定の速度で回っているが、その片側で大量の氷が融け始めた。海面が上昇し、クラウン一帯が浸水する。大地震が球体を揺らし、それによって持ち上がる陸地もあれば沈み込むところもある。世界のいちばん上といちばん下はそれぞれ、ゆっくりと氷に覆われ始めた。

ニックスの心臓の鼓動が大きくなった。

〈変わらないものは何一つとしてない〉

フレルがより深刻な懸念を口にした。「この通りになれば大勢の人が死ぬだろう」

シーヤが立方体の上に手のひらを置いた。「そうです。でも、すべてではありません」

その言葉を聞いても、ニックスはまったく安心できなかった。

レイフまでもが愕然《がくぜん》とした表情でシーヤを見た。「つまり、世界を救うためにはクラウンが破壊されなければならないというのか？」

シーヤは答えなかった。答える必要がなかった。

フレルは見慣れない新たな地形を凝視したままだ。「ムーンフォールを回避するための唯一の方法は、アースを再び回転させること」その目がシーヤの方を向く。「そもそもそんなことが可能なのだろうか？」

「おそらく」シーヤが水晶の立方体を見下ろした。「助けがあれば」

「助けというのは？」レイフが訊ねた。「どこから？」

シーヤがうなずき、立方体から手のひらを離した。

光る球体がいちだんと明るさを増し、目もくらむような輝きを放った。そのまぶしさが薄れていくと、見慣れた世界に戻っていた。凍結した氷と荒涼とした砂に挟まれたクラウンが、薄明かりに包まれてアースを環状に取り巻いている。ところが、世界の地図のあちこちに小さな青や赤の点が表示されていた。ニックスたちが暮らす土地にも、そしてそれとは別の土地にも。

レイフが首をねじ曲げながら球体に顔を近づけた。「ガルドガルの南に赤い点がある。俺が君を見つけたところだ」

シーヤがうなずいた。「赤い印は空っぽになった、あるいは破壊されてしまった場所です」

ニックスは理解した。「この光る点はどれも、あなたと同じような存在が――あなたが『眠りし者たち』と呼ぶ存在が埋められた場所を表している」

「その通りです。でも、わずかしか残っていません。あまりにも厳しくて目覚められないような場所に閉じ込められている者たちだけしか」

ニックスは青い点よりも赤い点の方がはるかに多いことに気づいた。クラウン内でたった一つの青い点ははるか南の、クラッシュの領内にかなり入ったところにある。

「けれども、私があなたたちに見せたかったのはこれではありません」シーヤが言った。彼女が立方体の左右の側面に触れた。すると球体の上に明るい緑色をした大きな点が二つ、出現した。一つは氷の大地のはるか奥、もう一つは荒れ果てた砂漠をかなり深く進んだあたり。

ザンが杖で体を支えながら顔を近づけた。「おまえが見せてくれたこの新しい場所は何を表すのだ？」

シーヤは途方に暮れた表情を浮かべた。その視線が床に広がる割れたガラスをさまよう。「わかりません。そのような知識はここで壊されてしまいました」

ニックスはその声から不安を感じ取った。入口の扉がかたく閉ざされていたことを思い出す。

シーヤの話は続いている。「守護者がここから消えてしまった今、私にわかるのはこの場所まで行かなければならないということだけです」シーヤが氷に包まれた暗い世界の中の印を指差した。「そこに向かわなければならないという衝動を感じるのです。でも、なぜそのような思いに突き動かされるのか、その理由はわかりません。そこに何かがあります。世界を再び回転させるためには、私がそこにたどり着かなければならないのです」

レイフの目は氷牙《ひょうが》山脈の西に広がる凍りついた世界を見つめていた。「シーヤ、そんな旅路は不可能だ。一人では絶対に」

ニックスもその通りだと思った――それとともに、別の強い思いが湧き上がる。「私があなたと一緒に行かなければならない」

全員が彼女の方を見た。

ニックスはその視線を受け止め、自分の決意をはっきりと見せた。「シュラウズのこの場所に入ろうとするシーヤを、何かが妨げようとした。たとえシーヤがほかの場所まで行けたとしても、また同じことが起きるおそれもある。彼女には私の助けが必要になるかもしれない」

ニックスはブロンズの女性を見た。

シーヤが答えを返すよりも早く、大きな足音が聞こえたため全員が部屋の入口に顔を向けた。シーヤがさっと手を振ってテーブルの上の光る球体を消し、ここで明かした秘密を隠した。

ケスラカイ族の女性の一人が部屋に駆け込んできた。銅の床を滑りながら止まる間、視線は落ち着きなく動いている。目に飛び込んできた光景に対する驚きで、言葉を失っているようだ。

「どうしたのだ？」ザンが問いかけ、杖を突いて歩きながら女性の目の前に移動した。

女性はザンに視線を向け、早口のケスラカイ語で答えた。杖を握るザンの手に力が入る。

「何があったの？」ニックスは訊ねた。

ザンが振り返った。「誰かがやってくる。巨大な船が雲の中を下りてくる」

ニックスにはその正体がわかった。ヘイヴンズフェアで目にした戦闘艦が脳裏によみがえる。

「ここを離れないと」フレルが言った。「今すぐに。この中に閉じ込められるとまずい。密林に逃れなければ」

全員が扉に向かって走り出した。

シーヤだけは反対側に向かった。信じられないほど素早い身のこなしだ。部屋の奥にある繭のところまで戻ると、シーヤは小さな立方体を持ち上げ、その表面に指を走らせた。ようやく彼女がニックスたちの方に向き直ると、床下から低い銅鑼《どら》の音が鳴り響いて部屋を揺らした。

水晶でできた書物が二冊、棚から落下して粉々に砕けた。

シーヤは破壊には目もくれずに急いで部屋を横切った。ニックスたちに追いつくと、水晶の立方体を自分の胸に押し込む。立方体がブロンズの体と一つになって消えた。

「向こうで何をしたんだ?」レイフが訊ねた。

「ほかには誰一人として、ここの存在を知るようなことがあってはなりません」シーヤが手を振って先に進むよう促した。「絶対に」

全員が地上を目指して急いだ。シーヤはザンを抱えるような格好になった。

走るニックスの後方で再び銅鑼が鳴り響いた。さっきよりも大きな音は、あたかも時の経過を伝えているかのようだ。後ろを振り返ったニックスは、あの音が鳴りやむまでにここからできるだけ離れなければならないと思った。

57

カンセは兄に向かって左右の手のひらを見せた。「マイキエン、お願いだ、僕の話を聞いてくれ」

兄はその訴えを無視して、平らな石屋根の上を横切り始めた。マイキエンの顔には恐れも思いやりも見えない。あるのは敵意だけだ。一歩前に進むたびに、甲冑の輝きが増しているように思える。

マイキエンのすぐ後ろを大柄なヴァイルリアン衛兵がついてくる。深紅の山という形容がふさわしい大男だ。

カンセは後ろを振り返った。屋根の下ではモンガーがまだ待ち構えていた。巨漢のジン族の岩のような手には戦斧が握られている。地上にはほかの騎士たちも集まってきていた。その後方には黒い短剣を思わせる追撃艇が煙に包まれた中に浮かんでいる。

カンセは双子の兄に全神経を集中させた。「僕が国王に対する、あるいは兄さんの将来の治世に対する脅威に当たらないことはわかっているよね。まさか僕が王位を望んでいるなんて話を信じているわけじゃないだろう?」

マイキエンは立ち止まり、肩をすくめた。「今はそうかもしれないが、この先のことはわからない。どんなに小さいものでも反乱の芽を摘んでおくことは、王国のためになる。そうでなければ、俺が国王の意向に逆らってまでおまえの暗殺を計画する理由なんてないじゃないか」

カンセは兄の言葉に血の気が引いた。「何だって？　じゃあ、国王は――」

「今でもなお、父上は俺がおまえを家に連れ帰ってほしいと望んでいる。おまえに対する寛大さはとどまるところを知らないようだ。もしかすると、愛しているのかもしれないな」兄が再び肩をすくめた。「だから、俺はおまえを連れて帰るよ。正確には、おまえの首から上だけを」

カンセはこれまで自分が信じてきた世界に兄の言葉をうまく当てはめることができなかった。頭がくらくらしてめまいを覚える。真実が浮かび上がるにつれて、父を批判的に見てきた自分に罪の意識を感じる。

〈国王が僕の暗殺を命じたわけではなかった……〉

「その前にもおまえを始末しようと試みたことがあった。アザンティアでのことだ。おまえがネザーズで飲み歩いていた時さ。あれは失敗したな。泥棒や人殺しにあのような仕事を任せるべきじゃなかった」

カンセは当惑して目をぱちくりさせた。「とがった刃」で一夜を過ごした後、路地に引きずり込まれたことを思い出す。はるか昔の出来事のように思える。

「もうあんな失敗は繰り返さない。あのような務めは俺が果たすべきだったのさ」マイキエンがヴァイの騎士に向かって手を差し出した。「ソーリン、君の剣を貸してくれ」

相手は真っ赤な顔をしかめて拒んだ。

光り輝く王子は話し合いをするような気分ではないようだった。「言われた通りにしろ、さもないと国王に訴えておまえの頭を切り落としてもらうぞ。槍に突き刺して俺の弟と一緒にさらしてやる」

ヴァイの騎士はカンセをしっかりと値踏みして、マイキエンの脅威には当たらないと正しい判断を下したようだ。幅広の剣を抜き、それをマイキエンに手渡す。あまりの重さに兄の腕が下がった。マイキエンはその剣をカンセに向かって放り投げた。大きな音とともに剣がつま先のすぐ近くに落下した。

「拾え」マイキエンが命令した。「兄と弟として、最後の勝負をしようじゃないか」

カンセは地面を見下ろした。これまで剣に触れたことはほとんどない。ふざけ半分で持ったことならあるが、人を相手に使おうと思ったことなどなかった。戸棚の中の王子が剣術を学ぶことは禁じられていた。

マイキエンの顔から一向に消えない笑みから判断する限り、兄もそのことは承知しているようだ。この申し出はただの嫌がらせで、カンセの死を遊びの一つにしか考えていないのだ。それとも、色黒の王子の方が先に仕掛けてきたので、輝かしい運命を担う自分が裏切り者を始末しなければならなかったという口実に使うつもりなのかもしれない。そんな話が大いに人気を集めるだろうことは、カンセも認めざるをえなかった。

〈でも、話題作りを大人しく手伝うつもりはない〉

カンセは両手を下げた。「嫌だ」きっぱりとした口調で伝える。マイキエンからの要請を拒んだのは、今までの人生でこれが初めてかもしれない。

光り輝く王子はそのことが気に入らなかったようだ。

顔に浮かぶ微笑みがせせら笑いに変わる。「好きにしろ」

兄は自分の剣を抜き、大股で近づいてきた。

一歩後ずさりしたカンセは、危うく屋根の端から落ちそうになった。心の中で怒りがふくれ上がっていく。これまでの人生でずっと存在していた悔しい思いに火がつく。自分はこの化け物の下に位置する存在として生まれた。マイキエンの陰に隠れた存在として、ありとあらゆる侮辱や嘲笑《ちょうしょう》や罵詈雑言《ばりぞうごん》に耐え忍んできたのは、兄がよりまぶしく輝くためだった。

そして今、自分はその忌々しい兄に命を脅かされている。

カンセは前に飛び込み、わめき声を発しながら剣をつかんだ。

両手で武器を振り回し、兄に向かって切りつける。弟の突然の攻撃に驚き、マイキエンの顔にほんの一瞬、当惑の色が浮かぶ。それでも、マイキエンは後ろによろめきながらカンセの剣を払いのけた。

ヴァイの騎士のソーリンが前に足を踏み出したが、マイキエンは近づく相手に向かって叫んだ。「だめだ！　下がっていろ！」

マイキエンは体勢を立て直し、カンセに正対すると、片手で剣を高く構えた。もう片方の手でカンセを手招きする。「やろうじゃないか、弟よ」

頭に血が上った状態のカンセは、重い剣を両手でしっかりと握ったまま、慎重に距離を取った。マイキエンが突きかかり、カンセの防御をやすやすとかわす。兄の剣の先端が胸に当たる——だが、深く食い込むことなく横に動き、カンセの胸に切り傷を作った。

線状に焼けつくような痛みが走る。

カンセは後ずさりした。血があふれ、熱い流れとなって脇腹を滴り落ちる。反撃しようとするものの、剣が重すぎてうまく扱えない。マイキエンは軽々とカンセの剣をかわし、それに続く目にも止まらぬ速さの突きでカンセの太腿に新たな血の流れを作った。

マイキエンが満面の笑みを浮かべた。弟をもてあそぶことに喜びを感じている。カンセの激しい怒りをもってしても、十分な訓練を積んだ兄の剣さばきが相手では勝負にならない。

カンセは双子の兄に向かって闇雲に攻撃を仕掛けた。何とかして洞窟の入口まで近づき、隙を見て暗いトンネルの中に再び逃げ込もうと考えたからだ。だが、マイキエンはそれさえも予期していた。カンセの猛攻をかわして後ずさりしながら、弟が力尽きるのを待っている。マイキエンが洞窟の入口を背にした頃には、カンセの息はすっかり上がっていて、剣を持ち上げることすらおぼつかなくなっていた。

マイキエンが剣を振りかざした。「本物の王子はこっちだということが、おまえにもよくわかったはずだ。俺としてはおまえの死を――」

マイキエンの背後の入口の奥で重量のある銀色の何かがきらめいた。兄は目の端でそれをとらえたに違いない。体をひねり、背中をそらしてかわそうとする――だが、間に合わなかった。斧の先端がマイキエンの顔面を切り裂き、頭頂部から顎にかけて骨にまで達するほどの深さの一本の線を刻む。

マイキエンは剣を落とし、二つに割れるのを止めようとするかのように両手で顔を押さえた。兄が体をひねると指の間から血が飛び散る。

本能的に兄の身を案じ、カンセは駆け寄った。

マイキエンは悲鳴をあげながら危険から逃れようとして身をよじり、そのはずみにカンセを突き飛ばした。

ソーリンがマイキエンをつかむ。

カンセが入口まで行くと、血まみれの斧を手にしたジェイスが外に出てきた。その後ろにいたライラが腕を一振りした。短剣が宙を飛ぶ。ソーリンが体をよじり、短剣を自分の肩で受け止めた。ヴァイルリアン衛兵は刺さった刃物には目もくれず、王子を抱えたまま走り去って屋根から飛び下りた。

カンセたちもその後を追った。

下を見ると、ソーリンは軽々と着地していた。そしてマイキエンをモンガーに押しつける。「王子を船に連れていけ！」

ソーリンがカンセたちを見上げてにらんだ。肩に短剣が突き刺さったままの腕で屋根の上を指し示す。カンセたちへの復讐を命じているのは間違いない。ところが、ヴァイの騎士は急に首をすくめ、右斜め上の空を見た。

カンセもそちらに顔を向けた。

霧の中から大きな影が降下してきた。竜骨が視界に現れる。船尾から転がり落ちた黒い樽が爆発し、燃え広がる炎が地上の王国軍に迫る。

ハイタカだ。

ソーリンが追撃艇に向かって走りながらわめいた。「ここから離れろ！　今すぐに！」

命令は王国軍と空中で静止する船の両方に向けたものだった。追撃艇の閃熱炉に火が入り、炎と煙が下に噴き出す。ただし、すぐには浮上せずに、できるだけ多くの騎士たちが船まで戻るのを待っている。

ソーリンがタラップから船内に飛び込んだ。

その直後、追撃艇は気球を追い抜きそうな勢いで急上昇した。

カンセは下を指差した。「さあ、早く！」

敵が攻撃のために旋回して戻ってくるおそれがある。もっとも、瀕死《ひんし》の王子を乗せた状態ではそんな余裕などないかもしれない。

それでも、カンセは戻ってこない方に賭ける気にはなれなかった。

全員が屋根から飛び下りると、ハイタカが低空飛行で目の前を通過した。船尾のハッチはすでに開いていて、その先端を燃える地上に引きずっている。カンセたちはその後ろを追いながら船に向かって懸命に走った。

ハイタカが速度を落としたので、ガタガタと揺れるハッチにどうにか追いついた。全員が船内に飛び込み、転がりながら奥に進んだ。カンセも息を切らしながら船倉に入った。後ろを振り返ると、ハイタカが高度を上げつつある。カンセは同じハッチから飛び下りた時のことを思い返した。別の時代に別の王子が経験したことのような気がする。

カンセは船内の暗がりまで進んだ。

全身を体毛に覆われた大きな生き物がはあはあと息をしながらカンセたちのまわりを歩いていて、いらだった様子で尾を振っている。カンセは眉をひそめてワーグの近くを探した。野獣の傍らにいるはずの人物が見当たらない。

〈グレイリンはどこに?〉


「しっかりつかまってろ!」娘の後ろに立つダラントが叫んだ。

グレイリンは天井から吊るされた革製の輪を両手で握り締めた。船首の小さな窓からの視界は戦闘艦の気球が大部分を占めている。その時、グレイスが左右のペダルを踏み、操舵輪を手前側に引いた。補助艇の船首が持ち上がり、船尾から閃熱の炎が勢いよく噴き出した。閃熱炉の残りの燃料を使い果たしながら、補助艇が空に向かって急発進する。気球の周囲に沿って上昇を続ける。

真下の霧の中には安全な隠れ場所などなかった。修復の終わっていない戦闘艦の巨体が霧の中を移動しているからだ。

いずれにしても、霧の中に身を潜める計画ではない。

数本の火槍が補助艇に向かって放たれたが、どれも届かなかった。追撃艇によって霧の中から追い出された時点で、補助艇は戦闘艦の船体のはるか上を飛行していた。

「さあ、準備はいいな?」ダラントが声をかけた。

補助艇の閃熱炉が咳き込むような音を立て、動作を停止した。船尾からの炎もほとんど見えなくなる。船体が上昇の頂点に達して水平飛行に移ると、勢いを保ったまま前方に滑空した。巨大な気球の真上に差しかかる。竜骨が気球とこすれそうな距離だ。

ダラントが船尾側に走り、壁に吊るしてあった火炎弾の小さな樽を外した。グレイリンももう一つをつかむ。

「もうそろそろ！」操縦席のグレイスが叫んだ。

グレイリンは開いたままの船尾側を見た。彼らの作戦は残る二発の火炎弾を戦闘艦の気球に向かって投下することではない。その程度の攻撃では針の穴程度の損害しか与えることができないだろう。

その代わりに、グレイリンはすでに網でくるんである危険な樽を肩に担いだ。ダラントも樽を抱える。

「さあ、行くわよ！」そう呼びかけるとグレイスが操縦席を離れた。手のひらにキスをして操舵輪をぽんと叩いてから、グレイリンたちの方に走ってくる。

補助艇が右舷側に針路を変え、気球の側面に沿って高度を下げ始めた。グレイスが船尾の二人に合流した。出口の外は空気がまだ熱い。ハッチの下にあるドラフトアイアン製の舵はさっきまで加熱されていたのでまだ赤みを帯びている。

グレイリンは冷えつつある閃熱炉の下に広がる大きな気球に目を向けた。ゆっくりと漂う補助艇の竜骨が、破れてはためく布地に当たる。真下には気球にできた巨大な裂け目があった。前回のダラントの攻撃によって破損した部分の一つだ。気球の内部の構造が丸見えになっていた。内側の骨組みは壊れ、切れた索具がぶら下がっている。

ダラントが左斜め下を指差した。破裂した気球のいちばん外側に当たる布地は破れておらず、しっかりとした状態だ。真ん中がへこんだ滑り台のようになっていて、その先は薄暗い気球の下に通じている。補助艇は三人をその真上まで運んだ。

グレイリンはダラントを見た。「本当に前にもこれをやったことがあるんだな?」

海賊の笑みはそれが嘘だということを伝えていた。「何事にも初めての経験があるものさ」

ダラントは網でくるんだ火炎弾の樽を胸の前に持ってくると、両腕でしっかりと抱きかかえた――そして船尾から飛び降りた。足を下にして気球の裂け目を通り抜け、布地の滑り台の上に落下する。尻もちをついた格好で滑り落ちていく海賊は笑い声をあげていた。

グレイスも歓声をあげ、目をらんらんと輝かせながら父の後を追った。

〈あの親子は薬草でハイになった魔女みたいにイカれている〉

そう思いながらも、グレイリンは船尾の端をつかみ、もう片方の腕で樽をしっかりと抱えてから外に飛び出した。補助艇の竜骨が気球に当たるくらいの位置なので、氷霧の森にある小屋の屋根から地面に飛び下りるよりも少し高いくらいの距離だ。それでも、滑りやすい布地にしっかりと着地できず、バランスを崩した。仰向けの姿勢で傾斜の急な滑り台を下り、気球の内部に突っ込んでいく。

ロープや索具がすぐそばを通り過ぎる。内側に渡された足場や支柱の下をくぐり抜ける。気球の下半分は暗い影になっていた。今にも障害物に激突してはじき飛ばされるのではないかと思い、グレイリンは身構えた。だが、気球の底が近づくにつれて傾斜が緩やかになった。上から差し込む太陽の光のおかげで、グレイスに手を貸して立たせるダラントの姿が見える。二人はぴんと張って弾力のある気球の底にふらふらしながらも立っていた。

グレイリンも二人のもとに滑り下りた。

ダラントが笑みを浮かべながらグレイリンを引っ張って立たせた。「まさかうまくいくとは思わなかったな」

グレイリンも同じ意見だった。頭が少しくらくらする。

二人はハイタカの船内でこの計画を思いついた。追撃艇は補助艇を戦闘艦へと追い込むことに成功したと思っていただろうが、二人がずっと狙っていたのは巨大な船の方だったのだ。グレイリンとしては、この巨大な化け物が断崖に援軍を送り込むような事態だけは避けたいとの考えだった。

突然、気球の外からこもった叫び声が聞こえてきた。大きな音とともに大砲が放たれ、弩砲の発射音もそれに続く。グレイリンはダラントと顔を見合わせた。敵が何を狙っているのかは予想がつく。グレイリンは戦闘艦の右舷側を錐もみ状態で落下していく補助艇の姿を思い浮かべた。グレイスが補助艇を右舷側に落下させたのはそちらに注意を集めさせるためで、無抵抗で落ちていく船を見せることで脅威は排除されたと敵に思い込ませることが目的だった。

「こっち」グレイスが小声でささやき、前方に導いた。

三人は気球の端にたどり着いた。太陽の光が当たる布地を通して、そのすぐ向こう側に大きな影が見える。

グレイスが二人の方を振り返った。「あれはきっとドラフトアイアンのケーブルのうちの一本」

「確かめる方法は一つだ」ダラントが短剣を取り出した。娘の前に移動すると、厚い布地に刃物を突き刺す。三度目でようやく貫通した。

ダラントが隙間から外をのぞき、娘に向かってその通りだと言うようにうなずいた。それに続いて三人が出られるだけの四角い穴を切り広げる作業に取りかかる。

その作業が終わると、グレイリンは外の様子を確かめた。ドラフトアイアンのケーブルが開口部の正面にある。腕を伸ばしてもぎりぎり届かない距離だが、このくらいの近さならば問題ない。グレイリンは下をのぞいた。方向感覚が正しければ、このケーブルは船尾甲板に通じているはずだ。〈目を凝らしたところで見えないけれどな〉気球の下の船体は霧の中を移動していて、その姿は隠れてしまっている。

ダラントが手を振ってグレイリンに合図した。「さっきは俺たちが先に行ったぞ」

グレイリンは顔をしかめながら樽を体に固定し、短い距離をジャンプした。両腕と両脚をケーブルに巻き付けて滑り降りる。そのまま霧にのみ込まれ、ようやく甲板が見えた時にはすぐそこまで迫っていた。激しい勢いでぶつかり、着地の衝撃に思わず顔を歪める。グレイリンはすぐに低い姿勢になり、横に移動した。霧に包まれた薄暗がりに目を慣らそうとする。

ただし、そのあたりには誰もいないようだった。補助艇が攻撃を浴びている右舷側にこのまま注目が集まっていることを祈るばかりだ。ダラントとグレイスもすぐさま合流した。二人ともグレイリンよりもはるかに器用な着地を披露した――もっとも、二人はこれまでに多くの船を襲撃した経験があるのだ。

霧の中から人声がこだました。一段下に位置する中央甲板の方からだ。ぼんやりとした赤い光の集まりは複数のランプがあることを示している。

グレイリンは船首側の手すりを指差した。まずは中央甲板まで下り、船内に通じる入口を見つける必要がある。ほかの二人からうなずきが帰ってくると、グレイリンは先頭に立って狭い階段に向かい、素早く下った。

中央甲板までたどり着くと、グレイリンはダラントとグレイスに対して両開きの扉に向かうよう指示した。低い姿勢を維持して周囲を警戒する。霧の中から声が聞こえる。そのあたりで複数の影が動いている。

ダラントが扉を開けると、蝶番のきしむ音が鳴った。

かつて騎士だったグレイリンはこのような戦闘艦の構造に詳しく、別行動を取らざるをえなくなった場合に備えて、二人の海賊におおまかな船内の位置関係を事前に教えていた。

その用心が役に立った。

警戒を促す叫び声がグレイリンの前方からあがった。それが次々に広がっていく。どうやらここにいる王国軍の目は霧に対してグレイリンよりもはるかに順応しているようだ。いきなり目の前に人影が現れた。その大きさから判断するに、巨漢のモンガーだ。それよりも小さい複数の影が左右から迫る。

グレイリンは体を反転させ、火炎弾の樽をグレイスに押しつけた。「行け。俺はここの連中を引きつける」

ダラントはためらいを見せることなく、娘とともに船内に飛び込んだ。二人の動きが敵に見られなかったことを祈りながら、グレイリンは左に飛びのき、中央甲板を走った。

後ろから足音が追いかけてくる。

その時、目の前から蹄の立てる大きな音が聞こえた。

〈またか……〉

霧の中から現れた巨大な黒い馬がグレイリンの行く手をふさいだ。後ろから松明やランプを手にした騎士たちが迫り、甲板の中央が明るく照らされる。高い位置にある鞍から人影が降り、音を鳴り響かせて着地すると大股で近づいてきた。

補助艇の破壊を知らされた忠臣将軍が甲板に出てくるのは当然のことだった。戦闘の現場には何をおいても駆けつけたい性分なのだから。

ハッダンが歩み寄る。霧をもってしても苦虫を嚙みつぶしたような表情は隠し切れない。「私の船によく戻ってきたな」将軍が剣を抜いた。「この前おまえが船を訪れた時の続きといこうじゃないか」

第十七部
シュラウズに吹く嵐

死とは何か、それは短き別れの最たるものなり。人の心の中においてのみ、記憶がそのような告別を永遠の苦しみに、あるいは何よりも大切な宝物に変える。それゆえ、あなた方が実り多き人生を送らんことを願う。

——盲目のシギルによる演説より。
しばしば墓石に刻まれる。

58

ニックスは銅の扉の陰に隠れ、ダラレイザの上空で繰り広げられる不気味なショーを唖然として見つめた。ケスラカイの人たちとエイモンも含めて、全員が交差した高いアーチの下に集まっている。

頭上では空が上からの侵入者に対して激しい怒りを表していた。絶え間ない嵐の中で稲光が暗がりを引き裂く。先端に水晶を載せた石柱からの光が黒雲の下に現れた巨大な船底に広がった。分厚い竜骨は攻撃をまともに受けているものの、稲光で引火することはなさそうに見える。

複数の船倉から気球をはためかせて小型の船が次々に飛び出してきた。閃熱炉からの炎があちこちで空を赤く染めている。空気中のエネルギーにそれらの船からの燃える油と煙のにおいが加わる。十隻を超える数で、追撃艇や補助艇、さらには矢のような形をした偵察艇もある。

そのうちの数隻はすでに着陸していた。小型の船は密林に通じる四つの出口をふさぐような位置にいて、光り輝く甲冑をまとった王国軍の騎士たちが地上に展開している。その一方、降下中に稲光の直撃を受け、真っ二つに裂けて石の広場に落下した船も何隻か見える。

「遅すぎた」レイフが言った。「あの包囲網を突破するのは無理だ」

ニックスは周囲を見回した。ケスラカイの人たちとザンを含めても九人しかいない。エイモンが体をすり寄せ、自分も数に入れるように訴えてくる。そうしている間にも、さらに数隻の船が小さな竜骨の下から炎と煙を吐きながら広場に着陸した。二人乗りの偵察艇のうちの一隻が交差したアーチの真上を低空で通過した。地上の様子をうかがっているのは間違いない。

「やるだけやってみなければだめだ」フレルが励ました。「選択の余地はない。何とか密林までたどり着けば、逃げ延びられる可能性も出てくる」

そうは言うものの、本人も自分の提案に自信がなさそうだった。

その時、自信に満ちた声がした。「私が道を開きます」シーヤが言った。

彼女は扉の陰を離れ、しっかりとした足取りで広場を横切り始めた。敵に手招きをするかのように片手を上げる――だが、彼女が呼び寄せていたのは王国軍ではなかった。石柱の先端にある水晶のうちの一つがシーヤに向かって稲光を放つ。彼女はそれを手で受け止め、近くを飛行する補助艇に向かってはじき返した。

気球が爆発して炎の塊と化す。その衝撃で補助艇は急降下し、墜落してばらばらになった船体は炎の帯を残しながら石の上を滑っていった。

奇跡としか思えないシーヤの攻撃を目にして、全員がその場で固まってしまった。

「今だ！」ようやくフレルが声を出した。「彼女の後についていくんだ」

全員が急いで飛び出した。

逃げる途中でザンが歌い始めた。ほかのケスラカイの人たちもそれに続く。周囲でいくつもの閃熱炉が轟音を発するなかでも、ニックスにはその歌声がはっきりと聞こえた。彼女たちの歌の糸が、あたかも種子から成長する芽の巻きひげのように、絡み合って外に広がっていく。糸は空高く昇っていく。

ニックスも彼女たちの旋律に声を合わせた——恐怖をこらえるためにも。

ザンの意図は理解できなかったものの、自らの力をそこに加えた。

前を進むシーヤが別の稲光をとらえ、それを着陸したばかりの追撃艇に向けて放った。狙いは外れ、生きる彫像の力をもってしても荒ぶる稲光を完全には制御できないことが証明された。それでも、攻撃は騎士たちのすぐ近くの石に命中し、敵が散り散りになって逃げていく。彼女のブロンズの体が暗がりの中で松明のように輝いた。

しかし、光を発しているのはシーヤだけではなかった。

頭上ではザンたちの合唱による銀と金の糸が空高く昇るとともに絡み合い、光る幹を形成していた。枝が外側に伸び、そこから現れたさらに細い糸が黄金の葉を紡ぎ出す。

光り輝きながら成長する巨大なハンノキを目の当たりにして、ニックスの心には恐怖に代わって驚嘆の思いが大きくなった。その姿は「いにしえの帆柱」の魂が出現し、木陰で彼女たちを守ろうとしているかのようだった。

けれども、この光り輝く木が提供したのは身を隠すための場所だけではなかった。

それは旗でもあり、鬨《とき》の声でもあった。

広場の中で実体化した導きの歌のこの壮麗な姿に呼応して、壁の外の密林が目を覚ました。木々の間から獰猛な鳴き声が起こり、侵入者に対して雄叫びをあげる。四つの門のすべてから、暗い密林の憎しみの心そのものが広場になだれ込んできた。毒を持つ牙やすべてを引き裂く鉤爪が、出入口をふさいでいた王国軍に襲いかかる。容赦なく突き刺す音やなす術もなく嚙み砕かれる音が周囲を満たした。

悲鳴と泣きわめく声が石にこだまする。

騎士たちが門から逃げ出すのを見て、ニックスの胸に希望がふくらみ始めた。だが、その期待は裏切られることになる。

何本もの矢が空に赤い線を描いた。その多くは火がついている。右手に居並ぶ射手たちからの攻撃だ。シーヤが稲光で脅威に対抗しようとしたが、矢の数が多すぎる。ニックスたちに死の雨が降り注いだ。

空を見上げていたニックスは後ろから突き飛ばされた。体を石に強打する。頭を打ちつけた衝撃で意識が朦朧《もうろう》となった。重い何かが乗っかっていて身動きが取れない。肩と脚を押さえつけているのは爪のある前足だ。

〈エイモン……〉

次々に矢が落ちてくる。鋼の先端が黒い石に当たって火花を散らす。柄が真っ二つに折れる。跳ね返った矢がどこかに飛んでいく。

一斉射撃がやむと、ニックスは動けるようになった。右に目を向けると、ケスラカイ族の女性二人が横向きに倒れていて、どちらも背中に数本の矢が刺さっている。その二人の間でザンが仰向けになっていた。二人の女性は身を挺《てい》して長老を守ろうとしたものの、一本の矢が決死の防御をすり抜けていた。

矢はザンの喉を貫通していた。唇と喉から気泡混じりの血があふれ、彼女の歌声を永遠にかき消した。けれども、ザンにはまだ息があった。レイフが長老のそばに駆け寄る。シーヤのブロンズの体はレイフとフレルをどうにか守り抜いた。ただし、錬金術師の顔には矢がかすめた切り傷があった。

ニックスは自らの楯に目を向けた。

すぐ後ろでエイモンがはあはあと息をしていた。数本の矢が胸、肩、脇腹に刺さっている。体毛に濃い色が広がり、ぽたりぽたりと滴り落ちる。ニックスはワーグの運命を嘆いたが、エイモンはしっかりと立ったまま、警戒を続けている。

立て続けの爆発音が広場一帯に鳴り響き、ニックスは外に注意を向けた。周囲を見回した彼女は驚きで言葉を失った。頭上の船から投下された爆弾が四つの門を破壊していた。その下に広がる炎の中で密林の生き物たちが悲鳴とうめき声をあげている。

ニックスは両手で耳をふさいだ。目もふさいでしまいたい。

エイモンの傍らに両膝を突くと、そこには血の海が広がっていた。どの方角に目を向けても、そこには死があるばかりだった。

　レイフは冷たい石に両膝を突き、ザンを両腕で抱きかかえた。生き残ったケスラカイ族の二人がそのそばで警戒に当たる。

「しっかりして」レイフはザンにささやいた。

長老は緑色と青色の目でレイフを見上げた。その視線の中にはクラウドリーチのすべてがある。血に染まった唇が、信じられないことにレイフに向かって微笑みかけた。心臓の鼓動に合わせて刺さった矢が震えるものの、苦しむ様子はうかがえない。

　ザンが震える手を伸ばし、手のひらでレイフの頬に触れた。またしても、母の子守歌が頭の中に聞こえた。けれども、この歌は自分だけのものではない。母親が子供に聞かせる歌だけではない。孫娘を慰める祖母の、息子を教育する父親の歌だ。千を数える世代が互いを癒す歌だ。今もなお、ザンはレイフに同じことをしようとしている。彼を慰め、一つの終わりがすべての終わりではないことを教えようとしている。

レイフはシーヤの計画にぞっとしたことを思い出した。彼女はクラウンを破壊し、何百万もの命を奪うつもりでいる。それはこの灯を絶やさないようにするため、ある世代から次の世代に受け継がれるようにするため。

この瞬間、レイフはそのことを理解できたような気がした。

レイフは前かがみになり、額を長老の頰に押し当てた。「ザン……あなたのことは決して忘れない」

長老が振り絞った小声はレイフの耳に届いた。「私の孫娘は……おまえの中で生きている。私もそう……ケスラカイのすべてもそう。そのことを忘れるな」

レイフの顔に小さな笑みが浮かんだ。

この期に及んでもなお、ザンは教えようとしている。

頭の中に聞こえる子守歌がさらに大きくなり、喜びと悲しみの音色を奏でる——そして、ゆっくりと消えていく。ザンの手のひらが頰から離れた。レイフが顔を上げると、安らかな眠りに就いたザンの体が見えた。

手がレイフを引き離す。別の手が遺体を動かす。

残った二人のケスラカイ族の女性たちも長老に別れを告げなければならない。レイフは後ろに下がり、二人にそのための時間を与えた。彼女たちがレイフに代わってひざまずき、ザンの遺体に歌いかけ、見張りを続ける。

レイフはあらゆる方角から迫りくる王国軍を見つめた。騎士たちもいればモンガーもいる。弓を手にした者もいれば槍を持つ者もいる。上空の船からはなおも火の雨が降り続く。あちこちで煙が渦巻いている。密林が苦悶《くもん》の叫びをあげている。

シーヤはそのすべてを前にして輝きを放ち、暗闇に立ちはだかるブロンズの松明となっていた。

レイフはその明かりに向かって歩いた。

シーヤから少し離れたところにはフレルがいて、彼のそばでは身を挺して守ってくれた血まみれの英雄の傍らで少女がひざまずいていた。錬金術師は呆然としていて、その顔は赤く染まっている。

シーヤが片腕を持ち上げ、炎を呼び寄せようとした。

その時、矢のような形状をした小型の船――偵察艇――が頭上を高速で通過した。船体の下部から何かが落下する。そしてもう一つ、さらにもう一つ。すべてがシーヤを目がけて落ちてくる。

〈まずい……〉

レイフはシーヤに向かって走った。警告の言葉が口から出かかる。

次の瞬間、可燃性の錬金物質の詰まった小さな樽がシーヤのまわりで炸裂し、彼女を前に吹き飛ばした。爆発の衝撃でフレルが横に倒れた。熱気の壁が襲いかかり、レイフの体も宙に浮いて後方に飛ばされた。地面に叩きつけられ、煙と熱さで呼吸ができないまま転がり続ける。

ようやく回転が止まり、レイフはシーヤが立っていた方に顔を向けた。

そこに見えるのは炎だけだった。


石の上に仰向けに倒れたニックスは、まず片肘を、続いて片膝を突いた。どうにか体を起こし、周囲を見回す。そこにあるのは煙に包まれた世界で、ところどころで炎が激しく燃えている。けれども、その炎の明かりをもってしても、煙幕を見通すことはできなかった。肺が焼けるように熱い。煙がしみる目は涙が止まらない。風にあおられた火の粉が渦を巻いている。

爆発音で耳がよく聞こえず、ニックスはまわりを探した。

その時、何かが背中を小突いた。びくっとしたニックスの手のひらに冷たい鼻先が触れる。振り向くとエイモンが体をすり寄せてきた。息づかいはかなり苦しそうだ。隣にやってきたエイモンが肩を差し出す。ニックスはもたれかかった。ワーグが頭を動かし、彼女の太腿をつついてから、顔を前に向けた。〈こっちだよ……〉そう言っているかのような仕草だった。

エイモンはニックスを先導して煙の中を進んだ。炎をよけ、できるだけ敵に気づかれないように煙幕が濃い部分を選んで移動する。けれども、いつまでも姿を隠し通せるわけではない。

歩き続けるうちにまわりの煙が晴れてきた。高熱に包まれた直後なので、空気が肌寒く感じられる。ニックスは震えた。エイモンも体を震わせているが、それは寒さのせいではなかった。一歩足を踏み出すごとに弱っていくのは傍目《はため》にもわかるが、それでも彼は歩き続けた。ひげ面の兄からの最後の命令にしっかりと従っている。

〈守れ〉

そのことを思った時、ニックスは空中を移動する何かの存在を感じた。あたかも彼女に引き寄せられるかのように近づいてくる。地平線の向こうに嵐が発生しつつあるかのような感覚だ。ニックスはそれがハイタカであってほしいと願った――けれども、彼女はその嵐の中に危険を察知した。恐ろしい力を持つ何かに見られているような気がする。

ニックスは空を見上げた。

〈何が来るの?〉


ライスは炎の惨劇の現場となったダラレイザの黒い広場の上空を旋回する補助艇に乗っていた。スケーレンの球体を握ったままだが、もはやその導きは必要としていない。

偵察艇がブロンズの彫像に炎の雨を降らせたのは目撃した。彼女は遠くに飛ばされ、仲間と離れ離れになった。今のところ、視界は煙で遮られている。ライスは煙が晴れるのを待った。遺物を手に入れたいとの強い思いの一方で、彼女に対するあの爆撃を責めてはいない。彼女がこの列石を意のままに操った様子は目の当たりにした。あたかも鉄の棒のように稲光を引き寄せ、それを敵に向けて放ったのだ。

あそこまで恐ろしい武器だとは想像すらしていなかった。

彼女を我がものにしたいという欲望が高まる――同時に、慎重に対応しなければならないという思いも。ライスの指示を受けて、補助艇の操縦士は十分な高度と距離を取っていた。あの稲光に直撃されることを誰もが恐れていた。

ライスは補助艇の小さな窓から眼下の煙と炎を探った。

動きが彼の目に留まった。黒い水面に沿って指先を動かしたかのように、煙幕の中に一本の筋ができている。煙が薄れると、そこには光り輝くブロンズの彫像の姿があった。この高さから見る限りでは、どこにも損傷は見られない。彼女は足もとに倒れていた二人の人物を引っ張って立たせた。どちらも男性で、意識が朦朧としているようだ。二人ともあたりを見回していて、この煙の海の遭難者のように見える。だが、どうやら二人は何かを探している様子だ――あるいは、誰かを。

骨ばった指がライスの腕をつかんだ。もう一本の手が反対側を指差す。ライスは顔をそちら側に向けて目を凝らした。二つの影が今にも倒れそうになりながら歩いていて、ほとんど一体化している。一方は大きなオオカミか犬と思われ、一緒にいるのは少女だ。

ヴァイサースが顔を近づけ、ライスの耳にささやいた。その言葉を聞き、ライスはぞっとした。「ヴァイク・ダイア・ラー……」

ライスはその姿を凝視した。あのよろよろと歩く華奢《きゃしゃ》な体がクラッシュの邪悪な女神、悪名高き影の女王の器になりうるとは、とてもではないが想像できない。

しかし、ヴァイサースはこの予言に関して誰よりも詳しい。そのため、この件に関しては年老いたシュライブの意見を信じるしかない。それ以上に、あのような見た目にもかかわらず、少女はダラレイザの黒い列石までたどり着くことができたばかりか、どのような経緯があったのかはともかくとして、その途中で古代の武器を入手したのだ。彼女に関するヴァイサースの見解が正しいとすれば、少女が持てるすべての力を発揮できるようになる前の、今の段階で食い止めておかなければならない。

ライスは赤々と輝くブロンズの松明に再び視線を移した。あの光る彫像が危険で手強い存在なのは変わりない。今もなお、迂闊《うかつ》には近寄りたくはない。ひとまずのところは、彼女を叩きのめし、力を消耗させ、できれば制圧するという目的はブラスクに任せておくとしよう。

〈その後で私が回収すればいい〉

それよりも今は……

ライスは操縦士の肩に触れ、石の上をふらふらと進む二つの影を指差した。「急いであいつらの前に下ろしてくれ」


ニックスはまたしても耳の中の圧力が高まるのを感じた。何かが近づきつつある。黒い嵐が自分を目指して突き進んでいる。ニックスは脅威と強い怒りを察知し、戦慄した。空にその正体を探すのはあきらめ、周囲を見回す。

煙の中でくすぶる炎よりもはるかにまばゆい輝きを後方に認める。

〈シーヤ……〉

ニックスはよろめきながら向きを変えようとした。「エイモン、私たちは間違った方に向かっている」

それでもワーグは前に進み続ける。もしかすると、そちら側にしか進めないのかもしれない。体を支える脚がぶるぶると震えている。その肩に添えたニックスの手のひらには熱い血がべっとり付いている。エイモンはなおも懸命に歩き続ける。自分の体を引きずるようにして前に進む。ニックスには彼の意図が理解できなかった。意図があるのかどうかすらもわからなかった。煙と炎から彼女をできるだけ遠ざけようとしているだけなのかもしれなかった。

その一方で、苦しみをこらえながら一歩、また一歩と進むごとに、エイモンがニックスを空にある黒い嵐の方へと引っ張っているようにも思えた。その嵐はもはや地平線の向こうの存在ではなく、彼女に向かってかなりの速度で、真っ直ぐに近づきつつあった。

突然、目の前の世界が轟音に包まれた。ニックスは驚いて首をすくめた。真正面に閃熱の炎が現れ、空から勢いよく降下してきた補助艇の速度を緩める。

ニックスは後ずさりしようとしたが、疲れた足がもつれ、地面に膝を突いてしまった。

補助艇は炎と煙に包まれて広場に着陸した。

エイモンがニックスの前に回り込んだ。今もなお、彼女を守ろうとしている。だが、もはや自分の体を支えるのも無理な状態だった。四本の脚を大きく震わせたかと思うとその場で腹這いになり、ニックスと補助艇の間に立ちはだかる血まみれの壁となる。

補助艇の船尾の扉が大きな音とともに開いた。モンガーが二人、巨体を折り曲げて船倉から出てくる。どちらも大きなハンマーを手にしているが、こちらに近づくわけではなく、出口の両側に移動した。

モンガーたちの間から二人のシュライブが降りてきた。一人は知らない顔だが、ニックスはイフレレンのライスだろうと予想した。もう一人の、骨が浮き出るほど痩せていて皮膚のたるんだ老人は、カンセの話に出てきた人物に間違いない。王国軍とともに修道院学校を訪れたシュライブで、カンセによれば確かヴァイサースという名前だった。

シュライブたちはタラップを降りたところで立ち止まり、それ以上は近づこうとしない。うなり声をあげるワーグに用心しているのだろう。傷を負っているとはいえ、エイモンが危険なことに変わりはない。

ニックスが彼の体毛に触れると、脅威を認識して震えているのがわかる。

シュライブたちが左右に分かれると、新たな二人がゆっくりとした足取りで姿を現した。まるでこの世によみがえった死者のようなぎこちない歩き方だ。二人とも鉄製の槍を引きずっている。頭にかぶっている鋼の帽子はサイザーの兜を思わせる。

二人がシュライブたちに近づくと、ヴァイサースの手の中にある小さな銅の箱が明るく輝き、不快な雑音を発した。その音がニックスの耳を蝕《むしば》み、頭蓋骨の中に潜り込もうとする。

ニックスはその音を無視した。それよりも二人の正体を知った衝撃の方が大きかった。表情はうつろで生気がない。唇からは太いよだれが垂れている。それでも、ニックスにはこの二人が誰なのかわかった。彼らは彼女の人生の一部だった。けれども、今ではほかの人が経験した人生のように思えてくる。

ニックスはその別の人生での二人の名前を呼んだ。「アブレン……バスタン……」

ヴァイサースが銅の箱を高く掲げた。それに向かって命令を告げると、彼の呼気に合わせて箱がひときわ明るく輝く。ニックスには空中を伝わるシュライブの言葉が見えたような気がした。命令を運ぶ糸はあまりにも邪悪で有害な存在なため、ぞっとして身震いする。

ニックスには命令の言葉も聞こえた。

「殺せ……あいつらを両方殺せ」

アブレンとバスタンは槍をしっかりと手に持ち、前進を開始した。


シーヤが再び稲光を放ったので、レイフは首をすくめた。近くにいた騎士たちがあわてて逃げていく。シーヤは空への警戒も怠らず、新たな偵察艇の接近に備えている。地上では二隻の残骸がくすぶり、そこから供給される濃い煙がさらなる息苦しさをもたらすとともに、レイフたちの姿を隠してくれてもいた。

身を守る作業はシーヤがほとんど一手に引き受けていたが、レイフとフレルも少しは貢献していた。遠くに射手を発見したり、空をよぎる火矢に気づいたりした時には大声をあげるのだ。油断なく警戒を続けることで、とっさに煙に紛れて狙われにくくしたり、シーヤのブロンズの体の陰に隠れたりできる。少なくとも、そう期待していた。

その一方で、ある疑問が消えずにいた。

フレルがまたしてもそれを口にした。「ニックスはどこにいるんだ？」

レイフたちはまずニックスを見つけてから、四つのゲートのうちのどれか一つを目指すことにしていた――とはいえ、そこを通って無事に脱出できるかどうかは怪しかった。紫色の顔をしたマンドレイクが一頭、飛び跳ねながら煙の中を通り抜けていく。その尾には火がついていて、煙幕の中に光の筋を描いていた。

四つの門のすべてが炎上していた。

レイフが走り去るマンドレイクの姿を目で追っていると、遠くにある補助艇に目が留まった。高温の閃熱炉から煙が出ている。王国軍が増援を送り込んできただけだろうと判断し、レイフは目をそらそうとした。その時、近くに毛むくじゃらの塊があることに気づいた――その陰に隠れる少女の姿も見えた。

〈ニックス……〉

「フレル！」レイフは叫んだ。

錬金術師は首をすくめて顔をしかめた。レイフが新たな攻撃についての警告を発したと勘違いしたのだろう。

レイフは相手の隣に並んで指差した。「あそこにいるのはニックスだ」

フレルが目を凝らし、はっとして体をこわばらせた。そちらに向かって足を踏み出す。「彼女のもとに行かないと……」

錬金術師がそれ以上進むよりも早く、ブロンズの手が彼の腕をつかんだ。「だめです」シーヤが警告した。稲光の熱が残る手のひらに握られて、フレルの袖から煙が上がる。「向こうで歌われているものが聞こえます。あれは……間違っています。誰もあそこに行ってはなりません」

「しかし、ニックスが……」フレルがなおも主張した。

シーヤは腕を離さなかった。「だめです。彼女は私たちの届かないところにいます」

二人の兄が槍を構えてゆっくりと前に進む中、ニックスはエイモンの陰に隠れた。二人はアブレンとバスタンにそっくりだが、近づいてくるのは兄たちではない。顔も体つきも同じだが、彼女のことをいつもからかい、そして彼女のことをいつも愛してくれた兄たちではない。

ニックスは自分に向けられたかたい鋼の槍先を見つめた。これまでの人生において、兄たちが同じような武器で魚を突き刺してきたことは知っている。ぼんやりとしか見えなかったものの、黒い水面で銀色の光がきらめいたかと思うと、その先端にはばたばたと暴れるコイや身をよじるウナギが刺さっていた。もっと頑丈な槍で鎧に覆われたような体を持つ大きなワニを狩ったり、飼育するヌマウシに付きまとうオオカミを追い払ったりしたこともあった。

近づく二人の表情はうつろで、生気のない目をしているが、ニックスはかつての反射神経はまだ残っていて、すべてヴァイサースの手の中にある銅の箱が奏でる何かで制御されているのだろうと思った。

二人のイフレレンは兄たちの様子を観察していて、その視線は自分たちの作品を評価するかのような冷たい好奇心に満ちている。ニックスとエイモンの相手をジンに任せることもできたはずだが、このやり方で殺す方が彼女はより苦しむはずだと考えているのだろう。こうすれば彼女は抵抗できないと思っているのかもしれない。

どちらもその通りだった。

〈たとえ抵抗できたとしても、私には兄たちを殺すことなんてできない。以前の兄たちなら死んでも私を守ろうとしてくれたはず。だったら、私にだって同じことができる〉

それでも、ニックスは何もせずに槍の前に喉を差し出すつもりはなかった。

ニックスの両手はまだエイモンの体に添えたままだった。ワーグは命の灯が消えつつある今も、脅威を前にしてうなり声をあげている。ニックスは自分を彼と、さらにもう一頭の兄弟とも結びつけた。その絆から力をもらう。

〈私はワーグになる〉

ニックスは自分の知っているたった一つの方法で戦った。深呼吸をしてから兄たちに向かって歌いかける。二人の愛と二人の友情に訴えかけ、本当の自分たちを思い出させようとする。いつの間にかまぶたが閉じる。兄たちの笑い声を思い出す。おだてる言葉も、からかう言葉も、いびきの音も。そのすべてを旋律とリズムに送り込む。

〈自分たちが誰なのかを思い出して〉

ニックスは歌と思い出で糸を紡ぎ出し、声と気持ちで彩りを添えた。それを兄たちに向かって送ろうとする。けれども、空気中に不快な何かがある。いかなる接近をも跳ね返す、ニックスに吹きつける向かい風がある。ニックスはその腐敗した存在に身震いした。それは高熱にうなされた時の暑さでもあり、嘔吐《おうと》物の悪臭でもあり、腫《は》れ物の膿《うみ》と腐臭でもある。それが彼女の投じた糸に逆らう。

それでも、ニックスはあきらめなかった。指先でエイモンの体毛を握り締める。

〈私はワーグ〉

ニックスは声量を上げ、より強く引き出し、持てるすべての力を振り絞った。彼女の糸が徐々に邪悪な空気をすり抜け、鋼にぶつかる。それに触れた瞬間、ニックスは自分が締め出されていることを知った。それでもほんの一瞬だけ、彼女は苦痛を垣間見ることができた。骨に開いた穴から頭蓋骨に流れ込む高温の毒物が見えた。

ニックスはそれにたじろいだが、自分の歌をしっかりと維持した。喉に力を入れ、別の弟からの力を引き出そうとする。指先にはまだエイモンの体毛の感触がある一方で、丸まった樹皮を、茶の香りを思い出す。

彼女の歌にキーンという甲高い音が流れ込み、まぶたがさらに閉じていく。ニックスはその波を一音ずつ送り込み、鋼を試し、鍵穴を探した。けれども、ここでもまた腐敗が抵抗する。それは空気中だけでなく、鋼の中にもある。ニックスは自分が使える鍵など存在しないことに気づいた。それはあまりにも腐敗していて、あまりにも毒が回っている。その汚染された金属を通り抜ける道筋を見つけ出すことは絶対に無理だ。

それればかりか、苦戦しながら挑み続けるニックスには鋼の向こう側が少しだけ見えてしまった。あったのは影と毒だけ。そこに兄たちの存在はまったくと言っていいほど見当たらなかった。けれども、ほんの一瞬だけ、その闇の奥に沈んだ兄たちの小さな炎を見ることができた。

〈すべてが消えてしまったわけではない〉

兄たちが閉じ込められていると知ったことは、ニックスの心を何よりも苦しめた。

絶望の中でニックスは歌うのをやめた。そのような邪悪な存在に対しては無意味だと認識したからだ。

ニックスは目を開いた。

二人の兄はすぐ近くまで来ている。

エイモンがうなり声をあげ、懸命に立ち上がろうとする。

ニックスはまたしても空気中に吹き荒れる嵐を感じた。暗い力が空にふくらみつつある。何かが彼女に近づきつつある。ここのあらゆるものよりも危険な何かが。ニックスはそれが閃熱炉を限界まで吹かしてここに向かっているハイタカであってほしいと思った。

その一方で、そうではないこともわかっていた。

二人の兄がエイモンに向かって槍を突く。

すべてが失われてしまったと思い、ニックスは顔を手で覆った。

59

グレイリンは戦闘艦の中央甲板でハッダンに向かって足を踏み出した。霧の中に松明やランプの明かりが輝き、二人のまわりを騎士たちが取り囲んでいる。忠臣将軍はすでに剣を抜いていた。

グレイリンも自らの剣を鞘から抜き、代々伝わる武器を構えた。霧の中にあっても、ブドウのつるが刻まれた剣はまばゆい輝きを放っている。

ハッダンが汗を流す黒い馬のそばから離れた。霧の中に集まったほかの騎士たちに手のひらを向ける。その仕草が何を意味するかは明らかだった。忠臣将軍は自らの手で獲物を仕留めると宣言しているのだ。剣を持つグレイリンの腕に痛みが走る。はるか昔、ハッダンのハンマーで骨を砕かれたところだ。別の人生で経験した出来事のように思える。

ハッダンがグレイリンの剣を凝視した。「そいつは融かされてくず鉄になったと思っていたんだがな」将軍は肩をすくめた。「そんなことはどうでもいい。今回は俺がきちんと始末してやる」

グレイリンは剣をしっかりと握り、甲板上で両足を踏ん張った。ハッダンが近寄り、互いの剣が触れ合いそうな距離になるまで待つ。「決して折れない剣は存在する」グレイリンは落ち着き払った声で言った。「臆病な弱虫がいくらハンマーを振るったところで」

ハッダンの唇にせせら笑いが浮かびかけた。グレイリンの挑発に乗るまいとしているもののの、剣を握る手に力が入ったのは見て取れる。腰の動きから将軍の意図が読める。

ハッダンの右からの攻めをグレイリンは左によけた。忠臣将軍の剣がついさっきまでグレイリンがいたところで空を切る。その突きをかわして反撃に転じるのは容易に思えた。

だが、ハッダンは手練《てだ》れの騎士だった。グレイリンの攻めをいなし、片脚を後ろに引き、低い位置で剣を払う。グレイリンは剣をひねり、きわどいところで一撃を止めた。間に合わなければ片脚を失っていただろう。

両者ともに後ずさりする。

ハッダンが首をねじって骨を鳴らした。「なるほど、訓練は続けていたらしいな。いずれにしても、これでまた一つ誓いを破ったわけだ。おまえは剣を振るった。二度と足を踏み入れないと誓ったこの地で」

グレイリンは剣を持たない方の手で霧を指し示した。「だが、私は地面に足を触れていないと思うぞ」

ハッダンが顔をしかめた。「おまえは昔から自分の行動の言い訳を探している男だった。禁じられた売春婦と一夜を共にしたくせに、それは欲望ではなく愛のためだったと主張したのもそうだ。そして彼女のおなかが大きくなると、愛の結実などと心にもないことをぬかしやがった」

グレイリンはうなり声をあげ、素早い突きを入れた。ハッダンがそれをかわしつつ攻めを繰り出したので、ハーツソーンが持っていかれそうになる。グレイリンは手首をひねって相手の剣を逃れ、自らの身と武器を守った。右によけると見せかけるとハッダンがその動きにつられたので、それに乗じて高い位置に突きを入れる。だが、剣の刃は相手の頬をかすめただけに終わった。

再び両者は距離を取った。その顔面を血が滴り落ちるが、ハッダンはまったく意に介さない。彼にとっては傷がまた一つ増えたくらいのことなのだろう。

「おまえが部下たちに嫌われた理由はそれさ」ハッダンが言った。「おまえの気高さや誠実さはすべて見せかけにすぎない。軽蔑の念を甘い言葉で包み隠していた。おまえは国王に気に入られていた一方で、自分以外の人間のことは気にかけてもいなかったじゃないか」

グレイリンは相手の怒りを観察する一方で、その言葉も受け止めた。ハッダンの言うことは必ずしも間違っていない。事実、グレイリンのことを友人と見なしてくれる騎士たちはほとんどいなかったし、仲間意識など芽生えるはずもなかった。本当の自分をわからせてくれたのはマライアンだった。もっと立派な人間になるにはどうすればいいか、彼女が教えてくれた。自分本位になってはいけない、人から愛されなければならない、心から他人を愛するようにならなければならないと教えてくれた。

グレイリンは唇をなめ、相手の怒りに向き合った。

〈目の前にいる敵を作り出したのは、ほかならぬ私自身だったのか？〉

ハッダンがせせら笑った。「だが、国王からあれほど愛されたにもかかわらず、おまえはその友情を裏切った」

グレイリンは自分に対するハッダンの嫌悪と軽蔑の根っこがそこにあるのだと気づいた。「つまりは嫉妬《しっと》心だったのか？　おまえは自分がマライアンと寝たかったんだな――それとも、おまえが欲しがっていたのは国王の寵愛だったのか？」

その侮蔑《ぶべつ》とほのめかしに対して、ハッダンがわめき声をあげた。図星だったのかもしれない。グレイリンに突進したハッダンは、突き、払い、かわし、反撃と、次々に攻めを繰り出した。相手の猛攻を防ぎながら、グレイリンは言いすぎたかもしれないと不安を覚えた。

肩に相手の刃が当たり、深い切り傷を作る。

グレイリンは自らの剣で払いのけ、後ずさりした。

ハッダンの頬は赤らみ、目つきは険しく、怒りに燃えている。それでもなお、グレイリンは相手の表情から綿密な計算を読み取った。将軍は値踏みをしているだけで、相手の技量を確かめつつ、反撃不能な戦略を練っているのではないかと不安になる。

幸いにも、ハッダンは時間をかけすぎた。

船尾側で勢いよく扉が開いた。「グレイリン！　今だ！」

全員の目が船尾甲板の方に向く。ダラントとグレイスが船内から飛び出し、甲板上を滑りながら止まった。腕を後ろに引いていて、指の間からは火のついた導火線が見える。二人は手のひらに握っていた小さな爆発物を同時に放り投げた――中央甲板の方にではなく、右舷側の手すりの外に向かって。それらが炸裂すると霧の中に二つの火の玉が上がった。

乗組員たちが警戒して後ずさりする。

グレイリンは火の玉を目指して走りながら剣を鞘に納めた。

ハッダンが大声を発した。これから何が起きるのか察知したのだろう。惑わされないように注意するべきはグレイリンの剣さばきではなかったことに、ようやく気づいたに違いない。右舷側に落下した補助艇に陽動された時点で、そちら側の火力を総動員させて弩砲や大砲を使い果たすように仕向けたグレイリンたちの術中にはまっていたのだ。

すべては別の乗り物が安全に飛行できる場所を空けるためだった。

その方角から木と木のこすれ合う耳障りな音が聞こえてきた。新たな脅威を前にして乗組員がさらに後退する。閃熱炉の轟音とともに大きな影が浮上してきた。最初は気球が、続いて快速艇の船体が現れた。

ハイタカは戦闘艦の側面をこすりながら、甲板が同じ高さになるまで上昇した。ダラントとグレイスが右舷側の手すりに向かって走る。グレイリンも二人と歩調を合わせて逃げた。

矢を使い果たした弩砲の間をすり抜ける。

三人を追いかけるように矢が放たれる。だが、甲板が揺れるせいで狙いが定まらない。

グレイリンは手すりの上に飛び移り、そこからジャンプした。前にも同じようなことをしたばかりなのを思い出す。ただし、今回はぶら下がった縄梯子につかまるわけではない。

グレイリンはハイタカの甲板に落下して一回転し、そのまま船上を滑っていった。

ダラントとグレイスも後に続く。同時に着地した二人はまったくバランスを崩さなかったので、これまでに何度も船から船に飛び移った経験があるのだろう。とはいえ、ハイタカが別れ際にキスをするかのように戦闘艦の側面に激しくぶつかると、二人とも甲板上で仰向けに寝転がった。

快速艇は閃熱炉の出力を最大にして、大きな音とともに戦闘艦から離れていく。

「何かにつかまれ！」ダラントがわめいた。

グレイリンはケーブルの支柱まで這っていってしがみついた。これから何が起きるのかはわかっている。空に響きわたる二発の爆発音が聞こえた。戦闘艦の船内に運び込んだ二個の樽を思い浮かべる。グレイリンはさらにしっかりと支柱を抱えた。可燃物の詰まった小さな樽がどこに置かれたのかは知っている。

戦闘艦に積み込まれているハディスの大釜の下だ。

次の爆発で空が真っ二つに引き裂かれ、天空の父よりもまぶしい新たな太陽が誕生した。衝撃波がハイタカを直撃し、船体がほぼ垂直に傾きながら空中で一回転した。

グレイリンは必死にしがみついた。濃い煙幕、燃えて飛び散る残骸、煙を噴き上げる気球の破片が視界に入る。そのすべてが空中に静止しているかのように見えたが、やがて霧の中に落下していった。

ハイタカは揺れながらも飛び続け、やがて水平飛行に移った。

グレイリンは立ち上がった。ダラントとグレイスが大股で歩きながら近づいてくる。すぐ横を通り過ぎる二人は、何事もなかったかのように平然としていた。

ダラントが振り返った。「一緒に来るか?」

グレイリンはふらつきながらその後を追った。肩は血で真っ赤だ。三人は扉を抜け、船首楼に通じる急な階段を下った。ダラントのもう一人の娘のブレイルが操舵輪を握っていた。

海賊が娘に向かって顔をしかめた。「さっきのこすったりぶつけたりはどういうことだ?船を離れる前に伝えたはずだぞ、戻ってくるまでこの大切な船に傷一つ付けてもらいたくないと」

言葉では叱りながらも、ダラントは娘を抱き上げて振り回した。

「よくやったぞ、我が娘よ」ダラントがささやいた。

船首楼にほかの人たちが入ってきたので、グレイリンはそちらに顔を向けた。カンセ王子と修道院学校の用務員の若者の姿がある。ガルドガル人の女性とクラッシュ人は初めて見る顔だ。カンセの胸と太腿に巻かれた包帯に血がにじんでいることに気づくが、いるはずの人物が欠けていることにも気づく。

「ニックスはどこにいる?」グレイリンは訊ねた。

カンセの目は血走っていた。ブレイルのことを指差す。「彼女に話を聞いてもらおうとしたんだけれど」

最悪の事態を恐れ、グレイリンは心臓が止まりそうになった。「彼女はどこだ?」

カンセは顔をしかめながら船首側の窓の方を指差した。そのはるか先には断崖があり、別の戦闘艦の黒い気球が崖の上に浮かんでいた。

「彼女はシュラウズにいる」

60

ニックスは西の方角から聞こえたすさまじい爆発音にたじろいだ。まるで世界の終わりのような、すでに月がアースに激突したのではないかと思うような音だった。

ダラレイザで展開中の炎を交えた戦闘がその爆発によって一瞬止まった。エイモンの体に槍を突き刺そうとしたアブレンとバスタンまでもが動きを止める。槍の先端はワーグの胸のすぐ手前にある。エイモンがうなり声をあげて後ずさりした。武器から逃れるためではなく、ニックスの楯になるためだ。

アブレンとバスタンは体を起こし、困惑の表情を浮かべた。爆発によって一時的に空気が乱れ、制御が途切れたのだろうか。だが、それが長続きすることはなかった。二人の後方にいるヴァイサースが銅の箱を高く持ち上げた。もう一人のシュライブのライスは爆発があった西の方角を見て眉をひそめている。

ヴァイサースが装置に何かをささやくと、箱から突き出た針がいっそう明るく輝いた。

アブレンとバスタンの視線がニックスに戻った。槍を構え直した二人の目は、兄たちに取りついて心を操る強い悪意に満ちている。ニックスにはまたしても、兄たちとヴァイサースの怪しい箱を結ぶ腐敗の振動が見えた。空気中に走る糸は有害で、苦痛と悪意が力を与えている。

ニックスの歌が声になることはなかった。

〈私はこの悪と戦えない〉

けれども、ほかの存在がその戦いに挑んだ。

爆発の衝撃波がようやくシュラウズの上空に到達した。その直撃を受けた黒雲がところどころでちぎれる。隙間から差し込む太陽の光が空中で静止する戦闘艦の船体のまわりに降り注いだ。

真正面に着陸した補助艇の向こう側に発生したそんな明るい光の中を、大きな影が降下してくる。まぶしさのせいで形をはっきりととらえることができない。ニックスはそこから発する力を感じ取った。自分の方に近づいてくるような気がした黒い嵐の正体はあれだ。

〈私のために来てくれた〉

その時、嵐から獰猛な鳴き声が湧き起こり、その持ち主が広場に舞い下りてきた。力が形を成す。二枚の大きな翼がある。一匹の巨大なコウモリが補助艇を目がけて、下に集まった騎士たちを目がけて降下した。甲高い鳴き声で怒りを表現する。残酷さと力強さを持ち合わせた歌だ。

つい先ほどの爆発音と同じように、キーンという甲高い音が空気を激しく震わせ、邪悪な糸を断ち切った。アブレンとバスタンが後ろによろめき、脅威の対象を探そうとするかのように槍を闇雲に振り回す。上空からの攻撃を受けて、ヴァイサースの手の中にある銅の箱がさらに輝きを増す。しわだらけの手の中の装置が小さな太陽のように光る。シュライブが手を離そうとした瞬間、箱が爆発して肉と骨が飛び散り、吹き飛ばされた手首の切断面から血が噴き出した。

ヴァイサースが悲鳴をあげて逃げ出した。

近づきすぎたシュライブに対してバスタンが槍を突き出す。槍はヴァイサースの体をきれいに貫通した。しかし、バスタンはそのことに気づいていない様子だった。瘦せ細った体もろとも、槍をなおも激しく振り回す。悲鳴は止まらず、血が飛び散る。ヴァイサースは腕を振り回し、足をばたつかせてもがいた。

ライスが叫びながら補助艇に逃げ込んだ。「離陸しろ！」そして二人のモンガーに指示を出す。「全員を始末しろ！」

ジン族の巨漢が二人、ハンマーを高々と掲げて歩き始めた。

すでにコウモリはすぐそこまでやってきていた。空に向かって急発進する補助艇には目もくれず、モンガーの一人を目がけて飛来する。巨漢の背中に体当たりしたコウモリは鉤爪を深々と食い込ませた。翼をはばたかせて浮上すると、大きな体を軽々と放り投げる。

もう一人のジンがわめき声をあげてニックスとエイモンに向かってきた。片手に握ったハンマーを低い位置で振り回す。エイモンがニックスを守ろうとして巨漢に飛びかかった。腰にハンマーの直撃を受け、ワーグの体が石の上を転がる。だが、ぎりぎりのところで前足を突き出してモンガーの足首を払い、はじき飛ばされながらも巨大な相手をひっくり返した。

仰向けに倒れた巨漢が起き上がろうとしたところに、黒い影が上空から舞い下りた。鉤爪が胸に突き刺さる。コウモリは頭を振り下ろし、獲物の喉を牙で深々と切り裂いた。噴き出た血が高く弧を描き、兜をかぶった頭が胴体から離れ、石の上を転がっていく。

コウモリは獲物の体に乗っかったままだ。翼を大きく広げて頭を下げ、世界に向けた激しい怒りを甲高い鳴き声で表現した。

広場の各所で炎が燃え盛っていた。何本もの矢が飛び交う。火炎弾が炸裂する。石の上を伝わる悲鳴が途絶えることはない。ニックスの目はシーヤの姿をとらえた。暗がりの中で明るく輝きながら、まわりに稲光を放っている。頭上では船が次々と炎に包まれて墜落した。

ほかと比べると静かな場所にいるニックスは、この戦いの援軍としてミーアコウモリの大群が飛来することを期待しながら、上空と周囲を探した。だが、空は再び閉ざされてしまっていた。黒雲が隙間を覆い隠している。

ニックスは真実を知った。

このコウモリ一匹だけだったのだ。

はるか上空にはライスを乗せて逃げる補助艇の姿があった。

ニックスはアブレンとバスタンの方を見た。拘束を解かれて導きも失った二人はたださまよっているだけだ。唇からはよだれが垂れている。バスタンはすでに槍を手放していた。槍が突き刺さったままのヴァイサースの体はもはや動いていない。アブレンは石の上に座っていて、どうしてこんなものを持っているのかと不思議そうな目で、手の中の槍を見つめている。

バスタンもアブレンの隣に腰を下ろした。

兄たちの目からは生気が失われたままだった。ニックスは暗闇の奥に閉じ込められた炎を思い返した。二人の脳はほとんどが焼かれてしまい、残っているのは抜け殻だった。兄たちの炎が再び大きく燃え上がり、中身の失われた抜け殻を満たすことは決してない。彼らにできることは暗闇の中で叫ぶことだけで、これから先も永遠に苦痛と拷問の中に閉じ込められたままなのだ。

ニックスは立ち上がり、二人に歩み寄ろうとした。

反射的にそれを脅威と認識したのか、アブレンの指が槍を握り直す。

ニックスは立ち止まった。どうすればいいのかわからない。自分には兄たちを助けることができない。

その時、ジンの体の上にいるコウモリが片方の翼を突き出し、大きく振り回した。剃刀《かみそり》のように鋭い先端部分に首を切り裂かれ、兄たちが後ろに倒れる。少しの間、手足がぴくぴくと動いていたものの、やがてそれも止まった。二人のまわりに血だまりが広がり、その表面に炎と稲光が反射する。

ニックスは怯えて後ずさりした。コウモリがジンの体に乗っかったまま向きを変え、ニックスを正面から見つめる。大きな黒い瞳が輝いた。艶のある耳はぴんと立ったままだ。ほんの一瞬、ニックスの視界が二重になる。コウモリの姿と、その前に立つ自分の姿の両方が見える。そこに別の光景が重なり合う。借り物のナイフがやわらかい喉を切り裂くのは、苦痛を伴う一方で、哀れみからの行動でもある。

ニックスは兄たちの方を振り返った。

〈これもそれと同じ……〉

すべてを理解できないうちに石を引っかく鉤爪の音が聞こえ、ニックスはそちらに注意を向けた。エイモンが石の上でもがいている。首を前に伸ばしてニックスのところに戻ろうとするものの、ハンマーで砕かれた腰を思うように動かせずにいる。

ニックスはエイモンのもとに駆け寄った。必死のもがきをやめさせるために、そしてそばに付き添っていてやるために。

ワーグの傍らで両膝を突く。触ると痛がるのではないかと思い、左右の手のひらを体の上にかざす。エイモンの息づかいは苦しそうだったが、それでもワーグはなんとか体をずらし、ニックスの太腿に頭を載せた。そして彼女に体を預けた。

ニックスはエイモンの頰に手のひらを当てた。

ワーグが尾を一振りした。

ニックスはその体の向こうの広場で燃える炎と渦巻く煙を見つめた。コウモリがジンの体から離れ、翼を前足のように使ってニックスとエイモンの方に歩いてくる。ニックスたちのもとまでやってくると、翼を折りたたんだ。ニックスはコウモリが最初に思ったほどは大きくないことに気づいた。隣に立ったらコウモリの頭が自分の肩に届くかどうかだ。

コウモリがさらに近づき、エイモンに鼻を近づけてにおいを嗅いだ。ワーグは牙を剝き、はっきりと宣言した。〈彼女は僕のものだ〉

コウモリはそれに逆らう様子を見せなかった。後ろ足でしゃがむような格好になり、ニックスをじっと見つめる。かすかなキーンという音が聞こえてきた。悲しみに沈んだその旋律には後悔の音色が交じっていて、もっと早く来ていたらエイモンを救えたのにと悔やんでいるかのようだ。

いつの間にかその目をのぞき込んでいたニックスは、そこにそれ以上の何かがあるような気がした。

喉がこわばる感覚とともに、解き放たれた彼女の声がその歌と重なり合う。自然とそうすることができた。馴染みのあるリズムに引き寄せられて、心の中から湧き上がってくる。指先には丸まった樹皮の感触があり、鼻には茶の香りがする。それに続いて、舌に温かい乳の味が広がった。

相手の目を見続けるニックスは、誰が目の前にいるのか、誰が戻ってきてくれたのかを理解した。

「バシャリア……」

コウモリが顔を近づけた。やわらかい鼻先がニックスの顎を持ち上げ、喉にそのぬくもりが伝わる。ニックスの脳裏にそりで身を寄せ合った小さなコウモリの姿が浮かび上がった。そのまわりでは沼地の生き物たちの鳴き声や羽音が聞こえていた。そりを引いて沼地を横断するグランブルバックの低い鳴き声も聞こえていた。

ニックスはエイモンの頬に手のひらを添えたまま、もう一方の手を持ち上げてコウモリの耳に触れた。さすってやると小さな弟が喜んでいたところを探す。指先がすぐにその場所を見つける間も一緒に歌い続け、誰よりも勇敢な心を持った守護者に揃って敬意を表した。

彼女にはこれがバシャリアだとわかった。なぜそうだと言えるのかはわからない。シーヤの話が頭によみがえる。フィストの生き物に与えられた贈り物とは、肉体と時を超越して分かち合う力だと言っていた。その心と記憶のすべてが永遠に保存されるという話だった。

ニックスはバシャリアとの最後の時間を思い返した。森の中に横たわる弟の小さな体の前でうずくまっていたあの時も、ニックスは彼に歌いかけていた。喉を切り裂く前に、歌で弟を運び去った。

その間もずっと、あの赤い目が彼女のことをじっと見つめていた。

ニックスは真相を知った。

〈あなたが彼を受け取ったのね〉ニックスは思った。〈あなたは彼に新しい肉体を与えた。それは彼を私のもとに戻すために身を引いた、別のコウモリから贈られた肉体〉

ニックスは顔を上げ、戦場を見渡した。

何本もの火矢が暗い空に弧を描く。

王国軍が四方から迫る。

バシャリアは戻ってきてくれた。

〈私と一緒に死ぬためだけに〉

ライスは前かがみの姿勢になり、補助艇の操縦士の肩越しに外をのぞいていた。コウモリの甲高い鳴き声を聞いた時の痛みがまだ耳の中に残っている。あんなにもすさまじい力はこれまで感じたことがなかった。ヴァイサースの箱が光り輝いた様子を思い返す――目に突き刺さるようなまぶしさの後、爆発によって銅と肉と骨が飛び散った。

地上を探したライスの目に巨大なコウモリの姿が留まった。少女の傍らでうずくまっている。ヴァイサースの不快な言葉が頭によみがえる。

〈ヴァイク・ダイア・ラー……〉

ライスは邪悪な女神が戻ってくるというクラッシュの予言を思い出した。炎の翼で運ばれる影の女王が、世界を破壊するという。

ライスは稲光と炎であふれる空からあのコウモリが飛来した時のことを思った。コウモリが二人のジン族をあっさりと始末し、少女の兄たちを殺す様子も目撃した。ここにいるのが情け容赦のない力を持つ生き物なのは間違いない。

それまでライスはヴァイサースの主張に疑いを抱いていた。何も見えていなかった自分を責める。

〈王国のためにも、今後はあの生き物も、そしてあの少女も、甘く見てはならない〉

その一方で、そんな不安は無用かもしれなかった。騎士たちが彼女に近づきつつあり、その中には射手の姿も見える。別の方角からはモンガーの一団も接近している。今のところ、少女はまだヴァイク・ダイア・ラーと化しているわけではない。一本の矢で脅威に終止符を打てる。

　ライスは広場一帯と終息しつつある地上での戦闘に目を移した。ブロンズの武器も勢いを失いつつあり、攻撃は途切れがちで、かなり消耗しているようだ。放つ稲光には力強さがなく、狙いの正確さも欠いている。彼女は一緒にいる二人の男性を守りながら、煙の中をふらふらと進んでいた。あの恐ろしいコウモリの飛来に引き寄せられて、少女のもとに向かおうとしているように見える。

　ライスは合流できるだけの力は残っていないだろうと思った。

　戦闘艦からはさらに何隻もの小型船が降下していて、地上の戦力の増強を図っているところだ。戦いは間もなく終わることだろう。

　操縦士が口を開いた。「閃熱のタンクの残量が少なくなってきました。地上に向かう前にパイウィルまで戻って補給しないと」

　ライスは首をねじって戦闘艦の船体下部を見上げた。難攻不落の要塞そのもので、終息間近のこの嵐をやり過ごすには最適の場所に思える。

「そうしてくれ」

　操縦士が操舵輪に覆いかぶさるような姿勢になると、閃熱炉が轟音を発した。補助艇が高度を上げる。ライスが船内に視線を戻しかけた時、まばゆい閃光が走ったので再び外に目を向けた。思わず顔の前に手をかざす。

目の前で巨大な光の柱が輝いていた。列石の中心から発する光がパイウィルの船体中部の竜骨に当たっている。爆発音も雷鳴も聞こえない。まばゆい柱が光っていたのは一呼吸する間だけだった——そして何事もなかったかのように消えた。

不思議な現象に当惑し、ライスは眉をひそめた。光の発生源をのぞき込む。そのあたりには白い石の塊とその上で交差した二本のアーチがあったはずだ。ところが、それらは消えていた。ライスは目を凝らした。まばゆい閃光のせいでまだ光の残像が残っている。ライスは何度かまばたきをしつつ、目に映る光景を理解しようとした。広場に深い穴が開いており、その穴はきれいな円形で、壁も滑らかだ。あたかも神が錐で列石の中心に穴を開け、瓦礫《がれき》もすべて片付けていったかのように見える。

操縦士が悲鳴をあげ、補助艇を急旋回させた。座席の背もたれをつかんで体を支えたライスは、操縦士が下ではなく上を見ていることに気づいた。シュライブは怯え切ったその視線の先を追った。

同じ穴が雲の間を突き抜け、パイウィルの船体中部を貫通していた。戦闘艦の船体にできた巨大な穴からは太陽の光が差し込み、はるか上空の青空まで見通せる。そこにもまた、破片や残骸はなかった。船体の真ん中にきれいな穴が一つ、開いているだけだ。

船体中央のわずかにつながっている部分に亀裂が走り、そこを境にして船首側と船尾側がゆっくりと分離し始めた。パイウィルが真っ二つに割れ、前の半分と後ろの半分が暗い広場に落下していく。

操縦士は落ちてくる塊から逃れようと必死に補助艇を操った。

「早く行け！」ライスは命令した。「ここから離れるんだ」

「どこに行けば？」操縦士は操舵輪と格闘してあえぎながら訊ねた。

「ヘイヴンズフェアだ。とにかくシュラウズから離れろ。どこでもかまわん」

逃げる二人の下で地響きが発生した。大地が激しく震動し、揺れはあの不気味な穴から外側に広がっていく。穴を中心にして何本もの亀裂が走り、そこから煙が噴き出した。

補助艇は広場の上空を高速で飛ばした。パイウィルの船尾がそのすぐ後ろを通過し、ケーブルと気球の断片もそれに続く。落下する戦闘艦の下をすり抜けた補助艇は高度を上げ、雲の中に入った。

まぶしい太陽の光が降り注ぐ中に飛び出すと、ライスはようやく大きく息を吐き出し、操縦席の背もたれをきつく握り締めたままだった指の力を抜いた。

王国軍の退避は続いていて、ほかの船も次々と雲の間から姿を現した。その時、逆向きに進む何かが補助艇の左舷側を通過した。

船体にこすれた跡のある快速艇だ。

船は雲の中に姿を消した。

ライスは眉をひそめた。操縦士もそれを目撃し、振り返って指示を仰ぐ。ライスは前を指差した。遠くの霧の上に濃い煙の塊がかかっているあたりだ。

「このまま前に進め」ライスは命令した。

何かがあの破壊を生き延びたとしても、それに対処するための方法は見つけることができる。ここでの出来事は多くを教えてくれた。ライスはその知識を利用するつもりでいた。

〈それをあいつらにぶつけてやる〉

61

ハイタカがダラレイザを覆う黒雲に突っ込む中、グレイリンは息を殺していた。雲の下がどうなっているのか、そこで何を目にすることになるのか、まったく予想がつかない。下からは不気味な地響きが聞こえていた。

ニックスがシュラウズに登ったことを知ると、グレイリンはダラントに対してハイタカの最高速度の限界に挑むよう要求した。断崖に向かって飛行する間は、二隻目の戦闘艦の大きな気球を注視していた。すると突然、まばゆい光の槍が船体を貫通し、真っ二つに折れた戦闘艦が地上に落下していったのだ。シュラウズの上空に到達すると、小型の船が次々に現れて飛び去っていった。ダラントはそれらを無視して閃熱炉を吹かし、雲の中に突入したのだった。

真っ暗な世界を降下する間、グレイリンはダラントの左に立っていた。海賊を挟んだ反対側にはカンセがいて、ジェイスは彼のすぐ後ろに位置している。全員の目が見つめる中、雲を抜けた快速艇の下に広がっていたのは炎の神ハディスが生み出した悪夢を思わせる光景だった。

〈道理で誰もがここから逃げ出していたわけだ〉

眼下には薄暗い石の広場があった。煙がその大半を覆い隠していて、燃える船の残骸が明かりを提供している。真っ二つに折れた戦闘艦もここに墜落していて、炎上する巨大な瓦礫の山と化していた。

真下には大きな穴が開いていた。大地はひっきりなしに揺れていて、何本もの亀裂はその穴から外に広がっているようだ。裂け目からも煙が噴き出ている。

「こんなところで誰も生きていられるはずが……」ジェイスが小声でつぶやいた。

「もっと高度を下げてくれ」ダラントが娘たちに指示した。

グレイリンは海賊の肩に手のひらを置いて感謝の意を示した。これはかなりの危険を冒すことになる行為だ。

振り返ったダラントの顔にいつもの浮ついた調子はなかった。あるのは恐怖だけだ。

その時、カンセがびくっと体を震わせた。はっと息をのみ、右舷側の船首の先を指差している。「あれを見て！　煙と瓦礫の中を動く光」

グレイリンはもっとよく見ようと王子の側に移動した。カンセが指差す先に視線を向けると、地上を歩く光る甲冑のようなものが見える。

「シーヤだ……」ジェイスが言った。

カンセがうなずいた。

二人からは彼らがハイタカから飛び降りた後のおおまかな経緯を伝えられていた。生きている彫像に関する部分は話半分に聞いていたが、どうやら本当だったようだ。

「もっと低く」カンセがかすれた声で訴えた。「彼女の後を追うんだ」

ダラントがうなずいて操舵輪を回し、船をそちら側に方向転換させる一方で、娘たちも巧みな操作で高度を下げた。

「ほら」ジェイスがブロンズの女性を指差した。光を放つその体が後ろを歩く四人の人物を照らし出した。「あれはフレルとレイフだ。あとの二人はケスラカイの人たちだと思う」

「ニックスは？」グレイリンは訊ねた。若い人の目の方が信用できる。

ジェイスが顔を向けた。表情は曇ったままだ。

〈いない〉

カンセが窓に鼻先がくっつきそうになるまで身を乗り出した。「シーヤは四人を連れてまわりの壁のいちばん近い門ではなく、別の場所を目指している」

グレイリンは期待と祈りを胸に拳を握り締めた。

煙と熱気に包まれた中にいるニックスは、エイモンの頭を太腿に載せたまま、揺れる石の上でまだひざまずいていた。エイモンの呼吸ははあはあという一定のリズムではなく、より苦しそうな息づかいになっている。ニックスはふわふわした耳の付け根をさすってやった。

ニックスにはここから動く理由がなかった。まばゆい光の炸裂で空が破壊された光景を思い返す。地下の部屋で聞こえた銅鑼の音が頭によみがえった。あれはこの破壊の前触れだったのだ。今や世界は炎と煙とひび割れた岩だけになった。死にゆく者たちの悲鳴が聞こえる。地面は揺れ続けている。けれども、ニックスのまわりの石は今のところ持ちこたえていた。

だから、ニックスはその場にとどまった。

エイモンを見捨てるつもりはない。

バシャリアも一緒に見守っている。うずくまった姿勢になり、片方の翼を時折動かしては煙を払ってくれている。弟が体を近づけ、彼女にもたれかかった。こんなにも大きな体なのに、驚くほど軽い。バシャリアが頬をこすりつけた。

弟の胸の静かな振動が伝わってくる。キーンという音は発していないものの、体の中からゴロゴロという甘える調子の音が聞こえる。ニックスは目を閉じ、耳を澄ました。〈この音を覚えている〉翼の下でぬくもりを感じ、おなかは乳で満たされ、ふわふわの体に寄り添っていた時のこと。その時もバシャリアは甘える声を出していた。ニックスは母と弟の愛に包まれたその頃に思いを馳せた。

ニックスは甘える声の中に歌を聞き取り、そこに自分の声を加えた。満たされた幸せの歌だ。風が吹いたら切れてしまいそうなほどに繊細な金の糸が、ニックスと弟の間を行き交う。けれども、それが聞こえていたのは姉と弟だけではなかった。エイモンが弱々しい声をあげ、自分も仲間に入れてほしいと訴える。ニックスは自らの糸を彼の方に延ばした。野獣としての存在に、彼の中にある野生の心に触れるとともに、乳首を吸い、母の乳の甘さを味わい、兄弟や姉妹ともつれ合う姿も見出す。小さな目は閉じたままで、まわりの世界はまだ見えていない。

それらをすべて取り込んだニックスは恐怖を感じなくなっていた。一緒に歌いながら、骨や血よりも深いところで一つになる。炎もない、ひび割れる石もない、息が詰まるような煙もない。時だけが経過する。それとも、経過しなかったのか。ニックスにはわからなかった。

そのうちにバシャリアが身じろぎし、それとともに彼女たちの繊細な歌がふっと消えた。エイモンもかすかにうなり声をあげるが、弱り切っているせいで頭を持ち上げることができずにいる。

何が彼らを警戒させたのだろうかと思い、ニックスはあたりを見回した。

すると左手の方角の煙が近づきつつある炎で明るくなった。それとともに轟音と石の砕ける音も聞こえる。ニックスは最悪の事態を覚悟し、体をかたくした。だが、炎は近づくにつれて金色を帯び、ブロンズの輝きを放つようになった。

ニックスはエイモンの頬に手のひらを添えたまま、体の向きを変えた。

バシャリアが彼女を守ろうと動いた。翼を高く持ち上げて大きく広げる。ニックスは手のひらでさすって彼を落ち着かせ、心の底からの思いをささやいた。

「大丈夫よ」

煙の中から現れたシーヤは彫刻の太陽のごとく輝いていた。ニックスたちに向けたその視線は、心なしかバシャリアに長くとどまった。「あなたたちの歌が聞こえました」シーヤが淡々と言った。「だから来ました」

その後ろからフレルとレイフがよろめきながら現れた。二人とも全身すすだらけで、いくつもの傷から血が出ている。それに続く二人のケスラカイ族は呆然としてうつろな目をしていた。四人ともニックスの前に立ちはだかる大きな黒い見張りからは距離を置いている。

シーヤが首をねじって空を見上げた。黒雲に隙間ができつつある。

ブロンズの女性の注意を引いた原因がニックスにも聞こえた。

閃熱炉の音だ。

ニックスが顔を上に向けると、一隻の船が煙を切り裂きながら視界に飛び込んできた。

ニックスはその船が王国軍の残党で、シーヤと同じようにここに引き寄せられたのではないかと恐れた。ところが、船が降下して煙が吹き払われると、その船体には見覚えがあった。ニックスはこの奇跡をすぐには理解できなかった。

ハイタカが高度を下げ、地上近くで静止した。船尾の扉はすでに開け放たれている。いくつもの人影が飛び降り、駆け寄ってきた。カンセとジェイスがいる。グレイリンとダラントがいる。プラティークとライラまでも。それに続いて飛び出してきた毛むくじゃらの大きな生き物がグレイリンの前に回り込み、毛を逆立てて威嚇のうなり声をあげた。

兄弟に気づいたエイモンが小さな鳴き声をあげる。

ニックスのまわりの様子がはっきり見えると、全員が立ち止まって体をこわばらせた。罰当たりな言葉が聞こえる。武器を構える人もいる。全員の目は一点に向けられていた。

ニックスはエイモンの頭をそっと膝の上から下ろし、立ち上がった。誤解がないようにしなければならない。ニックスは大きなコウモリの前に立ち、翼で守ろうとするかのように両腕を大きく広げた。

「これはバシャリア」ニックスは伝えた。

その説明で表情が和らいだのは数人だけだった。

最初に近づいたのはカンセだった。片方の眉を吊り上げ、ニックスの後ろをのぞき込む。そして肩をすくめた。「ずいぶんと大きくなったな」

大地が揺れ続ける中、グレイリンが足を前に踏み出した。「みんな、急いで船に乗るんだ」

ニックスは制止した。「待って。エイモンが。彼を……」ニックスはグレイリンを見つめた。彼に伝える言葉があるのか、伝える勇気があるのか、自信がない。「彼をここに残していくわけにはいかない」

グレイリンがコウモリを回り込み、横たわるエイモンと、体毛を染めた赤い血と、ねじれた脚を目にした。横向きの姿勢のままのエイモンもグレイリンに気づいた。彼のもとに走ろうとするかのように、左右の前足を動かしている。

グレイリンがそれをやめさせようと駆け寄った。その声は悲嘆に暮れていた。「エイモン……」

後ろからダラントがやってきた。「俺たちが彼を船に乗せる。おまえは心配するな」

毛布が担架の代わりに使用された。ほかの人たちがエイモンを抱えて船まで運ぶ間、ニックスとグレイリンは彼の左右に付き添った。

バシャリアも翼と後ろ足を使ってついてくる。

ダラントがコウモリを気にして後ろを振り返ったが、ニックスはかまわず先に行くよう促した。すぐに全員が薄暗い船倉内に入った。バシャリアは狭い空間を嫌がり、空に飛び立った。自分の翼で飛ぶ方がいいということなのだろう。

全員が乗り込んだのを確認すると、ハイタカの船体下部の閃熱炉が火を噴いた。快速艇は急浮上し、最後の破壊が迫るダラレイザを後にする。ニックスたちが離れるのを待っていたかのように、大地がいちだんと激しく震動し、石の広場の全面に亀裂が走った。壁が壊れて崩れる。四つの門も倒壊する。荒波にのみ込まれる船のように、列石が岩盤の中に沈んでいった。

ハイタカが雲の中に突入し、すぐに明るい太陽の光の中に飛び出した。ニックスは船尾の扉の近くに残っていた。空を探していると、見慣れた黒い三日月形が快速艇の後方に飛来し、後を追い始めた。

ニックスはそれを確認してから、担架をのぞき込む二つの影に注意を向けた。

グレイリンは瀕死の弟の傍らにひざまずいていた。カルダーはエイモンのにおいを嗅ぎ、鼻先でそっとつついてからその隣に寝転がり、ぴたりと身を寄せた。そこに割り込む資格があるのかわからず、ニックスは少し距離を置いたままでいた。

グレイリンがそんな彼女に気づき、片手を上げたが、すぐに下ろした。言葉にできるかどうか、自信がなかったに違いない。ニックスはそちら側に近づき、両膝を突いた姿勢になった。二人がエイモンの頭を挟んで向かい合う格好になる。ワーグの疲れ切った目はすでに閉じていた。呼吸がゆっくりになっていく。

「こいつは……こいつは本当に……馬鹿なやつだった」グレイリンが言った。

ニックスは驚いて顔を上げたが、相手の顔には寂しげな笑みが浮かんでいて、涙が頬を伝っていた。

「彼を訓練しようとした時のこと」グレイリンが首を左右に振った。「カルダーは物覚えがよかった。エイモンときたら……小川では水を跳ね散らかして魚を逃がしてしまうし、誰かれなく股間に鼻をうずめるし、鳴き声をあげるものは何でもかんでも追いかけ回す。小屋に住み着いているコオロギを目の敵にしていて、鳴き声がするといつまでも探し続けていた」

ニックスはこの勇敢な心の持ち主がそんなにもはしゃいでいる姿を想像しようとした。目を閉じ、その幸せな心を探し求める。ニックスはエイモンの頭に手のひらを置いた。手始めは鼻歌だ。穏やかな、夏の暖かい日差しを思わせる調べ。そこに木々の間を抜けるそよ風と、木の葉のざわめきを重ねる。露に濡れた草、木漏れ日の差し込む小川の水面を歌う。それらの糸をより合わせて血に染まった体毛の下に、ほとんど感じなくなった痛みの向こう側に送り込む。

そして鳥のさえずりとコオロギの鳴き声で彼を誘い出す。

エイモンが冬の木々と枝を折る氷の糸を放ちながら、ニックスの方に浮かび上がってきた。〈それがあなたの家、そうなのね？〉それに対して、暖炉のぬくもり、体をかいてくれる指、誇らしげな声、さらには叱りつける声が答えとして返ってくる。ニックスには一人と二頭には小さすぎるベッドが見えた。みんなで分け合った狩りの獲物の内臓の味がした。

ニックスは彼の心を理解した。彼が最後に言いたかったことを理解した。

〈これが僕の家、ずっと前からそう〉

ニックスは手を伸ばし、しっかりとした指とかたくなった足の裏を手のひらで包み込んだ。

〈そうね、ここがあなたの家〉

その足を握ったまま、ニックスは歌をさらに深く送り込み、別の兄弟を、そしてもう一人の兄弟を引き寄せた。カルダーが甘えるような鳴き声を発し、騒々しい狩りの追跡、太陽が照らす草地での駆けっこ、兄弟での取っ組み合いの糸を編み込む。そこには早朝の霜のにおい、仲間の遠吠え、ねぐらのぬくもりも含まれている。目の前にいるグレイリンの緊張が和らいだ。歌ははっきりと聞こえていないのかもしれないが、何かを感じ取っているのは間違いない。ニックスはそれらをすべて一つにまとめ、全員で分かち合い、きちんと別れを伝えられるようにした。

エイモンが煙や苦痛に耐えてきたのはこのためなのだと、ニックスにはわかっていた。仲間のもとに戻り、最後にもう一度だけ、そのぬくもりを味わうために。こうして戻ってきた彼は……

ニックスはそこから身を引き、兄弟たちだけで最も親密な歌を一緒に歌う機会を与えた。離れたところで待ち、耳を傾ける。エイモンの歌がゆっくりと消えゆくのが聞こえた。徐々に遠ざかっていく。ほんの一瞬、歌が彼女のそばを通り過ぎ、優しく小突いた。その瞬間、ニックスには高くそびえる森が見えた。果てしない道筋が何本も、霧にかすんだはるか彼方に延びている。

エイモンがその入口で一度だけ振り返った――そして前に向き直ると、その最後の荒野に走り去っていった。

彼がこの世を去ったのだと悟り、ニックスは小声で別れを告げた。

隣でグレイリンが体を震わせた。

カルダーがうめくように悲しみの鳴き声をあげた。

グレイリンがエイモンの体に腕を回し、カルダーも引き寄せた。それは意志の力だけで仲間をつなぎ止めようとするかのような仕草だった。けれども、誰一人としてそんな強い力は持ち合わせていない。

ニックスはグレイリンの背中に手を触れた。相手の腕が伸び、彼女の肩にかかる。ニックスは自分の父親かもしれない男性に体を寄せた。もっと近くに引き寄せようとする力に素直に従う。ニックスは彼にもたれかかり、ついに二人は互いに相手を慰めながらしっかりと抱き合った。

沼地での誕生以来、ずっと一緒になれずにいた二人が、ようやく悲しみを通じて一つになった。

62

氷霧の森に戻ってから三週間後、グレイリンはポニーにまたがり、太陽が照りつける砂浜を海賊の本拠地に向かっていた。轟音とともに流れ落ちる滝が目印だ。カルダーはしっぽを振りながらその隣を歩いている。ワーグはすぐ近くの高い断崖の下にある今にも崩れそうな村からの喧騒にうなり声をあげた。

一人と一頭はエイモンを埋葬するために西のハートウッドの森まで出かけ、三日振りに戻ってきたところだ。彼が埋葬場所に選んだのは、十年以上前に野生のままの怯えた子供の二頭を発見したところだった。グレイリンはこんなにも勇敢な弟を貸してくれたことに対して、冷たく暗い森に感謝した。エイモンを埋めた後、森の中にはワーグの遠吠えが響きわたった。カルダーはその呼びかけにこたえ、そのまま一晩戻ってこなかった。

グレイリンは残った弟を鞍の上から見つめた。あの夜はカルダーが帰ってこないのではないかと不安だったが、翌朝になるといつの間にか野営地に戻ってきていた。その時のカルダーは満足げに舌を垂らし、目は野生のままの森の輝きで生き生きとしていた。グレイリンはカルダーが森での生活を選んだとしても仕方がないと思っていたが、戻ってきた弟を見た時にはほっとして体の震えが止まらなかった。

〈ありがとう、弟よ。おまえまで失うのは耐えられないよ〉

グレイリンは鞍の上で背筋を伸ばし、滝と断崖の隙間に向かってポニーを駆け足で進めた。さっきカンセとジェイスのそばを通り過ぎたところだ。二人は砂浜で剣と斧という異なる武器による腕試しの最中だった。この若者たちが友情で結ばれるとは意外だったし、ニックスの気を引こうと競い合っていることを考えるとなおさらそう思えてくる。もっとも、ニックスの方は二人の期待に添うような反応を見せていない。

グレイリンは後ろを振り返った。

ニックスは川べりに立ち、上空高くを旋回する三日月形の黒い影を見つめていた。コウモリ――バシャリア――は彼女のほとんどの時間を奪っていて、それればかりか彼女の心までものにしているようだ。二人の若者がそれと張り合うのはかなり難しいのではないだろうか。

〈その意味では、俺も彼女とうまくいっているわけではないが〉

ニックスとの膠着《こうちゃく》状態には終止符が打たれたが、二人の関係は用心しながらの探り合いが続いていた。グレイリンは今でも自分に向けられる強い怒りを感じることがあるし、冷ややかな態度も完全に消えてはいない。この先、消えてくれるかどうかも怪しい。

ため息をつくと、グレイリンはその問題を考えるのは後回しにした。流れ落ちる滝の後ろをポニーですり抜け、この荒涼とした土地のはるか奥にまで広がる洞窟群に入り込む。川になっているところもあれば、乾いたトンネルもある。滝のすぐ裏には見上げるような高さの洞窟があり、シダに覆われた壁面がはるか頭上の黒い天井まで通じている。上に向けた視線の先には洞窟内に浮かぶハイタカがあり、船体のまわりには足場が組まれていた。広々とした空間内にこだまするのはハンマーの音、叫び声、不平をこぼす声から、鉄を鍛える音、閃熱炉とふいごからの低い音まで様々だ。

グレイリンはあわただしい作業現場を迂回して進んだ。少しばかり留守にしていた間に多くの変化があったことに気づいて唖然とする。ハイタカにはハレンディ王国で受けた損傷の修復作業と同時に、この先に控える旅路に備えての総点検と改造も行なわれていた。

大きな怒鳴り声を耳にして、グレイリンは快速艇の船体下部に注意を向けた。「グレイリン！　戻ってきたのか！」

船の竜骨の下に潜っていたダラントが姿を現した。海賊はブーツにズボン、袖を引きちぎったぶかぶかのシャツという格好だ。顔と服はすすと油まみれで、両手も真っ黒だった。ダラントはハイタカの船首をぽんと叩いてから、グレイリンのもとにやってきた。

グレイリンはポニーの鞍から降りて海賊を待った。「ずいぶんと作業が進んでいるみたいだな」

「ああ」ダラントが振り返りながら額を手でぬぐうと、汚れが取れるどころかかえって増えた。「新しいドラフトアイアン製のタンクを支えるため、船体の両側に手すりを取り付けている。この小さなタカが運べる限りの予備の燃料が必要になるからな。閃熱炉のためにも、そして言うまでもなく、俺たちの股間が凍りついてしまわないためにも」

グレイリンはうなずいた。氷の大地を横断する旅路は危険を伴うが、その必要性は全員が認識していた。光る世界が中に収められていた水晶の立方体を使い、シーヤがこれから訪れる破滅を見せてくれた。グレイリンの頭には今もその破壊の光景が残っている。

〈ムーンフォール〉

ダラントがカルダーの方を見た。「それで、俺のワーグに関しては問題なかったわけだな？」海賊が訊ねた。

グレイリンはため息をついた。あれだけの出来事を経た後も、ダラントは二人が結んだ取引を守るように要求した。はるか昔の話のような気がするが、ダラントは忘れていなかった。海賊の側は約束通り、グレイリンをハレンディ王国まで運んでくれた。結果的にはそれ以上のことをしてくれた。

そしてここに帰還するとすぐに、海賊は取り決めておいた支払いを要求した。

〈ワーグのうちの一頭〉

グレイリンはカルダーに視線を向けた。弟は落ち着きなく周囲を見回していて、ハンマーの響きや騒々しい物音に包まれた中で威嚇するかのように牙を剝いたままだ。約束を交わした時、グレイリンはどっちの弟を海賊に譲り渡すのかは自分で決めると主張した。だが、選択の余地はダラレイザで失われてしまった。

無事にここに帰還してハイタカを格納した後、ダラントは今と同じ場所に立ち、腰に手を当ててから、自分が希望するワーグを指差したのだった。

「ああ」グレイリンは答えた。「すべて滞りなく終わった。おまえのワーグはハートウッドの森にきちんと埋葬されたよ」

ダラントが選んだのはエイモンだった。

「それならいい」ダラントは歩み寄り、油まみれの腕をグレイリンの肩に回すと、ハイタカの方に引きずった。「俺がこの美しいタカに付け加えた新しい鉤爪を見せてやるよ」


剣を手にしたカンセは砂浜を後ずさりした。ジェイスが斧を右手から左手に、そしてまた右手にと、器用に持ち替えながらその後を追う。

二人とも上半身裸で、大量の汗をかいていた。砂は焼けつくように熱いし、太陽は目もくらむほどのまぶしさだし、剣で切りつけられた胸の傷は治ったもののまだ痛む。シールド諸島出身の用務員を相手に王国の王子が劣勢に立たされているのは、その三つが原因だと言いたいところだ。

カンセはついに負けを認め、剣を投げ捨てた。「もういいだろ！　おまえはすでに王子の一人の顔をぐちゃぐちゃにした。もう一人もそれとそっくりにしなくてもいいよ」カンセは自分の頬を手のひらで押さえた。「この色黒の二枚目に傷をつけるのはもったいない」

ジェイスが激しく息をつきながらにやりと笑った。「君は自分のことが大好きなんだな」

カンセは歩み寄り、ジェイスと前腕部を絡み合わせた。「やるじゃないか」光を反射するまぶしい砂に目を細め、表情を曇らせる。「でも、いつかは剣や斧の扱い方を心得ている人から、正しいやり方を教わる必要があるだろうな」

「そうだね」ジェイスが肩をさすりながら砂の上の剣を顎でしゃくった。「君は確かに教えを受ける必要があるよ」

大声が聞こえたため、二人はそちらに注意を向けた。背後の崖に沿って広がるにぎやかな村の方からだ。二人の人物が近づいてきた。フレルは何枚もの紙と羽ペンを手にしている。プラティークは両腕にたくさんの本を抱えていた。

カンセはうめいた。「教えを受けるという話をしていたら……」

フレルが滝の方を見ながらうなずき、カンセに授業の時間だと伝えた。二人の錬金術師は滝の裏側に即席の教室を作っていた。

カンセは剣を手に取って砂を払うと、ぶつぶつ言いながら二人の教師の後を追った。

ジェイスもついてきた。「クラッシュ語を学ぶのはそんなに難しくないよ。文法は少し面倒だけど、ジョア語とそんなに違いはないから」

カンセは用務員をにらんだ。「おまえは本の読みすぎだよ」

ジェイスが肩をすくめた。その表情と振る舞いが寂しげになる。一緒に過ごせる時間が残り少なくなっていることは二人とも承知していた。ジェイスはほかの人たちとともに凍結した地に向かうが、カンセは違う。ここから先は南クラッシュの国のはるか奥深くを目指すという別の目的がある。

「それを見つけられると思うかい？」ジェイスが訊ねた。

「そのためには僕がクラッシュ語を学ばなければならないらしい」

ジェイスが横目で見ながらにやにや笑った。「だったら間違いなく、僕たちの前には暗雲が垂れこめているね」

カンセは相手の肩を小突いた。

とはいえ、カンセの気持ちにも暗雲が漂った。

シーヤが見せてくれた地図にあった青い点を思い返す。それは彼女のような「眠りし者たち」がいると思われる場所を示しているとのことだった。シーヤはこれから先、そのような味方が必要になると信じていた。フレルとプラティークがその難題に挑むことになった。チェーンの男は終末にまつわるクラッシュの予言という角度からの調査も行ないたいと希望していて、それらの話は見捨てられた時代の直後に記された最古の書物群の中に存在するらしい。そうした書物はドレシュリの蔵書の「深遠の古写本」に保管されており、イムリ・カーの庭園の地下深くに埋まっていると言われる。

そこに立ち入るうえで神帝の協力を仰ぐためには――そして可能ならば味方を集めるためには、二人の錬金術師にもう一人の同行者が必要だった。プラティークがクラッシュの首都に手ぶらで帰還することはできない。だからと言って、シーヤを連れていくことは無理だ。そうなると、選択肢は一つしかなかった。

カンセはため息をついた。

彼らには神帝に興味を持ってもらえるような人物が必要だった。皇帝をその気にさせて味方に引き入れられるような人物が、王国と帝国の戦争において持ち駒として役に立つかもしれない人物が。

つまり、彼らが必要としていたのは……

戸棚の中の王子だったのだ。

レイフは広い洞窟の中央に置かれた丸いテーブルのまわりを落ち着きなく歩いていた。

黒いオーク材の表面は傷や汚れだらけで、これまでに海賊や盗賊や悪党たちがこのテーブルを挟んで幾度となく激しい議論を戦わせてきたことがうかがえる。そこが間もなく、世界の運命を検討するための場になろうとしている。

レイフは熟成したチーズを盛った皿、水分をたっぷり含む果実の入ったボウル、頭と同じくらいの大きさがある焼きたてのパンを眺めた。ワインの大瓶やエールの小瓶も並んでいる。

〈少なくとも、俺たちは腹を満たされた状態で来たるべき破滅に乾杯することができそうだ〉

レイフはテーブルをもう一回りしてから、すでに椅子に腰掛けているシーヤのところに近づいた。彼女はブロンズの肌を隠すためにフード付きのマントを着ている。ただし、ここは限られた人間しか入れないところなので、フードはかぶっていなかった。髪の毛はさらさらと金色と赤銅色に揺れている。完璧な形の唇がふっくらとした弧を描く。その透き通るような青い瞳はテーブルのまわりを歩くレイフの動きをずっと追っていた。

「レイフ……」シーヤが優しくささやいた。

珍しく名前を呼ばれ、レイフは体が熱くなった。そんな自分の反応が気恥ずかしく、思わず目をそらす。レイフは自分とこのブロンズの女性が深く結びついているとザンから教えてもらった時のことを思い返した。けれども、自分を彼女とつなぐものが導きの歌だけではないとわかっていた。

「君は……その、話し合いの準備はできているのか?」レイフはテーブルを見回し、口ごもりながら訊ねた。「そろそろみんなもここにやってくる」

シーヤはそれに対する答えとしてマントの前を開き、その下の裸の体を見せた。手のひらを胸の真ん中に当てる。シーヤが息を吸うと、手のひらのまわりのブロンズが明るい輝きを発した。そして空気を吐いて手のひらを離しながら、左右の乳房の間から水晶の立方体を取り出した。

それを終えるとそっとマントの前を閉じ、立方体をテーブルの上に置いた。

レイフはシーヤが体に入れた別の立方体を思い返した。彼女はダラレイザでへそのあたりに立方体を押し込んだ。目の前の立方体と同じくらいの大きさだったが、あの水晶には銅の筋が入っていて、その中心には脈打つ黄金の塊があった。その後のシーヤは雲の下にいても、あるいはこの洞窟の中にいても、以前のように力が衰えることはなくなった。あの立方体が彼女に力を与え続けているかのようで、それはいいことだった。これから向かう場所が永遠の闇に包まれた氷の世界だということを考えると、彼女にはそんな無尽蔵の力が必要になる。

シーヤはまだレイフのことを見つめていて、どうやら彼が考えごとをしていることに気づいたようだ。ただし、その理由を誤解していた。「あなたは私たちと一緒に来る必要はありません」

レイフは表情を歪めた。シーヤとしては親切心から申し出たのかもしれないが、それは逆に彼を傷つけることになった。レイフは片膝を突き、彼女の手の甲に触れた。「俺が一緒に行かなければならないことは、君もわかっているはずだ」

〈彼女は同じようには考えていないのか？　心も同じブロンズでできているのだろうか？〉

レイフの手のひらの下でシーヤの手の向きが変わった。温かい指がレイフの手のひらを包み込む。シーヤは光る目をレイフに向けた。唇が開き、ささやき声が漏れる。「わかっています」

後ろの扉が大きな音とともに開いた。びくっとしたレイフはシーヤの手を離し、すぐさま立ち上がった。ノックもせずに入ってきたのはライラだった。扉の奥のトンネルの中で動く人影も見える。

「そろそろ行くから」ライラは強い口調でレイフに伝えた。

レイフはぎこちなく彼女に近づいた。「もう行くのか？　じゃあ、これがあるのに出席しないつもり……」レイフはテーブルの上のごちそうを指差した。

この数週間、クラウン北部の各地からやってきた寄せ集めの一団はゆっくりと、そして互いに様子をうかがいながら、一時的な同盟関係を築きつつあった。彼らを結びつけるのは血縁、悲しみ、目的で、そのすべてはある一つの言葉に集約される。

〈ムーンフォール〉

ライラは会議への出席を促すレイフの申し出を考えるかのような目でテーブルを見た。しかし、ライラが眺めていたのは料理で、いつもの彼女と同じく自分の欲しいものを手に入れた。ライラはエールの小瓶を一本つかみ、小脇に抱えた。そのほかの食べ物には顔をしかめただけだ。「おしゃべりや話し合いには興味がない。自分が何をしなければならないのかはわかっている」

ライラの視線がシーヤをとらえた。そこには我がものにしたいという欲望は見当たらない。テーブルの上に置かれた水晶の塊を目にしてもそれは変わらない。盗賊団を束ねるギルドマスターもこれから訪れる破滅を目撃した。その瞬間、レイフは彼女の顔から欲という感情が消えていったことに気づいた。ライラは誰よりも現実的な考え方の持ち主だ。アンヴィルにおける組織の足場を固めるために、レイフを鉱山に売り飛ばしたことがその何よりの証拠に当たる。そんな彼女は、たとえ世界中のすべての富を手にしたところで、その世界が消えてしまえば何の意味もなくなることを、はっきりと認識したのだ。

「話を聞いてもらえると思っているのか？」レイフは訊ねた。

ライラが眉をひそめた。「聞かないという選択肢を与えるつもりはない」

ギルドマスターはダラントの部下の男たち数人とともに出発し、彼らの目的のためにできるだけ多くの味方を集める手筈になっていた。売春宿、窃盗団の拠点、安酒場、怪しげな隠れ家などに秘密の戦力を結集するのだ。クラウンの各地に戦争の足音が聞こえつつある中、レイフたちにもいずれ自分たちのための軍隊が必要になる――そしてそれを率いる人物も。

レイフはうなずいた。「君ならきっと彼らの――」

ライラが近づき、小瓶を抱えていない方の手でレイフの後頭部をつかんだかと思うと、顔を引き寄せて唇を重ねた。そのあまりにも激しい口づけにレイフは痛みを覚えるほどだったが、最後は少しだけ優しくしてくれたような気もする。これまでライラがキスをさせてくれたことは一度もなかった――ただし、今のは無理やりキスをされたにすぎなかったとも言える。レイフは改めて思い知らされた。ライラは欲しいものがあれば必ずそれを手に入れるのだ。

ライラはレイフから手を離し、唇をぬぐった。その目に輝く怪しい光は、何かを面白がっているかのようだ。「あんたに証明しておきたかったのさ、ブロンズよりも本物の唇の方が味わい深いってことを」

レイフは息をのんだ。頬が熱くてたまらない。

ライラは扉の方に体を向けた。「殺されたりするんじゃないぞ」

レイフは彼女にしては珍しい心づかいを感謝したが、それは勘違いだった。相手が誰なのかを忘れていた。

「おまえは股間に立派なものを持っている」ライラが続けた。「また試してみたくなるかもしれないからな」

レイフが目をぱちくりさせる中、ギルドマスターは大きな音で扉を閉めて出ていった。

〈まあ、餞別《せんべつ》の言葉としては……悪くないかな〉

ニックスは時間に追われている気がしてならなかった。すでに会議が始まっているからだけではない。もっと広い世界に残された時間という問題もあった。

それでも、ニックスはほかの人たちから離れて小さな洞窟内に立っていた。洞窟の床は砂で、片隅には小さな湧き水がたまっている。頭上に目を向けると、はるか昔に天井が崩落した穴から森と空が見える。そこから差し込む太陽の光で洞窟内には筒状に丸まった葉を持つシダが育ち、ピンク色の花をつけたツルバラも生い茂っている。ところどころに赤みの濃い花びらもあり、血が飛び散ったかのようだ。

ニックスはその花をなるべく見ないようにした。

天井の大きな穴から見通せる明るい空に目を向け、待ち続ける。その時、上空を影がよぎった。ニックスは固唾をのんだ。その直後、穴が暗くなって大きな生き物が進入してくる。洞窟の中に舞い下りると、コウモリは一度だけ翼を大きくはためかせた。

吹きつける風が送り込んだきついジャコウの香りは腐肉臭を含んでいる。バシャリアが沼地のブヨやアブを好んで食べていたのは昔の話だ。より大きな体はより多くの栄養分を必要とする。洞窟の片側にはかじった骨が山積みになっていた――その量はワーグのねぐらにあるのと同じくらいだろうか。

ニックスは弟の旺盛な食欲も無理はないと思った。

バシャリアが砂の上に着地し、翼を高く持ち上げてから折りたたんだ。

ニックスは彼に歩み寄った。

弟は軽く飛び跳ねながらニックスが来るのを待っていて、それはもっと小さかった頃と同じ仕草だった。体は大きくなったものの、心はまだ小さな弟のままなのだということがわかる。バシャリアがキーンという音を放ち、歌で彼女を包み込む。自分の目と弟の目からの光景が交互に入れ替わる中、ニックスも歌を返した。この新しい場所に対する弟の不安が感じられる。新しい体への不安もあるのだろう。

〈私もあなたも、慣れないといけないことがたくさんある〉

けれども、何が彼をいちばん悩ませているのか、ニックスにはわかっていた。

それは彼女にとっても悩ましい問題だった。

ニックスは弟のもとまで行くと、心と同じように腕も大きく開いた。歌をもってしても、優しい触れ合いと分かち合うぬくもりの代わりにはならない。バシャリアが耳をすぼめ、鼻先をニックスの顔に押し当ててにおいを嗅いだ。温かい舌が汗に含まれる塩分をなめる。バシャリアはニックスにもたれかかり、翼の鉤爪で体を支えながら彼女を包み込んだ。

ニックスは両手を持ち上げ、指先でさすりながら滑らかな手触りの耳をかいてやった。彼に向かって歌い、それぞれの糸を絡ませ、彼の繊細な感覚を分かち合う。ニックスはまたしても——ここに到着した時に初めて気づいたのと同じように——大いなる心をほとんど感じ取ることができなかった。まだ存在はしていて、地平線の彼方にある嵐のように遠雷がかすかに聞こえるものの、風はもう彼女のもとまで届かない。嵐までの距離がありすぎるのだ。

理解が深まるとともに心臓の鼓動が大きくなる。

バシャリアは海を挟んだ向こう側の仲間たちとのつながりを失いつつあった。その届く範囲は広いながらも限度があり、距離の問題を克服することはできない。

ニックスにもバシャリアの喪失感が伝わってきた。

だが、彼女にはもっと大きな不安があった。間もなく向かう予定の場所のことを考える。氷の平原はここよりもはるかに遠く、世界の裏側も同然のところにある。

そのことが何を意味するのか、ニックスにはわかっていた。そこではバシャリアをよみがえらせることはできない。彼の記憶が仲間たちの間で保存されることはない。

〈もし向こうでバシャリアが死んだら、彼は永遠に失われる〉

そのため、彼女はここに来たのだった。顔を上げ、バシャリアの目を見る。〈あなたは一緒に来てはいけない〉彼と離れ離れになると思っただけで心が震えるものの、万が一にも彼を永遠に失うようなことがあれば耐えられないだろう。

見つめ返すバシャリアの目が輝いた。悲しみに満ちたキーンという音を発している。ニックスが彼の思いを感じ取っているのと同じように、バシャリアにも彼女の不安と苦悩がわかるのだろう。それでも、彼の糸がニックスの糸にきつく絡みついた。彼女から離れることを拒んでいる。二度と一人きりにはしないと言っている。ニックスは彼を納得させる方法を、同行させないための方法を探した。

しかし、しびれを切らした存在がいた。

バシャリアの中の暗い井戸の奥深くから二人に向かって黒い波が押し寄せた。赤く燃える目がその暗がりの中から光を放つ。遠く離れたここまで来るためにかなりの力を使っているのは間違いない。それでも、脅しをはらんだ冷たく断固たる命令は伝わった。

〈だめだ〉

そして大いなる存在はニックスからもバシャリアからも消え、ひんやりとした虚しさだけが残った。バシャリアが体を寄せる。ニックスは理解した。一緒に来ないよう彼にお願いしてはいけないのだ。その代わりに彼にもたれかかり、より穏やかな触れ合いと歌声を経るうちに、彼女の気持ちも落ち着いた。

やがて時間が二人を引き離した。

「もう行かないと」ニックスはささやいた。

あと少しだけ触れ合って安心を確かめてから、ニックスは弟のもとを離れ、いくつも連なるトンネルを戻っていった。不安と恐怖のせいでなかなか足が進まない。それでも目的の扉の前までたどり着くと、その奥から話し声が聞こえた。かなり遅れてしまったのは間違いない。ニックスは深呼吸をしてから扉を開け、暖かい室内に入った。

片隅で石造りの暖炉が赤々と燃えていた。中央のテーブルの上には皿やカップが雑然と置かれ、そのまわりに多くの本が山積みになっているほか、何枚もの地図も広げられている。全員が一度にしゃべっているかのように聞こえた。

グレイリンがフレルとプラティークの間で前かがみになっていた。「クラッシュに着いたら『怒りのバラ』を探すように。あの秘密結社は口にした以上の情報を握っているような気がしてならないんだ」

ニックスが部屋に入るとグレイリンは顔を上げ、空いている椅子を指差してから、南に向けて出発する人たちとの会話に戻った。カンセが彼女の顔を見て、首を左右に振りながら肩をすくめた。

その隣に座るジェイスがニックスの椅子を引く。

ニックスはテーブルを回ってそこに座った。

友人が顔を近づけた。「話はほとんど終わったよ」そう教えてくれる。「みんなの質問に対してはわかる範囲で答えが出たっていうところかな」

ニックスは話し声を無視してテーブルを見回した。正面にはシーヤが静かに座っていて、その両隣にレイフとダラントがいる。二人は身を乗り出し、彼女がその場に存在していないかのように話をしている。

ニックスにはそんなことをされている時の気持ちがよくわかった。

シーヤは輝く目でニックスのことをまばたき一つせずに見つめていた。ブロンズの女性には誰かが質問するのを待っていることがあるのではないか、ニックスはそんな気がした。ニックスが見つめ返すと、消え入りそうな声の歌と、遠い太鼓の音が聞こえた。

水晶の立方体はテーブルの上に置かれていて、シーヤの指がそれを包み込んでいた。立方体はやわらかな光を放ち、その上にはアースを表す小さな球体がゆらゆらと揺れている。深紅と青の小さな点がその表面により明るく輝いていた。南クラッシュ帝国の奥深くにある青い点は、カンセと二人の錬金術師の目的地だ。カンセと離れ離れになることへの不安がニックスの中で募った。

できたばかりのグループなのに、またばらばらにならなければならない。けれども、各自の顔には強い決意が浮かんでいた。それがみんなを一つに結びつけていた。別々の方角に向かうことになっても、最終的な目標が何かは全員が承知している。それは絶対に止められないはずのことを止めること、月が空から落ちてこないようにすること――そのためにはまず、アースの炉を燃え上がらせるための方法を発見し、世界を再び回転させなければならない。

ジェイスが続けて何かを言おうとしたが、ニックスは手のひらを向けて遮り、そのまま待った。次第に室内が静かになっていく。一人、また一人と、彼女が無言で座って手を上げていることに気づいた。

「質問があるの」ニックスはようやく口を開き、立方体を、続いてアースを表す光る球体を顎でしゃくった。世界の暗闇に包まれた側の、氷の大地の奥深くで光るエメラルド色の印を注視する。「私たちが向かうのはどういう場所なの？　その場所に名前はあるの？」

シーヤの目がひときわ明るく輝いた。背筋を伸ばし、ニックスを見ながらかすかにうなずく。「はい、古い名前があります」

全員の目がじっと座るブロンズの彫像の方を向いた。

シーヤが続けた。「太古の言語よりもさらに昔の言葉です。今では使われていない無意味な単語の連なりですが、あえて訳すと『翼を持つ守護者が集まるところ』でしょうか」

ニックスの頭にバシャリアの姿とミーアコウモリの大群が浮かんだ。あの翼を持つ守護者たちははるか昔から世界の監視を続けていたという。そこにも彼らと同じような存在がいるということなのだろうか？

学者ならではの好奇心から、フレルが一枚の紙を手元に引き寄せて羽ペンを手に持った。「それは興味深いな。古代の言葉での名前は何というのだ？」

テーブルの向こうからシーヤがニックスを見た。その目は光り輝いている。

「『天使の街』です」

63

ライスはシュライブ城の地下深くで、イフレレンの同志の肩越しに作業をのぞき込んでいた。スケーレンが細いテーブルの前に座っていて、その上には錆《さび》びついた破片、よじれた銅板、腐食性の物質が入った小瓶、金属および石のるつぼ、さらには博識のライスをもってしても理解の及ばないものが所狭しと置かれている。

スケーレンは発見したことを伝えたいと言ってライスをここに呼び出した。今朝のライスの忙しい予定に割り込ませてまで知らせなければならないほどの重要案件ということらしい。

ライスはスケーレンの私的な研究施設の奥を振り返った。その先には小部屋や収納部屋や密閉された部屋が連なっている。ライスは高さのある湾曲した銅板が向かい側の壁に立てかけてあることに気づいた。太陽の光が届かないチョークの鉱山の奥深くで、ブロンズの彫像を保管していた銅の殻の一部だ。月が二回満ち欠けする間に、スケーレンはそれを慎重に分解して鉱山からここに送らせていた。

その後、作業に携わった者たちは殺された。イフレレンが見つけたものも、それから何を学ぼうとしているかも、誰一人として知ることは許されない。ライスはスケーレンの発見とやらもそれと関係があるのだろうと考えていた。

「見せてくれ」ライスは言った。

スケーレンは何かを覆っている革製の布に手を伸ばした。覆いの下から現れたものを見て、ライスは息をのんだ。そこにあったのは完璧な形をした水晶の立方体で、内部に銅の筋が入っている。しかし、ライスを何よりも驚かせたのはその中心にある黄金の塊で、脈打ちながら液体のように揺れていた。

「銅の殻の後ろにあった隠し部屋の中でこれを見つけた」スケーレンが説明した。

「それはいったい何だ？」ライスはもっとよく見ようと相手の前に回り込もうとした。

スケーレンは渡すまいとするかのように立方体に覆いかぶさり、険しい眼差しでにらんだ。「小型の閃熱炉のような役割を果たしているのだと思う。未知の力の源だ。何度か実験してみたところ、興味深い結果が出た」

「どんな実験をしたのだ？」

スケーレンはテーブルの上の二つに割れた球体を指し示した。ブロンズの遺物の居場所を突き止めるためにライスが使用した装置の残骸だ。割れた球体を満たしていた透明な油は取り除かれ、銅を巻き付けた磁鉄鉱のかけらはその隣にきちんと並べてあった。

スケーレンが説明した。「この小型版の閃熱炉を使えば、君に提供したものをより強力にした装置を作れると思う。新しい装置ならばはるかに遠い距離からでもブロンズの遺物が発する力を検知できるはずだ」

物欲が体を駆け巡り、ライスの息づかいが荒くなった。声を出すこともままならない。破壊されたダラレイザから脱出できた人間がいたかどうかはわからないが、逃げる自分と入れ違いに雲の中へと飛び込んでいった快速艇のことはずっと気がかりだった。

〈そんな新しい道具があれば、真実をつかむことができるかもしれない〉

「やってくれ」ライスは指示した。「ほかの作業はすべて後回しにして、それに集中してほしい」

スケーレンがうなずき、振り返った。「君の仕事の方はどんな具合なのだ？」

ライスは自分の予定を思い出し、体を起こした。「あと少しのところまで来ている」質問に答えられるのはそれだけだ。「もう行かなければ。ほかにも私の進捗《しんちょく》状況を確認したがっている人がいるのだが、彼はたとえ待たされていなくてもかなり機嫌が悪いのでね」

ライスは急いでその場を離れた。スケーレンの研究室を出て、今は亡き別の同志が使っていた部屋に向かう。通路を歩いてそこに近づくと、松明の炎が扉の前で待つ二人の人物を照らし出した。ライスの客人にはソーリンという名の背の高いヴァイルリアン衛兵が付き添っている。客人は背筋を伸ばした姿勢で立っていた。松明の明かりが銀の甲冑に反射する。噂によると、彼は新たな攻撃を恐れて常に甲冑を着たままだという。

ライスは距離を詰め、片手を上げた。「マイキエン王子、わざわざここまでお越しいただきありがとうございます」

王子が振り向くと、顔の半分は仮面で覆われていた。その表面にはマッシフ家の紋章の太陽と王冠が彫ってある。光の当たる角度によってはその太陽が天空の父のごとく光り輝く。今は松明の炎で赤々と輝いていた。

ライスは銀の仮面の下に何が隠されているのかも知っていた。一度だけ見た。マイキエンの顔が縫い合わされた直後のことだった。正確には、顔の残っていた部分が、ということになるのだが。

マイキエンが不機嫌そうに言った。激しい痛みで叫び続けていたせいで、今もまだ声はかすれたままだ。「俺がここまでわざわざ来た理由を見せてくれ。この不愉快な場所からさっさと帰りたいのだ」

ライスは王子の前を通り、鍵を挿し込んでヴァイサースの研究室の扉を開けた。「あまり近づかないようにしてください」注意を与えてから真っ先に部屋に入る。

鉄の壁で囲まれた部屋の中は溶鉱炉の中にいるかのような暑さだ。鎖の鳴る大きな音がする。マイキエンと付き添いの騎士もライスの後から部屋に入ってきた。中にあるものを見て二人が息をのむ。二人に背中を向けたまま、ライスは笑みを浮かべた。

「どうやって……?」ソーリンが訊ねた。王子よりも先に口を開くのは失礼に当たる行為だ。

ライスはかまわず答えた。「毒だ。君が考える以上の量が必要だった」

マイキエンが近づいた。「操ることができるのか?」

「もう間もなく」ライスはその日が訪れるのを待ち焦がれながら答えた。我がものにしたいという思いを隠すことができない。

スケーレンの新たな発見はブロンズの遺物の追跡に希望をもたらすかもしれないが、今のライスがたどっているのはヴァイサースの足跡の方だった。クラッシュの予言にあるヴァイク・ダイア・ラーに対する彼の不安は正しかった。ライスの作業はその脅威の排除が目的で、彼女に対抗するための武器を製造し、彼女が力を発揮する場所に腐敗の種子を植え付けることにあった。

三人の前には鎖を振り回し、ガチャガチャと音を立てる存在がいる。

ライスは大型のコウモリの全身を見つめた。翼には革を巻き付け、体は鋼で拘束してある――しかし、本当の意味でこの生き物の自由を奪っているのは銅だった。

毛を剃った頭部から十数本の光る針が突き出ている。ヴァイサースの日誌をもとに生成した錬金物質を満たした針だ。

ライスは目の前の生き物を無言で見つめた。〈もうすぐおまえは我がものになる〉

黒い目ができるものならやってみろと言わんばかりに彼をにらみつけた。口を開き、世界に向かって残酷で怒りに満ちた叫びを発する。

ライスはその歌を聞いて笑みを浮かべた。そこには憎しみしかない。

〈そうだな、まずはそこから始めるのがよさそうだ〉

記録のためのスケッチ
飛翔中のバシャリア

謝辞

私が最後にファンタジーの世界へと足を踏み入れてから優に十年以上が経過した。そのため、この新しい旅路に際しては一歩ずつ、おそるおそる歩みを進めた。今回の冒険を始める前、私は少年の頃にあこがれた作家たち——アン・マキャフリイ、テリー・ブルックス、ステファン・R・ドナルドソン、ロバート・ジョーダン、ロジャー・ゼラズニイ、ジーン・ウルフ、ロビン・ホブ、エドガー・ライス・バローズ、J・R・R・トールキン、ジョージ・R・R・マーティンをはじめ、そのほかの数え切れないほど多くの人たち——が残してくれた足跡を探した。また、ナオミ・ノヴィク、パトリック・ロスファス、ブランドン・サンダースン、ブレント・ウィークス、N・K・ジェミシンといった、こんにちの作家たちが切り開いた新たな素晴らしい道筋にも着目した。さらには、二十年以上にわたって私に寄り添ってくれた多くの作家たち——クリス・クロウ、リー・ギャレット、マット・ビショップ、マット・オール、レオナルド・リトル、ジュディ・プレイ、スティーヴ・プレイ、キャロライン・ウィリアムズ、サディ・ダヴェンポート、サリー・アン・バーンズ、デニー・グレイソン、リサ・ゴールドクール――にも大いに頼った。彼らとは過去にはアラセアやミリリアの地をともに旅したし、この新しい世界への初めての旅路を準備するうえでも私を高めてくれた。

特に大きな謝意を表明しなければならないのが、この世界の最初の地図を作成してくれた地図作成者のソラヤ・コーロランである。彼女の作品の数々は sorayacorcoran.wordpress.com で見ることができる。そしてもちろん、本書にちりばめられた美しい生き物のスケッチを描いてくれたアーティストのダネア・フィドラーへの感謝は、どれだけ声を大にして言葉を尽くしても表すことができない。彼女の作品をもっと楽しみたい方は、daneafidler.com を訪れるといいだろう。

本書の制作面に関しては、デジタル分野での働きと貢献に対してデイヴィッド・シルヴィアンに感謝したい。

最後になったが忘れてはならないのは、業界のプロ集団による驚異的な支援がなかったら、この作品は実現しなかったことだ。トーア・ブックスのすべての人たち――とりわけフリッツ・フォイと、並外れた出版者のデヴィ・ピライには、私の作家人生にこの新たな章を書き足す機会を提供してくれたことに感謝したい。また、マーケティングと宣伝におけるる腕利きのチームなしではいかなる本も輝けないため、ルシール・レティーノ、アイリーン・ローランス、ステファニー・サラビアン、キャロライン・パーニー、サラ・レイディ、レナタ・スウィーニー、ミシェル・フォイテクの協力を得られた私は恵まれていた。そしてこの本を最高の形に仕上げてくれた、グレッグ・コリンズ、ピーター・ラトジェン、スティーヴン・バクソク、ラファル・ギベクのチームにも大いに感謝したい。言うまでもなく、この物語に最高の、そしてあふれんばかりの輝きを与えるために私を強く後押ししてくれた編集者のウィリアム・ヒントンには最大の感謝を捧げたい。また、彼の取り組みを支援してくれた人たち——編集助手のオリヴァー・ドハティ、校正者のソナ・ヴォーゲル、優秀なセンシティビティ・リーダー（出版前の原稿を読み、差別や偏見に当たるような箇所がないかチェックを担当する人たち）のドミニク・ブラッドリーとエルサ・フンネスン——に対しても、その緻密な作業と専門知識に大いなる謝意を表したい。

そしていつものように、エージェントのラス・ガレンとダニー・バロール（およびお嬢さんのヘザー・バロール）にも最大の感謝を捧げたい。彼らのような熱心に応援してくれる友人の存在がなかったら、こんにちのような作家としての私は存在しえなかっただろう。

最後にもう一つ、本書中の記述やデータに誤りがあった場合は、いかなるものでもすべて私の責任であることを強調しておきたい。

訳者あとがき

ジェームズ・ロリンズの小説はこれまでに多くが邦訳されていて、そのほとんどは現実の世界を舞台にしてアクションとアドベンチャーがこれでもかと詰め込まれた作品である。米国の秘密特殊部隊の活躍を描いた「シグマフォース・シリーズ」や、元軍人と軍用犬のコンビが謎に挑む「タッカー&ケイン・シリーズ」（グラント・ブラックウッドとの共著）、そしてそのほかの独立した作品などは、いずれもフィクションではありながらも歴史的事実や科学的事実を拠り所に、そこから作者の創作要素でふくらませてスリルに満ちたストーリーを展開させている。私も「シグマフォース・シリーズ」と「タッカー&ケイン・シリーズ」の翻訳を手がけるたびに、新たな発見と驚きを楽しませてもらっている。

その中にはかなり突拍子もないと思えるような設定もあり、例えば二〇〇八年に発表された *The Last Oracle*（邦訳『ロマの血脈』竹書房、二〇一三年）では、祖国再興の野望を抱くロシアの政治家がチェルノブイリ原発を利用して世界各国の首脳を抹殺しようとする計画が描かれた。訳している時には「今の時代にそんな政治家などいないだろう」と思ったものの、昨年来のロシアのプーチン大統領によるウクライナ侵攻と原発の占拠、核兵器による脅しなどのニュースを見ていると、現実とまったくかけ離れたストーリーではなかったとも思えてくる。

その一方で、ロリンズはレベッカ・キャントレルとの共著で「血の騎士団シリーズ」（マグノリアブックス）というファンタジー色の強い作品も発表している。実は彼の作家としてのスタートはそうしたファンタジー系の作品で、ジェームズ・クレメンスの名義で「The Banned and Banished シリーズ」五作（一九九八年～二〇〇二年）、「The Godslayer シリーズ」二作（二〇〇五年、二〇〇六年）を著している（「謝辞」にあった「アラセア」および「ミリリア」は、この二つのファンタジーシリーズそれぞれの舞台となる地名）。短編集 *Unrestricted Access*（邦訳『セドナの幻日』竹書房、二〇二一年）の中にも、ヤングアダルト向けファンタジー作品のアンソロジー用に書き下ろした *Tagger*（『LAの魔除け』）が収録されている。

そんなジェームズ・ロリンズが、その短編を除くとソロとしてはほぼ十五年振りに（「ロリンズ」の名義では初めて）執筆したファンタジー作品が、本書『星なき王冠《クラウン》』である。これは「ムーンフォール・サーガ」と銘打ったシリーズの第一作目にも当たる。

作品の舞台は「アース」と呼ばれる惑星。自転の止まったその星は、常に太陽を向いている側はその光を浴び続けて灼熱の世界と化す一方、その反対側は永遠の夜が続く土地で氷に閉ざされてしまっている。人間や生き物が暮らしていけるのは、二分された世界の隙間の、アースを環状に取り巻く「クラウン」と呼ばれる狭い地域に限られている。そんなクラウンの中にあるハレンディ王国のブレイク修道院学校で、ニックスという名の盲目の少女がある事件に巻き込まれる。一命をとりとめた彼女は奇跡的に目が見えるようになった。だが、同時に「ムーンフォール（月の落下）」によるアースの破滅という予言の悪夢に悩まされるようになる。

そんなニックスと破滅の予言を巡って、多くの人たちの思惑が交錯する。奇跡の少女を王都に連れてこさせようとする国王と、彼女の予言と存在を恐れる「イフレレン」と呼ばれる闇の一派。彼女を守ろうとするガイル修道院長と、修道院学校でニックスの世話係を務めるジェイス。次期国王の双子の弟で「戸棚の中の王子」と揶揄《やゆ》されているカンセと、彼の指導教官で自らも月の観測から「ムーンフォール」を予測したフレル錬金術師。鉱山で働かされるこそ泥のレイフと、彼が発見した「命ある」ブロンズ像のシーヤ、さらにレイフと行動を共にする南クラッシュ帝国の「チェーンの男」プラティーク。そしてかつては国王の盟友でありながらも「誓いを破った騎士」として追放処分を受けたグレイリン。

王国軍に追われるニックスとジェイスは、運命の糸に引き寄せられるかのようにカンセ、フレル、レイフ、プラティーク、グレイリンたちと出会い、行動を共にする。彼女たちの敵は王国軍とイフレレンだけではなかった。大自然と危険な生き物たちがその行く手を妨げる。それでも、ニックスたちはシーヤに導かれ、破滅を阻止するための旅路を歩み続け、やがてアースの知られざる歴史が明らかになっていく。

物語の舞台となる「アース」の設定に関して、簡単に触れておこうと思う。「アース」というその名前（原文の英語では Earth ではなく Urth）や、太陽から三番目に位置する惑星だということ、衛星として月を持つことなどから、「地球」が想起されるのは言うまでもないだろう。その一方で、自転が止まっているし、現在の私たちが暮らす地球とは地理の面でも、生き物の面でも、そして人々の暮らしや技術の面でも、まったく異なる世界が存在している。例えば、作品中の世界では電気が使用されている様子はない。明かりは松明やランプだけだ。当然ながら自動車のような乗り物は存在せず、車輪が使用されているのは馬車や荷車。空を飛ぶ乗り物は気球とガスを浮力にしていて（「閃熱」という推進用の燃料は存在する）、軍の武器も銃の類いはなく、剣、弓、槍が主となる（ただし、強力な爆弾は使用される）。「科学」「化学」という言葉は存在せず、「錬金術」がそれらに相当する。

では、現在よりも技術が未発達な過去（例えば中世）の地球の姿なのかというと、どうやらそうでもないらしく、古代に極めて高度な文明が栄えていたことを示唆する記述も見られる。生きているかのようなブロンズ像のシーヤなどは、現在よりもはるかに高度な技術の存在がなければ作り出せないだろう。もしかすると、作品中のアースは変わり果てた将来の地球の姿なのだろうか？　なぜアースの自転は止まってしまったのだろうか？　その謎に関してはシリーズが進むにつれて明らかになっていくはずである（本書の最後にヒントが記されているようにも思える）。

クラウンでの人々の生活や政治情勢も細かく記述されていて、ハレンディ王国内には裕福な暮らしを営む人たちと貧しい暮らしを余儀なくされている人たちとの格差が存在する。大気汚染に苦しむ工場地帯もあれば、豊かな自然が残る中でそれに合わせた暮らしを送る人たちもいる。隣国の南クラッシュ帝国との関係は緊張が高まりつつあり、やがてそれは爆発寸前に達する。

登場する様々な架空の生き物の描写も、この作品の魅力の一つである。ニックスの「弟」として心を通わせるミーアコウモリのバシャリア、グレイリンのこれまた「弟」として強い絆で結ばれているワーグ（北欧神話に出てくるオオカミに似た種）のエイモンとカルダーのほか、人間に使役される巨大なカニや、ハチと毛虫とサソリ、あるいはピラニアとカエルが合体したような危険生物などが続々と登場する。作者のジェームズ・ロリンズは獣医の資格を持ち、大の犬好きとしても知られており、「シグマフォース・シリーズ」などの作品でも遺伝子操作された動物が登場したり犬の視点から描いた記述があったりする。本書はファンタジー系の作品ということもあり、生き物に関しては動物も植物も、作者の専門知識に加えて想像力と創作力もいかんなく発揮されている。

もちろん、登場人物の描き方も巧みで、急に目が見えるようになると同時に破滅の悪夢に悩まされ、運命に翻弄されるニックスの戸惑いと苦しみ、兄に万が一のことがあった時のための予備としての役割しか与えられていないカンセのあきらめ、ブロンズ像のシーヤに魅了される自分に対するレイフの困惑、過去に愛する人とその娘を見捨てることになったグレイリンの罪悪感などは、物語の展開に大きく関係してくる。ニックスを支えつつ密かに心を寄せるジェイス、カンセの兄で次期国王の座が約束されているマイキエン、グレイリンに協力する海賊のダラント、かつてレイフが所属していた盗賊組織のリーダーのライラ、邪悪な野望を抱くイフレレンのライスなど、彼らを取り巻く人物もまた魅力的である。

すでに述べたように、本書は「ムーンフォール・サーガ」というシリーズの第一作目で、物語はこの先もさらなる展開を見せる。アースの破滅を阻止しようとするニックスたちの旅路はまだ始まったばかりで、いくつかの謎は解明された一方で、さらなる謎が明らかになった。すでにシリーズ第二作目となる *The Cradle of Ice* は二月にアメリカで発売されている。本書では物語の舞台がハレンディ王国の外に出ることはなかったが、最後にも記されていたように次作ではニックスたちは凍結した氷の世界に、カンセたちは南クラッシュ帝国に向かい、二手に分かれて行動することになる。氷に閉ざされた世界でニックスたちが目の当たりにする驚きの秘密（そしてより謎めいた生き物とさらなる危険）という幻想的な側面と、南クラッシュ帝国でカンセたちを待ち受ける政治と権力争いのどろどろした側面という、対照的な物語が並行して進んでいく。本書では話としてしか出てこなかった南クラッシュ帝国の具体的な記述や、帝国とハレンディ王国の対立の高まりと、それに巻き込まれる登場人物たちの姿は、三作目以降のさらなる波乱の展開を予想させる。邦訳『氷の揺りかご』（仮題）は二〇二四年秋刊行の予定である。

作者のロリンズは「シグマフォース・シリーズ」の執筆も続けていて、十七作目となる最新作 *Tides of Fire* は八月にアメリカで刊行された。今後は「ムーンフォール・サーガ」と「シグマフォース・シリーズ」を交互に発表していく形になるものと思われる。なお、*Tides of Fire* の邦訳『ラッフルズの秘録』（仮題）は二〇二四年初夏の刊行を予定している。

最後になったが、本書の出版に当たっては、竹書房の富田利一氏、オフィス宮崎の小西道子氏、校正では白石実都子氏と坂本安子氏に大変お世話になった。この場を借りてお礼を申し上げたい。

二〇二三年十一月

桑田　健

〈アース〉の破滅を阻止しようとするニックスたち
行く手には凍結した氷の世界が——
氷に閉ざされた世界で
ニックスたちが目の当たりにする
驚愕の秘密とは……
〈ムーンフォール・サーガ〉シリーズ第2弾

氷の揺りかご（仮題） The Cradle of Ice

二〇二五年春 発売予定

#1 NEW YORK TIMES BESTSELLING AUTHOR
JAMES ROLLINS
THE CRADLE OF ICE

〈ムーンフォール・サーガ 1〉
星なき王冠《クラウン》　下
The Starless Crown Moon Fall Saga #1
２０２４年2月１２日　初版第一刷発行

著……………………………………………… ジェームズ・ロリンズ
訳…………………………………………………………桑田 健
編集協力……………………………… 株式会社オフィス宮崎
ブックデザイン………………………………………… 石橋成哲
本文組版…………………………………………………… ＩＤＲ

発行所…………………………………………… 株式会社竹書房
〒 102-0075　東京都千代田区三番町８－１
三番町東急ビル６F
email：info@takeshobo.co.jp
https://www.takeshobo.co.jp
印刷・製本………………………………… TOPPAN 株式会社